도
향

사랑, 그 설렘에 취하고 향기에 물들다.

드
향
사랑, 그 설렘에 취하고 향기에 물들다.

범상치
않은
관계

Lovely

범상치
| 정해길 장편 소설
DAHYANG ROMANCE STORY
않은
관계²

Dandy

Lovely

contents

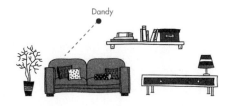

Dandy

14.

가는 날이 장날이라더니. 승현은 차창 밖의 풍경을 바라보며 한숨을 내쉬었다. 느릿느릿 줄지어 기어가는 차들의 기나긴 행렬은 끝이 보이지 않았다. 퇴근 시간과 교통사고라는 이중태클에 걸린 도로는 흡사 주차장을 방불케 했다. 시간이 시간인 만큼 어느 정도의 교통 체증은 예상했지만 교통사고는 뜻밖의 봉변이었다. 이 래서야 칼퇴근한 보람이 없었다.

운전석에 앉아서 답답한 광경을 보고 있노라니 잠시 밀쳐 두었던 생각이 불쑥 떠올랐다. 생각하기 무섭게 오후 내내 끓고 식기를 반복했던 속이 또다시 끓어오르기 시작했다. 오늘 중요한 일이 없어서 천만다행이었다. 진호의 전화를 받은 이후 일이 손에 잡히지 않아 무엇 하나 제대로 할 수 없었으니까.

전화가 걸려 온 건 점심시간이 거의 끝날 때쯤이었다. 진호는 다짜고짜 신인 배우 대타로 지환을 데려간다고 통보해 왔다. 사정이 급박하다니 어쩔 수 없이 허락했지만 찜찜한 기분을 지울 수가 없었다.

진호가 아니라 지환이 자신에게 먼저 전화를 했어야 했다. 그러나 전화는커녕 휴대전화 전원까지 꺼 놓았다. 촬영 중이라 전원을 꺼 놓은 걸 수도 있어서 한 시간마다 전화를 걸어 봤지만 여전히 전원이 꺼져 있다는 안내음만 들을 수 있었다. 전원을 켜는 걸 잊어버린 건지 아니면 일부러 받지 않으려고 꺼 놓은 건지 섣불리 추측하진 않았다. 하지만 시간이 지날수록 생각은 후자로 기울어졌다.

무턱대고 의심만 할 수는 없는지라 확인차 은채에게 전화를 걸었다. 그녀는 승현에게 생각지도 못한 정보를 알려 주었다. 지환이 진호가 아니라 준혁과 함께 있다가 촬영장에 왔다는 것이었다. 그 말을 들은 순간 피가 거꾸로 솟는 듯했다. 하마터면 전화기를 집어 던질 뻔했었다.

준혁과 둘이 있을 땐 반드시 자신에게 연락하라고 몇 번이나 주의를 주었었다. 자신의 경고를 잊어버렸을 리 없었다. 휴대전화를 일부러 꺼 둔 게 틀림없었다.

어째서, 왜 그랬을까, 라는 의문보다 먼저 승현을 덮친 건 걷잡을 수 없는 분노였다. 그런 스스로가 의아했다. 이성보다 감정이 먼저 앞서다니. 자신답지 않은 일이었다. 언제나 이성적으로 앞뒤 관계를 따지고 판단했던 자신이 이렇게까지 흥분하는 게 너무나 생소하고 어색했다.

당장 촬영장으로 달려가고 싶은 충동을 억누르고 퇴근 시간까지 기다렸다. 한 가닥 남은 이성이 조퇴를 감행하려는 자신을 간신히 막아 주었다. 그렇게 일각여삼추 같은 시간을 견디고 퇴근 시간이 되자마자 뒤도 돌아보지 않고 회사를 빠져나왔다.

직원들이 휘둥그레진 눈으로 쳐다보았지만 하나도 신경 쓰이지 않았다. 머릿속은 얼른 가서 전화기를 꺼 놓는 못된 버르장머리를 고쳐 놓아야겠다는 생각으로만 가득 차 있었다. 그랬는데 이렇게 길에서 발이 묶일 줄은 몰랐다.

승현은 시간을 확인해 보았다. 회사에서 나온 지 벌써 한 시간이나 지나 있었다. 촬영장인 호텔까지는 반도 가지 못한 상태였다. 두통이 밀려오는 느낌에 미간을 꾹꾹 눌렀다.

그의 차량 옆으로 번쩍이는 불빛이 스쳐 지나갔다. 레커차였다. 접촉 사고가 난 차량을 수습하러 온 모양이었다. 조만간 길이 트이겠거니 생각하기 무섭게 거북이처럼 느리게 기어가던 앞 차량이 속력을 내기 시작했다. 승현은 길게 숨을 들이쉬고 내쉬었다. 그러고는 힘차게 액셀러레이터를 밟았다.

주차장에 차를 세워 놓고 호텔 로비로 들어갔다. 촬영팀의 현재 위치를 물어보려고 진호에게 막 전화를 걸려던 참이었다. 맞은편에 있는 엘리베이터 앞에서 익숙한 인영이 서성거리는 게 눈에 들어왔다. 승현은 제자리에 그대로 멈춰 섰다.

신기한 일이었다. 동시에 어처구니가 없기도 했다. 이번엔 절대로 가만두지 않겠다고, 정신이 번쩍 들도록 퍼부어 주겠다고 잔뜩 벼르고 있었는데 얼굴을 보자마자 거짓말처럼 들끓던 분노가 눈 녹듯이 사라져 버렸다. 그의 주변에 아무도 없는 걸 확인하고 안도하는 자신이 낯설었다. 그가 다가올 때까지 아무 말도 할 수 없었다.

엘리베이터에서 내린 혜민은 무의식적으로 고개를 들었다가 그대로 굳어 버렸다. 수많은 사람들 가운데 단연 눈에 띄는 사람이었다. 어디에 있더라도 그를 알아보지 못할 리 없었다. 온다더니 정말이었구나.

세탁을 맡긴 옷이 배달되어 올 때까지 그가 오지 않아 혼자 돌아가려고 했었다. 그런데 로비에서 이렇게 맞닥뜨리게 될 줄이야. 좀 놀랐을 뿐이지 당황스럽거나 곤란하다는 생각은 들지 않았다. 늦고 빠름의 차이일 뿐, 그와 한 번은 부딪혀야 했다. 어차피 맞을 매라면 먼저 맞는 게 나았다.

혜민은 침착하게 승현을 향해 걸어갔다. 그에게 다가갈수록 그를 제외한 주변 풍경이 하나씩 지워졌다. 사람들의 말소리도 차츰 사라지더니 이내 아무것도 들리지 않게 되었다. 오직 그만이 선명하게 눈앞에 도드라져 있었다. 마치 그가 세상의 전부인 것처럼.

아까까지만 해도 이렇게 그와 마주 볼 일은 영영 없을 줄 알았다. 그래서인지 감회가 새로웠다. 흐리멍덩하기만 했던 감정 또한 또렷하고 선명해졌다.

'혹시…… 형도 알고 있나요?'

아까 은채에게 물었을 때 얼마나 마음 졸였었는지 모른다. 온몸의 피가 바짝바짝 마르는 기분이었다. 그땐 단지 승현이 알고 있으면 어쩌나, 하는 걱정 때문인 줄 알았었다. 그러나 은채의 답을 듣는 순간 그게 아니라는 걸 알았다.

'그건 그쪽이 알아봐야죠. 거기까지 내가 상관할 일은 아니잖아요.'

은채는 교묘하게 발을 뺐다. 승현이 알고 있는지 아닌지 확실하게 대답해 주지 않았다. 그녀에게 애원하거나 매달리거나 아님 화를 내서라도 반드시 알아내야 하는데 자신은 그렇게 하지 않았다. 그저 순순히 은채의 대답에 고개를 끄덕였을 뿐이었다. 순간 깨달았다. 지금까지 걱정하고 있었던 게 무엇이었는지.

그가 자신의 정체를 알고 있는지의 여부는 중요하지 않았다. 그것보다 더 걱정하고 두려워하고 있었던 건, 어쩌면 이대로 그를 영영 보지 못할지도 모른다는 것이었다.

김지환이 나타나거나 자신의 정체가 발각되면 김지환 프로젝트는 사실상 종료된다. 그 즉시 자신은 김지환과 관련된 모든 사람들과 연락을 끊고 사라져야 했다. 두 번 다시 승현과는 만날 수 없었다. 그것이 애초의 계약 조건이었다.

이것도 저것도 아닌 은채의 대답에 안도한 건 그 때문이었다. 아무것도 결정되지 않았으니 김지환 프로젝트는 아직 유효한 셈이었다. 지금처럼 그의 곁에 있어도 된다는 의미였다.

손바닥으로 감히 하늘을 가리려 하고 머리만 숨겨서 위기를 모면하려 하는 어리석은 타조와 자신이 하등 다를 바 없다는 걸 안다. 그럼에도 불구하고 그의 곁에 있고 싶었다. 버틸 수 있을 때까지 버텨 보고 싶었다. 지금처럼 그의 곁에서 지낼 수만 있다면 콩을 팥이라고 해도 믿을 수 있을 것 같았다.

처음에는 그가 어색하고 불편해서 꼴도 보기 싫었다. 그랬는데 어느 순간부터 익숙해지고 편안해지고 곁에 있는 게 당연하다 생각되었다. 산에서 길을 잃었을 때도 생각난 사람은 아버지가 아니라 그였다. 그가 키스하려 한다고 착각했을 때 자신은 그를 피하지 않았었다. 착각이라는 걸 알았을 때 부끄럽고 창피했지만 한편으론 실망스러웠던 것도 사실이었다.

그와 은채와의 일도 그렇다. 그가 은채의 스폰서건 아니건 자신과는 상관없는 일이었다. 그런데도 그 일을 계속 마음에 두고 있었다. 문경에서 은채가 승현의 병문안을 온 것 또한 그리 신경 쓸 일이 아니었다. 출연하고 있는 영화 제작사 대표가 아프다는데 배우로서 당연히 문병 올 수도 있는 일이었다. 그럼에도 그녀를 문앞에서 본 순간 기분이 다운되었다. 심지어 화도 났었다. 그게 질투가 아니라면 뭐라고 해야 할까.

지금까지 살면서 누군가를 딱히 좋아해 본 적은 없었다. 하루하루 먹고사는 게 급급하다 보니 누군가를 마음에 담을 시간도 여유도 없었다. 잠들기 전 깜깜한 천장을 쳐다보며 막연히 상상해 보는 게 전부였다.

만약 누군가를 좋아하게 된다면 어머니가 살아 계실 때처럼 매일매일이 기쁘고 행복할 거라 생각했었다. 그러나 현실은 상상했던 것과는 사뭇 달랐다. 답답하고 당혹스럽고 괴롭고 슬프고 그러면서도 보이지 않으면 궁금하고 옆에 계속 있고 싶고. 뭐가 뭔지 종잡을 수가 없었다. 상대가 승현이기 때문일까. 만약 다른 사람이었다면 지금과는 좀 달랐을까.

무슨 생각을 하는 건지 승현은 아무 말도 없었다. 그저 입을 꾹 다물고 자신을 뚫어져라 바라볼 뿐이었다. 화가 나면 말이 없어지는 그였다. 무엇 때문에 화가 났을까. 전화를 하지 않아서일까, 아니면 자신의 정체를 알아서일까.

은채는 자신의 편이라고 말했었다. 그렇다면 승현에게 자신에 대해 말하지 않았을지도 몰랐다. 그녀를 이대로 믿어도 좋을까. 어떻게 해야 할까. 일단은 전화하지 않은 것부터 사과해야겠지.

"저기……."

막 운을 뗀 참이었다. 꼬르륵— 시계 알람 소리처럼 우렁찬 소리가 배 속을 진동한다. 승현의 시선이 아래로 미끄러져 내렸다. 볼이 화끈거렸다. 그러고 보니 저녁때가 한참 지나 있었다. 혜민은 어쩔 줄 몰라 하며 시선을 이리저리 돌렸다. 머리 위에서 나지막한 목소리가 들려왔다.

"일단 저녁부터 먹기로 하지."

지금까지는 운명이라는 걸 믿지 않았었다. 그러나 이제부터는 믿어야 할 것 같았다. 혜민은 정갈하게 꾸며진 호텔 내의 한식당을 둘러보았다. 준혁이 저녁을 사 주겠다고 노래 부르던 곳을 승현과 오게 될 줄이야. 아무래도 오늘 저녁은 여기서 먹을 운명이었나 보다.

배꼽시계가 울어 대도 별로 밥 생각이 없었는데 막상 수저를 드니 입 안으로 술술 넘어갔다. 이곳이 유명하다는 말이 거짓은 아니었는지, 밥은 윤기가 자르르 흐르고 나물 반찬은 깔끔하고 맛깔스러웠다. 전도 느끼하지 않고 고소한 데다 고기는 양념이 고루 잘 배어 있었다. 생선구이도 노릇노릇하게 적당히 잘 구워졌고 국도 간이 딱 알맞았다.

매일 먹는 평범한 한식이었지만 그렇기에 이곳 음식이 얼마나

맛있는지 제대로 된 평가를 내릴 수 있었다. 언젠가 승현이 데려
갔던 그 허름한 식당의 김치찌개처럼 평범함 속의 비범함이 느껴
졌다.

순식간에 밥을 반 공기 정도 비웠을 무렵, 혜민은 맞은편을 힐
끔 쳐다보았다. 승현은 아무 말 없이 묵묵히 식사하고 있었다. 늦
은 저녁이라 그도 배가 고팠을 텐데 서두르는 기색은 전혀 찾아볼
수 없었다.

그는 언제나처럼 느긋하고 우아했다. 젓가락질 하나를 보더라도
세련된 매너와 예의를 갖추고 있다는 걸 알 수 있었다. 씹는 소리
는 물론이고 수저가 그릇에 부딪히는 소리조차 나지 않았다. 눈앞
에 있지 않았다면 식사 중이라는 것도 몰랐을 것이다.

예전엔 그가 재벌 3세로서 어릴 때부터 식사 예절 교육을 잘 받
은 거라고 여겼었다. 그러나 이젠 그렇게 생각되지 않았다. 진호에
게 들었던 승현의 어린 시절 이야기가 떠올랐다. 그의 어머니는
그를 병적으로 싫어했다고 했었다. 그래서 그는 어머니의 눈에 띄
지 않게 늘 조심하며 살았다고 했었다.

한집에 같이 살면서 없는 사람인 것처럼 살려면 어떻게 해야 했
을까. 아마 화장실을 가더라도 발소리를 내지 않기 위해 까치발로
조심조심 걸어 다녀야 했을 것이다. 그림자가 보이지 않게 하기
위해 그늘로만 골라 다녔을 테고, 밥을 먹더라도 몰래 숨어서 아
무 소리도 내지 않으려 했을 것이다.

혜민은 두 눈을 꼭 감았다. 단지 상상해 본 것뿐인데도 가슴이
너무나 아팠다. 자신의 상상이 사실과는 전혀 다르길 간절히 바랐
다.

"다 먹었으면 명상하지 말고 일어나지 그래."

무뚝뚝한 목소리에 반사적으로 눈을 떴다. 눈을 뜨자마자 자신을 향한 까만 동공과 마주쳤다. 언제부터 보고 있었던 걸까. 무안해진 혜민은 얼른 시선을 내리며 대꾸했다.

"아직 다 안 먹었어요."

남은 밥을 마저 먹는데 그의 시선이 따갑게 느껴졌다. 왜 쳐다보는 거지?

"왜 전화 안 했어?"

단도직입적인 물음이었다. 느닷없는 기습에 혜민은 하마터면 입속의 것들을 전부 내뿜을 뻔했다. 두 손으로 입을 틀어막아 간신히 참사를 면한 후 얼른 물을 들이켰다. 입 속의 것들을 목구멍으로 전부 넘긴 후 크게 숨을 내쉬었다.

당혹스러웠지만 한편으로는 다행이다 싶었다. 그가 화난 이유가 휴대전화를 꺼 놓았기 때문이란 게 이로써 확실해졌으니 말이다. 그는 자신의 정체에 대해 모르고 있는 게 틀림없었다. 혜민은 한결 마음이 가벼워졌다. 그가 무엇을 어떻게 추궁하든 뭐든지 대답해 줄 수 있을 것 같았다.

"촬영장에 가게 되었으면 나한테 제일 먼저 연락했어야 하는 거 아닌가?"

"진호 형이 연락했다고 해서……."

"진호 형은 진호 형이고 너는 너지. 그리고 휴대폰 전원은 왜 꺼 놓은 거야?"

"촬영 중이라서……."

"주연 배우도 아닌데 하루 종일 촬영하진 않았을 거 아냐. 촬영 끝나면 즉각 켰어야지."

무표정한 얼굴에 딱딱한 말투로 미루어 보아 화가 나도 단단히 난 듯했다. 변명해 봤자 화만 더 돋울 것 같은 분위기였다. 혜민은 기어들어 가는 목소리로 백기를 들었다.

"잘못했어요."

"잘못한 줄 알면 제대로 얘기해 봐."

"그게……."

혜민은 말끝을 얼버무렸다. 뭐든 대답해 줄 수 있을 것 같았던 좀 전의 용기는 어디로 사라진 건지 난감하기 짝이 없었다. 솔직하게 일부러 전화하지 않은 거라고 말하면 활활 타오르는 불꽃에 기름을 끼얹게 될 것 같았다. 뭐라고 해야 하나. 우물쭈물하며 좀처럼 대답하지 못하자 승현이 차가운 얼굴로 말했다.

"최준혁과 둘이만 있게 되면 내가 어떻게 하라고 했지?"

다 알아 버렸구나. 혜민은 눈을 한 번 감았다 떴다. 어떤 경로로 알게 된 건지 모르겠지만 그가 이토록 화가 난 이유를 알 것 같았다. 단지 그에게 전화를 하지 않아서가 아니었다. 준혁과 같이 있으면서 그에게 연락하지 않아서 화가 난 거였다. 그가 누누이 말했던 걸 싹 무시했으니 자존심이 상했을 터였다.

이유를 알았어도 문제를 해결할 수 있는 건 아니었다. 어떡해야 할까. 아까 낮에 승현이 만났던 중년 남자가 누군지 물어봐도 될까. 남자의 정체를 알게 되면 모든 걸 솔직하게 말할 수 있을까.

아니었다. 그 남자 때문에 승현을 잠깐이나마 의심했다고는 죽어도 말할 수 없었다. 차라리 거짓말을 할지언정 그것만은 목에 칼이 들어와도 말할 수 없었다. 어차피 자신은 거짓말쟁이 사기꾼이었다. 지금도 김지환인 척 그를 속이고 있는 마당에 거짓말 하나 더 보탠다고 해서 달라질 것도 없었다.

"준혁 씨가 촬영장으로 바로 데려다 줬어요. 그래서 미처 전화할 겨를이 없었어요."

"바로 왔다고? 듣기론 점심시간이 훨씬 지나서 도착했다던데."

혜민은 마른침을 삼켰다. 목이 타는 기분에 물을 들이켰다. 사람이라도 붙인 건가. 도대체 어디까지 알고 있는 걸까.

"왜 촬영장에 늦게 도착한 거야?"

시험대에 오른 기분이었다. 승현은 전부 다 알고 있으면서 일부러 질문을 던지는 것 같았다. 기필코 자신의 입으로 대답을 듣겠다는 집요한 의지가 엿보였다.

그가 왜 집요하게 구는지 바보가 아닌 이상 모르진 않았다. 그는 자신이 준혁에게 중대한 실수라도 저질렀을까 봐 걱정이 되는 것이다. 자신을 믿지 못하는 그에게 서운한 마음이 없지 않았지만 구제불능 멍청이인 김지환을 생각하면 납득이 가기도 했다. 자신이 그라도 김지환은 믿지 못했을 테니까.

"바로 촬영장으로 갈 줄 알았어요. 근데 준혁 씨가 점심 전이라며 식당으로 가더라고요. 그래서 늦게 도착한 거예요."

"같이 점심 먹은 거야?"

승현의 표정은 평온했다. 그러나 목소리는 날이 서 있었다. 마치 법정에서 피의자를 추궁하는 검사 같았다. 혜민은 저도 모르게 긴장했다.

"아뇨. 전 먼저 먹어서 준혁 씨 혼자 먹었어요."

못마땅한 기색이 역력했지만 별다른 말을 하지는 않았다. 그는 질문의 방향을 돌렸다.

"촬영 끝나고 나선 왜 전화 안 한 거야?"

"깜빡했어요. 루나 돌보느라 정신이 없어서."

"루나?"

"네, 오늘 같이 촬영했거든요. 제가 루나 주인 역할이었어요."

"왜 맨날 네가 강아지를 돌보는 거야?"

"제가 하겠다고 했어요. 그새 정이라도 든 건지 반갑더라고요. 루나도 반가워했고요."

승현은 기가 막힌다는 얼굴이었다. 강아지 때문에 연락한다는 걸 잊어버렸다고 하니 어처구니가 없는 모양이었다.

"강아지는 어딨는데?"

뜬금없는 질문에 아까 은채가 해 준 말이 퍼뜩 떠올랐다. 혜민은 얼른 대답했다.

"은채 씨한테 맡겼어요."

혹시 은채에게 전화해서 확인하지 않을까 했지만 승현은 고개를 끄덕일 뿐 휴대전화를 꺼내지 않았다. 자신의 말을 믿는 듯했다. 이제 한시름 놔도 될 것 같았다.

목이 말라 후식으로 나온 오미자차를 한 모금 들이켰다. 새콤달콤한 맛이 혀끝에 달라붙었다. 혜민은 기분 좋게 오미자차를 음미했다. 그러나 기분 좋았던 것도 잠깐, 어디선가 진동 소리가 들려왔다. 승현이 재킷에서 휴대전화를 꺼냈다. 누군가에게서 전화가 온 모양이었다.

누군가와 통화하는 그를 보고 있자니 불안해졌다. 슬픈 예감은 틀린 적이 없다는 옛 노랫말이 떠올랐다. 아니나 다를까 통화를 끝낸 승현이 돌연 그녀에게 물었다.

"오늘 수영장에서 사고가 있었다던데. 사실이야?"

"누가 그래요?"

"진호 형."

수다쟁이 진호가 있었다는 걸 깜박했다. 이번 영화의 주인공인 준혁에게 일어난 사고였다. 당연히 제작자인 승현의 귀에도 언젠가 들어갈 거라 예상했지만 이렇게 빠를 줄은 몰랐다. 적어도 내일 아침에나 보고받을 줄 알았는데.

"준혁 씨가 물에 빠져서 큰일 날 뻔했었어요."

"너도 거기 있었어?"

"그게……."

일단 은채가 일러 준 대로 말하려는데 제3자의 목소리가 불쑥 끼어들었다.

"그건 내가 대신 말해도 될까요?"

언제 온 건지 준혁이 팔짱을 끼고 바로 뒤에 서 있었다. 혜민의 눈이 휘둥그레졌다.

"병원 간 거 아니었어요?"

은채는 준혁이 병원에 갈 거라고 말했었다. 그래서 지금쯤이면 이곳에 없을 거라고 생각했기에 그의 등장은 정말 뜻밖이었다. 혜민은 위아래로 준혁을 살펴보았다. 대충 봐도 그는 지나치게 건강해 보였다. 마치 아무 일도 없었던 것처럼.

그는 권하지도 않았는데 멋대로 남은 의자에 앉으며 말했다.

"병원은 무슨. 김 실장이 괜히 호들갑 떤 거야. 나 멀쩡해."

준혁은 킹콩처럼 주먹으로 가슴을 툭툭 치며 건재함을 과시했다. 그는 혜민을 바라보다가 승현을 향해 시선을 돌리며 씩 웃었다.

"그냥 가긴 뭣해서 밥이라도 먹고 가려고 왔는데 아는 얼굴이 있어서 깜짝 놀랐어요. 이거 참 우리가 보통 인연은 아닌가 봐요."

승현은 웃음기 하나 없이 사무적인 어투로 안부를 물었다.

"괜찮으신 겁니까?"

"뭐 덕분에요. 고마워요."

준혁은 어깨를 으쓱하며 가볍게 대꾸했다. 느슨하고 헐거운 준혁의 분위기와는 대조적으로 승현은 딱딱하게 경직된 분위기였다.

"난 아무것도 한 게 없는데 왜 고맙다는 인사를 한 겁니까?"

"아무것도 한 게 없다뇨. 대표님 동생분이 날 구해 줬는데 당연히 감사 인사를 해야죠. 안 그래요?"

숨이 턱 막혔다. 왜 저런 말을 하는 거지? 혜민은 슬그머니 테이블 모서리를 바라보며 당황한 속내를 숨겼다. 은채 말로는 자신이 가고 난 다음에 준혁의 의식이 깨어났다고 했었다. 그녀의 말은 사실일 터였다. 그를 물에서 건져 낼 때 그는 의식을 잃은 상태였었다. 그래서 구조하는 게 훨씬 수월했었다.

의식이 없었던 그가 자신이 그를 구했다는 걸 알 리 없었다. 물론 기억하는 것도 불가능했다. 지금 한 말은 지레짐작으로 던져 본 게 틀림없었다.

생각을 정리하고 마음을 가라앉힌 후 시선을 들었다. 허공에서 승현의 눈과 얽혀 들었다. 자신을 계속 주시하고 있었던 모양이다.

"어떻게 된 거야?"

혜민은 일부러 시선을 피하지 않으며 대꾸했다.

"아까 준혁 씨가 수영장에 빠졌을 때 제가 옆에 있긴 있었어요. 근데 준혁 씨를 구한 건 제가 아니에요. 전 수영을 못하거든요. 직원을 부르려고 했는데 마침 은채 씨가 근처를 지나가길래 도움을 청했어요. 착각하셨나 본데 준혁 씨를 구한 사람은 제가 아니라 은채 씨예요."

혜민의 담담한 설명에 가만히 듣고 있던 준혁이 펄쩍 뛰었다.

"착각? 내가 무슨 착각을 했다고 그러는 거야? 네가 분명히 날……."

"은채 씨가 준혁 씨를 구했어요."

"너 왜 자꾸 헛소리하는 거야? 거긴 우리 둘만 있었잖아."

"준혁 씨가 물에 빠져서 의식을 잃은 후에 은채 씨가 왔어요. 은채 씨가 준혁 씨를 구했고 난 직원을 부르러 갔어요."

"거짓말하지 마."

급기야 준혁은 주먹으로 테이블을 내려쳤다. 얼굴이 토마토처럼 붉어져 있었다.

"못 믿겠으면 김 실장님한테 물어보세요. 누가 준혁 씨와 같이 있었는지."

이미 김 실장에게 당시 상황에 대해 전해 들었는지 준혁은 입을 다물었다. 가만히 경청하고만 있던 승현이 정리해 주었다.

"엉뚱한 감사 인사를 받은 거군요. 강은채 씨에게 대신 감사 인사 전해 드리죠. 아님 직접 하시든가."

승현은 빠뜨렸다는 듯 한마디 덧붙였다.

"개인적인 생각입니다만, 오늘은 이만 자택으로 돌아가시는 게 좋을 거 같군요. 오늘 일을 어떻게 부풀리고 가지 칠지 궁리하는 자들 눈에 띄기 전에요."

대한민국을 대표하는 톱스타인 준혁은 어디를 가든 늘 주목을 받았다. 이곳도 예외는 아니었다. 대놓고 쳐다보지는 않지만 아까부터 슬금슬금 눈길이 오가고 있었다. 뭐라고 속삭이며 휴대전화로 몰래 사진을 찍는 이들도 있었다.

과장 조금 보태서 서너 명 거치면 다 아는 사이라는 대한민국에서 저들 가운데 기자가 없다고 장담할 순 없었다. 준혁도 사람들의 시선을 느꼈는지 옷매무새를 정리하며 표정을 관리했다. 그러나 일어나려는 기색은 없었다.

"걱정해 주신 건 감사하지만 전 여기 좀 더 있다 가고 싶네요. 죽을 뻔했다 살아났다는 기사 좀 난다고 해서 나쁠 건 없을 거 같은데. 오히려 영화 홍보도 되고 더 좋을 거 같은데요. 그리고 이렇게 남자들끼리만 있으니 스캔들 걱정할 필요도 없고요."

딱히 반박할 말이 떠오르지 않았다. 그러나 승현은 이대로 쉽게 물러서려 하지 않았다.

"하마터면 큰일 날 뻔하지 않았습니까. 의식까지 잃었었으니. 병원에 가실 게 아니라면 집에서 편히 쉬시는 게 나을 거 같은데요."

"제 몸은 제가 더 잘 알아요. 쇼크 따위 절대 안 와요."

"그렇게 자신할 일이 아닐 텐데요. 쓰러지는 사람들이 예고하고 쓰러지는 건 아니니까."

한 치도 물러섬이 없는 두 사람의 팽팽한 설전에 혜민은 피곤해졌다. 두 사람의 기에 짓눌린 건지 보고 있는 것만으로도 지치고 머리가 지끈거렸다. 혜민은 자리에서 일어섰다. 그녀가 일어서자 두 남자가 동시에 입을 다물고 그녀를 올려다보았다. 자신은 안중에도 없는 줄 알았더니 아닌 모양이었다.

"화장실 갔다 올게요."

혜민은 도망치듯 그 자리를 벗어났다. 화장실에서 손을 씻고 나와 복도를 서성이며 시간을 보냈다. 자신이 돌아갔을 땐 두 사람의 날 선 공방이 끝나 있길 바라며.

이제 슬슬 돌아가 볼까 하던 참이었다. 갑자기 모퉁이에서 나타난 어떤 남자가 급하게 지나가며 혜민의 어깨를 세게 밀쳤다. 무방비한 상태에서 당한 일이라 하마터면 중심을 잃고 넘어질 뻔했다.

남자는 미안하다는 말조차 하지 않고 곧바로 막 문이 열린 엘리베이터에 올라탔다. 부딪친 어깨를 부여잡고 한마디 하려 했지만 이미 엘리베이터의 문이 닫히고 있었다. 좁아지는 문틈 사이로 얼핏 남자의 하얀 셔츠가 보였다. 20대 후반으로 보이는 젊은 남자였다.

엘리베이터 문이 닫히고 내려가는 걸 보며 혜민은 한숨을 쉬었다. 이래저래 참 다사다난한 하루라는 생각이 들었다. 얼른 집에 가서 자고 싶었다. 그러나 오늘의 대미를 장식할 사건이 뒤돌아선 그녀를 기다리고 있었다.

"저 사람이에요!"

혜민은 뒤를 돌아보았다. 아무도 없었다. 다시 앞을 바라보았다. 아무리 보고 또 봐도 난생처음 보는 여자였다. 새빨간 원피스를 입은 여자는 무척 흥분한 상태로 자신을 가리키고 있었다. 여자는 뒤에 서 있던 호텔 보안 요원에게 말했다.

"저 남자가 날 추행했어요."

혜민의 입이 딱 벌어졌다. 아닌 밤중에 홍두깨가 따로 없었다.

"지금 무슨 말을 하시는…….''

"어머어머, 이제 와 아닌 척하다니. 뭐 이런 파렴치한 자식이다 있어! 네가 엘리베이터에서 내 엉덩이 계속 만졌잖아. 내가 모를 줄 알았어?"

엉덩이를 만졌다고? 기가 막히고 어이가 없어서인지 말조차 나오지 않았다. 혜민이 황당해서 입을 벌리고 있는 사이 여자는 보안 요원을 매섭게 다그쳤다.

"뭐해요? 어서 저놈 잡지 않고."

여자의 등쌀에 떠밀린 보안 요원이 다가오더니 혜민의 팔을 붙들었다. 혜민은 보안요원의 손을 힘껏 뿌리쳤다.

"뭔가 오해가 있었던 거 같은데…… 사람 잘못 봤어요. 난 그런짓 안 했어요."

"일단 같이 가시죠."

보안 요원은 다시 혜민의 팔을 붙들며 정중하게 권했다. 여기서 시끄러워지는 걸 원치 않는 듯했다. 혜민도 소란을 피우고 싶진 않았지만 상황이 이렇다 보니 자연스레 목소리가 높아졌다.

"난 안 그랬다니까요! 이거 놔요."

보안 요원과 실랑이를 벌이고 있을 때였다.

"무슨 일입니까?"

언제 나온 건지 승현이 여자와 보안 요원과 혜민을 번갈아 보고 있었다.

"확인은 무슨 얼어 죽을 확인. 누굴 바보로 아나."

아무래도 오늘은 마가 낀 날인 듯했다. 못마땅하다는 듯 투덜거리는 여자의 목소리를 흘려들으며 혜민은 남몰래 한숨지었다.

당장 인근 경찰서로 가려는 여자를 겨우 설득해 보안실로 데려온 참이었다. 관계자 외에는 아무나 함부로 들어갈 수 없는 곳이었지만 승현의 지인 가운데 호텔 오너의 아들이 있었다. 소위 말하는 '빽'의 위력은 대단했다. 전화 한 통으로 아무 저지 없이 보안실에 무사히 입성할 수 있었으니까.

준혁은 라운지에서 기다리고 있었다. 혜민의 소식을 듣고 보안실까지 따라오려 했으나 그런 그를 승현이 필사적으로 뜯어말렸다. 좋지 않은 일에 얼굴이 알려진 연예인인 그가 끼어들면 이상한 소문에 휩싸일 수도 있기 때문이었다. 잠깐 고집을 부렸던 준혁은 결국 못 이기는 척하며 한발 물러났다.

부침이 극심하기로 유명한 직업 가운데 하나가 바로 연예인이었다. 별거 아닌 일이 크게 부풀려져 하루아침에 정상에서 바닥으로 추락한 숱한 연예인들을 바로 옆에서 보아 왔던 준혁이었다. 살아남기 위해선 몸을 사릴 수밖에 없었을 것이다.

안타까워하는 준혁에 비해 혜민은 그다지 서운하지 않았다. 외려 그가 나서지 않아 다행이라고 생각했다. 그가 끼어들었다면 사건이 더 커졌을지도 몰랐다. 이대로 조용히 처리하고 싶었다. 오늘은 그와 그만 엮이고 싶었다. 아니 앞으로도 엮이고 싶지 않은 게 솔직한 심정이었다.

직원이 CCTV를 검색하는 동안 여자는 확인해 봤자 시간 낭비라는 등 거듭 구시렁거렸다. 끊임없이 이어지는 여자의 투덜거림이 거슬렸는지 결국 승현이 조용히 한마디 한다.

"경찰서에 가도 CCTV부터 확인해 볼 겁니다."

여자는 듣기 싫다는 듯 손을 내저었다.

"보나 마나라니까요. 엘리베이터에서 내리자마자 내가 바로 뒤쫓아갔거든요. 하얀 셔츠에서 한시도 눈을 떼지 않았다고요. 그쪽 동생이 틀림없어요."

공교롭게도 혜민은 오늘 하얀 셔츠 차림이었다. 옷차림만으로 성추행범 취급을 받게 될 줄은 몰랐다. 원망스럽게 셔츠를 내려다보던 그녀의 뇌리에 뭔가가 휙 스쳐 갔다. 여자가 나타나기 직전, 자신의 어깨를 밀치고 엘리베이터에 오른 젊은 남자. 그 남자도 하얀 셔츠를 입고 있었다. 설마 그 남자가…….

혜민은 다급하게 말했다.

"저기요. 지금 생각난 건데, 아가씨가 나타나기 전에 하얀 셔츠를 입은 남자가 지나갔었어요."

사실대로 말했을 뿐인데 여자의 눈매가 대번에 매서워졌다.

"하, 미안하다는 사과는커녕 어디서 개수작질이야? 그런 말 하면 네, 알겠어요, 하고 그냥 넘어갈 줄 알았어? 내가 그렇게 만만해 보여? 합의 따위 국물도 없을 줄 알아. 나라와 사회를 위해서라도 그쪽 같은 쓰레기는 내가 반드시 콩밥 먹게 할 거야!"

흡사 벌집을 잘못 건드린 반응이었다. 독이 잔뜩 오른 여자의 가시 돋친 말에 혜민은 입을 다물 수밖에 없었다. 김지환으로 살다 보니 별의별 일을 다 겪는다. 성추행범이라니. 송혜민으로 살땐 상상조차 할 수 없는 일이었다. 그러고 보니 성추행범은 어째서 거의 다 남자인 걸까.

누명을 쓴 건 억울했지만 여자가 딱히 원망스럽지는 않았다. 여자는 피해자였다. 만약 입장이 바뀌었다면 자신도 여자와 똑같이, 아니 더하면 더했지 덜하진 않았을 터였다. 정말 나쁜 건 그 파렴치한 성추행범이었다. 누군지 잡히기만 해 봐라. 가만 안 둘 테다.

어깨를 밀치고 도망간 그 하얀 셔츠의 남자를 떠올리며 분노하는데 승현의 목소리가 들려왔다.

"아직 범인이 밝혀진 것도 아닌데 그런 말씀은 거북하군요."

혜민의 역성을 드는 승현의 말에 여자가 콧방귀를 뀌었다.

"보나 마나라고 했잖아요."

"제 동생은 아닐 겁니다. 여자한텐 눈길도 주지 않는 녀석이거든요."

"댁네 동생이 성인군자라도 되는 줄 알아요? 여자한테 눈길 안 주는 남자가 어딨다고……."

어처구니없다는 듯이 중얼거리던 여자가 갑자기 입을 다물었다. 여자는 다소 긴장한 얼굴로 목소리를 가다듬고 시선을 허공에 고정시키더니 조심스럽게 말을 꺼냈다.

"지금 그쪽 동생이 게……."

"아닙니다."

말이 끝나기도 전에 부정하는 승현의 단호한 대구에 여자는 허탈하다는 듯 한숨을 내쉬었다. 긴장감은 온데간데없이 사라지고 다시 여유를 되찾은 얼굴이었다.

"지금 나랑 장난하자는 거예요? 그쪽 동생이 실은 여동생이었다고 말할 건가요?"

빈정거리듯 중얼거린 여자의 말이 작살처럼 꽂혀 들었다. 그냥 해 본 말이라는 걸 아는데도 처지가 처지다 보니 태연하게 있을 수 없었다. 이리저리 불안한 시선을 돌리는데 문득 승현이 시야에 들어왔다. 뭐라고 한마디 할 줄 알았던 그는 가만히 입을 다물고 있었다.

화난 기색은 아니었다. 기막히고 어이없어서 말문이 막힌 눈치도 아니었다. 그저 묵묵히 여자의 말을 수용하고 있었다. 아닌 건 아니라고 확실히 말하는 그답지 않았다. 불현듯 가슴 한켠이 서늘해졌다. 좀 전과는 다른 종류의 불안이 밀려들었다. 혹시…….

"찾았습니다!"

직원의 외침에 혜민은 상념에서 깨어났다. 모든 사람들의 시선이 한꺼번에 모니터로 몰려들었다. 모니터 속에서 아까 혜민이 말했던 것과 동일한 상황이 벌어지고 있었다. 혜민의 어깨를 밀치고 지나간 하얀 셔츠의 남자를 본 여자는 어쩔 줄 몰라 했다. 결국 여자가 혜민에게 정중하게 사과하는 것으로 사건은 일단락되었다.

"잘 해결되었으니까 들어가시죠. 호텔에서 사람들 눈에 띄어 봤자 좋을 건 없으니까요. 저흰 지금 집으로 가고 있습니다. 그럼."

승현은 핸들을 돌리며 주저 없이 통화를 끝냈다. 그는 준혁이 기다리고 있는 라운지로 가지 않고 곧장 주차장으로 향했다. 그러고는 준혁에게 전화를 걸어 일방적으로 작별을 통보했다. 통화를 끝낸 그는 성가시다는 듯 휴대전화 전원을 꺼 버렸다. 혜민 역시 전원이 꺼진 상태 그대로 내버려 두었다.

여느 때보다 길고 힘든 하루였다. 하루가 마치 십 년 같았다.

소리 없이 한숨짓는데 까만 차창에 떠올라 있는 조각 같은 얼굴이 눈에 들어왔다. 손으로 가만히 그 얼굴을 쓸어 보았다. 반듯한 이마와 곧게 뻗은 콧날, 도톰한 입술과 매끄러운 턱. 그림 그리듯 이목구비의 선을 따라 반복해 선을 그리던 참이었다.

"나한테 할 말 없어?"

느닷없는 질문에 화들짝 놀라 얼른 손을 내렸다.

"네?"

"왜 수영장에서 있었던 일은 말하지 않은 거지?"

"……나중에 말하려고 했어요."

"최준혁 구한 게 강은채인 건 확실해?"

정곡을 찌르는 질문에 혜민은 순간적으로 흠칫했다. 그냥 던져 본 말인지 아님 알고 그러는 건지 모르겠지만 혜민은 일단 고개를 끄덕였다.

"오늘 같은 일이 또 생기면 그땐 절대 용서 안 할 거야."

신호가 바뀌자 승현은 깜박이를 켜고 좌회전했다. 적막이 감도는 차 안에서 혜민은 밖을 바라보았다. 늦은 시간이라 거리의 상점들은 불이 꺼지고 셔터가 내려져 있었다. 하루를 끝마친 거리는 죽은 듯이 잠들어 있었다. 오늘 밤 저렇게 쥐 죽은 듯이 잘 수 있을까.

아까 보안실에서 보았던 승현의 태도가 자꾸만 마음에 걸렸다. 왜 그는 침묵했을까. 왜 여동생이 아니라고 말하지 않은 걸까. 아닐 거다. 괜한 신경과민인지도 몰랐다. 그냥 말하기 싫으니까 안 할 걸 수도 있었다. 자신의 정체를 알고 있어서 말하지 않은 게 아닐 것이다.

그가 자신의 정체를 알고 있을 리 없었다. 알고 있다면 지금 이렇게 자신을 차에 태우고 집으로 갈 리 없지 않은가. 근데 아까는 왜 입을 다물고 있었던 걸까.

한 번 떠오른 의혹은 쉽게 가라앉지 않았다. 돌림노래처럼 반복되는 의혹에 머리가 지끈거렸다. 혜민은 눈을 감았다. 아무래도 편히 잠자긴 그른 듯했다.

15.

보고서를 읽던 승현은 습관적으로 책상 위를 더듬었다. 손에 잡
혀야 할 머그컵이 없다는 걸 깨닫고 고개를 들었다. 시계를 보니
20분이나 지나 있었다. 탕비실에 살림을 차렸나.

지환이 회사에 들어온 후로 자신의 커피를 챙기는 건 그의 몫이
되었다. 매일매일 하는 일이다 보니 이젠 굳이 말하지 않아도 출
근하면 알아서 커피를 가져다주었다. 가끔가다 늦을 때도 있지만
이렇게까지 늦은 적은 없었다.

그러고 보니 어제도 그제도 오늘만큼은 아니지만 평소보다 늦게
커피를 가져다주었었다. 사무실보다 탕비실에 있는 걸 더 좋아한
다는 걸 알지만, 요즘 들어 부쩍 탕비실에서 오랜 시간을 할애하
고 있었다. 마치 자신의 눈에 띄고 싶지 않아 하는 것처럼.

처음 있는 일은 아니었다. 본가에서 자신의 집으로 온 지 얼마

되지 않았을 때도 그랬었다. 낯가림하는 고양이처럼 자신의 눈치를 보며 조심스러워했었다. 그러나 차츰 시간이 흐르면서 그도 자신도 한 공간에서 같은 시간을 공유하는 게 어색하지 않게 되었다. 외려 눈에 보이지 않으면 허전할 지경에 이르렀다. 그랬는데 어째서 다시 경계심 많은 고양이로 돌아가 버린 걸까.

자기 딴에는 티 내지 않으려고 평소와 다름없이 행동하는데 승현의 눈에는 그의 노력이 훤히 읽혔다. 다른 사람은 몰라도 자신은 알 수 있었다. 그동안 날고 긴다는 수많은 연기자들의 연기를 직접 보아 온 자신이었다. 연기인지 아닌지 척 봐도 알 수 있었다.

승현은 달력의 날짜를 헤아려 보았다. 역시 그날 이후부터였다. 아무래도 호텔에서 무슨 일이 있었던 듯했다. 그날 있었던 일은 은채에게서 전해 들었지만 혹시 빠뜨린 게 있을지도 모른다는 생각이 들었다.

승현은 휴대전화를 꺼내 주소록을 검색했다. 상위에 강은채란 이름이 떴다. 그녀는 신호음이 한참 지나고 난 후에야 전화를 받았다.

―여보세요.

어눌한 말투였다. 잠이 잔뜩 묻어 있는 목소리였다. 대체 지금이 몇 시인데 아직까지 자고 있는 건지. 승현은 작게 혀를 차며 용건을 밝혔다.

"그날 무슨 일이 있었는지 말해 봐요."

―네?

"호텔에서 촬영한 날, 그날 무슨 일이 있었는지 전부 다 말하라고요."

—전에 말씀드린 거 같은데요.

잠이 깬 건지 은채의 목소리가 좀 전보다 또렷해졌다.

"준혁 씨 큰일 날 뻔한 얘긴 안 했잖아요. 그쪽이 구했다면서요."

—동생뿐만 아니라 준혁 선배한테까지 관심이 있는 줄은 몰랐네요.

빈정거리는 뉘앙스에 승현은 미간을 찌푸렸다.

"그쪽이 물에 빠진 준혁 씨 구할 때 제 동생도 있었다면서요. 그 전에 제 동생과 준혁 씨 둘이 같이 있었던 거 아닙니까? 제 동생에 관한 거라면 사소한 거라도 빠뜨리지 말고 말해 달라고 했던 거 같은데요."

은채는 한동안 말이 없었다. 통화하다가 잠든 게 아닌가 의심이 들기 직전, 그녀의 목소리가 수화기를 건너왔다.

—저 보모 아니거든요?

"그게 무슨……."

—잊으셨나 본데 저 이번 영화 여주인공이에요. 대표님 동생이 뭘 하는지 일일이 쫓아다닐 여유 없다고요. 그렇게 걱정되면 직접 따라다니든가 사람을 하나 고용하는 게 어때요?

할 말이 없었다. 승현은 그 일에 대한 추궁은 그만두기로 했다.

"정말 아무 일도 없었나요?"

—제가 아는 한에선 없었어요. 자, 이제 된 거죠? 그럼 전 이만.

은채는 먼저 전화를 뚝 끊어 버렸다. 당돌하긴 하나 버르장머리 없는 여자는 아니었다. 왠지 자신과 대화하는 걸 피하려는 느낌이었다. 말하기 곤란한 것이 있거나 숨기고 있는 게 있을지도 모른다는 생각이 들었다. 역시 그날 무슨 일이 있었던 건가.

그날 호텔에서 있었던 일들을 하나하나 떠올리다 보니 두 가지 사건이 마음에 걸렸다. 첫 번째 사건은 수영장에서 일어났던 사고였다. 서로 약속이라도 한 듯 지환과 은채는 그날 준혁이 물에 빠졌다는 말을 하지 않았었다. 만약 진호에게서 전화가 오지 않았다면 두 사람은 끝까지 그 사건에 대해 함구했을 거란 생각이 들었다.

식당에서 준혁이 지껄였던 말도 의심스러웠다. 그는 은채가 아니라 지환이 그를 구해 주었다고 했었다. 그러나 지환은 같은 장소에 있긴 했지만 준혁을 구한 건 은채라고 했다. 누구 말이 맞는 걸까.

당시엔 지환의 말을 믿었었는데 다시 생각해 봐야 할 문제인 듯했다. 만약 준혁의 말이 사실이라면……. 승현은 고개를 저었다. 의식이 없었던 준혁의 말은 아무래도 신빙성이 떨어졌다.

두 번째는 지환이 치한으로 오해받은 일이었다. 당시 난데없는 봉변에 마음이 많이 상했을지도 모르나 이미 지나간 일이었다. CCTV로 누명을 벗고 상대방으로부터 사과까지 받아 냈으니 깔끔하게 마무리된 사건이었다. 기분 나쁘고 황당한 사건이었지만 굳이 마음에 담아 둘 만한 일은 아니었다. 그렇다면 역시 첫 번째 사건 때문인가. 하지만 누구 말이 맞는 건지 확인하기가 여의치 않는…….

생각에 잠겨 있던 승현의 눈이 번쩍 떠졌다. 어째서 지금까지 그 생각을 하지 못했을까. 특급 호텔이니 수영장에도 CCTV가 있을 터였다. 치한 사건처럼 CCTV를 확인해 보면 누구 말이 맞는지 알 수 있을 것이다.

그는 의자에서 벌떡 일어났다. 재빨리 머릿속으로 오늘 스케줄을 점검했다. 그다지 중요한 일은 없었다. 그는 정 비서에게 오전 스케줄을 전부 오후로 미루라고 지시했다. 그러고는 뒤도 돌아보지 않고 집무실을 빠져나갔다.

승현의 집무실 앞에 당도한 혜민은 표정부터 관리했다. 목을 가다듬고 심호흡을 했다. 아무 일도 없는 것처럼 무심하게 문을 두드렸다. 조용했다. 곧바로 들어오라는 말이 들려올 줄 알았는데 이상했다.

조금만 커피가 늦어도 탕비실로 직접 쳐들어올 정도로 카페인 중독이 심각한 그였다. 오늘은 평소보다 월등히 늦었는데도 감감무소식이었다. 아마 지금쯤이면 상당히 몸이 달아올랐을 텐데 왜 이렇게 조용한 걸까.

혜민은 살짝 집무실 문을 열어 보았다. 텅 비어 있었다. 설마 그새를 못 참고 커피 사러 밖으로 나간 건가. 평소보다 늦긴 했지만 그렇다고 아주 늦은 것도 아닌데. 왜 탕비실로 오지 않고 나간 거지?

집무실을 한 바퀴 휘둘러보던 혜민은 그 자리에 우뚝 멈춰 섰다. 조금 전까지만 해도 승현과 마주치지 않으려 한 주제에 보이지 않는다고 궁금해하다니. 모순된 자신의 태도에 쓴웃음이 나왔다.

며칠이 지났는데도 호텔 보안실에서 잠깐 보았던 승현의 미심쩍은 태도에 대한 의혹은 여전히 앙금처럼 남아 있었다. 목에 걸린 가시처럼 결코 떨쳐 버릴 수 없었던 의혹은 급기야 그와 부딪히는 걸 껄끄럽게 만들어 버렸다.

그를 보면 반사적으로 그때가 상기되었다. 행여 말실수라도 할까 봐 그를 보는 게 두려웠다. 그가 자신에 대해 모르고 있어야 자신은 그의 곁에 있을 수 있었다. 그의 곁에 있기 위해 그를 피해야 하다니. 아이러니한 상황이 아닐 수 없었다.

도로 커피를 가지고 나가려는데 문득 그의 재킷과 자동차 키가 없다는 사실을 알아챘다. 잠깐 커피를 사러 나간 게 아닌 듯했다. 오늘 오전에 외부 스케줄은 없는 거로 아는데 어디 간 걸까.

"여기 계셨군요."

정 비서가 집무실 문가에 서 있었다.

"형 어디 갔어요?"

"잠깐 외출하셨습니다."

"무슨 일로요?"

"별다른 말씀이 없으셨던 걸로 보아 사적인 볼일이 아닌가 싶은데요."

혜민은 순간 잘못 들은 줄 알았다. 사적인 일이라니. 일벌레인 그가 업무 시간에 일을 내팽개치고 사적인 볼일을 위해 외출하다니. 도저히 있을 수 없는 일이었다. 그녀의 마음을 이해한다는 듯 정 비서가 한마디 덧붙였다.

"아주 급한 일인 듯했습니다."

좋아하는 일도 마다하고 뛰쳐나갈 정도로 급한 일이 대체 뭘까. 영화 촬영하는데 무슨 일이라도 생긴 건가. 아니지. 사적인 일이라고 한 걸 보면 영화와 관련된 건 아니라는 건데…….

"계속 여기 계실 겁니까?"

정 비서의 물음에 혜민은 서둘러 집무실을 나왔다. 주인 없는 빈 방에 있고 싶지 않았다. 도로 탕비실로 가려는데 문득 정 비서의 차림새가 눈에 띄었다. 외출하려는 건지 재킷을 갖춰 입고 있었다.

"어디 가시게요?"

"A4용지가 다 떨어져서요."

비품 관리는 원래 정 비서가 아니라 다른 직원 담당인데 오늘 쉬는 날인지 출근을 하지 않았다.

"제가 가서 사 올 테니까 정 비서님은 가서 일 보세요."

"아닙니다. 제가 갈 테니……."

"어차피 저 이제 할 일도 없어요. 심심해서 그러는 거니까 제가 갔다 올게요."

혜민이 고집 부리자 정 비서는 마지못해하며 고개를 끄덕였다. 혜민은 빙그레 웃었다. 데면데면한 다른 직원들과는 달리 정 비서는 자신을 배려해 주는 편이었다. 그는 사내에 도는 자신과 승현에 관한 소문에 대해 그리 신경 쓰지 않는 듯했다. 승현의 오른팔이나 다름없는 측근이니 외려 소문에 더 민감할 텐데 전혀 개의치 않았다. 헛소문이라는 걸 알고 있는 걸까. 아니면 그도 승현처럼 소문 자체를 모르고 있는 걸까.

어쨌든 그에게 고마운 건 사실이었다. 보답 차원으로 뭐라도 해 주고 싶었다. 혜민은 서둘러 지갑을 챙겨 들었다.

오늘도 한숨이 나올 만큼 더웠다. 사무용품점이 회사 근처에 있어서 인터넷으로 주문하느니 직접 가서 사는 게 나았다. A4용지 말고도 간당간당한 프린터 잉크도 사 올 생각이었다. 땡볕을 등에

지고 횡단보도를 건너 우측 골목으로 몇 발자국 걸어간 순간이었다.

"어이, 거기 너."

주위에 아무도 없었기에 자신을 부르는 소리라는 걸 알 수 있었다. 걸음을 멈추고 심상하게 뒤돌아본 혜민의 눈이 커다래졌다.

"반갑다, 김지환."

역광으로 남자의 이목구비가 잘 보이진 않았지만 금니만큼은 선명하게 빛나고 있었다.

세 잔의 커피를 막 비웠을 때였다.

"많이 기다렸지?"

기호가 맞은편 의자에 몸을 내렸다. 그가 자리에 앉자 직원이 곧바로 달려왔다. 그러나 그는 성가시다는 듯 손짓으로 직원을 쫓아 버렸다.

"나 참. 움직이기만 하면 쪼르르 달려오니 귀찮아서 원."

오너의 아들인 기호가 호텔에 뜨면 직원들은 비상사태였다. 승현 역시 희성그룹 본사에 가면 지금과 비슷한 광경을 목격하곤 했기에 그리 놀랍진 않았다.

"가져온 거나 꺼내 봐."

즉각 용건을 밝히자 기호는 질렸다는 표정이 되었다.

"야, 오랜만에 보는 건데 안부부터 물어보는 게 예의 아니냐?"

"일하다 나온 거야. 시간 없어."

"어떻게 넌 변한 게 없냐."

"사람이 변하면 죽을 때라고 했어."

"그래, 오래오래 살아라. 벽에 똥칠할 때까지 오~래."

기호는 악담을 하며 품 안에서 CD 한 장을 꺼냈다.

"달라고 해서 준다만 대체 뭔 일이냐? 최준혁이 사고라도 친 거야?"

"사고 치기 전에 미리 대비해 두는 보험이야."

승현은 기호가 건네준 CD를 챙겨 넣었다. 마지막 커피 잔을 집어 들며 당부를 덧붙였다.

"누구한테도 보여 주지 마. 특히 최준혁한텐 절대로 안 돼."

"걱정 마. 손님들 프라이버시 문제 때문에라도 함부로 오픈 못하니까. 사실 너한테 오늘 복사해 준 것도 원래 하면 안 되는 거거든. 아무리 나라도 들키면 큰일 나니까 너야말로 조심해."

기호는 찝찝하다는 듯 입을 비죽이더니 물을 들이켰다. 승현이 커피를 마저 마시고 일어서자 그가 중얼거렸다.

"예전에 너한테 신세 졌던 거 호텔 영화 촬영 허락해 준 거랑 이거로 퉁친다. 담부턴 아무리 부탁해도 안 돼."

"앞으론 부탁할 일 없을 거다."

승현은 곧장 커피숍을 나왔다. 생각보다 시간이 많이 지체되어 회사로 돌아가면 점심시간이 될 듯싶었다. 곧장 호텔 지하 주차장으로 내려가 차에 탔다. 기호가 준 복사 CD를 꺼내 보았다.

예상했던 대로 수영장에 CCTV가 설치되어 있었다. CD에는 준혁이 수영장에 빠졌던 그날 CCTV에 녹화된 영상이 담겨 있었다. 회사에 가서 확인해 볼까 하다가 생각을 바꿨다. 그는 옆자리에 두었던 노트북 전원을 켰다. CD를 넣고 동영상 파일을 클릭했다. 호텔 수영장 광경이 화면에 떠올랐다.

영상을 확인한 승현은 노트북을 닫고 곧바로 은채에게 전화를 걸었다. 긴 신호음 끝에 잠긴 목소리가 들려왔다. 설마 아직도 자고 있었던 건가.

어이없는 것도 잠시, 이참에 그녀를 확실히 깨워야겠다는 생각이 들었다. 승현은 은채의 귀가 번쩍 뜨일 수밖에 없는 말을 던졌다.

"왜 거짓말한 거죠?"

—네?

"그날 호텔 수영장에서 있었던 일 말입니다."

잠시 침묵이 흘렀다. 풀 죽은 은채의 목소리가 들려온 건 한참이 지나서였다.

—저도 어쩔 수 없었어요.

"거짓말한 이유나 말해요. 그쪽 변명 듣자고 전화한 거 아니니까."

목소리가 평소보다 한 톤 낮게 흘러나왔다. 사실 승현은 지금 간신히 분노를 억누르고 있었다. 녹화 영상을 보고 난 이후 자신이 기만당했다는 걸 깨닫고 걷잡을 수 없이 화가 치밀었다. 그의 분노를 감지했는지 은채의 목소리가 더욱 조심스러워졌다.

—변명하는 거 아니에요. 대표님 속일 생각 추호도 없었어요. 근데 지환 씨 때문에 사실대로 말할 수 없었어요. 얼마나 당황하고 두려워하던지. 그때 대표님이 지환 씨 얼굴 보셨으면 제 심정 이해하실 거예요. 저라도 지환 씨를 안심시켜야 했어요.

비록 보진 않았지만 짐작이 가고도 남았다. 은채에게 정체가 탄로 났다는 걸 알고는 아마 제정신이 아니었을 것이다. 위험수위까지 치솟았던 분노가 어느덧 아래로 내려가 있었다.

—저만 알고 있는 줄 알아요. 대표님은 모르는 거로 알고 있으니까 걱정 마세요. 그래도 혹시 모르니까 조심은 하세요. 의심하고 있을 수도 있으니까요.

은채와 통화를 끝낸 승현은 시트에 등을 기댔다. 비로소 그, 아니 그녀가 경계심 많은 고양이가 된 이유를 알았는데도 후련하긴커녕 더 답답한 기분이었다.

지난 며칠 동안 그녀가 보인 행동으로 미루어 보아 아무래도 자신을 미심쩍어하고 있는 게 분명했다. 괜히 그러는 건 아닐 테고 자신도 모르게 그녀에게 의심할 만한 실마리를 던져 준 모양이었다. 앞으로 어떻게 해야 할까.

깊은 상념에 빠지려는 찰나, 전화벨 소리가 울렸다. 정 비서였다. 회사에 급한 일이라도 생긴 건가.

"여보세요."

—대표님, 빨리 회사로 오셔야 할 것 같습니다.

웬만해선 당황하지 않는 정 비서의 목소리가 상기되어 있었다. 불길한 예감이 들었다. 승현은 시동을 걸며 자세를 고쳐 앉았다.

"무슨 일이지?"

—그게…… 지환 씨가 사라졌습니다.

막 핸들을 돌리려던 손이 굳어졌다. 온몸의 피가 차가워지면서 가슴이 쿵 내려앉았다.

정신이 들었는데도 눈앞이 가물가물했다. 눈을 비비고 싶었지만 팔을 들어 올릴 수가 없었다. 팔뿐만 아니라 다리도 마찬가지였다.

마치 소금에 절인 배추처럼 사지가 늘어져 있었다. 한참을 낑낑거리며 늘어진 몸을 간신히 일으켰다. 단지 일어나 앉은 것뿐인데 눈앞이 빙빙 돌았다. 지독한 어지럼증에 눈을 꾹 감았다 떴다. 좀 전보다 시야가 선명해진 느낌이었다.

사위는 어둑어둑했다. 페인트칠이 군데군데 벗겨진 벽면과 지저분한 바닥. 흡사 버려진 창고 같은 곳이었다. 대체 여긴 어디인 걸까.

혜민은 천천히 기억을 더듬어 보았다. A4용지를 사러 사무용품점으로 가던 중이었다. 횡단보도를 건너서 우측 골목으로 접어들었을 때, 누군가가 자신을 뒤에서 불러 세웠다. 안면이 있는 남자였다. 번쩍이는 금니가 인상적인, 잊으려야 잊을 수 없는 사람이었다. 본능적으로 뒷걸음질 치던 그녀에게 남자가 재빨리 말했다.

'너네 형에 대해 할 말 있으니까 잠깐 얘기 좀 하자.'

승현이 남자와 만났던 게 기억났다. 무슨 일로 그가 남자와 만났던 건지, 남자와는 어떤 관계인지 궁금했다. 호기심은 두려움을 극복하게 해 주었다.

남자는 인적이 드문 한적한 골목으로 그녀를 유인했다. 짙은 색으로 선팅한 승합차가 눈앞에 나타났을 때 비로소 뭔가 잘못되었다는 걸 깨달았다. 도망치려 했지만 승합차에서 튀어나온 남자들에게 금세 붙들리고 말았다. 강제로 승합차에 태워지고 팔에 따끔한 뭔가가 느껴지더니 이내 눈앞이 새까매졌다. 그리고 눈을 떠 보니 이곳이었다.

"납치당한 건가."

옴짝달싹 못하게 결박당한 건 아니지만 휴대전화는 없었다. 무엇보다 몸에 힘이 들어가지 않는 게 수상쩍었다. 아까 팔에 따끔한 뭔가가 느껴졌던 게 몸이 이렇게 된 원인인 듯했다. 인정하고 싶지 않지만 정황상 납치 쪽으로 무게가 쏠렸다. 도대체 왜 날 납치한 거지?

문이 열리는 소리가 들리더니 곧 주위가 환해졌다. 혜민은 눈살을 찌푸렸다. 천장에 붙어 있던 먼지 쌓인 형광등에서 창백한 빛이 쏟아지고 있었다.

"헐, 진짜 멀쩡하네."

"천운이네. 전생에 나라라도 구한 건가."

나이가 그다지 많아 보이지 않는 젊은 남자 두 명이었다. 그들은 동물원 원숭이 보듯 혜민을 위아래로 훑어보며 중얼거렸다. 뒤이어 들어온 중년 남자가 두 남자의 머리통을 후려쳤다.

"쓸데없는 말 지껄일 거면 나가."

남자들은 찍소리도 하지 못하고 돌아섰다. 그럼에도 못다 한 이야기가 남아 있었는지 저들끼리 속살거렸다.

"어떻게 살아난 거지? 거의 죽은 거나 마찬가지였는데."

"누가 구해 준 거 아닐까?"

"근데 왜 지금까지 가만있었을까."

문이 닫히면서 남자들의 목소리는 더 이상 들려오지 않았다. 주위가 물속처럼 고요해졌다. 문가에 서 있던 중년 남자가 걸음을 옮겼다. 그녀를 납치한 장본인이었다. 그가 발을 뗄 때마다 뿌연 먼지가 허공으로 풀썩 날아올랐다.

"얘기 나누기엔 좋은 장소가 아닌 거 같은데요."

혜민은 손으로 코와 입을 틀어막으며 말했다. 남자는 혜민에게

서 두어 발자국 떨어진 곳에 멈춰 섰다. 그가 입을 열었다. 금니가 창백하게 빛났다.

"속셈이 뭐야?"

지금 한 말 그대로 되돌려 주고 싶었다. 그쪽이야말로 무슨 속셈으로 자신을 납치했는지 묻고 싶었다. 하지만 섣불리 나서고 싶진 않았다. 일단 뭐라고 하는지 들어 보자는 생각이 들었다. 혜민이 선뜻 답하지 않자 남자가 이어서 말했다.

"무슨 생각으로 집으로 돌아가지도 않고 형님 회사 근처에서 어슬렁거리는 거냐고. 강원도에서 있었던 일로 어떻게 해 볼 생각이라면 그만두는 게 좋을 거야. 아무 소용없을 테니까."

지금 무슨 말을 하는 건지 이해할 수 없었다. 집으로 돌아가지 않고 형님 회사 근처에서 어슬렁거린다니? 남자는 자신이 승현과 함께 살고 있다는 걸 모르는 모양이었다. 강원도에서 있었던 일은 또 뭘까. 그러고 보니 남자는 자신을 김지환이라고 여기고 있었다. 만약 그가 김지환과 만난 적이 있다면, 그렇다면 강원도에서 김지환과 무슨 일이 있었던 건가.

남자는 혜민이 가만히 있자 멱살을 잡아 일으켜 세웠다. 그가 혜민을 노려보았다. 살기가 뚝뚝 떨어지는 사나운 눈빛이 소름 끼쳤다.

"허튼수작 부렸다간 가만 안 둘 줄 알아."

수작이라니. 여전히 영문을 알 수 없었다.

"네깟 놈이 아무리 발버둥 쳐도 그때 일에 대해 아는 사람 아무도 없어. 증거도 없고. 산속에 CCTV라도 있는 줄 알아? 너 혼자 떠들어 봤자 너만 미친놈 되는 거야. 정신병원에 처넣어지고 싶지 않으면 얌전히 입 닥치고 집으로 들어가 쥐 죽은 듯이 살라고."

무슨 말인지는 모르겠으나 한 가지는 분명했다. 남자는 자신을 위협하고 있었다. 일방적인 위협에 순순히 따를 생각은 없었다. 혜민은 남자를 똑바로 응시하며 대꾸했다.

"싫다면?"

혜민의 반문이 어이없다는 듯 남자는 입을 벌렸다가 험악하게 인상을 구겼다. 그러나 곧 언제 그랬냐는 듯 입가에 조소를 띠며 낮게 뇌까렸다.

"어디 네 맘대로 해 봐. 다시 한 번 그 절벽에서 떨어지고 싶다면 말이지. 한 번은 운이 좋아 살았다 해도 다음번에도 과연 운이 따라 줄까."

혜민은 눈을 까막까막거렸다. 방금 무슨 말을 들은 거지?

"기왕 살아났으니 열심히 살아야 할 거 아냐. 잘 생각해 보라고."

남자는 창백해진 혜민의 얼굴을 보며 만족스러운 미소를 지었다. 그는 그녀의 어깨를 두어 번 가볍게 툭툭 치고는 밖으로 나갔다. 혼자 남겨진 혜민은 멍하니 지저분한 벽을 응시했다. 남자가 남기고 간 말들이 두서없이 떠올랐다.

'강원도에서 있었던 일.'

'다시 한 번 그 절벽에서 떨어지고 싶다면 말이지.'

'기왕 살아났으니 열심히 살아야 할 거 아냐.'

아까 젊은 남자들이 떠들었던 말들도 끼어들었다.

'천운이네. 전생에 나라라도 구한 건가.'

'어떻게 살아난 거지?'

오한이 든 것처럼 온몸이 떨리기 시작했다. 몸통과 팔다리는 물론이고 몸속 내장들까지 딱딱 부딪혔다. 인정하고 싶지 않은 가혹한 진실이 눈앞에 아른거렸다.

아니라고 믿고 싶었다. 자신이 생각하고 있는 게 사실이 아니길 간절히 바라고 또 바랐다. 그러나 아무리 우기고 부정해도 진실의 화살표는 한곳만 가리키고 있었다. 김지환의 신변에 좋지 못한 일이 생겼을지도 모른다.

혜민은 눈을 질끈 감았다. 심장이 떨려서 더는 깊게 생각할 수 없었다. 수차례 심호흡을 반복하며 마음을 진정시키려 노력했다. 추측일 뿐이지 아무것도 확인된 건 없었다. 김지환은 어딘가에서 잘 먹고 잘 살고 있을지도 몰랐다. 지금은 김지환이 아니라 자신의 일이 우선이었다. 납치당한 주제에 이렇게 넋 놓고 있을 때가 아니었다. 일단 어떻게 된 일인지 정리부터 해야 했다.

자신을 납치한 자들은 김지환을 알고 있었다. 그들은 김지환을 강원도에서 만난 적이 있었다. 김지환은 절벽에서 떨어졌다. 그들은 자신을 김지환이라고 알고 있다. 그들은 절벽에서 떨어진 김지환이 다친 곳 하나 없이 멀쩡히 살아 승현의 곁을 맴돌고 있다고 생각했다. 대낮에 자신을 납치해 위협한 걸 보면, 김지환이 절벽에서 추락한 일이 그들과 관련 있는 듯했다. 그렇다면 그들이 김지환을 강원도에서…….

혜민은 고개를 갸웃했다. 이상한 일이지만 낯설다는 생각이 들지 않았다. 마치 어디서 들어 본 이야기 같았다. 강원도, 남자들, 절벽, 추락, 강원도, 남자들, 절벽, 추락, 강원도…….

단어를 반복해 나열하던 와중 번개처럼 뭔가가 뇌리에 번쩍였다. 문경에서 아버지가 들려준 이야기가 떠올랐다. 자신과 쌍둥이처럼 닮은 남자의 이야기. 편의점에서 만났다는 그 남자는 사채업자들에게 쫓기고 있었다고 했다. 그러다 산으로 도망갔고 절벽 아래로 추락했다. 사채업자들은 반송장이나 다름없는 남자를 강물에 유기했다고 했다.

"말도 안 돼."

혜민은 하얘진 얼굴로 고개를 가로저었다. 그러나 입으로 아무리 부정해도 머리와 마음은 확신을 다지고 있었다. 간신히 진정시켰던 마음이 다시금 거칠게 요동치고 있었다.

"그럴 리 없어."

부질없는 부정을 다시 한 번 입에 올리며 혜민은 눈을 감고 손으로 귀를 틀어막으며 몸을 동그랗게 웅크렸다. 아무것도 보고 싶지 않았다. 듣고 싶지도 않았다. 그러나 뇌리에 못처럼 콱 박혀 버린 생각은 웬만해선 빠질 기미가 보이지 않았다.

아버지가 말했던 그 남자와 김지환이 동일인일지도 모른다. 그녀의 내부에서 고요한 폭풍이 휘몰아치고 있었다.

16.

작은 시곗바늘이 6에 가까워져 있었다. 곧 있으면 퇴근 시간이었다. 승현은 자리에서 일어나 집무실을 한 번 둘러보았다. 이 집무실에 들어온 이래 오늘처럼 아무것도 안 한 건 처음이었다. 오전 업무를 오후로 미뤄 놓아 처리할 일이 쌓여 있었는데도 손톱만큼도 건들지 않았다. 일이 도무지 손에 잡히지 않았다.

정 비서의 전화를 받고 부랴부랴 회사로 돌아오자 점심시간이 거의 끝나 갈 무렵이었다. 그녀가 A4용지를 사러 나갔다가 사라졌다는 말에 일단 회사 근처 사무용품점에 가서 확인했다. 점원의 말로는 그녀는 가게에 오지 않았다고 했다.

회사로 돌아온 승현은 진호에게 전화를 걸어 보았다. 지난번처럼 대타가 필요해 그녀를 촬영장으로 급히 데리고 간 걸지도 몰랐다. 그러나 진호는 그녀를 부르지 않았다고 했다. 혹시 준혁이 데

려간 건가 싶었지만 촬영장에 함께 있다는 진호의 증언에 의혹을
접어야 했다.

승현은 휴대전화를 꺼내 보았다. 조용했다. 전화는커녕 문자조
차 오지 않았다. 회사 전화도 마찬가지였다. 혹시나 싶어 아버지와
어머니에게 안부를 빙자해 전화를 해 보았지만 별다른 소득은 없
었다.

납치당한 거라면 이쪽이든 저쪽이든 몸값을 요구하는 전화가 왔
어야 했다. 그런데 이렇게 잠잠한 걸 보면 납치는 아닌 듯했다. 납
치와 가출, 두 가지 경우 중에서 후자로 무게 추가 기울어졌다. 가
출이라. 도대체 왜 가출한 걸까. 스스로의 발로 나갈 이유가 없는
데…….

고개를 돌리는데 책상 위에 놓인 CD가 눈에 들어왔다. 오늘 오
전에 기호에게서 받아 온 호텔 수영장 CCTV 영상이 들어 있는
CD였다. 가출의 실마리가 희미하게 보이는 듯도 했다. 역시 그때
그 일 때문인가.

강은채가 잘 둘러댔다고는 하나 정체가 들통 났다는 걸 알았으
니 예전처럼 지내기 힘들었을 터. 최근 자신을 경계하던 그녀의
태도 역시 그와 같은 연장선상에서 비롯되었을 것이다. 그렇다면
신변의 위험을 느끼고 도망이라도 간 거란 말인가.

손목이 뻐근했다. 자신도 모르는 사이에 주먹에 힘이 잔뜩 들어
가 있었다. 승현은 방금 떠올린 가정을 부정했다. 고작 그런 일로
도망갔다면 그날 호텔에서 사라졌어야 했다. 지금 이 시점에서 사
라지는 건 너무 뜬금없는 타이밍이었다. 더는 지환의 행세를 할
필요가 없어진 거라면 또 몰라도.

뒷덜미가 서늘해졌다. 순식간에 머릿속이 새하얘졌다. 승현은 한동안 멍하게 서 있다가 무너지듯 의자에 주저앉았다. 다리 힘이 빠져나가 더는 서 있을 수가 없었다.

만약 지환의 행세를 할 필요가 없어졌다면 이곳에 있을 이유가 없었다. 그래서 자취를 감춘 거라면, 어쩌면 이대로 영영 나타나지 않을지도 몰랐다. 단지 생각만 했을 뿐인데 눈앞이 아찔했다.

존재하는지조차 몰랐던 가슴 깊은 곳 어딘가가 날카로운 무언가에 찔린 것처럼 뜨겁고 아렸다. 고통은 겹겹이 가리고 모른 척했던 것을 더는 외면할 수 없게 했다. 언제부터였을까. 연민과 동정이 아닌 다른 감정을 가지게 된 게.

처음에는 감시와 경계 차원에서 곁에 두고 지켜봤다. 지환이 아니면서 지환인 그녀를 무작정 내치지 않은 것은, 지환이 돌아왔다고 생각하고 있는 부모님이 받을 충격과 이번 영화의 투자 문제가 걸려 있어서이기도 하지만 무엇보다도 그녀의 목적이 궁금해서였다.

지환과 놀라울 정도로 닮은 얼굴이었지만 단지 그것뿐이었다. 말투나 성격, 행동은 지환과 판이하게 달랐다. 지환은 물 한 컵 자기 손으로 떠다 먹을 줄 모르고 남자가 주방에 들어가면 큰일 나는 줄 알았다. 그러나 그녀는 시키지도 않았는데 스스로 주방에 들어가 스크램블드에그를 만들었고 물을 떠다 먹었다.

지환이 안하무인에 버르장머리 없는 천방지축 말썽꾸러기 문제아인 것에 비해 그녀는 예의 바르고 착실하고 고분고분했다. 가출했다 돌아와 철들었다고 생각할 수도 있지만 며칠만 같이 있어 보면 누구라도 다른 사람이라는 걸 알아차렸을 것이다.

굳이 그 일이 아니었더라도 금세 탄로 났을 터였다. 아무리 얼굴이 닮았다 해도 여자가 남자 행세를 하는 건 무모하기 짝이 없는 일이었다. 대체 무슨 배짱으로 이런 일을 벌인 건지 그 연유가 궁금했다.

돈이 목적이었다면 본가에 눌러앉았어야 했다. 그러나 그녀는 처음부터 독립을 요구했고 한도 없는 카드를 가지고 있으면서도 어머니의 생신 선물을 구입할 때를 제외하면 돈 쓰는 걸 거의 본 적이 없었다. 그녀를 데리고 온 심부름센터와 관련이 있나 싶어 주의 깊게 살펴봤지만 따로 연락을 주고받거나 접촉하는 일도 없었다.

조금이라도 수상한 짓을 하면 바로 내치려 했건만 눈에 띄는 행동도 하지 않았다. 원하는 게 없는 사람처럼 그녀는 아무것도 하려 하지 않았다. 그저 지환의 역할에만 최선을 다할 뿐이었다.

사실 부모님이 받을 충격이나 영화 투자 문제는 아무래도 상관없었다. 부모님은 강한 분들이었고 투자 문제는 계약서를 작성했으니 게임오버였다. 목적이 뭐건 간에 지환이 아닌 그녀를 곁에 두어야 할 이유는 없었다. 그럼에도 자신은 그녀를 내치지 않았다. 심지어 강은채가 그녀의 정체를 빌미로 거래를 요구해 왔을 때도 순순히 받아들였다.

문경에서 있었던 일만 해도 그랬다. 준혁의 유치한 시위 때문에 그녀를 데리고 내려간 거라는 건 핑계에 불과했다. 실상은 자신을 위한 일이었다. 그녀 없인 도무지 일이 손에 잡히지 않을 것 같아서였다. 다음 날 타격이 있을 거라는 걸 알면서도, 사람들이 죄다 뜯어말려도 기어이 그녀를 찾으러 산에 올라갔다. 모두 자신답지 않은 일이었다.

그녀는 자신을 자신답지 않게 만들었다. 기존의 가치관과 신념이 그녀 앞에선 무용지물이 돼 버린다. 그것은 동정과 연민으로는 설명되지 않는 것이었다.

승현의 입가에 씁쓸한 미소가 떠올랐다. 가랑비에 옷이 젖어 드는 것처럼 알지도 못한 사이에 그녀에게 젖어 들었다. 아니 젖어 드는 걸 알면서도 모른 척해 왔다고 하는 게 정확하리라.

막다른 골목에 다다라서야 겨우 인정하다니. 비겁하고 한심했다. 그 대가가 오늘의 결과였다. 그러고 보니 이름조차 모르고 있었다. 그동안 난 뭘 한 거지.

끝이 보이지 않는 상실감과 자책에 뼈저린 후회를 곱씹고 있을 때였다.

"대표님, 대표님."

부름 소리에 승현이 한참 만에 고개를 들었다. 언제 집무실로 들어온 건지 정 비서가 눈앞에 있었다. 그는 승현과 눈이 마주치자 담담하게 말했다.

"용인에서 신호가 끊겼답니다."

귀가 번쩍 뜨였다.

"용인이라고?"

"네."

그녀가 가지고 있는 휴대전화는 위치 추적이 가능하도록 손을 써 놓았었다. 그녀가 지환이 아니라는 걸 알았을 때 혹시나 싶어서 해 둔 건데 여간 다행한 일이 아니었다. 확실한 위치는 아니더라도 어쨌든 꼬리는 잡힌 셈이었다. 캄캄한 암흑 속에서 한 줄기

빛을 발견한 심정이었다.

보고를 마쳤는데도 정 비서는 집무실에서 나가지 않았다. 승현의 의아한 눈길에 그가 고개를 숙인다.

"대표님, 죄송합니다."

원래 A4용지를 사러 나가려 했던 건 정 비서였다. 자신이 그녀에게 일을 떠맡겨 이 사달이 났다고 생각하는 듯했다. 그를 원망하는 마음은 손톱만큼도 없었다. 사실 그의 잘못도 아니었다. 승현은 네가 사과할 일이 아니라고 일축한 후 정 비서를 내보냈다.

혼자가 된 승현은 천천히 눈을 감았다 떴다. 머리가 차가워지면서 명징해졌다. 지금부터 해야 할 일들이 차례대로 떠올랐다. 승현은 망설임 없이 전화를 걸었다. 신호가 얼마 가지 않아 귀에 익은 목소리가 전화를 받았다. 그는 거침없이 용건부터 말했다.

"의뢰할 일이 하나 더 있습니다."

─예, 말만 하십쇼.

"용인 일대에서 사람 하나 찾아 주십시오."

─용인이요?

반문하는 남자의 목소리가 살짝 떨렸다. 왠지 당황한 기색이었다.

"무슨 문제라도 있습니까?"

─아, 아닙니다. 아무 문제없습니다. 인상착의 좀 설명해 주십쇼.

승현은 잠시 심호흡을 했다. 마음의 결정을 내린 그는 오늘 아침에 보았던 그녀의 모습을 떠올렸다.

"청바지에 파란 운동화, 검은색 폴로셔츠 차림입니다. 생김새는

제 동생인 지환이를 닮았습니다."

―네?

"지환이와 착각할 정도로 닮았지만 지환이가 아닙니다."

―그게 무슨……

상대는 좀처럼 말귀를 알아듣지 못했다. 그럴 만도 했다. 지환과 닮았지만 지환이 아니라니. 이상하게 들리고도 남을 것이다. 승현은 말을 바꾸었다.

"지금 찾아야 할 사람은 지환이를 닮은 여자입니다."

지환의 행세를 할 필요가 없어진 거라면 남장을 하고 있지 않을 수도 있었다. 잠시 침묵이 흘렀다. 그래, 놀랄 만도 하겠지. 승현은 남자가 다시 입을 열 때까지 참을성 있게 기다려 주었다.

―여자라고요?

조심스러운 반문이 건너왔다. 설명이 더 필요하다는 소리로 들렸다. 그러나 지금 남자를 납득시킬 여유 따윈 없었다. 승현은 부연 설명 없이 용건만 전달했다.

"용인에서 위치 추적 신호가 끊겼으니 그 근방에 있을 겁니다. 서둘러 주세요."

―……알겠습니다.

여전히 납득하지 못한 눈치였지만 남자는 서둘러 통화를 종료했다. 이런 일을 전문적으로 하는 사람이다 보니 의뢰인이 원하는 바를 파악하는 데 도가 튼 듯했다.

해가 넘어갔는지 창밖이 어둑어둑했다. 퇴근 시간이 훌쩍 지나 있었다. 승현은 자리에서 일어났다. 마냥 앉아서 기다릴 생각을 하니 갑갑했다. 스스로가 무능력하고 무기력하게 느껴져 견딜 수 없었다. 아무래도 직접 용인으로 가야겠다. 아직 퇴근하지 않은 직원들의 인사를 건성으로 받아넘기며 그는 주차장으로 달려갔다.

시간이 얼마나 지난 건지 축 늘어져 있던 팔다리에 조금씩 힘이 들어갔다. 혜민은 몸을 일으켜 세워 손으로 벽을 짚으며 구석구석 살펴보았다. 막연히 버려진 창고인 줄 알았는데 자세히 살펴보니 누군가 살았던 흔적이 여기저기 흩어져 있었다. 버리고 간 그릇이며 옷가지가 심심찮게 눈에 들어왔다. 벽에는 손바닥만 한 창문도 하나 있었다.

먼지가 잔뜩 낀 창문으로 밖을 내다보았다. 시선과 일직선으로 나란히 뻗어 있는 길이 보였다. 혜민은 그제야 이곳이 반지하라는 걸 깨달았다. 예전에 살던 반지하 셋방의 창문 밖 풍경이 지금과 같았었다.

사방이 적막했다. 인기척도, 지나가는 차량 소리도 들려오지 않았다. 가로등 불빛 한 점 보이지 않고 어두컴컴했다. 사람들이 떠나 버린 주택가인 듯싶었다. 사람의 발길이 끊긴 버려진 주택가가 범죄의 온상이 된다는 말을 어디선가 들었던 기억이 났다. 사람 하나 납치해 가두어 둔다 해도 아무도 모를 만했다.

혜민은 그 자리에 쪼그리고 앉았다. 막다른 골목을 앞에 둔 것처럼 막막했다. 이제 난 어떻게 되는 걸까.

모든 정황이 아버지가 말한 그 남자가 김지환인 걸 부정할 수 없게 했다. 최악의 상황이 분명한데 희한하게도 김지환이 잘못되었다는 생각은 들지 않았다. 절벽에서 떨어졌어도 숨이 붙어 있었던 그였다. 강에 버려졌다 해도 죽었다고 단정 지을 순 없었다. 인간적으로 김지환이 겪은 일은 안타깝고 충격적이지만 자신이 당장할 수 있는 일은 없었다. 지금은 자신의 안위를 생각하는 게 우선이었다.

중상을 입은 김지환을 강물에 던져 버린 흉악한 놈들이었다. 한 번이 어렵지 두 번, 세 번은 쉬운 법이다. 자신을 김지환으로 알고 있으니 더더욱 거리낌 없을 터였다. 대낮에 버젓이 사람을 납치한 놈들이었다. 도대체 뭐 하는 놈들일까.

아버지는 김지환이 사채업자들에게 쫓기다 절벽에서 떨어졌다고 했었다. 자신을 납치한 남자는 김지환이 당한 일을 알고 있었다. 그렇다면 남자는 그 사채업자와 동일인이거나 한 패거리일 가능성이 높았다. 결국은 사채업자라는 말인데, 아파트 앞까지 찾아왔던 사채업자들 외에 돈을 빌린 사채업자가 또 있었던 모양이다. 지난번 승현이 남자와 커피전문점에서 만난 게 김지환이 빌린 돈 문제 때문이었다면 모든 아귀가 들어맞는 셈이었다.

한숨이 절로 흘러나왔다. 김지환 너는 대체 돈을 어디서 얼마나 빌린 거냐. 그런 일을 당한 것도 자업자득이니 억울할 거 없다고, 앞으로 정신 차리고 똑바로 살라고 면전에 대고 꼭 말해 주고 싶었다.

느닷없이 문이 벌컥 열렸다. 아까 그녀에게 위협적인 말을 쏟아냈던 남자였다. 그는 성큼성큼 걸어왔다. 가까이서 보니 표정이 심상치 않았다. 심사가 잔뜩 뒤틀린 얼굴이었다.

"너!"

다짜고짜 소리쳤던 남자는 입을 다물더니 눈을 부릅뜨고 혜민을 찬찬히 훑어보았다. 혜민은 몸을 더욱 웅크렸다. 남자의 시선이 불편했다.

"파란 운동화에 청바지, 검은색 폴로셔츠라. 돌아 버리겠군."

혼잣말로 중얼거리다 입을 꾹 다문 남자가 한참 만에 불쑥 물었다.

"너 누구야?"

뜻밖의 질문이었다. 혜민은 어리둥절했다. 왜 저런 질문을 하는 거지?

"누구냐고!"

재차 묻는 말에 더듬더듬 대답했다.

"지금 무슨……."

말이 채 끝나기도 전에 남자는 혜민의 멱살을 거칠게 틀어쥐었다. 그러더니 다짜고짜 셔츠 앞자락을 잡고 위로 훌렁 올려붙였다. 안에 입고 있던 민소매 티셔츠가 겉옷과 같이 딸려 올라가는 바람에 가슴을 동여맨 붕대가 고스란히 드러나 버렸다.

어떻게 손쓸 겨를도 없었다. 모든 게 순식간에 벌어진 일이었다. 충격으로 온몸이 굳어져 손가락 하나 움직일 수 없었다. 남자는 바닥으로 그녀를 거칠게 내팽개쳤다. 그는 창백하게 질린 혜민의 얼굴을 바라보며 잇새로 혀를 찼다.

"제기랄! 어떻게 일이 꼬여도 이렇게 개같이 꼬이냐고."

남자는 욕설을 내뱉으며 발끝에 걸리는 그릇이며 옷가지를 뻥뻥 차 댔다. 그의 발길질에 혜민의 어깨가 흠칫흠칫했다. 애꿎은 쓰레기에게 화풀이를 하던 남자는 돌연 혜민을 쳐다보았다. 핏발 선 눈이 소름 끼쳤다. 고개를 돌리려 하자 성큼 다가온 남자가 그녀의 턱을 붙들어 고정시켰다.

"잘 들어. 너랑 나, 만난 적 없는 거야. 내 얼굴 본 적도 없고 나한테 들은 말도 없어. 우린 모르는 사이야. 알았어?"

무슨 말을 하는지 모르겠다. 혜민이 대답하지 않자 남자가 버럭 소리 질렀다.

"왜 대답이 없어?!"

까딱하다간 한 대 후려칠 기세였다. 흉흉한 기세에 눌려 혜민은 반사적으로 고개를 끄덕였다. 그녀가 수긍한다는 뜻을 보이자 남자의 목소리가 누그러졌다.

"그래. 그러는 게 좋을 거야. 조금이라도 아는 척하면 앞으로 밤길 조심해야 할 거야. 너 하나 처리하는 거 일도 아니니까."

살기가 번뜩이는 눈이 단순한 으름장이 아니라고 말하고 있었다.

차를 타고 한 시간 정도 달리자 번화가가 나왔다. 도로 표지판을 보니 용인시였다. 남자는 혜민에게 빼앗았던 휴대전화를 돌려주며 마지막으로 당부했다.

"아는 척하면 죽는다."

그는 패스트푸드점 앞에 차를 세운 후 혜민에게 내리라고 했다. 어디 가지 말고 안으로 들어가 얌전히 있으라고 했다. 혜민은 남자가 시킨 대로 따랐다. 혼자 멀뚱히 앉아 있기 뭐해서 콜라 한 잔을 시켰다. 콜라를 보니 오늘 점심도 저녁도 먹지 않았다는 게 생각났다. 허기가 져야 마땅한데 하나도 배가 고프지 않았다.

테이블 위에 손도 대지 않은 콜라를 놔둔 채 전원이 꺼진 휴대전화를 만지작거렸다. 의도적으로 미뤄 두고 생각하지 않으려 했던 서늘한 얼굴이 떠올랐다.

지난번 호텔 사건에 이어 또다시 말도 없이 사라졌으니 지금쯤 엄청 화가 났을 것이다. 한시라도 빨리 전화해야 한다는 걸 아는데도 선뜻 손이 가지 않았다. 혜민은 물끄러미 휴대전화를 노려보았다. 겉으로는 평온해 보여도 뒤숭숭한 건 여전했다.

너무나 많은 일들이 있었다. 남자는 자신의 정체를 어떻게 알았을까. 옷을 들추기 전부터 자신이 여자라는 걸 이미 알고 있었던 눈치였다. 어째서 자신을 이토록 순순히 풀어 준 걸까. 아니 어디가지 말고 여기 있으라고 했으니 풀어 준 게 아닐지도 몰랐다. 도대체 무슨 꿍꿍이인 걸까. 왜 아는 척하지 말라고 신신당부한 걸까. 김지환의 일은 또 어떻게 한단 말인가.

혜민의 얼굴에 수심이 드리워졌다. 김지환을 생각하니 한숨부터 나왔다. 차라리 아무것도 몰랐더라면. 승현이나 다른 가족들에게 김지환의 일을 알리는 게 도리였다. 그렇게 하려면 먼저 자신이 김지환이 아니라는 걸 밝혀야 했다. 그러나 그건 김지환 프로젝트에 위배되는 일이었다.

김지환 프로젝트를 하기로 하면서 나눔기획으로부터 빚을 탕감받기로 했다. 만약 자신이 김지환 프로젝트를 어긴다면, 빚 탕감이 물거품 되는 것도 문제지만 아버지가 더 큰 문제였다. 아버지는 나눔기획의 감시하에 일을 하며 돈을 갚고 있었다. 여차하면 신체 포기각서에 아버지의 지장이 찍히게 될 수도 있었다. 인질이나 다름없는 아버지를 생각하니 섣불리 움직일 수가 없었다.

아버지는 그녀의 유일한 가족이었다. 김지환은 난생처음으로 좋아하게 된 사람의 동생이었다. 둘 중 누구 하나만 택할 수 없었다.

둘 다 중요했다. 골이 지끈거렸다. 절대 빠져나올 수 없는 딜레마에 빠진 기분이었다.

테이블에 엎드렸다. 차갑고 딱딱한 테이블에 이마를 대고 있는데 문득 시선이 느껴졌다. 지나가며 흘끔거리는 시선치곤 끈질겼다. 고개를 살짝 든 혜민의 눈이 휘둥그레졌다.

거짓말처럼 승현이 눈앞에 서 있었다. 그는 말없이 그녀를 가만히 내려다보고 있었다. 숨도 쉴 수 없었다. 고개를 돌릴 수도 없었다. 그는 자신을 내려다보고 자신은 그를 올려다보고. 그 자세 그대로 돌이 되어 버린 것처럼 꼼짝도 할 수 없었다. 그렇게 얼마나 지났는지 모를 시간이 지나고 혜민은 문득 한 가지 사실을 깨달았다.

처음에는 그가 화가 났다고 생각했었다. 그러나 그렇지 않았다. 언뜻 보면 차갑게 굳어진 무표정한 얼굴이었지만 자세히 들여다보면 검은 동공이 미세하게 흔들리고 있었다.

출렁출렁. 금방이라도 넘쳐흐를 것 같은 위태로움이 느껴졌다. 그동안 쌓이고 쌓였던 어떤 감정이 위험수위에 다다른 듯했다. 그러나 그는 한 방울도 흘리지 않으려고 버티고 있었다. 마치 그것만이 생명줄인 것처럼 꽉 붙들고 있었다. 대체 뭘 저렇게 필사적으로 붙들고 있는 걸까.

한참 만에 승현이 말했다.

"가자."

밖으로 나와 두 블록쯤 떨어져 있는 주차장을 향해 걸어갔다. 그는 아무 말도 하지 않고 묵묵히 걷고 있었다. 혜민은 앞서 걸어가는 승현의 뒷모습을 뚫어져라 바라보았다. 서울에서 용인은 꽤 먼 거리였다. 어떻게 자신이 여기 있다는 걸 알고 찾아온 걸까. 의문은 뜻밖의 사람이 풀어 주었다.

"찾으시는 분이 맞습니까?"

가로등 불빛에 금니가 반짝였다. 혜민의 눈이 커다래졌다. 패스트푸드점 앞에 내려 주고 가 버린 줄 알았던 남자가 주차장 입구에서 기다리고 있었다. 남자는 놀란 혜민은 본체만체하면서 승현에게만 알은체를 하고 굽실거렸다. 승현은 남자에게 가볍게 목례했다.

"네, 애쓰셨습니다."

"애쓰긴요. 그게 저희 일인데."

남자는 매우 공손하고 예의 바르게 대꾸했다. 아까 그녀에게 윽박지르고 소리쳤던 사람과 동일인이라는 게 믿기지 않을 지경이었다.

"먼젓번 의뢰도 되도록 빠른 시일 내에 완료하도록 하겠습니다. 또 의뢰하실 일 있으시면 언제든 연락 주십시오. 열 일 제쳐 놓고 바로 해 드리겠습니다."

혜민에게 아는 척하지 말라고 협박했던 남자는 그녀에게 눈길 한 번 주지 않고 가 버렸다. 혜민은 방금 전의 상황을 곰곰이 되새겼다.

뭐가 어떻게 돌아가고 있는 건지 모르겠다. 살갑지는 않지만 승현과 남자는 이전에 몇 번 만나거나 연락을 주고받은 사이로 보였다. 김지환의 돈 문제로 만난 사이처럼 보이지는 않았다. 두 사람은 전혀 다른 세상에 속한, 절대로 섞일 수 없는 부류였다. 어째서 승현은 그런 부류의 사람과 알고 지낸 걸까. 남자의 정체는 뭘까?

"어떻게 된 거예요?"

막 시동을 걸려던 승현은 혜민의 조심스러운 질문에 고개를 돌렸다.

"뭐가?"

"방금 그 사람이요. 누구예요?"

대답 대신 돌아온 건 얼굴이 뚫어질 듯한 시선이었다. 잠시 갈등하는 듯했던 그는 이내 모든 걸 내려놓았다는 듯 덤덤하게 대꾸했다.

"심부름센터 대표."

사채업자가 아니라고? 예상과 전혀 다른 남자의 직업에 놀라 혜민은 저도 모르게 반문했다.

"네?"

"심부름센터 대표라고."

"사채업자가 아니고요?"

혹시 나눔기획처럼 사채업과 심부름센터를 같이 운영하는 건가 싶어 물어보았다. 승현은 그녀를 이상하다는 눈으로 바라보며 말했다.

"아니. 왜 그런 걸 묻는 거지?"

"그게…… 인상이 좀 그래서요."

대충 얼버무리며 혜민은 얼른 입을 다물었다. 나지막한 승현의 한숨 소리가 들려왔다.

"사람 겉모습만 보고 판단하면 안 돼. 사람 찾는 일 전문으로 하는 업체야."

사람 찾는 일이 전문이라는 그의 말에 혜민은 혹시나 하는 마음으로 물었다.

"그럼 내가 여기 있는 것도 그 사람이……."

"내가 의뢰했어. 너 찾아 달라고."

주차장을 빠져나오며 승현은 나지막하게 그러나 힘주어 말했다.

"다음에 또 가출하면 이번처럼 조용히 안 넘어갈 거다."

가출? 승현은 자신이 남자에게 납치당한 일을 모르는 모양이었다. 늦은 시간이라 도로는 막히지 않았다. 거침없이 나아가는 차량들처럼 혜민의 생각도 거침없이 앞으로 나아갔다.

그녀를 납치한 남자는 사채업자가 아니라 심부름센터를 운영하는 사람이었다. 그리고 승현은 남자의 의뢰인이었다. 승현은 남자에게 자신을 찾아 달라고 의뢰했다. 그는 자신이 남자에게 납치당했다는 사실을 모르고 있었다. 그렇다면 오늘의 납치 사건은 남자가 단독으로 저지른 게 틀림없었다. 그래서 자신에게 아는 척하지 말라고 당부를 빙자한 협박을 했던 건가.

남자와 승현은 이전에도 몇 차례 연락을 주고받은 사이 같았다. 아마 승현이 그에게 어떤 일을 의뢰했던 듯싶었다. 그러고 보니 남자는 김지환을 알고 있었다. 김지환은 사채업자인 줄 알았던 남자에게 쫓기다 절벽에서 떨어졌고 강에 유기되었다. 남자는 사채업자도 아닌데 왜 김지환을 쫓고 있었을까. 만약 누군가의 의뢰를 받아서 그런 거라면…….

팔뚝에 소름이 오슬오슬 돋아났다. 방금 떠올린 가정이 너무나 끔찍해서 다시 떠올리는 것조차 두려울 지경이었다. 말도 안 돼. 그럴 리 없잖아. 터무니없는 생각에 고개를 내저었다. 그러나 만에 하나 정말 승현이 남자에게 김지환을 쫓으라고 의뢰한 거라면…….
그가 왜 그런 의뢰를 한단 말인가. 도대체 무슨 이유로.

조용히 운전하던 승현이 불쑥 말했다.

"내일 출근하면 정 비서한테 사과부터 해."

"네?"

"자책하고 있거든. 오늘 일이 자기 때문이라고."

"아, 네."

무심히 고개를 끄덕이며 정 비서를 떠올리던 혜민은 순간 뇌리
를 스친 생각에 온몸이 굳어졌다.

사내에 떠도는 소문이 하나 있었다. 희성그룹 후계자 자리를 놓
고 승현과 자신이 경쟁 중이라는 소문이었다. 직원들이 자신과 데
면데면해진 결정적인 이유이기도 했다. 헛소문이라고 치부하고 혜
민은 소문에 마음을 두지 않았었다. 그런데 그 소문이 헛소문이
아니라 사실이라면 김지환은 승현에게 있어서 눈엣가시 같은 존재
였을 것이다. 그래서 남자에게 의뢰한 거라면…….

아니다. 그건 아닐 것이다. 남자는 자신이 김지환인 줄 알고 납
치했다. 강원도에서 죽은 줄 알았던 김지환인 줄 알고 자신을 납
치해 입을 막으려 했다. 승현은 자신이 남자에게 납치되었다는 걸
모르고 있었다.

만약 그가 남자에게 김지환을 쫓아 없애라고 의뢰한 거라면 오
늘 일에 대해 모를 이유가 없었다. 남자가 자신에게 모른 척하라
고 했을 리도 없었다. 역시 승현은 김지환의 일과 무관한…….

끼이익—

귀청을 찢는 듯한 소리와 함께 별안간 몸이 튕겨 나갈 것처럼

앞으로 쏠렸다. 앞창 너머 하얀 헤드라이트 불빛 속에 강아지 한 마리가 어딘가로 급히 뛰어가고 있는 게 보였다. 갑자기 도로 옆에서 튀어나온 강아지 때문에 급하게 브레이크를 밟은 모양이었다.

"괜찮아?"

"네."

혜민은 멍하니 고개를 끄덕이다가 시선을 무심코 내렸다.

"아."

옆에서 뻗어 나온 승현의 팔이 혜민의 가슴 언저리를 가로지르고 있었다. 급제동하면서 반사적으로 팔을 뻗은 듯했다. 혜민의 시선을 따라간 승현이 얼른 팔을 치웠다. 태연해 보였지만 그의 손끝이 미세하게 떨리고 있었다. 눈도 마주치려 하지 않는 그를 보며 혜민은 지금까지 간과한 사실이 하나 있다는 걸 깨달았다.

뒤에서 경적 소리가 들려왔다. 승현은 차를 다시 출발시켰다. 차 안은 깊은 물속처럼 적막했다. 혜민의 머릿속도 적막했다. 알고 있었구나. 다 알고 있었어.

옷을 들추기 전, 남자는 이미 자신이 여자라는 걸 알고 있었다. 자신을 찾아 달라고 의뢰한 사람은 승현이었다. 남자에게 자신이 여자라는 걸 알려 준 사람이 누구인지 자명했다. 역시 그때 은채의 집에서 알게 된 건가. 어째서 지금까지 모른 척하고 있었던 걸까. 답은 금방 나왔다.

김지환이 강원도에서 당한 사고와 그가 연관되어 있다고 가정하면 모든 아귀가 들어맞았다. 자신이 가짜라고 밝혀지거나 갑자기 사라지면 사람들은 진짜 김지환을 찾으려 할 것이다. 그러면 자칫 강원도 일이 알려질 수도 있었다. 그렇게 되면 김지환의 사고와 관련 있는 자들은 곤란해질 터. 즉, 자신의 존재는 김지환의 사고를 은폐하는 데 있어서 최고의 연막인 셈이었다.

문경에서의 일만 해도 그랬다. 자신이 길을 잃었을 때 그가 필사적으로 찾아 헤맸던 것도 동생이라 걱정했던 게 아니었을지도 몰랐다. 만약 그가 자신의 정체를 알지 못했다면 오늘 남자에게 자신을 찾으라는 의뢰를 했을까.

"추워?"

신호에 걸려 차를 멈춘 승현이 그녀를 빤히 바라보고 있었다.

"추우면 춥다고 말해. 감기 걸려서 골골대지 말고."

혜민은 그제야 자신이 덜덜 떨고 있다는 걸 알았다. 전혀 춥지 않은데 몸은 걷잡을 수 없이 떨리고 있었다.

자신을 살피는 검은 눈동자는 주의 깊고 진지했다. 진심으로 걱정하는 눈이었다. 몇 시간 전에 지금의 그를 보았다면 김지환에게 참 좋은 형이라고 생각했을 것이다. 문득 슬퍼졌다.

승현은 에어컨을 끄고 창문을 조금 열었다. 밖에서 들어온 후덥지근한 바람이 얼굴을 어루만지듯 스쳐 갔다. 마치 자신을 달래주려는 손길처럼 느껴져 괜히 눈물이 나오려 했다. 혜민은 눈을 질끈 감았다.

"피곤하면 자. 도착하면 깨워 줄 테니까."

차가운 말투였지만 자상한 마음 씀씀이가 담겨 있었다. 오늘따라 자신을 더 챙겨 주는 그가 야속하고 미웠다. 그보다 더 밉고 싫은 건 여전히 그를 좋아하고 있는 자신의 마음이었다. 그가 자신을 걱정해 주는 모습에 설레고 긴장하는 자신이 못 견디게 싫었다. 이용당하고 있다는 걸 알고도 마음을 접지 못하고 있는 스스로가 바보 같았다.

미안하다, 김지환. 지금까지 널 원망하고 욕했던 거 다 사과할게. 난 그럴 자격도 없으니까.

이제 차 안에 시원한 기운은 하나도 남아 있지 않았다. 후덥지근한 여름밤의 공기만 무겁게 가라앉아 있었다.

17.

"컷!"

우렁찬 진호의 목소리에 뒤이어 박수와 환호가 동시에 터져 나왔다. 3개월에 걸친 대장정이 방금 막 끝난 참이었다. 첫 촬영과 마지막 촬영을 지켜보게 된 혜민도 감개무량한데 그동안 동고동락한 스태프들과 배우들은 오죽할까 싶었다. 후련함과 아쉬움이 뒤섞인 박수와 환호는 꽤 오랫동안 계속되었다.

그동안 촬영 현장을 여러 차례 방문한 덕분에 영화 촬영에 대한 호기심은 이제 없다고 봐도 무방했다. 그래서 별생각 없이 따라왔는데 막상 현장에 와서 마지막 촬영을 보고 나니 감회가 남달랐다. 정말 끝났다는 게 실감 나면서 이제 스크린에 걸릴 일만 남았다고 생각하니 설레고 기대되었다.

이야기 순서대로 편집하고 음악과 특수 효과가 가미되어 최종적으로 완성된 영화는 어떨지 궁금했다. 시나리오가 너무 좋았기에 그 느낌과 분위기를 잘 살린 영화가 되길 빌었다.

"잠깐 여기 있어. 얘기 좀 하고 올 테니까."

제작부 직원에게 다가가는 승현의 뒷모습을 바라보며 혜민은 한숨을 내쉬었다. 사실 오늘 이 자리에 참석할 예정은 아니었다. 그러나 제작사 대표인 승현이 촬영장을 방문하게 되면서 부록처럼 따라오게 되었다.

요즘 승현은 외부로 나갈 때 거의 대부분 그녀와 동행하고 있었다. 납치 사건 이후 잠시도 그녀를 홀로 내버려 두려 하지 않았다. 납치 사건을 가출 사건으로 오해하고 있어서 혼자 두면 또 가출할 거라 여기는 듯했다. 직접적으로 말을 하진 않았지만 그녀를 눈 닿는 곳에 두거나 옆에 사람을 붙여 두는 걸 보면 그랬다.

그의 입장에선 당연했다. 그는 자신을 믿지 않으니까. 그동안 김지환을 믿지 않아서라고 생각했었는데 아니었다. 그는 김지환이 아닌 자신을 믿지 않는 거였다. 그의 동생 행세를 하며 모두를 속이고 있는 정체 모를 여자가 얼마나 수상쩍었을까.

그런데도 내치지 않고 지금까지 그냥 놔둔 건 김지환이 당한 사고 때문일 것이다. 하지만 언제까지 이렇게 지낼 순 없을 터. 언젠간 김지환 프로젝트는 끝날 테고 자신은 사라질 것이다. 김지환이 그때까지 나타나지 않는다면 승현은 어떻게 되는 걸까.

한때 김지환 프로젝트를 그가 주도한 게 아닐까 의심하기도 했었다. 그러나 곧 아니라는 결론에 도달했다.

김지환 프로젝트는 아버지가 쓴 사채로부터 비롯된 일이었다. 승현이 김지환 프로젝트를 기획했다면, 김지환과 닮은 자신의 존재를 미리 알고 아버지가 사채를 쓰도록 해야 했다. 나눔기획 형제들과도 사전에 공모가 되어 있어야 했고. 그러나 나눔기획 형제들은 자신을 보고 진심으로 놀란 반응을 보였었다.

만약 승현이 김지환 프로젝트를 추진한 거라면 김지환이 사고가 난 이후에 했을 것이다. 허나 김지환이 사고를 당했을 때 아버지는 이미 사채를 빌려 강원도에 머물고 있던 상황이었다. 시간상으로 앞뒤가 맞지 않았다. 그와 김지환 프로젝트는 아무런 연관이 없다고 봐야 했다. 순전한 우연이었다. 그에게 김지환 프로젝트는 길 가다 주운 로또가 1등에 당첨된 것과 같은 행운인 셈이다.

그가 자신을 이용하고 있다고 해도 자신은 그를 비난할 권리가 없었다. 따지고 보면 피장파장이니까. 승현이 자신을 속이는 것처럼 자신 또한 김지환의 가족과 지인들을 속이고 있는 입장이었다. 그를 손가락질하고 비난할 권리가 자신에겐 없었다. 그 또한 마찬가지였다. 비난할 자격이 있는 사람은 오직 김지환뿐이었다. 그만이 순수한 피해자였다. 죄인인 자신과 승현은 그의 처분을 얌전히 받아들여야 할 것이다.

"좀 비켜 줄래요?"

혜민은 조명기기를 들고 나르는 스태프를 피해 구석으로 갔다. 촬영 장비를 정리하는 스태프들을 멍하니 구경하다 보니 눈앞의 광경이 꿈인지 현실인지 분간이 가지 않았다. 어쩌면 지금까지 있었던 모든 일들이 꿈이었던 건 아닐까. 자신은 납치당한 적이 없고 승현은 자신의 정체를 모르고 있으며 김지환은 강원도에 간 적이 없었던 거라면……

쓴웃음이 입가에 걸렸다. 잠깐만 방심하면 늘 이랬다. 벌써 몇 번째인지. 사실 아직도 실감 나지 않는 게 솔직한 심정이었다. 내가 좋아하는 사람이 그런 짓을 저질렀을 거라고 믿고 싶지 않았다. 내가 잘못 안 거라고 믿고 싶었다. 머리와 가슴이 다른 사람처럼 제각각 따로 놀았다.

박수 소리가 상념을 깨웠다. 준혁의 매니저인 김 실장이 박수를 치며 좌중의 이목을 집중시키고 있었다.

"오늘 저녁은 준혁이 팬클럽인 준사모에서 마련해 주셨다고 합니다. 다들 가지 마시고 식사하고 가시죠."

김 실장의 말이 끝나자마자 진호가 무척 놀랐다는 투로 되물었다.

"아니, 또 조공 들어온 거예요?"

"네, 이번엔 해외 팬분들도 같이 참여했답니다."

두 사람의 대화로 미루어 이번이 처음 있는 이벤트가 아닌 모양이었다. 김 실장이 안내한 곳으로 가니 언제 준비한 건지 출장뷔페가 차려져 있었다. 준혁의 사진이 프린트 된 현수막과 맞춤 케이크도 있었다. 먼저 온 스태프들 손엔 준혁의 사진이 인쇄된 스티커가 붙은 쇼핑백이 하나씩 들려 있었다. 쇼핑백엔 간단하게 요기할 만한 과자들이 들어 있었다.

"저걸 다 팬들이 준비한 거라고요?"

"그래. 처음엔 도시락 세트랑 커피가 트럭째 왔었지. 그다음엔 덥다고 팥빙수랑 아이스크림 차가 왔었고. 캬, 팥빙수 진짜 맛있었는데."

그때의 기억을 떠올리며 진호는 입맛을 다셨다. 이런 팬 문화에 대해 잘 모르던 혜민은 진심으로 놀랐다. 누군가를 위해 자신의 돈과 시간을 아낌없이 투자하다니. 참으로 대단한 정성과 노력과 열정이 아닐 수 없었다. 자신은 죽었다 깨어나도 이렇게는 못 할 것 같았다.

준혁과 김 실장은 팬으로 보이는 여자 서너 명과 담소를 나누며 사인을 해 주고 사진을 찍고 있었다. 외국인들도 간간이 눈에 띄었다. 새삼 준혁이 한류 스타라는 게 피부로 와 닿았다.

따로 마련된 테이블에 자리 잡고 앉았다. 막 탕수육을 먹으려 하는데 맞은편에 은채가 접시를 내려놓았다. 누가 여배우 아니랄까 봐 접시엔 풀만 가득했다. 분장을 하지 않은 평범한 차림새인데도 배우는 배우인지 얼굴에서 빛이 났다.

그녀는 이미 며칠 전 모든 촬영을 끝마친 상태였다. 따라서 오늘 현장에 나오지 않아도 상관없었다. 그러나 그녀는 마지막 촬영까지 함께하는 의리를 보여 주었다.

"요즘 무슨 일 있어요?"

눈만 들어 그녀를 쳐다보았다. 안부를 묻는 것치곤 그 내용이 심상하지 않았다. 에두르지 않고 단도직입적으로 묻는 걸 보니 아까부터 묻고 싶었던 걸 참아 왔던 모양이다.

전부터 묻고 싶었던 게 있는 건 이쪽도 마찬가지였다. 그런데 무엇부터 물어야 할지 모르겠다. 천천히 말을 고르는 데 안달이 난 건지 그녀가 재차 말을 걸어왔다. 혜민이 대꾸가 없자 무시당했다고 여긴 듯했다.

"전보다 말랐어요. 안색도 안 좋아 보이고. 무슨 일이에요?"

안색이 좋을 리가 있나. 몰랐으면 좋았을 걸 알아 버렸는데. 뭐라고 한마디 하려는데 누군가가 불쑥 끼어들었다.

"두 사람 무슨 얘기하는 거야?"

팬들과 얘기를 끝냈는지 준혁이 테이블 가까이 와 있었다. 그는 혜민의 옆자리가 빈 것을 보고 냉큼 앉으려 했다. 그러나 누군가가 한발 빠르게 접시를 테이블 위에 내려놓더니 의자를 뒤로 뺐다.

"미안하지만 여긴 제 자립니다."

언제 온 건지 승현이 무뚝뚝하게 중얼거렸다. 준혁이 인상을 구기며 뭐라고 하려 하자 눈치 빠른 승현이 재빨리 선수 쳤다.

"덕분에 잘 먹겠습니다. 팬분들께 감사하다고 전해 주십시오."

아직 돌아가지 않은 팬들의 시선을 의식했는지 준혁은 곧 표정을 펴고 입을 다물었다. 그는 아무 일 없다는 듯 맞은편 은채의 옆자리에 앉았다. 승현도 자리에 착석했다.

다들 묵언 수행을 하기로 한 건지 화기애애한 다른 테이블과는 달리 한마디도 오가지 않았다. 언뜻 보면 먹는 데 집중해서 조용하다고 생각할 수도 있었다. 그러나 위태로운 분위기가 전부 다 감춰지는 건 아니었다.

준혁이 입을 열면 한바탕 폭풍이 휘몰아칠 거란 예감이 들었다. 팬들의 시선이 미쳐 날뛰려는 그를 구속하는 사슬이 되어 주었다. 만약 그의 팬들이 이 자리에 없었다면 지금과는 사뭇 다른 풍경이 되었을지도 몰랐다.

불편한 정적이 흐르는 가운데 가끔 은채의 시선이 느껴졌지만 혜민은 모른 척하며 음식을 기계적으로 입에 넣었다. 맛을 느끼긴 커녕 모래알을 씹는 기분이었다. 그래도 꾸역꾸역 입 안으로 밀어 넣었다. 접시가 깨끗이 비워지자 자리에서 일어섰다.

"어디 가요?"

은채가 정적을 깨고 불쑥 물었다.

"스파게티 가지러요."

그녀의 말이 떨어지자마자 황당한 일이 벌어졌다.

"내가."

"내가."

이건 또 뭐하는 건지. 어안이 벙벙했다. 지켜보는 사람도 기가 막힌데 당사자들은 오죽할까.

승현과 준혁은 같은 말을 내뱉으며 일어선 상대방을 어이없다는 시선으로 노려보았다. 어떤 의미로 보면 소위 잘 통하는 두 사람이었다. 지금도 서로 통하고 있는 건지 두 사람은 선뜻 의자에 앉으려 하지 않았다. 상대가 먼저 포기하고 자리에 앉기 전까지 버틸 작정인 듯했다. 쓸데없는 신경전을 비웃는 듯한 은채의 목소리가 바람결에 실려 왔다.

"지환 씨 인기 좋네요. 두 형들한테."

혜민은 두 사람을 무시한 채 접시를 들고 미련 없이 돌아섰다.

"3번, 6번 다정하게 러브샷!"

진호의 명령에 3번인 은채와 6번인 신인 배우 테리가 술잔을 들었다. 사람들의 환호 속에 두 사람은 팔짱을 끼고 러브샷을 했다. 밑 빠진 독인 은채는 거뜬해 보였지만 테리는 얼굴이 벌게져 있었다.

누군가의 제안으로 갑자기 하게 된 왕게임이었다. 룰은 간단했다. 각자 숫자가 적힌 쪽지를 나눠 가진 후 맥주병을 돌려 주둥이가 가리킨 사람이 왕이 된다. 왕이 된 사람은 숫자를 지목해 어떤 명령이든 내릴 수 있는데, 지목당한 숫자를 가진 사람은 왕이 시키는 대로 무조건 따라야 했다.

4번이 적힌 쪽지를 만지작거리며 혜민은 남몰래 안도했다. 아직까진 운이 좋아 한 번도 걸리지 않은 상황이었다. 이대로 무사히 게임이 끝나면 좋을 텐데. 그동안 사는 게 바빠 술자리에 그다지 참석해 보지 못한 혜민이었다. 그래서 이런 게임이 신기하고 재밌기도 했지만 낯설고 어색하기도 했다. 걸릴까 봐 살짝 두렵기도 했다.

지금 이 자리는 3차였다. 2차까진 그러려니 했는데 설마 3차까지 오게 될 줄은 몰랐다. 대타였다 해도 영화에 출연한 배우로서 혜민도 끝까지 참석해야 한다는 은채의 강력한 주장에 여기까지 오게 되었다. 단순한 술자리가 아닌 촬영을 끝마친 쫑파티였기에 선뜻 거절하기도 어려웠다.

관자놀이가 뻐근하고 눈꺼풀이 뻑뻑했다. 시간은 어느덧 새벽 2시를 향해 가고 있었다. 늦은 시간이건만 피곤하지도 않은지 다들 잠기운이라곤 눈곱만치도 보이지 않았다. 진호와 은채, 준혁, 테리와 그 밖의 스태프들이 웃으며 게임에 열중하고 있었다. 웃지 않는 건 혜민과 승현뿐이었다.

제작사 대표로서인지 자신을 감시하기 위해서인지 승현도 3차까지 따라왔다. 그는 무표정한 얼굴로 조용히 술을 마시고 있었다. 술을 물처럼 마시는데도 전혀 취한 기색이 아니었다.

그는 깊은 생각에 빠져 있는 듯했다. 무표정했지만 얼핏 고뇌가 엿보였다. 아무 사고 없이 순탄하게 촬영을 마쳤고 회사에 특별한 큰 일이 있는 것도 아니었다. 그가 고민할 만한 일은 아무것도 없었다. 단, 한 가지 일을 제외하면.

한약을 먹은 것처럼 입이 썼다. 달콤한 파인애플을 집어 먹는데 환호가 들려왔다. 맥주병 주둥이가 은채를 가리키고 있었다.

"5번은 노래하고 2번은 춤춰. 음, 노래는 내가 고르는 거로 하고 춤은 맘대로 춰도 됩니다."

그녀의 말이 끝나기 무섭게 준혁이 상기된 얼굴로 벌떡 일어섰다.

"춤이라니."

그가 2번인 모양이었다. 그렇다면 5번은 누굴까. 은채가 노래방 책자를 뒤적이더니 리모컨으로 번호를 눌렀다. 곧이어 밝고 경쾌한 전주가 흘러나왔다. 귀에 익숙한 음악에 다들 홀딱 깬다는 얼굴이 되었다. 진호가 웃는 것도 아니고 찡그린 것도 아닌 어정쩡한 얼굴로 중얼거린다.

"아, 뭐야. 하필 왜 이 노래야."

한때 전국을 휩쓸었던 올챙이송이었다. 선곡도 황당한데 노래 부를 사람이 일어나 마이크를 잡자 좌중의 표정이 괴상해졌다.

"5번이 대표님이었어요?"

조금 전까지 난감해하던 준혁이 떨떠름하게 물었다. 승현은 가타부타 말없이 5번이 적힌 쪽지를 보여 주었다. 노래가 시작되었다. 승현이 진지하게 올챙이송을 부르기 시작하자 다들 처음엔 얼떨떨해하다가 박수를 치며 박자를 맞추었다.

가수 못지않은 출중한 실력을 가진 그는 동요도 멋들어지게 소화해 냈다. 준혁은 은채를 잠시 노려보더니 여전히 내키지 않는 얼굴로 마지못해 춤을 추기 시작했다.

풋— 웃지 않으려 했는데 웃음이 절로 튀어나왔다. 비단 혜민만 그런 게 아니었다. 다들 준혁이 춤추는 모습에 배를 잡고 뒹굴었다. 살다 살다 저렇게 심한 몸치는 처음 보았다. 박자를 맞추긴커녕 팔다리가 마음처럼 움직이지 않는지 죄다 따로 놀고 있었다. 흐느적흐느적. 길거리에서 흔히 볼 수 있는 풍선 인형을 구경하는 기분이었다.

될 대로 되라는 생각인지 준혁은 모든 걸 내려놓은 얼굴로 팔다리를 흔들고 있었다. 간만에 정말 모든 걸 잊고 배가 아프도록 웃었다.

화장실에 다녀오던 길이었다. 룸에 들어가려는데 누군가가 말을 걸어왔다.

"아까 하던 얘기 해야죠."

은채가 팔짱을 끼고 복도 벽에 기대서 있었다. 혜민은 은채를 물끄러미 바라보았다. 아까 저녁 먹을 때 준혁이 끼어드는 바람에 그녀와의 대화가 중단되었었다. 3차까지 기를 쓰고 자신을 붙든 건 아까 하던 얘기를 마저 하기 위해서였나 보다. 혜민이 입을 다물고 가만히 보고만 있자 은채가 답답하다는 듯 먼저 말했다.

"무슨 일 있었죠?"

"무슨 일이 있는지 없는지 그쪽이 어떻게 알아요?"

"대표님하고 눈을 안 마주치던데. 뭔 일 있으니까 그런 거 아녜요?"

"내가 눈을 안 마주쳤다고요?"

혜민의 반문에 은채는 놀란 얼굴이 되었다.

"몰랐어요?"

대답 대신 고개만 끄덕였다. 은채가 지적해 주기 전엔 까맣게 몰랐었다. 평소처럼 지낸다고 생각했는데 아닌 모양이었다.

"티 안 나게 조심 좀 해요. 대표님 눈치 빠른 거 같던데."

염려해 주는 은채에게 혜민은 씁쓸한 미소를 지었다.

"왜 그렇게 웃어요?"

대답 없이 가만히 있자 뭔가를 눈치챘는지 은채의 눈이 점차 커다래졌다.

"알았어요?"

"그건 내가 묻고 싶은데요."

"뭘요?"

"알고 있었죠? 그 사람이 알고 있었다는 거."

잠시 놀란 듯했던 은채는 이내 피식거렸다.

"그래서 대표님하고 눈을 못 마주친 거였어요? 귀엽네요."

"그게 웃을 일이에요? 알면서 왜 말 안 한 거예요?"

혜민이 웃음기 하나 없는 얼굴로 심각하게 따지자 은채 역시 얼굴에서 미소를 지웠다.

"지금처럼 그럴까 봐 말 안 한 거예요. 대표님이 알고 있다고 하면 분명히 신경 쓸 테고 그러면 금방 티 날 거 같았거든요."

"나한테 말하지 말라고 한 게 아니고요?"

"아뇨, 그런 말은 하지 않으셨어요. 다른 사람들한테 말하지 말라고만 했지."

다른 사람들에겐 말하면 안 되고 자신은 된다는 건가? 아마 승현은 그녀가 스스로 김지환이 아니라고 밝히지 못할 거라 생각한 모양이었다. 아니라고 반박하고 싶은데 그럴 수 없는 현실이 그녀를 우울하게 만들었다.

"걱정 마요. 어떤 사정인지는 모르지만 대표님은 끝까지 비밀 지킬 거예요."

"그걸 은채 씨가 어떻게 알아요?"

"내가 증거니까요."

"네?"

"비밀을 지킬 생각이 없었다면 날 이번 영화 여주인공으로 캐스팅하지 않았을걸요."

느닷없이 따귀를 얻어맞은 기분이었다. 혜민은 잠시 할 말을 잊었다. 자신의 정체를 묵인하는 대가로 은채를 캐스팅했다는 건가. 갑작스런 은채의 캐스팅이 의심스럽지 않았던 건 아니지만 자신과 관련이 있을 줄은 몰랐다. 차라리 승현이 은채의 스폰서라고 오해했던 게 더 나을 뻔했다.

생각도 못한 캐스팅 비화에 혼란에 빠진 혜민과는 달리 엄청난 발언을 내뱉은 당사자는 평온해 보였다. 그녀는 한술 더 떴다.

"난 그쪽이 부러워요."

"무슨……."

"그쪽을 위해 무슨 일이든 할 수 있는 사람이 있는 거잖아요."

은채는 진심으로 부럽다는 얼굴이었다. 혜민은 맥이 빠져 버렸다. 나를 위해 무슨 일이든 할 수 있는 사람이라. 과연 나를 위해 한 일일까. 만약 은채가 모든 사정을 알았다면 저런 말을 할 수 있을까.

"그렇지 않아요."

"네?"

"아무리 은채 씨가 내 정체를 알았다 해도 실력이 뒷받침되지 않았다면 캐스팅될 일은 없었을 거예요."

승현은 누구보다도 자기 일을 끔찍이 여기고 사랑하는 사람이었다. 특히 이번 영화에 대한 그의 애정과 기대는 말로 표현할 수 없을 정도였다. 힘들게 투자받아 겨우 제작하게 된 영화의 여주인공 자리를 고작 거래의 수단으로 이용하진 않았을 것이다.

아마 그라면 은채가 납득할 다른 방법을 찾아냈을 것이다. 그럼에도 그녀를 캐스팅한 건, 그녀가 진정으로 여주인공 역할에 적합했기 때문이리라.

"연기력도 그 정도면 괜찮고, 무엇보다 이미지가 여주인공과 잘 맞는다고 했어요."

승현이 했던 말을 그대로 읊어 주자 은채는 놀란 듯 입을 벌린 채 말을 잇지 못했다. 혜민은 엷은 미소를 지었다.

"그러니까 부러워할 필요 없어요."

은채의 뺨이 점점 붉어졌다. 술을 들이부어도 끄떡없던 그녀의 얼굴이 삽시간에 홍당무가 되어 버렸다. 좋아서 어쩔 줄 모르겠다는 얼굴. 언제나 속내를 감추던 은채가 이렇게 솔직하게 마음을 내보일 줄은 몰랐다. 신기하게도 전보다 훨씬 더 예뻐 보였다. 어쩌면 그녀가 진정으로 바랐던 건 여주인공 자리가 아니라 누군가에게 실력을 인정받는 게 아니었을까.

은채와 같이 룸으로 들어가자 환호성이 터져 나왔다. 느닷없는 환호성에 놀라 문가에서 주춤거리자 테리가 앞으로 나섰다.

"자, 둘 중에 누가 4번인가요?"

혜민은 마른침을 삼켰다. 자신이 없는 사이에 왕이 정해졌고 번호가 지목된 모양이었다. 조용히 손을 들자 테리가 그럴 줄 알았다는 듯 씨익 웃었다. 그가 이번에 등극한 새로운 왕이었다. 그가 자못 위엄 있는 어조로 명령을 내렸다.

"4번 바닥에 눕고 2번이 그 위에서 팔굽혀펴기 30회를 실시한다, 실시!"

순간적으로 귀를 의심했다. 혜민이 멍하니 있는 사이 2번인 준혁이 약간 상기된 얼굴로 자리에서 일어섰다. 테리가 비어 있는 소파로 눈짓하며 혜민을 바라보았다. 소파 위에 누우란 무언의 재촉이었다.

정말 여기서 그걸 하라는 건가? 단순한 명령이었지만 하는 사람도 보는 사람들도 민망할 게 불을 보듯 뻔했다. 난감함에 이러지도 저러지도 못하고 있는데 옆에 있던 은채가 가벼운 톤으로 항의했다.

"에이, 뭐 그런 명령을 내려요? 남사스럽게. 다른 거로 해요."

혜민의 정체를 알고 있는 은채였다. 같은 여자 입장에서 곤란한 명령이라는 걸 알기에 편을 들어 준 듯했다. 그러나 아무것도 모르는 진호가 불쑥 끼어들어 초를 쳤다.

"같은 남자끼린데 뭐 어때요? 남녀 사이도 아닌데."

진호가 딱히 악의를 가지고 한 말이 아니라는 걸 알지만 지금 이 순간만큼은 그가 미웠다. 그의 한마디에 다들 얼른 해 버리라고 부추겼다. 지금까지 그들도 왕이 내린 짓궂은 명령을 수행한

터라 봐줄 기미는 조금도 보이지 않았다. 나도 당했으니 너도 당해야 한다는 의식이 팽배해 있었다. 항의한다 해도 씨알도 먹히지 않을 분위기였다.

준혁은 팔짱을 낀 채 나서지 않고 가만히 있었다. 사냥감을 노리고 있는 맹수처럼 결정적인 증거를 잡기 위해 차분하게 기다리고 있는 것처럼 여겨졌다. 여기서 계속 고집부리고 버티면 그에게 목덜미를 물려 버릴 것 같았다. 그리고……

혜민은 아까부터 날카로운 시선을 보내고 있는 서늘한 얼굴을 곁눈질로 바라보았다. 승현은 딱딱하게 굳은 얼굴로 그녀를 응시하고 있었다. 심기가 몹시 불편한 기색이었다. 자신이 김지환 행세를 하고 있는 걸 묵인하고 있는 그였다. 남자인 김지환이라면 수치심이고 뭐고 아무렇지도 않게 해 버렸을 일을 미적거리고 있으니 불만스러운 모양이었다.

아무도 자신을 도와줄 사람은 없었다. 혼자서 이 난관을 뚫고 나가야 했다. 피해 갈 수 없다면 정면승부를 할 수밖에. 천천히 심호흡을 하며 혜민은 속으로 중얼거렸다. 나는 지금 김지환이다. 여자인 송혜민이 아니라 남자인 김지환이다. 나는 남자다. 그러니 전혀 수치스럽지도 치욕스럽지도 않다.

스스로에게 주문을 걸며 혜민은 소파 위에 드러누웠다. 환호와 휘파람 소리가 뒤섞여 들려왔다. 준혁이 소파에 비스듬히 걸터앉으며 양해를 구해 왔다.

"왕의 명령이니까."

게임의 룰이니 그도 내키진 않지만 어쩔 수 없다는 뉘앙스였다. 게임은 게임일 뿐. 이왕 이리된 거 대수롭지 않게 넘기고 싶었다.

긴장한 걸 들키고 싶지 않아 눈을 질끈 감았다. 어서 이 순간이 지나가기를.

"그만!"

나직하지만 묵직하게 감정이 실린 목소리였다. 귀에 익은 차가운 목소리에 눈이 번쩍 떠졌다. 준혁이 엉거주춤한 자세로 굳어져 있는 게 시야에 들어왔다. 좀 전까지만 해도 시끌벅적하던 룸이 찬물을 끼얹은 양 조용했다. 분위기를 싸늘하게 만든 장본인이 뚜벅뚜벅 걸어와 앞에 섰다.

"일어나."

혜민은 얼떨결에 승현이 시키는 대로 일어나 앉았다. 평소에도 차갑고 냉정했지만 지금은 무시무시할 정도였다. 엄청난 위압감에 숨이 막혔다. 그가 재차 명령했다.

"일어서라고."

그녀가 소파에서 일어서자 엉거주춤하게 굳어져 있던 준혁이 나섰다.

"지금 뭐하는 겁니까?"

"이딴 저질스런 게임은 이제 그만하는 게 좋을 거 같군요."

"저질스런 게임이라. 한 번도 게임에 참여 안 한 사람처럼 말하는군요."

준혁은 비아냥거리는 어조로 아까 노래를 불렀던 승현을 비꼬았다. 그는 좌중을 돌아보며 중얼거렸다.

"왜 이렇게 예민하게 구는 건지 모르겠네요. 여동생이라면 또 몰라도. 지환 씨가 여자가 아닌 이상 제가 덮칠 일은 없을 테니 걱정 마시죠."

장난스런 말투에 간간이 웃음이 터져 나왔다. 분위기가 좀 풀어지려나 싶은 순간이었다.

퍽—

눈 깜짝할 사이에 승현의 주먹이 준혁의 턱으로 날아갔다. 무방비 상태로 있었던 준혁은 이렇다 할 방어도 못 하고 뒤로 벌렁 나자빠지고 말았다.

숨 막힐 듯한 침묵이 내려앉았다. 어느 누구도 섣불리 입을 열지 않았다. 모두들 초유의 사태에 경악으로 눈이 휘둥그레져 있었다. 믿을 수가 없었다. 벌어진 입을 다물지 못하고 멍하게 서 있는데 승현이 혜민의 손목을 낚아챘다.

그는 그녀를 이끌고 룸을 나왔다. 그가 이끄는 대로 무작정 끌려가다가 뒤늦게 정신이 든 혜민은 승현의 손을 뿌리쳤다.

"무슨 짓이에요? 배우 얼굴에 주먹질이라니. 제정신이에요?"

배우에게 얼굴은 재산이나 마찬가지였다. 더군다나 준혁은 일개 배우 나부랭이가 아니었다. 대한민국을 대표하는 배우이자 한류 스타였다. 그런 사람의 얼굴에 주먹질이라니. 제아무리 승현이 잘나가는 엔터테인먼트 대표이자 재벌 3세라 해도 쉽게 넘어가지 못할 터였다.

사고도 대형 사고였다. 매사 신중하고 침착한 그가 이렇게 앞뒤 분간 못하고 사고를 칠 줄은 몰랐다. 새카맣게 타들어 가는 자신의 속도 모르고 승현은 되레 화를 버럭 냈다.

"너야말로 제정신이야? 어떻게 그딴 저질스런 짓거리에 동참할 수가 있어?"

"게임이잖아요."

"게임이면 뭐든 다 해도 된다는 거야?"

혜민은 어이가 없었다. 미적거리며 망설일 땐 매섭게 노려보고 있더니 막상 하려니까 진짜 한다고 화를 내고. 도대체 어느 장단에 맞춰야 한단 말인가.

"아까 형도 노래 불렀잖아요."

"나랑 넌 경우가 다르잖아."

"뭐가 다른데요. 노래 부르는 거나 소파에 누워 있는 거나 다 같은 게임인데."

"다 같은 게임이라고?"

그의 목소리 톤이 낮아졌다. 위험한 느낌이었다. 조금만 잘못 건드려도 터져 버릴 것 같은 위태로움이 느껴졌다. 둘 다 너무 열을 올렸다. 열을 내리기 위해 혜민은 일단 한발 물러섰다.

"좀 민망하지만…… 같은 남자끼린데 뭐 어때요."

"같은 남자끼리?"

반문하는 승현의 안색이 별안간 확 변했다. 순간 깨달았다. 열이 더 올라 버렸다는 것을.

영문을 알 수 없었다. 그가 바라던 대로 김지환 행세에 충실했으니 화날 이유가 없을 텐데 왜 이러는 건지 모르겠다. 자신도 모르는 사이에 말실수라도 한 건가. 아니면 꼬박꼬박 말대꾸한 게 괘씸했던 건가.

심각한 이 와중에도 혜민은 눈꺼풀이 무거워 견딜 수 없었다. 골도 빼근하고 지끈거리는 게 너무 피곤했다. 어서 빨리 집에 가서 자고 싶었다. 안 그래도 요즘 머릿속이 복잡한데 그와 이렇게 신경전까지 벌이자니 너무 힘들었다. 결국 혜민은 먼저 고개를 숙였다.

"죄송해요."

"뭐가."

그렇게 물으니 대답할 말이 생각나지 않았다. 그녀가 머뭇거리자 승현이 긴 한숨을 내쉬었다. 한결 누그러진 목소리가 들려왔다.

"어떤 경우라도 최소한 자존심은 지키고 살아."

반쯤 감기려던 눈이 번쩍 떠졌다. 둔기로 머리를 세게 얻어맞은 기분이었다. 이런 상황에서 들을 거라곤 전혀 예상치 못한 말이었다. 의외였다. 그냥 조심 좀 하라는 말이나 들을 줄 알았는데 자존심이라니. 여자로서의 자존심을 잃지 말라는 건가.

한낮의 열기를 간직한 여름밤의 공기는 후텁지근했다. 대리운전 기사를 부르는 승현의 목소리가 끈끈한 바람에 실려 왔다. 혜민은 멍하니 통화하는 승현을 바라보았다. 바람이 속을 휘저은 것처럼 가슴이 간질간질했다.

분명 유쾌한 분위기가 아닌데 이상할 정도로 기분이 좋았다. 지금까지 살아오면서 그녀의 자존심을 걱정해 준 사람은 없었다. 자존심 지키며 살아가기엔 세상은 녹록지 않았다. 그렇다고 비굴하게 살아온 것은 아니지만 스스로도 챙기지 않았던 자존심을 챙겨 주는 사람이 있다는 게 고맙고 기뻤다.

나 생각해 준 거죠? 날 위해서 그렇게 화내 준 거죠? 김지환이 아니라 날 위해서. 혼자만의 착각이자 희망 사항인 건 아니죠?

수많은 질문들이 입속에서 맴돌았지만 단 한 마디도 입 밖으로 꺼내진 않았다. 행여 아니라는 대답이 돌아올까 두려웠다. 착각이라도 좋으니 지금 이대로 있고 싶다는 마음만 간절할 뿐이었다.

❋　　❋　　❋

그라인더로 간 원두를 커피메이커에 넣고 물을 부었다. 늘 하는 일이라 이젠 눈 감고도 할 수 있었다. 은은한 커피 향을 코끝으로 음미하며 혜민은 의자에 앉았다. 여느 때와 별다를 것 없는 똑같은 아침이었다. 그런데도 자꾸만 입꼬리가 비죽 올라간다.

발밑이 가벼운 것이 마치 구름 위를 둥둥 떠다니는 기분이었다. 딱히 달라진 것도 속 시원하게 해결된 것도 없었다. 단지 어제와 오늘이 다른 건, 승현이 자신을 걱정해 주었다는 것뿐이었다. 김지환이 아닌, 김지환 역할을 하고 있는 가짜가 아닌, 송혜민을 오롯이 걱정해 주었다는 것. 고작 그거 하나뿐인데 이렇게 세상이 달라 보일 줄은 몰랐다.

그는 별다른 의미 없이 나선 걸 수도 있었다. 그래도 여자인 자신을 잊지 않고 배려해 주었다는 게 고마웠다. 자존심을 지키라던 그의 말을 되새김질하듯 곱씹고 또 곱씹었다. 형체조차 사라질 정도로 곱씹었는데도 여전히 떠올리기만 하면 입가가 느슨해진다.

"큰일이네."

"알긴 아네."

탕비실에 혼자 있는 줄 알았기에 깜짝 놀랐다. 문 열리는 소리도 들리지 않았는데 승현이 문가에 서 있었다. 그가 직접 행차한 걸로 보아 커피가 늦은 건가 싶어 시간을 확인했다. 이상했다. 아직 늦지 않았는데.

"무슨 일로……."

승현은 탕비실을 가로질러 커피메이커 스위치를 OFF로 내렸다. 그러고는 콘센트에서 코드를 뽑아 버렸다.

"아직 커피 다 안 내려졌는데."

"백날 그렇게 있어 봤자 커피 구경도 못 할걸."

"네?"

승현은 대답 대신 커피메이커 뚜껑을 열었다. 그의 손에 들린 깨끗한 거름망을 본 혜민의 눈이 동그래졌다.

"어, 분명히 원두 넣었는데."

말이 끝나기 무섭게 그가 커피메이커를 개수대에 가지고 가 뒤집었다. 그러자 물과 함께 녹다 만 커피 원두가 쏟아졌다. 물 넣는 곳에 원두를 같이 넣었던 모양이다. 전기포트에 물을 붓고 스위치를 올리며 그가 말했다.

"아침부터 정신이 딴 데로 가 있는 거 같아서 저러다 사고 치겠다 싶더라니. 집에선 몰라도 회사에선 정신 좀 차리지 그래."

"너나 정신 차려!"

느닷없는 고함에 혜민과 승현은 동시에 뒤를 돌아보았다. 진호가 허리에 손을 짚고 씩씩거리고 있었다. 촬영할 때를 제외하면 늘 얼굴에서 미소가 떠나지 않는 스마일 맨인 그의 얼굴에서 지금은 미소 한 조각 찾아볼 수 없었다. 붉으락푸르락 사나운 얼굴로 승현을 노려보고 있었다.

"너 제정신이냐? 최준혁한테 주먹질해 놓고 사과 한마디 없이 튀어 버리면 어떡하겠단 거야? 무슨 배짱으로 핸드폰까지 꺼 놓은 거냐고! 이 자식아!"

진호는 성큼성큼 승현의 코앞까지 걸어왔다. 그러고는 승현의 멱살을 잡고 흔들어 댔다.

"지금 난리 났어. 최준혁 완전 **빡** 돌아서 제정신 아니라고. 고소한다고 날뛰는 건 둘째 치고 추가 촬영하고 후반 작업은 어쩔 거야. 너 제작자 맞아? 어서 가서 사과해. 잘못했다고 싹싹 빌라고."

분노에 찬 음성은 뒤로 갈수록 흐느낌이 되어 갔다. 진호의 한탄을 듣고서야 혜민은 준혁에게 생각이 미쳤다. 마음이 붕 떠서 준혁의 일은 잠시 까맣게 잊어버리고 있었다.

승현에게 일방적으로, 그것도 얼굴을 맞았으니 남자로서 배우로서 자존심이 상했을 터였다. 가만있지 않을 거라고 예상은 했지만 생각보다 심각한 상황인 듯했다. 회사로 다급하게 달려온 진호를 보니 난리가 나도 아주 크게 난 모양이었다. 이번 영화의 남자 주인공이 준혁이다 보니 앞으로의 영화 작업도 차질이 불가피한 듯했다.

승현은 멱살을 잡은 진호의 손을 떼어 내며 쌀쌀맞게 대꾸했다.

"난 잘못한 거 없어."

"뭐어?"

차츰 분노가 사그라지던 진호의 얼굴이 다시금 붉게 달아올랐다.

"그래서 지금 사과 못 하겠단 거야?"

"잘못한 게 없으니 사과할 일도 없는 거지."

"너⋯⋯."

"만약 또 같은 일이 벌어진다면 난 몇 번이라도 똑같이 할 거야."

완강한 승현의 대꾸에 진호는 말문이 막힌 듯했다. 그는 기가 막힌다는 얼굴로 뒷목을 주무르며 답답하다는 듯 한숨을 내쉬었다.

"그냥 게임이었잖아. 게임 중에 폭력을 휘둘렀으니 네가 잘못한 거야."

"게임도 게임 나름이지. 그딴 저질스럽고 더러운 짓거리를 게임이랍시고 봐 줘야 한단 거야?"

"그게 원래 짓궂은 게임이야. 사회생활 초짜도 아닌 놈이 왜 그걸 이해 못 해?"

"그런 건 이해하고 싶지 않아."

"진짜 미치겠구만. 지환이가 여동생이라면 그러려니 하고 넘어가겠는데 그것도 아니잖아. 대체 왜 그런 거냐고."

진호는 속이 터진다는 듯 주먹으로 가슴을 두드렸다. 가만히 두 사람의 대화를 경청하던 혜민은 마음이 무거웠다. 따지고 보면 모든 게 자신으로 인해 벌어진 일이었다. 자신이 여자가 아닌 남자였다면 승현이 주먹질할 일도 없었을 테고 진호가 아침 댓바람부터 회사로 달려오는 일도 없었을 것이다.

여자라는 걸 밝히면 간단히 해결될 문제였다. 그렇게 할 수만 있다면 좋을 텐데 현실적으로 그럴 수 없으니 다른 대안을 찾아야 했다. 나 몰라라 손 놓고 있을 수만은 없었다. 자신에게도 일말의 책임이 있었다.

"저, 제가 준혁 씨한테 가서 사과하면 안 될까요?"

"네가?"

생각지도 못했다는 듯 진호는 놀란 눈으로 그녀를 바라보았다.

"제가 대신 사과하면……."

"안 돼."

말을 채 끝맺기도 전에 승현이 단호하게 반대했다.

"내가 한 말 벌써 까먹었어? 자존심 지키랬지."

저렇게 말하는데 준혁을 몰래 찾아가서 사과했다가 들키면 큰일 날 것 같았다. 어떻게 해야 하나, 곰곰이 생각하는데 진호가 다시금 언성을 높였다.

"너 지금 자존심 때문에 사과 못 하겠단 거야?"

아까와는 사뭇 다른 분위기였다. 진호는 정말로 화가 난 듯했다. 이러다 두 사람 사이가 틀어질까 염려되었다. 심상치 않은 분위기에 발을 동동 구르고 있는데 별안간 바깥에서 소란스러운 소리가 들려왔다. 탕비실 문이 활짝 열렸다.

"여기 다 모여 계셨군요."

얼굴을 반 이상 가리던 커다란 선글라스를 벗으며 준혁이 좌중을 둘러보았다. 시퍼렇게 물든 턱 언저리와 입가에 매달려 있는 말라붙은 피딱지가 눈에 들어왔다. 승현의 주먹이 남겨 놓은 흔적이었다. 그는 승현을 날카롭게 노려보며 빈정거렸다.

"촬영 끝나자마자 주연 배우를 폭행한 제작사 대표 민 모 씨. 어때요? 인터넷 포털을 장식할 헤드라인으로."

탕비실에 침묵이 내려앉았다. 작은 숨소리조차 들리지 않았다.

"저기 준혁 씨 내가 대신 사과할 테니까……."

웃는 낯으로 진호가 어떻게든 무마하려 들었다. 그러나 준혁은 진호를 투명인간 취급하며 승현에게 다가왔다.

"나 같은 딴따라 나부랭이 하나 때려죽인다 해도 그쪽 같은 재벌들에겐 별거 아닌 일이겠죠. 그냥 손 털고 이 세계 뜨면 그만이니까."

승현의 코앞까지 다가온 준혁의 입꼬리가 위로 치켜 올라갔다. 문득 소름이 끼쳤다. 웃는 얼굴이 때론 어떤 표정보다도 살벌해 보일 수 있다는 걸 준혁을 보고 알았다.

"그러니까 내가 앞으로 그쪽에 대해 어떤 말을 하고 다녀도 상관없겠죠. 안 그런가요?"

"나한테 사과받고 싶다면 최준혁 씨가 먼저 사과해야 할 거요. 그게 순서니까."

"뭐어?"

"게임이라는 핑계로 남의 동생을 가지고 놀려고 그쪽이 먼저 벌인 일 아닙니까?"

승현의 서늘한 일갈에 놀란 건지 준혁은 주춤 물러섰다. 당황한 기색이었다. 그러나 곧 언제 그랬냐는 듯 눈살을 찌푸렸다.

"참 뻔뻔하군. 말도 안 되는 모함으로 사람을 순식간에 나쁜 놈으로 만들어 버리다니. 나한테 사과하기가 그렇게 싫다 이건가?"

"방금 한 말 그대로 되돌려 주고 싶군요."

"이게 정말…… 보자 보자 하니까."

태연함을 가장했던 준혁의 가면이 벗겨졌다. 인내심이 한계에 다다른 듯했다. 여차하면 2라운드가 벌어질지도 모른단 생각이 들었다. 생각하기 무섭게 준혁이 승현에게 바짝 다가서는 모습이 시야에 들어왔다. 혜민은 두 눈을 꼭 감고 두 사람 사이로 뛰어들었다.

"그만해요."

"넌 빠져."

준혁은 느닷없이 튀어나와 앞을 가로막은 혜민을 옆으로 밀쳤다. 밀쳐진 반동으로 중심을 잃은 혜민은 휘청거리다 테이블에 부딪혀 넘어지고 말았다. 뾰족한 테이블 모서리에 옆구리가 찍혀 통증이 상당했다. 눈물이 핑 돌 정도로 아팠다. 그렇게 아픔을 삭이고 있을 때였다.

"움직이지 마!"

다급한 고함 소리에 고개를 들자 익숙한 체취가 코끝으로 훅 밀려들었다. 승현이 감싸 안듯이 팔을 뻗어 자신을 끌어안았다. 그의 넓은 가슴에 얼굴이 푹 파묻혔다. 삽시간에 열이 확 올라왔다. 고개를 내밀려고 꼼지락거리자 승현이 팔에 힘을 주며 속삭였다.

"가만있어."

그의 표정이 이상했다. 미세하게 찌푸려진 눈썹과 굳게 다물린 입술. 무언가를 참고 있는 사람처럼 보였다. 경악으로 물든 진호의 목소리가 뒤따랐다.

"세상에, 이게 무슨 일이야."

진호는 맙소사, 라고 연발하고 있었다. 예감이 좋지 않았다.

"무슨 일이에요? 무슨 일인데……."

좀 전까지만 해도 없었던 물이 바닥에 흥건하게 고여 있었다. 승현의 어깨너머로 하얀 김이 피어오르고 있었다. 자세히 보니 그의 옷이 흠뻑 젖어 있었다. 혜민은 몸을 뒤틀어 그의 품에서 벗어났다. 그리고 그것을 보았다.

테이블 위에 있던 전기포트가 바닥에 뒹굴고 있었다. 전기포트 안에서 끓고 있던 물이 승현에게 고스란히 쏟아져 버렸다. 그가 자신을 끌어안지 않았다면 끓던 물이 자신을 덮쳤을 터였다. 선뜻 말이 나오지 않았다. 어째서 어째서……

"병원, 일단 병원부터 가자."

진호가 승현을 부축하며 일으켜 세웠다. 뜻밖의 사고에 놀랐는지 준혁은 멀거니 지켜보기만 했다. 진호는 준혁을 본체만체하며 탈의실 밖으로 승현을 급히 데리고 나갔다. 그들이 시야에서 완전히 보이지 않게 될 때까지 혜민은 아무것도 할 수 없었다.

18.

시간에 관계없이 직원 휴게실 근처에 가면 직원 한두 명은 반드시 볼 수 있었다. 농땡이를 피우는 게 아니라 휴게실이 엘리베이터 가까이 위치해 있기 때문이었다. 언제든 쉬고 싶을 때 쉬라고 접근성을 용이하게 한 회사 차원의 배려였다.

평소 혜민은 될 수 있으면 휴게실 근처에 얼씬도 하지 않았다. 그녀를 탐탁지 않아 하는 직원들 눈에 띄고 싶지 않아서였다. 그러나 오늘은 달랐다. 오늘 그녀는 늘 피해 다니기만 했던 휴게실 앞에서 30분가량 서성거리고 있었다. 오가는 직원들의 눈총이 따가웠지만 상관하지 않았다.

이윽고 진호가 휴게실에서 나왔다. 문 밖에서 혜민을 발견한 그는 약간 놀란 듯했다. 그녀가 기다리고 있을 거라고는 생각지 못한 듯했다.

"여태 여기 있었던 거야? 들어오지 그랬어."

그의 얼굴을 볼 자신이 없어서 선뜻 들어갈 수 없었다. 자신을 대신해 다친 그를 어떻게 봐야 할지 모르겠다.

"형은 어때요?"

"1도 화상이라 괜찮긴 한데 그래도 다친 건 다친 거니까. 본인은 멀쩡하다고 일하겠다고 하는 걸 간신히 뜯어말렸다. 어휴, 그놈의 일이 뭔지. 이럴 땐 좀 쉴 것이지."

다행히 물이 완전히 끓기 전이었고 응급처치가 빨리 이루어져 승현의 상처는 1도 화상으로 그쳤다. 천만다행이었다.

"혹시 또 모르니까 네가 잘 감시해. 오늘 하루는 절대 일 못 하게 하고. 알았지?"

그의 당부에 혜민은 의아스러웠다.

"어디 가시게요?"

"최준혁한테 가 봐야지."

어질러진 탕비실을 정리할 때까지만 해도 준혁은 회사에 있었다. 그러다 언제 가 버린 건지 진호와 승현이 병원에서 돌아왔을 때 그는 보이지 않았다.

단단히 화가 난 준혁이었다. 이대로 쉽게 물러날 리 없었다. 진호도 그걸 잘 아는지 어떡해서든 뒷수습을 해 보려는 듯했다. 뿔테 안경 너머로 보이는 그의 눈이 피곤해 보였다.

"죄송해요."

"응?"

"저 때문에 준혁 씨 일도 그렇고 형도 그렇고."

"야, 그게 왜 너 때문이냐. 승현이 저 자식이 미친 짓 한 건데.

감히 배우 얼굴에 주먹질이라니. 양아치도 그런 짓은 안 할 거다."

어떤 경우라도 폭력이 정당화될 수 없다는 걸 안다. 그럼에도 혜민은 승현을 비난할 마음이 들지 않았다. 진호는 골치 아프다는 듯 머리를 긁적였다.

"에휴, 뭐 따지고 보면 최준혁도 잘한 건 없지. 어쩌자고 그런 일을 벌여서……."

"그게 무슨 말이에요?"

진호는 연달아 한숨을 푹푹 내쉬더니 주위에 아무도 없다는 걸 확인한 후 입을 열었다.

"아까 승현이 치료받을 때 테리한테 전화 걸어 봤거든. 너도 알다시피 테리가 최준혁이랑 같은 소속사잖아. 김 실장은 내 전화 아예 받질 않아서 테리한테 그쪽에서 어떻게 대응할 건지 알아보려고 전화했는데…… 테리 이 자식이 양심에 되게 찔렸었나 봐. 내가 몇 번 찔러 대니까 이실직고하더라고. 최준혁이 시킨 일이었다고."

"네?"

"최준혁이 게임 하다가 테리가 왕이 되면 자기랑 널 뽑아서 윗몸일으키기 명령하라고 시켰단다. 하, 내가 그 말을 듣고 기가 막혀서."

너무 화가 나면 되레 황당해진다고 했던가. 괘씸하고 어이가 없었다. 사전에 모의한 일이었다니. 준혁의 노림수가 눈에 선했다. 일부러 자신을 수치스럽게 만들어 빈틈을 노리려던 게 틀림없었다. 자신이 여자라는 심증을 증명해 줄 물증을 잡기 위해 가끔 미끼를 던지긴 했지만 설마 이런 방법까지 동원할 줄은 몰랐다.

"그걸 알고 나니까 승현이한테 무조건 사과하라고 할 순 없더라고. 그래서 내가 가서 담판 지으려고."

진호는 승현을 부탁한다는 말을 남기고 가 버렸다. 주먹 쥔 손이 부들부들 떨렸다. 마음 같아선 진호를 따라가 준혁에게 따져 묻고 싶었다. 그 잘난 얼굴이 엉망으로 망가질 때까지 때려 주고 싶었다. 분노와 충동을 억누르느라 힘을 준 손목이 뻐근할 지경이었다.

"여기서 뭐 해?"

서늘한 목소리에 정신이 들었다. 뒤돌아보니 승현이 휴게실 문을 열고 서 있었다.

얼굴이 조금 까칠할 뿐 평소와 다를 바 없는 모습이었다. 미처 마음의 준비도 하지 못하고 그와 맞닥뜨리는 바람에 혜민은 적지 않게 당황했다. 그래서 그의 물음에 대답도 못 하고 어버버거리는데 애초 그녀의 대답을 들을 생각이 없었는지 승현은 앞으로 성큼성큼 걸어갔다. 깜짝 놀란 혜민은 엉겁결에 그의 팔을 잡았다.

"어디 가요?"

"근무시간이잖아. 쉴 만큼 쉬었으니 가서 일해야지."

진호가 당부했던 말이 뇌리를 스쳐 갔다. 오늘 하루는 승현이 절대 일하지 못하게 하라고 했었다.

그의 당부가 아니라도 오늘 하루는 푹 쉬게 할 작정이었다. 새벽까지 이어진 술자리만으로도 피곤한데 탕비실에서의 소동까지 더해지자 온몸의 진이 다 빠져 버린 기분이었다. 자신도 이런데 부상을 입은 그는 오죽할까 싶었다. 오늘 하루 그가 일하지 않는다고 회사가 잘못될 일은 없었다.

"배 안 고파요?"

"뭐?"

"아침을 부실하게 먹었더니 배가 고파서요."

"오늘은 한 공기 다 먹었잖아."

아차, 싶었다. 어제까지만 해도 입맛이 없어서 깨작거렸었는데 오늘 아침엔 밥 한 공기 뚝딱 해치웠다. 잠시 말문이 막혔던 혜민은 어설프게 웃으며 말했다.

"그게…… 소화가 다 됐나 봐요. 배고픈 걸 보니."

승현은 어이없다는 얼굴로 그녀를 응시했다. 밥 먹은 지 세 시간도 지나지 않았는데 소화가 다 되었다니 기가 막힐 터였다. 쑥스럽고 창피한 가운데 가슴은 왜 이리 두근거리는지. 빤한 거짓말을 그가 받아 줄까, 내칠까. 혜민은 그의 눈길을 슬그머니 피하며 물었다.

"오늘 점심 먹으러 거기 가면 안 돼요?"

대답 대신 돌아온 건 서늘한 시선이었다. 역시 안 되는 건가. 낙담하려던 차 그가 한참 만에 입을 열었다.

"어디?"

그의 물음에 혜민은 빙그레 미소 지었다.

김치찌개를 한 입 떠먹는 순간 괜한 기우였다는 걸 깨달았다. 배가 꺼지지도 않았는데 이걸 어떻게 먹어야 하나 걱정했던 게 거짓말처럼 한술 뜨자마자 술술 입으로 들어갔다. 수북했던 밥그릇이 어느새 바닥을 보이고 있었다.

마약과도 같은 김치찌개였다. 지난번과 변함없는 기가 막힌 맛에 감탄을 하며 고개를 들자 맞은편에 있는 그와 눈이 딱 마주쳤다. 그가 눈으로 물었다. 너 인간 맞냐고.

혜민은 헛기침을 하며 멋쩍은 얼굴로 물을 마셨다.

"아이고, 이쁜 총각. 참 복스럽게 잘도 먹네. 밥 더 줄까?"

"아니에요. 이거로 됐어요."

주인 아줌마의 말에 혜민은 웃는 얼굴로 정중하게 사양했다. 여기서 더 먹었다간 정말 인간 취급받지 못할 것 같았다. 아줌마는 아쉬운 얼굴로 승현을 돌아보며 말했다.

"동생은 이렇게 잘 먹는데 승현 총각은 왜 그래? 어디 안 좋아?"

승현 앞에 놓인 밥과 찌개는 거의 손대지 않은 상태였다.

"천천히 먹으려고요."

"그래, 그럼. 반찬 필요하면 언제든 말하고."

가게 문이 열리고 서너 명의 남자들이 우르르 들어왔다. 아줌마는 서둘러 새로 온 손님들에게 다가갔다. 점심때가 아닌데도 가게는 손님들이 제법 들어와 있었다. 다들 어떻게 알고 찾아오는지 신기했다. 이곳에 오는 게 오늘로 두 번째였지만 오는 길을 모르겠는 건 여전했다. 길이 워낙에 미로처럼 좁고 복잡해서 혼자선 찾아올 엄두도 나지 않는 곳이었다.

"이제 말해 보지 그래."

"네?"

"여기 오자고 한 이유."

"그거야 여기 김치찌개가 먹고 싶어서……."

"한 번은 봐주지만 두 번은 없어."

"진짠데……."

배가 고프진 않았지만 이 집 김치찌개가 그리웠던 건 사실이었다. 한 번 맛보면 절대 잊을 수 없는 맛에 툭하면 생각났다. 혼자서는 찾아갈 수 없어서 기회가 된다면 그에게 한 번 더 데려다 달라고 부탁하려 했는데, 마침 오늘이 그 기회였다. 그가 일하지 못하게 할 겸, 김치찌개도 맛볼 겸, 그것도 물어볼 겸.

혜민은 맞은편의 그를 물끄러미 응시했다. 대체 왜 그런 거냐고 묻고 싶었다. 왜 준혁에게 주먹질을 했는지, 왜 뜨거운 물을 뒤집어쓴 건지. 모두 자신이 감당할 일이었는데 어째서 그가 대신 나선 건지 궁금했다.

"아까 왜 그랬던 거예요? 가만있었으면 다치지 않았을 텐데."

승현은 물을 한 컵 마시고는 담담하게 말했다.

"내가 널 책임지고 있으니까."

책임이란 말에 주책없게 가슴이 두근거렸다. 그런 뜻이 아니라는 걸 아는데도 설레는 걸 막을 수가 없었다. 그러나 그가 무심한 어조로 덧붙인 말에 가슴이 서늘해졌다.

"부모님이 날 믿고 널 맡겼는데 다치게 할 순 없잖아."

말문이 막혔다. 그제야 한 가지 간과한 사실이 있다는 걸 깨달았다. 그는 자신이 모든 걸 알고 있다는 사실을 모르고 있었다. 그래서 철저하게 자신을 그의 동생인 김지환으로 대하고 있었다. 그런 그에게서 진실을 알아내기란 요원한 일일 터였다. 아무래도 이건 그냥 넘어가야 할 듯싶었다. 혜민은 씁쓸하게 웃으며 중얼거렸다.

"나보다 형이 다친 게 더 안 좋은 거 아녜요? 아버지가 아시면 많이 상심하실 텐데."

아무리 민영식이 김지환을 아낀다 해도 자기 핏줄인 친아들만 못할 것이다. 별생각 없이 던진 말인데 승현은 사뭇 진지하게 받아들였다.

"아니. 아버진 그런 분이 아니야. 네 생각보다 훨씬 더 많이 널 아끼고 계셔."

정색을 한 그를 보고 있노라니 기분이 이상했다. 의례적으로 하는 말이 아니라 있는 그대로의 사실을 말하는 느낌이었다. 설마 아버지의 사랑을 김지환에게 빼앗겼다고 생각하고 있는 건 아니겠지.

"동정하지 마요. 나도 알 건 아니까."

"난 누굴 동정할 만큼 잘나지 않았어."

혜민은 스스로를 비하하는 승현을 물끄러미 응시했다. 누가 보더라도 그는 잘난 사람에 속했다. 남들이 부러워 마지않는 금수저를 물고 태어난 데다 외모도 준수하고 능력도 출중했다. 그가 가진 것 중에서 하나만 가져도 잘난 사람이라고 할 텐데 무려 세 가지나 가진 사람이 잘나지 않았다니. 겸손도 도가 지나치면 없는 것만 못했다.

문제는 그의 말이 겸손에서 비롯된 게 아니라는 데 있었다. 그는 진심으로 그렇게 생각하고 있는 듯했다. 혹여 아버지의 사랑을 빼앗기고 스스로가 잘나지 않았다고 생각해서 김지환을 견제하게 된 건가. 그런데, 정말 그는 김지환을 견제했을까.

여기 오기 전, 직원 휴게실 밖에서 서성거리며 생각한 게 있었다. 한 번쯤은 그에게 물어봐야 하는 게 아닐까, 라고. 현재 드러난 정황으로 보면 김지환의 사고와 그는 확실히 연관이 있어 보였다. 하지만 만에 하나 자신이 놓친 게 있다면, 모르는 뭔가가 있다면 사정은 완전히 달라질 것이다.

아무리 오랜 시간을 공유했어도 한 사람의 모든 걸 다 아는 사람은 없다. 세상에서 가장 가까운 피붙이인 아버지만 보더라도 그랬다. 아버지처럼 착한 사람이 설마 사채를 빌려 강원랜드에 갈 줄은 상상도 못했던 일이다. 승현에게도 자신이 모르는 어떤 사정이 있을지도 몰랐다. 정황만으로 추측해서 판단할 게 아니라 그의 말도 들어 보아야 할 이유였다.

처음으로 마음에 담은 사람이었다. 그래서 더더욱 확실히 하고 싶었다. 어떤 결과가 나오더라도 그를 향한 마음은 변하지 않을 것이다. 남들이 비난하고 손가락질해도 나만은 그를 감싸고 보듬어 줄 것이다. 그의 유일한 편이 되어 끝까지 함께할 것이다.

혜민은 식당을 빙 둘러보았다. 손때 묻은 벽과 색 바랜 포스터. 여러 사람이 거쳐 간 낡은 테이블과 의자. 매직으로 가격을 고쳐 쓴 구식 메뉴판. 이 허름하고 오래된 식당이 그의 휴식처라고 했었다. 여기선 모든 걸 비워 버리고 초심으로 돌아갈 수 있다고 했었다. 이곳에서라면 모든 걸 숨김없이 솔직하게 말해 주지 않을까.

까딱하다간 위험을 자초하게 될 수도 있었다. 자신은 혼자가 아니었다. 자신에겐 아버지가 꼬리표처럼 매달려 있었다. 자신이 잘못되면 아버지도 잘못되는 것이었다. 두 사람의 운명을 짊어지고 있기에 지금까지 망설이고 고민했지만 결심을 굳혔다. 직접 부딪혀 보고 싶었다. 단, 신중하고 조심스럽게.

혜민은 천천히 심호흡을 했다. 그러고는 준비해 둔 질문을 꺼냈다.

"왜 본사로 안 들어가는 거예요?"

그녀의 기습적인 물음에 승현의 눈썹이 꿈틀거렸다.

"사내에 도는 소문에 대해 알아요?"

처음에는 사내에 도는 소문으로 그가 김지환의 사고와 관련 있는 게 틀림없다고 생각했었다. 하지만 곰곰이 생각해 보니 이상하다는 걸 깨달았다. 소문대로 희성그룹 후계자 자리를 놓고 김지환과 경쟁 중이었다면 민영식이 본사로 들어오라고 했을 때 마다할 이유가 없었다. 하지만 그는 민영식의 거듭된 제안에도 불구하고 단칼에 거절했었다.

"소문?"

반문하는 그를 보니 소문에 대해 금시초문인 듯했다. 혜민은 사내에 도는 소문에 대해 간략하게 설명해 주었다. 그녀의 설명을 듣는 내내 승현은 그답지 않게 다양한 표정을 보여 주었다.

처음엔 어이없어하다가 후계자로서의 능력을 증명하기 위해 지금의 회사를 세우고 운영하는 거라는 말에 미간을 확 구겼다. 스스로의 힘으로 갈고닦아 일으켜 세운 회사였다. 지금 하는 일에 남다른 자부심과 애정을 갖고 있는 그였으니 소문이 몹시 불쾌할 터였다. 그는 한마디로 딱 잘라 정리해 주었다.

"헛소문이야."

혜민은 고개를 끄덕였다. 예상했던 답이었다.

"헛소문이라면 말해 줘요. 왜 본사로 들어가지 않는 건지. 지금 하는 일 본사 들어가서도 할 수 있는 거잖아요. 특별한 이유라도 있는 거예요?"

"그 말도 안 되는 헛소문을 믿는 거야?"

"믿고 싶지 않으니까 묻는 거예요."

허공에서 두 사람의 시선이 얽혀 들었다. 승현은 선뜻 입을 열지 않았다. 그의 침묵이 길어질수록 혜민의 가슴은 점차 소란스러워졌다. 롤러코스터를 타는 것처럼 위로 솟구쳤다가 아래로 곤두박질치길 반복했다. 천국과 지옥을 수십 번 왕복한 끝에야 간신히 대답을 들을 수 있었다.

"난 희성의 주인이 될 자격이 없어."

승현은 자조를 머금은 얼굴로 나직하게 말했다. 예상 답안을 완전히 빗겨 간 답이었다. 네가 상관할 바 아니다, 관심 없다, 지금 회사만으로도 충분하다, 와 비슷한 내용의 대답이 나올 줄 알았다. 하지만 그가 내어놓은 답은 전혀 생각지 못한 것이었다.

그의 반듯한 이목구비를 자세히 살펴보았다. 차갑고 서늘한 얼굴에 농담하는 기색이라고는 손톱만큼도 보이지 않았다. 그냥 해보는 말이 아니었다. 거짓말 또한 아니었다. 그는 진심이었다.

머리가 아프도록 생각해도 이해할 수가 없었다. 그처럼 희성그룹 후계자로서 안성맞춤인 사람은 없었다. 희성그룹 총수인 민영식의 친아들이자 경영 능력도 출중한 그가 자격이 없다니. 그렇다면 대체 누가 자격이 있는 거란 말인가. 어이없고 황당하고 여전히 의문투성이지만 이로써 확실해진 게 하나 있었다.

"왜 웃는 거야?"

무뚝뚝한 그의 지적에 혜민은 그제야 자신이 웃고 있다는 걸 알았다.

"찌개가 너무 맛있어서요."

다소 엉뚱한 그녀의 대답에 그는 어이없다는 얼굴이 되었다. 자제하려 해도 입꼬리가 슬금슬금 기어 올라갔다. 따가운 눈초리에 혜민은 고개를 숙이고 수저를 들었다. 밥을 먹다 보면 웃음이 그치지 않을까 싶었다.

남은 밥을 마저 먹으려는데 거의 손대지 않은 김치찌개가 눈앞으로 디밀어졌다. 그가 무표정한 얼굴로 말했다.

"난 인간이거든."

기왕 줄 거면 말 좀 이쁘게 할 것이지. 좋은 일 하고도 말 한마디 잘못해서 욕 얻어먹는 게 그의 단점이었다. 그래도 이상하게 오늘은 하나도 기분 나쁘지 않았다. 히죽히죽 입가가 자꾸만 벌어진다. 혜민은 찌개를 먹다가 고개를 들고 그를 가만히 바라보았다.

"고마워요."

그녀의 인사에 승현은 말없이 피식 웃었다. 김치찌개를 줘서 고맙다는 인사로 알아들은 듯했다.

"오늘 새벽 일도 아침 일도."

이어진 그녀의 말에 미소 짓던 그의 입가가 굳어졌다.

"그리고 지금까지 모른 척해 준 것도."

이건 계획에 없던 것이었다. 순도 100퍼센트의 충동이었다. 그럼에도 희한하게 당황스럽지 않았다. 다만 현실감이 느껴지지 않을 뿐이었다.

이런 순간이 올 거라고는 상상도 못 했었다. 목에 칼이 들어와도 먼저 정체를 밝히는 일은 없을 거라 생각했었는데. 잠깐이나마 그를 의심했던 게 미안해서였을까. 아니면 그에게 말한다 해도 상황이 변하지 않을 거라는 걸 알아 버려서일까. 자기도 모르게 내뱉어 버린 말을 곱씹으며 혜민은 고개를 숙였다.

자격이 없다고 생각하는 사람이 후계자 자리를 놓고 경쟁을 벌일 이유는 없었다. 가장 밑바닥에 깔려 있던 가정 하나가 사라지자 그 위에 겹겹이 쌓여 있던 정황들이 모래성처럼 무너져 내렸다. 김지환의 사고와 승현은 아무 상관없는 게 틀림없었다. 다행이었다. 정말 다행이었다.

　입꼬리가 다시 위로 올라갔다.

　단추를 풀고 소매에서 팔을 빼려고 움직이자 쓰라린 통증이 몰려왔다. 승현은 인상을 쓰며 셔츠를 벗고 거울을 바라보았다. 벌겋게 부어오른 어깨와 등이 보였다. 경미한 상처였지만 쑤시고 화끈거리는 느낌에 움직일 때마다 불편했다. 그나마 많이 쓰지 않는 왼쪽 어깨라 생활하는 데 크게 지장을 주지 않아 다행이었다.

　벌겋게 부어오른 피부를 보고 있자니 천만다행이란 생각이 들었다. 만약 자신이 나서지 않았다면 지금쯤 그녀의 얼굴이 시뻘겋게 부어올라 있을 터였다. 옷이 방어막이 된 어깨와 다르게 맨얼굴이었으니 1도 화상으로 그치지 않았을지도 몰랐다. 여자 얼굴이 화상을 입느니 차라리 남자인 자신의 등에 흉터가 생기는 편이 나았다. 그녀가 아파하는 걸 보느니 차라리 자신이 아픈 게 낫다.

　어이가 없었다. 이런 생각을 하는 날이 오다니. 승현은 허탈한 미소를 지었다.

　전기포트가 엎어지고 물이 쏟아지는 걸 보자마자 저절로 몸이 움직였다. 의식이 거의 배제된 본능적인 행동이었다. 아무것도 보이지도 들리지도 않았다. 오로지 그녀만이 시야에 박혀 있었다. 내가 아닌 타인을 우선으로 생각한 건 그녀가 처음이었다. 어쩌면 생각했던 것보다 훨씬 더 깊이 자신의 마음에 그녀가 들어와 있는지도 모른다는 생각이 들었다.

찬물로 샤워를 하고 병원에서 받아 온 연고를 발랐다. 1도 화상이라 별도의 치료는 하지 않았다. 옷을 입고 거실로 나오자 그녀가 기다리고 있었다. 마치 아무 일도 없었던 것처럼 지환의 모습으로 미리 준비해 둔 얼음팩을 건네주었다.

"얼음찜질이 도움이 된대요. 화기 빼는 데."

얼음팩을 받아 들다가 그녀와 손이 살짝 부딪쳤다. 움찔하는 기색이 느껴졌다. 평온한 얼굴이지만 슬쩍 시선을 옆으로 돌린다. 아닌 척하고 있지만 자신을 의식하고 있는 게 틀림없었다.

역시 오늘 고백한 것 때문일까. 그건 아니었다. 사실 그녀가 자신을 의식한 지는 꽤 오래되었다. 이전부터 그녀는 자신을 남자로 의식하고 대하고 있었다. 그녀 자신은 모르는 듯했지만 승현은 확실히 인지하고 있었다. 자신을 바라보는 그녀의 눈이 언젠가부터 여자의 눈이었다는 것을.

그동안 살아오면서 수없이 많은 여자들의 추파를 받아 왔던 그였다. 인물, 집안, 재력 뭐 하나 빠지지 않는 그를 여자들은 호시탐탐 노렸다. 유치원 때부터 대학은 물론 사회에 나와서까지 그런 여자들이 끊이지 않다 보니 여자들의 눈만 봐도 그 의도를 짐작하고도 남았다.

승현은 여자들에게 손톱만 한 관심도 틈도 주지 않았다. 주위에서 혀를 내두를 정도로 냉정하게 내쳤다. 자신을 향한 여자들의 관심 어린 눈빛이 불쾌하고 거북하기만 했었다.

그런데 이상하게도 그녀만은 예외였다. 여타의 여자들과 다를 바 없는 눈으로 자신을 바라보는데도 전혀 불쾌하거나 기분 나쁘지 않았다. 외려 그녀가 다른 곳을 보면 고개를 돌려서라도 자신을 보게 만들고 싶었다.

아마 자신이 이런 마음이 된 건 그녀가 처한 특수한 상황 때문일 것이다. 그녀는 현재 자신의 남동생이었다. 다른 여자들과는 달리 자신에게 다가올 수 없는 처지였다. 그래서 언제나 스스로 그어 놓은 선 안쪽에서 바라만 볼 뿐이었다.

그녀가 그어 놓은 선은 자신이 들어가고자 해서 들어갈 수 있는 곳이 아니었다. 그녀 스스로의 의지로 나와야 했다. 그것이 자신을 감질나게 만들고 그녀에게 빠지게 한 건지도 모른다. 그러던 그녀가 오늘 처음으로 선 밖으로 발을 내디뎠다. 그런데 지금은 다시 선 안으로 도망쳐 버린 느낌이었다.

심상한 얼굴 아래 숨겨 놓은 그녀의 복잡한 마음이 어렴풋이 그려졌다. 후회하고 있는 건가. 아니면 아직 때가 아니라는 건가.

할 말이 남았는지 잠시 미적거리던 그녀가 입을 연다.

"오늘은 아무 일도 하지 마세요. 아주 급한 일 아니면."

그건 내가 알아서 할 일이니 상관 말라고 말하려다 그만두었다. 걱정해서 하는 말이라는 걸 빤히 알면서 대놓고 상관 말라고 하면 그녀가 무안해할 것 같았다. 이대로 물러설 것 같지도 않았고. 대답 대신 고개를 끄덕이자 못 미더웠는지 한 번 더 당부하고는 제 방으로 들어갔다. 가만히 서서 닫힌 방문을 응시했다.

모든 것이 제자리에 있었다. 아무 일도 없었던 것처럼 아무것도 변한 게 없었다. 그녀는 여전히 자신의 동생인 지환의 모습으로 곁에 있었다. 그녀는 이름도 나이도 남장을 하게 된 사연도 가르쳐 주지 않았다. 달랑 모른 척해 줘서 고맙다, 이 한마디뿐이었다. 지금처럼 계속 지환으로서 선 안에서 지낼 작정인 듯했다.

변화를 바라지도 않으면서 고백은 왜 한 걸까. 그것도 밥 먹다 말고 뜬금없는 타이밍에. 심경에 변화를 가져올 만한 일이 있었던 걸까.

서재로 들어간 승현은 은채에게 전화를 걸었다. 그녀는 바로 전화를 받았다.

―괜찮으세요?

다짜고짜 물어 오는 안부에 승현은 퉁명스럽게 되물었다.

"그쪽이 얘기한 겁니까?"

―뭘요?

"지환이한테 내가 알고 있다는 거. 그쪽이 말했냐고요."

―어머, 지환 씨한테 뭔 일 있어요? 난 준혁 선배 일로 물은 건데.

아무래도 잘못 짚은 모양이었다. 그녀의 고백과 은채는 아무 상관없는 듯했다.

"아니면 됐습니다."

―내가 말하지 않았는데도 이미 알고 있었어요. 대표님이 알고 있다는 거.

이미 알고 있었다니. 승현은 스스로를 찬찬히 돌아보았다. 특별히 그녀가 눈치챌 만한 언행을 했던 기억은 없었다. 도대체 어떻게 알았을까. 언제쯤 알았을까. 왜 알고도 그동안 모른 척한 걸까.

통화를 종료하기 무섭게 휴대전화가 울어 댔다. 액정에 뜬 발신인을 확인한 후 통화 버튼을 터치했다. 연결되자마자 진호의 음성이 쏟아져 나왔다.

—집으로 갔다며.

"무슨 일인데?"

—자식, 빈말로라도 형 저 괜찮아요, 걱정하지 마세요, 하면 큰일 나냐?

"용건 없으면 끊는다."

전화를 끊으려 하자 그제야 진호가 다급하게 본론을 말한다.

—네가 최준혁한테 사고 친 거, 능력자인 이 형님이 해결했다. 고소도 없을 거고 기사 뜨지도 않을 거야. 후반 작업도 차질 없을 거고. 다리 쭉 뻗고 자도 돼.

진호의 말을 듣고서야 승현은 안중에도 없었던 준혁과의 일을 떠올렸다. 객관적으로 보면 큰일도 보통 큰일이 아닌데 전혀 굽힐 생각은 들지 않았다. 아직도 새벽에 있었던 일을 떠올리면 화가 불끈불끈 치솟는다.

준혁은 한국을 대표하는 톱스타이자 이번에 제작하는 영화의 주인공이었다. 그가 공언한 대로 자신을 고소하고 매스컴에다 대고 폭행 사실을 떠들어 댄다면 가장 먼저 타격을 입을 건 바로 영화였다.

영화가 엎어지는 건 기본이고 회사의 이미지 추락과 나아가 희성그룹까지 줄줄이 엮일 게 불을 보듯 뻔했다. 재벌에게 그다지 친절하지 않은 언론은 때는 이때다, 하고 씹고 뜯고 맛보고 즐겼을 것이다. 노발대발한 아버지는 당장 하던 거 전부 다 집어치우고 본사로 들어오라고 불호령을 내리셨을 테고.

생각만 해도 골이 지끈거린다. 여전히 잘못했다는 생각은 들지 않았고 사과할 마음도 없었지만 골치 아픈 일을 미연에 방지해 준 진호에게 인사는 해야겠다 싶었다. 한 치의 양보도 없는 자신과 준혁 사이에 샌드위치처럼 끼어서 발을 동동 구르다 속이 시커멓게 탔을 것이다.

"고마워."

—어이쿠, 웬일이냐. 네가 고맙단 인사를 다 하고. 근데 진짜 왜 그랬냐? 최준혁이가 잘했다는 건 아닌데 네가 오버했던 건 알지? 배우 얼굴에 주먹질이라니. 너답지 않았어.

승현은 쓰게 웃었다. 진호의 지적대로 확실히 자신답지 않은 행동이었다. 평소의 자신이라면 아무리 준혁이 꼴 보기 싫고 얄미워도 그가 배우인 이상, 그것도 자신의 영화에 출연한 배우인 이상 손끝 하나 대지 않았을 것이다.

정말 말도 안 되는 일이었다. 그러나 그 말도 안 되는 일을 저질러 버렸다. 그녀가 관련되면 자신은 자신답지 않게 돼 버린다. 이걸 저주라고 해야 할지 축복이라고 해야 할지 아직 판단이 서지 않는다.

"밥이든 술이든 원하는 대로 한번 쏠게."

—그럼 맨입으로 때울 작정이었냐?

시간 날 때 연락하라는 말을 끝으로 통화를 끝냈다. 승현은 의자 등받이에 몸을 편히 기대었다. 얼음팩 덕분인지 화끈거리던 부위의 쓰라림이 아까보다 덜했다. 습관적으로 책상 위에 놓인 노트북 전원을 켜려다 오늘 하루는 일하지 말라던 그녀의 당부가 생각나 멎었다. 딱히 중요한 업무도 없었고 급한 일이 생기면 정 비서가 전화로 연락할 터였다.

오랜만에 서재를 한 바퀴 둘러보았다. 눈에 익은 제목의 책들을 하나하나 훑어보다가 햇빛이 들어오는 오후의 창밖을 바라보다가 다시 책상으로 돌아왔다. 생각 또한 부메랑처럼 돌아왔다. 새벽의 그 사건 때문인지도 몰랐다. 그녀의 심경에 변화가 생긴 건.

게임의 탈을 뒤집어쓴 역겨운 짓거리였다. 당황스럽고 불쾌하고 수치스럽고 치욕스러웠을 것이다. 남자인 자신도 기분 나쁜데 하물며 여자인 그녀는 오죽했을까 싶었다.

그동안 그녀가 남자인 줄 알고 함부로 구는 인간들이 비단 오늘 새벽에만 있었던 건 아니었을 것이다. 앞으로도 그런 치들이 없을 거라고 장담할 수 없었다.

승현은 결심을 굳혔다. 더는 이대로 그녀를 내버려 두지 않겠다고. 하루라도 빨리 지환이 아닌 그녀 본래 모습으로 살 수 있게 해 줘야 했다. 선 밖으로 마음 놓고 나올 수 있도록 해 줘야 했다. 오늘 뜻밖의 고백으로 미루어 그녀 역시 그걸 바라는 게 아닐까 싶었다. 그녀가 지환이 아닌 그녀 자신으로 살아갈 방법은 딱 하나뿐이었다.

승현은 책상 위에 놓아둔 휴대전화를 집어 들었다. 통화음이 두어 번 울리기 무섭게 상대가 전화를 받는다.

—이 시간에 어쩐 일이십니까?

"일은 어떻게 돼 가고 있습니까?"

—아, 예. 저희도 최선을 다해 찾고 있는 중입니다.

토씨 하나 틀리지 않는 대답이었다. 매번 전화를 걸 때마다 남자는 앵무새처럼 똑같은 말만 되풀이했다. 이해하지 못하는 건 아니었다. 작정하고 꽁꽁 숨어 버린 사람을 찾는 게 어디 쉬운 일이

겠는가. 그렇다 해도 너무 진전이 없다 보니 슬슬 짜증이 나는 것
도 사실이었다. 의뢰를 한 지 벌써 6개월이 다 되어 가는데도 감
감무소식이라니.

그녀가 온전히 그녀 자신이 되려면 지환이 돌아와야 했다. 그녀
를 위해서라도 어서 빨리 지환을 찾아야 했다. 더는 기다려 줄 수
없었다.

"어디까지 진행됐는지 알고 싶은데요."

목소리에 깃든 짜증스러움을 감지했는지 저쪽의 말투가 조심스
러워졌다.

—열흘 전 전주 쪽에서 김지환 씨와 비슷한 사람을 봤다는 제보
가 들어와 찾아가 봤는데 아니었습니다.

"제보만으로는 찾기 힘들지 않나요?"

—지금으로서는 그 방법밖엔…….

"알았습니다."

지환이 휴대전화나 카드를 쓰거나 차를 몰지 않는 한 현재의 소
재지를 파악하는 건 어려울 터였다. 그 성격에 여태껏 전화 한 통
도 없고 카드도 긁지 않으며 차도 끌고 다니지 않은 게 이상했지
만 지금으로서는 별다른 수가 없었다. 막 전화를 끊으려던 참이었
다. 저쪽에서 갑자기 말을 걸어왔다.

—저…… 그분은 잘 계십니까?

"누구 말입니까?"

—저번에 저희한테 의뢰하셨던 분이요. 김지환 씨와 닮은 분 말
입니다.

승현의 눈이 가늘어졌다. 어째서 그녀의 안부를 묻는 걸까. 그

가 말없이 가만있자 당황했는지 변명 같은 부연 설명을 늘어놓는다.

—그게 그분이 너무 닮아서. 혹시 김지환 씨를 찾는 데 도움이 되지 않을까 해서요.

지환과 빼다 박았으니 그녀가 누군지 궁금했을 수도 있었다. 그러나 안부를 빙자한 순수한 호기심이라기보다 왠지 탐색하려는 느낌이 들었다. 승현은 사무적인 어투로 잘라 말했다.

"그 사람이 지환이를 찾는 데 도움 될 일이 있다면 내가 연락하죠."

지환을 찾는 일에 그녀를 내세우고 싶지는 않았다. 설령 도움 될 만한 일이 있다 해도 연락할 생각은 없었다.

—아, 예. 알았습니다. 저 근데…….

"또 할 말이 남았습니까?"

—아, 아닙니다.

통화를 끝낸 승현은 휴대전화를 물끄러미 노려보았다. 석연치 않은 통화였다. 마지막에 무슨 말을 하려고 했던 걸까.

지환의 가출이 길어지자 부모님의 걱정과 근심은 대단했다. 그동안 수많은 사고를 치고 다닌 덕에 지환에 대한 세간의 평판은 바닥이었다. 가출했다는 사실까지 알려지면 집안 망신은 물론이고 지환의 앞날에도 좋을 게 전혀 없었다.

그래서 아버지가 선택한 방법이 익명을 보장해 주는 심부름센터를 이용하는 것이었다. 그러나 좀처럼 희소식은 들려오지 않았고 부모님의 시름은 더해 갔다.

독립 후 본가에 가뭄에 콩 나듯 드나들며 거의 남처럼 지냈지만 이번 일만큼은 모른 척할 수 없었다. 결국 방관자로 지켜보던 승현도 지환을 찾는 일에 직접 팔을 걷어붙이게 되었다.

그는 부모님과는 다른 심부름센터에 의뢰를 했다. 연예계 인사들이 은밀하게 이용하는 업체로서, 철저하게 익명을 보장해 주는 건 물론이고 수단과 방법을 가리지 않고 빠른 시일 내에 확실하게 해결해 주는 곳으로 유명한 업체였다. 그녀가 나타났을 때 지환이 돌아온 줄 알고 의뢰를 취소했다가 그녀의 정체를 알아차리고 다시 의뢰를 했다. 그리고 지금까지 소식을 기다리고 있는 상황이었다.

명성과는 달리 일 처리가 너무 더딘 감이 없지 않아 있었다. 그러나 용인에서 그녀를 찾아낸 일은 지금까지와는 사뭇 달랐다. 서울에서 용인으로 내려가는 동안 그녀를 찾았다는 연락을 받았으니 채 두 시간도 걸리지 않은 셈이었다. 용인이라는 정보가 있긴 했지만 그렇게 짧은 시간 안에 사람을 찾아내는 게 가능한 일일까.

당시엔 그녀를 찾았다는 안도감에 깊게 생각해 보지 않았었다. 그러고 보니 그녀가 지환인 줄 알고 의뢰를 취소했을 때도 이상했다. 업체 입장에선 의뢰가 중단되었으니 돈벌이 하나가 날아간 거나 마찬가진데 그쪽에선 외려 반색하는 기색이었다. 그러다 다시 의뢰했을 땐 내키지 않는다는 듯 마지못해하며 수락하더니 일 처리가 지지부진했다.

오랜 시간이 지났는데도 착수금이 더 필요하다는 말을 꺼내지 않는 것도 수상했다. 하나하나 따져 보니 미심쩍은 점이 한두 가지가 아니다. 방금 전 통화도 그렇고.

다시 휴대전화를 집어 들었다. 신호가 가기 무섭게 정 비서의 목소리가 흘러나온다. 대학 후배이기도 한 그는 입이 무거워 무슨 일이든 믿고 맡길 수 있는 몇 안 되는 사람 가운데 하나였다. 그라면 은밀하게 해야 할 이번 일도 잘 해낼 것이다. 승현은 시선을 창밖에 고정시킨 후 담담하게 말했다.

"알아봐 줄 게 하나 있는데."

환한 햇살이 쏟아지는 창밖이 낯설었다. 한참을 바라보다가 평일 오후에 서재로 들어온 건 처음이란 걸 깨달았다. 문득 커피가 그리워졌다.

19.

어느 순간부터 어둠 속을 배회하고 있다는 걸 깨달았다. 발밑조차 보이지 않을 정도로 새까만 어둠이었다. 장님이 된 심정으로 한 발 한 발 앞으로 조심스럽게 걸어갔다. 목적지가 어딘지도 모르면서 무작정 걷고만 있었다. 어디를 찾아가려고 했던 거 같았는데 도통 생각이 나지 않았다. 어디를 가려고 했더라.

한 치 앞도 보이지 않는 어둠 속이었지만 이상하게 두렵지 않았다. 외려 익숙한 느낌이었다. 어둠 속을 배회하는 게 익숙하다니. 기억을 더듬어 봐도 이번이 처음인 게 분명한데, 이상한 일이었다.

고개를 갸웃거리며 한참을 걷는데 어둠을 가르는 환한 빛줄기가 보였다. 눈이 부셔 손등으로 빛을 가리며 눈을 가늘게 떴다. 환한 빛이 쏟아지는 가운데 누군가가 다가오고 있었다.

"한동안 잠잠하더니."

한숨 섞인 중얼거림이었다. 익숙하면서도 낯선 목소리였다.

"들어가자."

누군가가 손목을 잡는 게 느껴졌다. 한 손에 손목이 다 들어가고 남을 정도로 손이 큰 사람이었다. 그 손 역시 익숙하면서도 낯설었다. 왠지 아는 사람 같다는 생각이 들었다. 얼굴을 보고 싶은데 빛을 등지고 있어서 보이지 않았다.

누군지도 모르면서 그 사람이 이끄는 대로 순순히 따라갔다. 어디로 데려가는지도 모르면서 괜찮을 거라는 막연한 느낌이었다. 그렇게 걸음을 옮기다 보니 문득 생각이 떠올랐다. 그 사람이 누군지.

이전에 몇 차례 꿈에 등장했던 사람이었다. 실존 인물인지 꿈이 만들어 낸 허상인지 모를 남자였다. 하지만 믿을 수 있는 사람이었다. 그의 걸음이 멈췄다. 자신도 따라서 멈췄다.

"나오지 말고 자."

어둠 속에서 옆을 스쳐 가는 기척이 느껴졌다. 본능적으로 팔이 뻗어 나갔다.

"왜?"

그의 물음에 고개를 가로저었다. 여기가 아니었다. 찾아가려던 곳은 여기가 아닌 다른 곳이었다.

"어딜 가려고?"

말문이 막혔다. 여기가 아닌 건 분명한데 어디를 찾아가려 했는지는 모르겠다. 대답을 못 하고 가만히 있자 커다란 손이 머리를 쓰다듬어 준다. 부드럽고 따스한 손길이었다. 마음을 울컥하게 만드는 그런 것이었다. 기쁘면서도 애달픈 무엇이었다.

"돌아다니다 다치지 말고 그냥 자."

이제 기억났다. 목적지가 장소가 아니라 사람이었다는 걸. 바로 곁에 있는 이 사람이었다는 것을.

한쪽 팔을 마저 뻗어 그 사람을 잡았다. 목적지를 찾았는데 이대로 보낼 수 없었다.

키가 큰 사람이었다. 그를 이쪽으로 잡아당겨 상체를 숙이도록 했다. 딱히 무언가를 하고자 할 생각은 없었다. 몸뚱이가 마치 의지를 가지고 있는 것처럼 제멋대로 움직이고 있었다. 팔은 넝쿨처럼 그의 목을 감았고 다리는 발끝을 세워 발돋움을 했다.

"뭐 하는 거야?"

의아해하는 목소리에 답해 주듯 주저 없이 입술을 갖다 댔다. 서로의 입술이 맞부딪친 순간 그가 숨을 들이켜는 게 느껴졌다. 딱딱하게 경직된 몸과는 달리 그의 입술은 부드럽고 촉촉하고 말랑거렸다.

뜨거운 숨결이 인중과 볼에 닿을 때마다 등줄기가 짜릿하고 다리가 후들거렸다. 심장은 터지기 일보 직전이었다. 딱 죽을 것 같았다. 그럼에도 가슴 가득 차오르는 만족감에 멈출 수가 없었다.

입술과 입술이 마주한 순간에서야 깨달았다. 진작부터 이러고 싶었다는 것을. 그를 너무나도 원하고 있었다는 것을. 간절하게 원하고 또 원하던 사람이었다. 그 사람은 분명히······.

익숙한 얼굴이 눈앞에 떠오르면서 눈이 번쩍 떠졌다.

오늘도 어김없이 6시였다. 혜민은 눈을 떴는데도 한동안 침대에서 일어나지 못했다. 외려 이불을 머리끝까지 뒤집어썼다. 얼굴이 홍시처럼 빨개져 있었다.

대부분 사람들은 잠에서 깨어나면 꿈꾼 내용은 물론이고 꿈을 꾸었던 사실 자체를 잊어버린다고 한다. 그러나 간혹 생시처럼 선명하게 기억나는 꿈도 있었다. 주로 예사롭지 않은 꿈이 그랬다. 혜민이 지난밤에 꾼 꿈은 후자에 속했다. 하나도 빠짐없이 모든 게 생생했다. 얼굴에 불길이 확확 일었다.

간밤에 꿈속에서 정체불명의 남자와 키스를 했다. 그것도 자신이 먼저 덮쳐 버렸다. 꿈은 평소 품고 있던 생각이나 욕망이 구현돼 나타나는 거라던데. 맙소사, 나 이렇게 밝히는 인간이었나. 사춘기 때도 안 꾸던 망측한 꿈을 꾸다니.

더 미치고 환장하겠는 건, 그 남자가 누군지 대강 짐작이 간다는 거였다. 아예 몰랐으면 좋으련만. 꿈속에선 몰랐는데 깨어나 보니 알 것 같았다. 현재 자신이 키스하고 싶은 남자는 세상에서 오직 한 명뿐이니까.

그녀는 뜨끈뜨끈한 볼을 양손으로 문질렀다. 그러다 손등이 입술에 닿은 순간 모든 동작을 멈추었다. 숨조차 죽이고 가만히 있다가 천천히 손등으로 입술을 다시 쓸어 보았다.

말랑하고 촉촉한 감촉이 손등에 부드럽게 미끄러진다. 단지 살과 살과의 마찰일 뿐인데 기분이 묘했다. 깃털이 코끝에서 살랑대는 것처럼 간질간질한 것이 온몸을 마구 뒤틀고 싶어진다. 이상야릇하지만 싫지는 않은 느낌. 만약 진짜 키스를 한다면 어떤 느낌일까.

막연한 상상에 좀 전보다 얼굴이 더 붉어졌다.

뜨거웠던 바람이 선선해진다 싶더니 이제는 제법 쌀쌀했다. 팔에 매달려 있던 잎을 하나둘씩 떨어뜨리던 길거리 가로수는 이내 말라비틀어진 가지만 남아 버렸다. 날이 갈수록 해가 없는 시간이 길어졌다. 바야흐로 겨울로 접어드는 계절이었다.

크랭크업한 이후 약 3개월이 지났다. 그동안 후반 작업을 모두 마친 영화는 개봉을 앞두고 시사회를 열게 되었다. 시사회는 공들여 만든 영화를 관계자가 아닌 사람들에게 처음으로 선보이는 중요한 자리였다. 해가 있을 땐 언론 시사회를, 해가 졌을 땐 VIP 시사회를 하기로 되어 있었다.

VIP 시사회에 참석하기로 한 혜민은 정 비서와 함께 극장으로 출발했다. 승현은 제작사 대표로서 언론 시사회와 VIP 시사회 모두 참석해야 했다. 그래서 오늘은 회사에 들르지 않고 아예 극장으로 출근을 했다. 언론사 관계자들과 배급사 관계자들이 참석하는 언론 시사회에서 잘 보여야 하는 건 물론이고 VIP 시사회도 각별히 신경 써야 했다. 제작진과 출연진 입장에서 보면 오늘 하루는 말 그대로 초비상 사태나 다름없었다.

승현이 오늘 바쁜 게 혜민에겐 여간 다행이 아니었다. 아직도 아침의 꿈을 생각하면 얼굴이 화끈해진다. 평소처럼 하루 종일 그와 얼굴을 맞대고 있었을 거라 생각하면 눈앞이 아찔했다. 마침 오늘 시사회가 열려서 천만다행이었다.

VIP 시사회는 출연진과 제작진이 평소 쌓은 인맥을 총동원하는 자리이다 보니 수많은 연예인과 유명 인사들을 볼 수 있었다. 포토라인에서 기자들의 플래시 세례를 받고 있는 연예인들을 심상하게 보며 상영관으로 들어갔다. 한국을 대표하는 톱스타 준혁에게 단련된 덕분인지 텔레비전에서나 보던 연예인을 실제로 봐도 이젠 무덤덤했다.

"오, 지환. 여기야, 여기."

혜민을 발견한 진호가 반갑게 손을 흔들었다. 진호 외에도 익숙한 얼굴들이 보였다. 그러나 승현은 보이지 않았다. 그가 있으면 어쩌나 했는데 막상 보이지 않으니 왠지 실망스러웠다. 스스로도 종잡을 수 없는 마음에 쓴웃음을 지으며 혜민은 진호의 옆자리에 가서 앉았다.

"넌 오늘 처음 보는 거지?"

"네."

"보고 나면 감상 꼭 말해 줘라."

웃고 있었지만 진호는 자못 긴장한 기색이었다. 천하의 한진호도 다른 사람들 앞에서 자신의 영화를 공개하는 게 떨리고 긴장되는 모양이었다.

사실 혜민도 진호 못지않게 긴장하고 있었다. 그동안 별생각 없었는데 막상 스크린에 자신이 나올지도 모른다고 생각하자 쑥스럽고 민망했다. 자신이 나온 장면은 모조리 통편집 되었기를. 이럴 줄 알았으면 기술 시사에 참석할 걸 그랬다.

사실 시사회는 총 네 번이었다. 언론, VIP 시사회 전에 하는 모니터 시사와 기술 시사라는 게 있었다. 모니터 시사는 소수의 관객들 의견을 물어 최종 편집에 반영하거나 마케팅 방향을 잡기 위해 갖는 자리이고, 기술 시사는 감독, 제작자, 배우, 스태프 등 영화 제작에 참여한 사람들끼리 기술적 하자나 실수가 없는지 체크하는 자리였다.

영화에 출연한 혜민도 배우 자격으로 기술 시사에 참석할 수 있

었지만 그녀 스스로 거절했었다. 그때 왜 그랬을까. 기술 시사에
참석해서 자신이 나오는 장면이 있으면 편집해 달라고 말이라도
해 볼걸. 후회가 밀려왔지만 이미 엎질러진 물을 주워 담을 순 없
었다.

하나하나 자리가 채워지고 불이 꺼졌다. 스크린에 익숙한 풍경
이 펼쳐지면서 영화가 시작되었다. 스토리를 전부 알고 있는데도
불구하고 순식간에 영화에 몰입되었다. 촬영하는 걸 직접 보았던
장면도 마치 처음 보는 것처럼 새롭고 신선해 보였다.

한창 영화에 집중하던 혜민은 어깨를 흠칫거렸다. 불행하게도
그녀가 나온 장면이 하나도 편집되지 않고 고스란히 나오고 있었
다. 스크린에 나오는 자신의 모습에 혜민은 어쩔 줄 몰라 하며 시
선을 이리저리 돌렸다. 쑥스럽고 창피하고 부끄러우면서도 신기했
다. 내가 아닌 다른 사람인 것처럼 여겨지기도 했다.

크레디트 타이틀이 올라간 후 진호가 옆에서 조용히 물었다.

"어땠어?"

혜민은 대답 대신 엄지를 치켜들었다. 영상미도 음악도 배우들
연기도 편집도 연출도 모두 훌륭했다. 잔잔하면서도 지루하지 않
은 게 가장 큰 장점이었다. 긴장으로 굳어 있던 진호의 표정이 확
풀어진다.

"너도 좋았어. 연기가 자연스러워서 편집해야 하나 고민할 필요
가 없었거든."

"그, 그랬어요?"

웃어야 하나 울어야 하나 모르겠어서 애매하게 웃는 것으로 대
신했다. 자리에서 일어나 출입구로 걸어갔다. 진호는 관계자인 듯

한 사람에게 붙들려 어딘가로 가 버렸다. 홀로 나가려는데 누군가가 어깨를 툭 쳤다.

"오랜만이다."

말쑥하게 정장을 차려입은 준혁이었다. 승현이 화상을 입었던 사건 이후 보지 못했으니 거의 3개월 만이었다. 좋게 넘어갔다고는 하나 승현과의 일도 그렇고 준혁 개인적으로도 바빠서 얼굴 볼 시간적 여유가 없었다.

그렇다 해도 아주 연락이 없었던 건 아니었다. 그는 시간만 나면 문자와 사진 따위를 보냈다. 주로 맛집이나 경치 좋은 곳 또는 촬영차 나가 있는 외국에 대한 감상과 풍경 사진이 대부분이었다. 한 번도 답하지 않았는데도 그는 포기라는 단어를 모른다는 듯 꾸준히 연락을 시도했다. 대단한 정성과 노력이 아닐 수 없었다.

언젠가부터 이런 생각이 들었다. 딱히 여자라는 물증을 잡기 위해서라기보다 그냥 자신에게 들이대는 자체에 재미를 붙인 게 아닌가, 라는. 그는 지금의 상황을 즐기고 있는 듯했다. 만약 자신이 여자라는 게 밝혀지면 준혁은 외려 흥미를 잃을지도 모른다는 생각이 들었다.

"내 지인들이 묻더라. 너 누구냐고. 처음치고 연기 참 잘한다고."

"아, 네."

"약속 없으면 나랑 가자. 저녁 사 줄게."

역시나. 왜 그 말을 안 하나 싶었다. 한 치도 예상을 빗나가지 않는 준혁의 한결같은 태도에 허탈해진다.

"이만 가 봐야 해서요."

"부담 가질 필요 없어. 나하고만 가는 게 아니라 내 친구들도 가는 거야. 다들 너에 대해 궁금해한다고."

어떻게 거절해야 하나 말을 고르는데 누군가가 끼어들었다.

"오늘은 안 되겠는데요."

뒤돌아보니 정 비서가 서 있었다. 반사적으로 주변을 살폈다. 혹시 승현이 온 건가 싶어서였다. 그러나 승현의 모습은 어디에도 보이지 않았다. 대신 전혀 예상치 못한 인물이 있었다.

"지환아."

희성그룹 총수이자 승현의 친부. 그리고 이번 영화의 메인 투자자인 민영식이 눈앞에 있었다. 지난 4월 어머니 생신 기념으로 식사한 이래 처음 보는 것이었다.

"언제…… 오신 거예요?"

온다는 기별도 없었고 상영관 안의 불이 꺼지기 직전에도 그는 없었다. 그녀의 물음에 민영식은 인자하게 웃으며 대답했다.

"시간 맞춰서 오려고 했는데 5분 지각했다."

초대장을 보내긴 했지만 설마 이렇게 직접 행차하실 줄은 꿈에도 몰랐다.

"처음 뵙겠습니다. 최준혁이라고 합니다."

민영식이 누군지 알아보았는지 준혁은 깍듯하게 허리까지 숙여 인사했다.

"영화 잘 봤습니다. 그나저나 미안해서 어쩌죠. 오늘은 내가 지환이를 데리고 가야 할 거 같은데."

"아닙니다. 관객 수 300만이 넘으면 그때 한잔하는 거로 하겠습니다."

의외로 준혁은 깔끔하게 물러났다. 그는 다시 정중하게 인사한 후 상영관을 빠져나갔다. 민영식이 준혁의 뒷모습을 보며 말했다.

"보기보다 아주 예의 바르고 괜찮은 청년이구나."

너무나 후한 평가에 혜민은 애매한 얼굴로 미소 지었다.

"우리도 가자, 오랜만에 같이 저녁이나 먹자꾸나."

"저, 형은 어떻게……."

"오늘은 우리 둘이서만 가자. 승현이한텐 정 비서가 말할 테니 걱정 말고."

민영식과 단둘이서 저녁을 먹으러 간다니. 긴장되는 건 말할 것도 없고 내키지 않는 자리지만 거절할 명분이 없었다. 더군다나.

"네가 좋아하는 데로 예약해 뒀다."

저렇게까지 말하는데 안 가겠다고 말할 수 있을 리 없었다. 체념한 혜민은 무심코 물었다.

"어딘데요?"

"프랑스 요리는 오랜만일 거 같아서 거기로 했다."

혜민은 프랑스 요리란 말에 내심 당혹스러웠다. 양식을 자주 접할 수 있는 형편이 아니었던 데다 입맛 자체도 양식보단 한식을 더 선호하는 편이었다. 그래서 프랑스 요리는 그녀에게 몹시 낯선 것이었다. 언젠가 준혁이 점심 먹으러 프렌치 레스토랑에 갔을 때 본 게 프랑스 요리의 전부였다.

민영식과 단둘이 익숙하지 않은 프랑스 요리를 먹으러 가다니. 어쩐지 예감이 좋지 않았다. 그리고 그 예감은 정확하게 적중했다.

"네가 좋아하는 거로 미리 시켜 뒀단다."

자리를 잡고 앉은 지 얼마 되지 않아 주문하지도 않은 음식이 나왔다. 의아하게 직원을 올려다보자 민영식이 한 말이었다.

한글로 프린트 되어 있어도 뭐가 뭔지 모르는 메뉴판을 보고 직접 주문하지 않아도 되는 건 다행이었다. 하지만 녹색 빛을 띤 거무죽죽한 정체 모를 수프와 샐러드를 보고 있자니 난감했다.

민영식은 자신이 김지환인 줄 알고 있었다. 의심받지 않으려면 김지환이 좋아하는 음식을 맛있게 먹어야 했다. 혜민은 최대한 밝은 얼굴로 수저를 들었다.

"잘 먹겠습니다."

수프를 한 숟갈 입에 넣자마자 그대로 토할 뻔했다. 머리털 나고 이렇게 괴상망측한 맛은 처음이었다. 일그러지려는 얼굴 근육을 간신히 달래며 샐러드를 먹었다. 순간 금방 입에 넣은 것을 밖으로 뿜어낼 뻔했다. 샐러드 드레싱과 수프 맛이 혼합되자 뭐라 형언할 수 없는 최악의 맛이 돼 버렸다.

당장 토하고 싶은 걸 죽을힘으로 참았다. 손끝이 부들부들 떨리고 이마에 식은땀이 맺혔다. 참으로 희한한 입맛이었다. 어떻게 김지환은 이딴 걸 좋아하는 걸까.

혜민은 이를 악물고 아무 일도 없다는 듯 천천히 물을 들이켰다. 물로 간신히 입 안의 것들을 목구멍으로 넘겼지만 희한한 맛은 혀에 그대로 남아 있는 기분이었다.

"요즘 승현이와 지내는 건 어떠니? 불편하진 않니?"

"잘 지내고 있어요. 걱정 마세요."

민영식은 잠시 그녀를 응시하더니 작게 고개를 끄덕이며 말했다.

"그거 다행이구나."

민영식이 빤히 쳐다보고 있어서 혜민은 억지로 미소를 지었다. 제대로 웃었는지 모르겠다. 눈앞에 놓인 고약한 수프와 샐러드를 다 먹어 치워야 한다는 사명감에 물과 함께 억지로 목구멍으로 넘기느라 정신이 없었다.

"서운했던 게냐?"

"네?"

"승현이한테 가라고 한 거 말이다."

"아니에요."

새삼스레 그 얘길 왜 이제 와 꺼내는 건지 모르겠다. 처음에는 무조건 독립만이 살 길이라고 생각했었는데 이젠 승현의 집에서 살지 않고 혼자 사는 자신의 모습은 상상할 수도 없었다. 그나저나 이놈의 수프와 샐러드는 왜 먹어도 먹어도 줄어들지 않는 걸까. 맛대가리도 없는 게 양은 또 왜 이리 많은 건지.

접시를 내려다보며 한숨짓는데 민영식이 불쑥 말했다.

"그동안 왜 집에 한 번도 오지 않은 게냐?"

"회사 일이 바빠서요."

바쁜 건 아니었지만 아침저녁으로 승현과 출퇴근을 같이하다 보니 시간 내기가 여의치 않은 건 사실이었다. 물론 시간이 남아돌았다 해도 김지환의 생모인 이미영이 버티고 있는 집에 스스로 걸어 들어가는 일은 없었을 것이다.

"언제든 오고 싶을 때 집에 오거라. 엄마가 많이 보고 싶어 한단다."

"네."

마음이 무거웠다. 말은 저렇게 해도 조만간 본가에 들르라는 말이라는 걸 모르지 않는다. 어떤 핑계를 대야 본가에 가지 않고도 무사할 수 있을까.

"혹시 배우가 되고 싶은 게냐?"

"네, 네?"

열심히 머리를 굴리며 건성으로 대꾸한 혜민은 한발 늦게 그 의미를 깨닫고 눈을 동그랗게 떴다. 민영식이 웃으며 덧붙인다.

"영화에 네가 나오던데."

"아, 그건 어쩌다가 대타로 하게 된 거예요."

양 볼이 뜨거워졌다. 영화 속 자신을 떠올리자 부끄러웠다. 영화를 보고 누가 자신을 알아볼 거라고는 생각지 못했었기에 조금 당혹스러웠다. 설마 길 가다가 사람들이 알아보면 어떡하지?

애먼 상상에 부르르 떠는데 문득 시선이 느껴졌다. 아까부터 느꼈던 거지만 민영식은 틈만 나면 자신을 빤히 바라보았다. 왜 저렇게 쳐다보는 거지? 불안이 스멀스멀 올라왔다.

"왜 그렇게 보세요?"

두려움을 누르고 묻자 의외라는 듯 민영식의 눈이 커다래졌다. 그러나 이내 아무렇지도 않다는 듯 부드러운 미소를 짓는다.

"하도 오랜만에 보는 거라 나도 모르게 자꾸 눈이 갔나 보구나."

혜민은 고개를 끄덕였다. 듣고 보니 그럴 만도 하다는 생각이 들었다. 그동안 전화 통화는 가끔 했지만 얼굴을 직접 보는 건 거의 6개월 만이니 오래되긴 오래되었다.

시작이 있으면 끝도 있는 법. 혜민은 간신히 수프와 샐러드 접시를 비울 수 있었다. 한숨 돌리는데 기다렸다는 듯 또 다른 요리가 나왔다. 스테이크와 비슷해 보이는 구운 고기 요리였다. 제발이번엔 그럭저럭 먹을 만한 맛이길.

"승현이 회사 일도 좋지만 너도 이제 슬슬 너만의 일을 해야지. 하고 싶은 게 없다면 공부를 더 하는 것도 좋고."

혹시 유학 얘길 꺼내려는 건가 싶었다. 혜민은 고기를 썰다 말고 단호하게 대답했다.

"당분간은 지금처럼 형네 회사에서 일하고 싶어요."

민영식은 못마땅하다는 듯 미간을 찌푸렸다.

"대체 그 회사가 뭐길래 너까지…… 승현이도 그렇고."

민영식은 답답했는지 글라스에 있던 와인을 단숨에 들이켰다. 승현을 본사로 불러들이고 싶어 하던 그였다. 승현이 그의 뜻을 따라 주지 않으니 그로서는 답답할 터였다. 문득 승현이 했던 말이 떠올랐다. 본사에 들어가지 않는 이유에 대해.

"형이 본사에 들어가지 않는 건, 지금 회사 때문이 아니에요."

"무슨 말이냐?"

혜민은 잠시 고민했다. 이 말을 민영식에게 해도 괜찮은지 모르겠다. 고민은 그리 길지 않았다.

만약 그 말을 듣지 못했다면 아직도 승현이 김지환의 사고와 관련되어 있을 거라고 오해하고 있었을 것이다. 훗날 민영식이 그 사고에 대해 알게 된다면 자신과 같은 오해를 하게 될지도 모른다. 부자 사이의 오해를 미연에 방지하기 위해서라도 알려 줘야한다는 판단이 섰다.

"자격이 없다고 했어요."

"뭐?"

"자기는 희성의 주인이 될 자격이 없다고 했어요. 그래서 본사에 들어가지 않는 거랬어요."

"승현이가 그렇게 말했다는 거냐?"

"네."

혼이 빠져나간 사람을 본다면 저런 얼굴일까 싶었다. 민영식은 넋이 나간 얼굴로 허공을 바라보다가 한숨을 내쉬었다. 착잡해 보였지만 현실을 받아들이는 눈치였다. 충격받은 사람치곤 회복이 빨랐다. 대기업을 이끄는 회장님이라 그런지 뭐가 달라도 다른 모양이었다.

그 후 두 사람은 말없이 식사에 열중했다. 고기 요리는 먹을 만했다. 수프와 샐러드에 데어서 몸을 사렸던 게 우스울 정도로 괜찮은 맛이었다. 이어서 나온 셔벗과 케이크는 물론 후식으로 나온 차도 괜찮았다. 식사를 끝내고 막 일어서려던 참이었다.

"네가 여긴 왜 온 거냐?"

민영식의 눈이 향한 곳으로 고개를 돌린 혜민은 깜짝 놀랐다. 언제 온 건지 승현이 그녀의 옆에 우뚝 서 있었다.

"지환이 데리러 왔습니다."

승현의 대답에 민영식은 황당하다는 얼굴이 되었다.

"설마 내가 지환이를 데려다 주지도 않을 거라 생각한 거냐?"

"아닙니다."

승현은 덤덤하게 아니라고 했지만 믿지 않는 눈치였다. 민영식은 그런 승현을 가만히 바라보았다. 기가 막힌 듯했지만 그렇다고 화가 난 것 같지는 않았다. 그가 혼잣말처럼 중얼거렸다.

"본가에서 하룻밤 재우고 보낼 생각이었는데. 네 엄마가 실망이 크겠구나."

본가에서 하룻밤이라니. 생각만으로도 등줄기가 오싹했다. 김지환의 생모가 있는 본가는 될 수 있으면 멀리해야 할 곳이었다. 본가에서 하룻밤 지낸다는 건 호랑이 굴에 들어가는 것과 매한가지였다. 승현이 데리러 오지 않았으면 큰일 날 뻔했다.

레스토랑을 나서자 민영식의 차가 입구에서 기다리고 있었다. 차에 올라타기 직전 그가 승현과 혜민을 번갈아 보며 말했다.

"너희 둘이 형제가 된 지 오랜 세월이 지났는데도 계속 서먹한 거 같아서 걱정이 많았는데, 오늘 이렇게 보니 아주 좋구나. 앞으로도 지금처럼 우애 있게 지내거라."

민영식을 태운 차가 시야에서 멀어지자 곁에 있던 승현이 말했다.

"우리도 가자."

차 안에 적막이 감돌았다. 혜민은 운전석에 있는 승현을 곁눈질로 힐끔거렸다. 그는 말없이 전방을 바라보며 운전에 집중하고 있었다. 반듯한 옆모습에 자꾸만 눈길이 간다. 요상한 꿈 때문에 그를 어떻게 봐야 하나 걱정했던 게 우스울 정도로 막상 이렇게 보니 아무렇지도 않았다.

어차피 자신의 꿈이었다. 자신의 꿈을 그가 알 리 없는데 괜히 몸을 사렸다는 생각이 들었다. 꿈속에서 키스를 하든 무슨 짓을 하든 그는 전혀 모를 터였다. 혼자 북 치고 장구 친 셈이라는 걸 깨닫자 하루 종일 긴장했던 게 허탈해졌다. 혜민은 한숨을 내쉬며 꼿꼿이 펴고 있던 등을 시트에 편안하게 기댔다.

눈에 익은 전광판이 매달려 있는 빌딩이 보였다. 집에 거의 다 온 듯했다. 적막을 깨고 그가 불쑥 말을 걸어온다.

"아버지랑 무슨 얘기했어?"

"별 얘기 안 했어요. 안부 묻고 본가에 가끔 들르라는 말만 하셨어요."

승현이 본사로 들어가지 않는 이유에 대해 말했다는 건 입 속으로 삼켰다. 그의 의사도 묻지 않고 멋대로 알려 줬다고 타박을 들을까 염려되었다. 그래도 후회하지는 않았다. 민영식에게 알리는 게 옳다는 생각은 아까도 지금도 변함없었다.

"본가에 들르라고 했다고?"

"네."

"언제 한번 밖에서 식사하도록 하지. 본가로 가면 자고 가라고 하실 게 뻔하니 아예 밖에서 만나는 게 나을 거야."

과연 그럴까 싶었다. 좀 전의 일만 봐도 그랬다. 승현이 나타나지 않았다면 민영식은 그녀를 본가로 데려갔을 터였다. 본가로 가나 밖에서 만나나 결과는 똑같이 본가행이었다. 굳이 밖에서 보는 게 무슨 의미가 있을까 싶었다. 의아스러웠지만 혜민은 일단 승현의 의견을 좀 더 들어 보기로 했다.

"너도 알겠지만 아버지보단 어머니 쪽이 더 위험해. 지환이 친어머니니까."

"나도 알아요."

처음부터 지금까지 김지환의 생모인 이미영은 위험인물 1순위였다. 그런 그녀를 혜민은 아예 잊어버리고 있었다. 안중에도 없었다는 게 더 정확할 것이다. 그럴 수 있었던 건 이미영이 연락을 거의 하지 않았기 때문이었다.

무심하기 짝이 없는 엄마라고 생각할 수도 있지만 사실 그녀가 연락을 하지 않는 건 나름의 이유가 있었다. 이미영은 김지환을 보기만 해도 대뜸 큰소리부터 나가는 스타일인 듯했다. 종종 전화 통화를 했던 민영식이 알려 준 바에 따르면, 그녀는 김지환과 싸우지 않으려고 일부러 연락을 하지 않는 거라고 했다. 혜민에겐 퍽 다행스러운 일이었다.

"나랑 같이 가면 너한테 덜 신경 쓰실 거야. 어머니는 아직도 날 좀 어려워하시니까."

"네."

혜민은 그제야 고개를 끄덕였다. 의아함이 말끔히 해소되었다. 승현의 생각은 일리가 있었다. 이미 검증된 것이기도 했다. 처음 본가에 갔을 때도, 본인의 생일날에도 이미영은 승현의 눈치를 보았다. 아무래도 그가 그녀의 친아들이 아니다 보니 더 신경 쓰일 터였다.

승현은 여전히 전방을 주시하며 운전하고 있었다. 혜민은 그런 그를 보며 빙그레 미소 지었다. 자신의 정체가 발각될까 봐 신경 써 주는 그가 고맙고 한편으로는 설레기도 했다. 온전한 내 편이 생긴 기분이랄까. 든든한 울타리 같기도 하고.

그는 자신을 비난하지도 않았고 내치지도 않았다. 김지환의 사고를 은폐하기 위한 목적이 있는 것도 아니면서 자신을 그대로 곁에 두고 있었다. 그의 성격상 단순히 배려해 주고 도와주려는 마음은 아닐 터였다. 세상에 목적이나 이유 없는 행동은 없는 법이니까.

그래서 곰곰이 생각해 봤다. 자신이 그의 곁에 있음으로 해서 그가 얻을 것들이 무엇인지. 답은 그리 어렵지 않았다.

그는 자신으로 인해 몇 년 동안 제작하지 못하고 묵혀 두었던 영화를 이번에 제작할 수 있었다. 부모님 입장에서 보면 김지환이 가출했다 돌아온 것으로 알고 있으니 집안의 걱정과 근심 또한 사라진 셈이었다. 그것만으로도 그가 자신을 김지환으로서 곁에 두고 있을 만 하다는 생각이 들었다. 그렇다 해도 여전히 풀리지 않는 궁금증이 있었다.

"왜 자꾸 쳐다봐?"

"아무것도 아니에요."

혜민은 고개를 돌렸다. 까만 차창에 그의 옆모습이 얼비쳤다. 혜민은 차창에 비친 그를 가만히 응시했다. 가끔 묻고 싶었다. 왜 자신에 대해서 묻지 않는 건지.

그는 자신의 정체를 알고 있었고 자신은 그 사실을 알고 있다는 걸 숨기지 않았다. 이제 서로 거리낄 게 없는 입장이 된 셈이었다. 그런데도 그는 아무것도 요구하지 않았고 아무것도 묻지 않았다. 이름도 나이도 남자 행세를 하게 된 사연도 궁금해하지 않았다. 만약 자신이 그의 입장이었다면 벌써 물어봤을 것들을 그는 언급조차 하지 않고 있었다.

혹시 전부 다 알고 있어서 묻지 않는 건가 했는데 그건 아닌 듯했다. 알고 있다면 둘만 있을 때 적어도 한 번은 자신의 이름을 입 밖으로 꺼냈을 테니까.

자신이 누구든 상관없다는 건지 아니면 아무 관심도 없어서 궁금하지 않은 건지 모르겠다. 그의 무심한 태도가 섭섭하고 서운하지 않다면 거짓이지만 아이러니하게도 마음 한편으로는 다행이다 싶기도 했다.

사실 혜민은 승현에게 자신의 처지를 알리고 싶지 않았다. 아버지의 사채 빚에 발이 묶여 남자 행세를 하고 있는 처지라고 구구절절 설명하려니 망신스럽고 자존심 상하고 속상했다. 다른 사람은 몰라도 그에게만은 절대 알리고 싶지 않았다. 아무것도 모르게 하고 싶었다.

머리털 나고 처음으로 좋아하게 된 사람이었다. 예쁘고 잘난 모습만 보여 줘도 모자란데 구질구질한 사정까지 전부 까발리고 싶지 않았다. 가능하다면 좋은 모습으로만 기억되게 하고 싶었다. 그가 동정이나 연민의 감정으로 자신을 바라보는 건 죽어도 싫었다.

혜민은 조심스럽게 다시 운전하고 있는 승현을 곁눈질로 쳐다보았다. 아름다운 사람이었다. 보고만 있어도 입꼬리가 위로 올라가는 사람이었다. 언제까지 그를 이렇게 옆에서 볼 수 있을지 모르지만 지금 이 순간만은 마음껏 즐기고 싶었다. 시한부 행복이라도 행복의 본질은 변하지 않을 테니.

그동안 몇 번 김지환의 사고를 승현에게 알리려 했었다. 모르면 몰랐지 안 이상 사람이라면 김지환의 생사 여부를 확인하고 도와주는 게 마땅했다. 그런데 이상하게 그의 앞에만 서면 입이 딱 붙어서 떨어지지 않았다. 왜 그런지 스스로도 의아하고 답답했었다.

그러던 어느 날, 문득 깨닫게 되었다. 그날도 지금처럼 그가 운전하는 차의 조수석에 앉아 있었다. 그날도 지금처럼 그를 훔쳐보며 행복을 느꼈었다. 그러다 알게 되었다. 조금이라도 더 그의 곁에 머물고 싶어 하는 마음을.

김지환의 일이 알려지면 승현은 김지환을 찾으려 할 것이다. 죽었든 살았든 김지환은 돌아올 것이고, 그렇게 되면 김지환 프로젝트는 종료된다. 김지환 프로젝트가 종료되면 승현과는 영원히 작별을 고해야 했다.

언젠가는 모두 밝혀질 일이었다. 세상에 비밀이 없다는 걸 누구보다 잘 알고 있었다. 어차피 밝혀질 일이니 조금 늦었으면 하는 마음이 없지 않아 있었다.

이기적인 마음이라는 걸 안다. 인간으로서 가져선 안 될 몹쓸 마음이라는 것도 안다. 그럼에도 불구하고 그의 곁에 있고 싶다는 욕심은 사라지지 않았다. 자신의 이러한 시커먼 속을 그가 안다면 혐오하며 상종조차 안 하려 들겠지.

혜민은 씁쓸하게 웃었다.

"들어가."

도어록 비밀번호를 누르던 혜민은 의아하게 뒤돌아보았다. 같이 집에 들어가지 않을 작정인가.

"일 다 끝나고 온 거 아니었어요?"

"공식적인 행사는 끝났지만 비공식적인 행사는 이제부터 시작이야."

서당 개 3년이면 풍월을 읊는다는 말처럼, 회사에 6개월 넘게 다니다 보니 영화에 문외한인 혜민도 영화판 돌아가는 사정은 대강 알게 되었다. 그래서 승현이 말한 비공식 행사가 무엇인지 잘 알고 있었다.

시사회로 영화 관계자들이 한데 모였으니 이대로 그들을 돌려보낼 순 없었다. 흥행을 위해선 일단 영화를 잘 만드는 게 기본이지만 요즘 같은 시대에 마케팅은 빼놓을 수 없는 중요한 요소였다. 영화 관계자들부터 일단 포섭한 후 관객몰이를 해야 했다. 그들을 접대하는 자리에 제작자인 승현이 빠질 수는 없었다.

고개를 끄덕이며 납득하던 혜민의 뇌리에 불현듯 의문이 하나 떠올랐다. 이제 와 생각해 보니 승현이 레스토랑에 나타난 건 퍽 이상한 일이었다. 그는 오늘 몸이 열 개라도 모자랄 정도로 바쁜 날이었다. 집 앞에까지 와서 안에 들어가 보지도 못하고 바로 가 봐야 할 정도로 바쁜 사람이 왜 레스토랑에 나타났던 걸까. 굳이 데려다 주고 싶었다면 정 비서에게 부탁했어도 됐을 텐데.

승현은 이제 자신을 가방처럼 옆에 끼고 다니지 않는다. 납치를 가출로 오해한 그는 어디를 가든 그녀와 동행했었다. 혼자 두면 도망갈 거라 생각했는지 한시도 시야에서 벗어나는 일이 없도록 했었다. 모두 3개월 전의 일이었다.

충무로에서 김치찌개를 먹으며 충동적으로 고백해 버린 날. 그 날 이후로 그는 예전처럼 그녀에게 자유를 되돌려 주었다. 혼자만의 시간을 허락해 주었고 외출도 하게 해 주었다. 그러던 그가 갑자기 3개월 전으로 돌아간 것도 아닐 텐데 왜 금쪽같은 시간을 쪼개서 자신을 데려다 준 걸까. 혹시 또 의심병이 도진 건가.

혜민이 물끄러미 응시하자 승현이 눈짓으로 물었다. 왜 그렇게 보느냐고.

"왜 데리러 온 거예요?"

선뜻 대답이 돌아오지 않았다. 대답을 기다리던 사이 머리 위에 있던 센서 등이 꺼졌다. 주황빛 불빛이 사라지자 금세 사방이 어둠에 잠겼다. 어둠 속에서 그의 시선이 느껴졌다. 지금 그는 어떤 얼굴을 하고 있을까. 서늘한 목소리가 들려왔다.

"혼자 두면 사고 칠까 봐."

"난 그쪽 동생 아닌데요."

"만만치 않아."

엥? 설마 지금 구제불능 멍청이 김지환과 동급으로 취급당한 건가.

골이 띵했다. 그가 자신을 김지환처럼 여기고 있으리라고는 상상도 못 했던 터라 충격이 이만저만이 아니었다. 눈을 크게 뜨고 어둠 속의 그에게 따지려는데 무언가가 머리를 쓰다듬었다. 순간 온몸이 굳어 버렸다.

이상한 일이었다. 머리를 쓰다듬는 손길이 이상하게 낯설지 않았다. 부드럽고 따스한 느낌이 분명 이전에 느껴 본 것이었다. 언제 그가 머리를 쓰다듬어 준 적이 있었는지 기억을 더듬어 보았다. 없었다. 단 한 번도. 기억 속엔 존재하지 않는데 몸은 기억하고 있었다. 희한한 일이 아닐 수 없었다.

"들어가. 문단속 잘 하고. 아무한테나 함부로 문 열어 주지 말고."

머리를 쓰다듬던 손이 천천히 아래로 내려왔다. 관자놀이를 지나 귀를 스쳐 가더니 턱 주변에서 멈춘다. 시야가 차단되자 대신 온몸의 감각들이 예민하게 살아났다. 그래서인지 그의 숨결이 미묘하게 거칠어졌다는 것과 자신의 입술에 그의 시선이 머물러 있다는 걸 느낄 수 있었다.

지금의 이 상황이 어쩐지 낯설지 않았다. 데자뷰라고 하던가. 오늘 꾸었던 꿈이 생생하게 되살아난다. 부끄럽고 민망하지만 기분 나쁘지 않았던 꿈.

꿈속에서 자신은 지금처럼 어둠 속에서 그와 마주 보고 있었다. 다른 거라곤 꿈속에서는 자신이 먼저 키스를 했었는데 현실의 자신은 가만히 서 있다는 것이었다.

"간다."

한참 입술에 달라붙어 있던 시선이 떨어져 나갔다. 무얼 바란 것도 아닌데 희한하게 서운했다. 그가 돌아서는 기척이 느껴졌다. 혜민은 저도 모르게 팔을 뻗으려다가 얼른 저지시켰다.

그는 바쁜 사람이다. 간신히 시간 내서 온 바쁜 사람을 잡아서 뭘 어쩌려고. 꿈은 꿈일 뿐, 현실이 될 수 없다는 거 알잖아.

승현을 태운 엘리베이터는 쏜살같이 아래로 내려가 버렸다. 홀로 남은 혜민은 어두컴컴한 복도에서 그가 사라진 곳을 한참 바라보았다. 아쉬운 마음이 좀처럼 사라지지 않았다.

2o.

모처럼 맑은 날이었다. 회색빛 구름에 가려져 있던 하늘은 가을 하늘처럼 맑고 푸른색이었다. 푸른 하늘 아래 펼쳐진 눈이 부시도록 새하얀 설원을 한 소녀가 뛰어가고 있었다.

파란 허공에 하얀 입김을 연신 내뱉으며 소녀는 발그레한 얼굴로 열심히 달린다. 눈을 미처 쓸어 내지 못한 비탈길로 접어들면서 속력이 조금 떨어졌지만 달리기를 멈추지는 않았다. 미끄러운 산길을 위태롭게 휘청거리며 오르던 소녀는 눈 덮인 수풀 너머로 허름한 지붕 끄트머리가 보이자 방긋 웃었다.

버스에서 내려 30여 분을 쉬지 않고 달려왔다. 숨이 턱까지 차올랐지만 아침저녁으로 매일 하는 뜀박질이라 그다지 힘들지 않았다. 다만 마음이 급할 뿐이었다. 발길을 더디게 하는 눈이 원수 같았다.

겨울에서 초봄까지 눈이 절대적인 지배력을 행사하는 곳에서 자란 소녀는 이제까지 눈에 대해 별다른 감정은 없었다. 길이나 지붕에 눈이 쌓이면 밤낮 구분 없이 나가서 치워야 하는 게 일상이자 당연한 일이었다. 까딱 잘못하면 눈길에 미끄러져 엉덩방아를 찧기 일쑤였지만 그러려니 하며 웃어넘겼다. 통학 버스가 다니는 정류장까지 가는 시간이 평소보다 배는 더 걸려도 딱히 힘들다고 생각하지 않았다.

눈이 오건 말건 상황에 맞춰 살아가면 그만이었다. 하지만 올해는 달랐다. 올해는 눈이 싫었다. 지긋지긋하게 꼴 보기 싫었다. 눈만 아니었으면 벌써 집에 도착했을 텐데.

눈이 없어져 버렸으면 좋겠다고 생각하며 마당으로 들어서던 소녀, 진아는 그대로 멈춰 섰다. 눈앞의 광경을 보자 눈에 대한 생각이 다시금 바뀌었다. 눈이 있는 것도 썩 나쁘지만은 않은 것 같다고.

칠흑처럼 새까만 머리와 새하얀 피부 그리고 붉은 입술. 눈 덮인 새하얀 풍경과 어우러진 사람의 모습이 너무나 아름다웠다. 동화 속 백설 공주를 실제로 본다면 저런 모습이지 않을까. 아니 남자니까 공주는 아니고 왕자님이라고 정정해야겠지. 그럼 백설 왕자님인가.

진아는 자기도 모르게 풋 웃어 버렸다. 웃음소리가 새어 나온 건지 툇마루에 앉아 있던 청년의 고개가 돌아갔다. 까만 눈과 마주치자 진아의 가슴이 덜컹거렸다. 18살 꿈 많은 여고생의 가슴에 단숨에 불을 붙여 버린 눈이었다.

"거기서 뭐 해?"

허스키한 음성이 건너왔다. 진아는 대답 대신 배시시 웃었다. 청년의 고운 미간이 찌푸려진다.

"실없이 웃긴. 학교는 안 가고 어디 있다 온 거야?"

"학교 갔다 온 건데."

"이게 지금 어디서 구라 치는 거야? 아직 1시도 안 됐는데."

"시험 기간이라 일찍 끝났는데."

순간 움찔한 청년은 곧 목을 가다듬으며 큰소리쳤다.

"시험 기간이면 얼른 공부해야지 거기서 왜 노닥거리고 있어?"

"시험 오늘 다 끝났는데."

청년의 얼굴이 벌레 씹은 것처럼 구겨졌다. 그럼에도 콩깍지가 낀 진아의 눈엔 여전히 아름다워 보이는 얼굴이었다.

"명이 오빠, 심심하면 나랑 눈싸움할래?"

명이라 불린 청년이 진저리를 치며 몸을 움츠린다.

"미쳤냐? 이 추운 날에."

"오늘 하나도 안 추워. 하늘 좀 봐. 얼마나 맑은데."

"난 추워."

"추운데 왜 나와 있는 거야?"

명은 말문이 막혔는지 입을 꾹 다물어 버렸다. 당황하고 무안했는지 귀를 만지작거리며 딴청을 피우다 별안간 자리에서 벌떡 일어난다. 진아가 다급하게 물었다.

"어디 가려고?"

"방에 가지 어딜 가. 안 그래도 추워서 들어가려던 참이었는데."

퉁명스럽게 대꾸한 명이 문고리를 잡으려는데 부엌에서 할머니가 불쑥 고개를 내밀었다.

"춥다고? 불 때 주랴?"

할머니의 말에 명이 기겁을 하며 펄쩍 뛰었다.

"불은 무슨 불이야! 안 그래도 어젯밤에 데여 죽는 줄 알았는데. 누굴 죽이려고."

"그깟 게 뭐가 뜨겁다고. 사내대장부가 되어 가지고 엄살은 쯧쯧쯧. 뜨거운데 몸을 지져야 빨리 낫는 게야."

"이제 안 아파. 다 나았다고."

"낫긴 뭐가 다 나아. 여태 지 이름 석 자도 모르는 놈이. 저거 나중에 지 밥값이나 하려나 몰라."

할머니는 못마땅한 얼굴로 혀를 차며 굽은 허리를 주먹으로 두어 차례 두드린 후 부엌으로 들어갔다. 명은 한동안 생각에 잠긴 얼굴로 마루에 서 있다가 방으로 들어가 버렸다. 진아는 부엌으로 쪼르르 달려갔다.

"할머니 자꾸 왜 그래."

점심을 준비하던 할머니는 진아를 힐끔 보고는 하던 일을 계속했다. 답답한 마음에 진아는 가슴을 두드렸다.

"명이 오빠 앞에서 이름 얘기 하지 말랬잖아."

"공부 안 할 거면 이 할미나 도와."

"할머니!"

솥뚜껑을 열려던 할머니가 돌연 고개를 돌려 진아에게 역정을 낸다.

"이놈의 지지배가, 내가 왜 저놈 눈치를 봐야 하냐! 다 죽어 가던 놈 살려 놓은 게 누군데. 얹혀사는 놈이 누군데!"

"명이 오빠 아픈 사람이잖아. 할머니 말대로 다 죽어 가던 사람이었잖아. 그러니까 좀 봐주라. 응?"

진아는 거의 빌다시피 하며 애원했다. 할머니는 그런 진아를 물끄러미 바라보더니 한숨 섞인 신세 한탄조로 중얼거리기 시작했다.

"아이구, 이날 입때껏 먹이고 입히고 다 키워 놓았더니 어디서 굴러먹다 왔는지도 모르는 놈 때문에 이제 할미는 보이지도 않는 건지. 하긴 자식새끼도 나 몰라라 하는데 손주새끼한테 뭘 기대하겠다고. 내가 그동안 헛짓한 거지. 내가 정신 나간 거지."

아차, 싶었다. 해가 바뀔수록 점점 마음이 여려지는 할머니였다. 너무 명의 편만 들었나 보다.

"무슨 말을 그렇게 섭섭하게 해. 나한테 가족은 할머니뿐인데. 난 시집가도 할머니랑 같이 살 거야."

"입에 침이나 바르고 거짓말해, 이것아."

"거짓말 아니야. 나 진짜 할머니랑 같이 살 거야. 그것도 아주 오래오래."

입 발린 말이라 해도 듣기 싫지는 않았는지 할머니의 입꼬리가 슬며시 위로 올라갔다. 진아는 할머니의 주름진 손을 살며시 잡았다.

"내가 잘못했어, 할머니. 화 풀어요, 응?"

애교스럽게 할머니를 부르며 팔에 매달렸다. 할머니는 못 이기는 척 손녀의 손을 마주 잡아 주며 퉁명스럽게 말했다.

"니가 주워 온 놈 니가 책임져. 난 이제 암말도 안 할 테니까."

할머니는 성가시다는 듯 진아를 밀치며 상을 차리기 시작했다.

진아는 배시시 웃으며 얼른 수저통을 집어 들고 상에 수저를 놓았
다. 말은 저렇게 해도 할머니는 하나뿐인 손녀인 진아의 부탁이라
면 뭐든지 들어주었다.

진아가 산에서 명을 발견한 게 지난 2월이었다. 지금이 12월이
니 그와 같이 산 게 어느덧 1년 가까이 되어 간다. 그럼에도 그녀
는 아직도 명의 진짜 이름을 알지 못했다. 그건 명도 마찬가지였
다.

꽤 오래전 일이지만 아직도 어제 일처럼 그날이 눈앞에 생생했
다. 계곡 근방을 지나가다 우연히 그를 발견했을 때 처음에는 사
람이 아닌 줄 알았다. 버려진 쓰레기인 줄 알고 그냥 지나가려다
뒤늦게 사람이라는 걸 알고 얼마나 놀랐었는지 모른다.

물에 빠졌었는지 전신이 흠뻑 젖어 있었고 얼굴은 온통 피투성이
이였다. 도저히 살아 있는 사람이라고 생각되지 않는 끔찍한 몰골
이었다. 당연히 시체라고 생각했었다.

그러나 시체인 줄 알았던 사람에게 아직 숨이 붙어 있다는 걸
알게 된 진아는 부랴부랴 할머니를 부르러 갔다. 외진 산골에서
할머니와 단둘이 사는 진아에게 허리가 굽은 할머니 외에 구원병
은 달리 존재하지 않았다.

콜택시를 불러 읍내로 나가 급한 대로 진료소를 찾았다. 부상은
심각했다. 다발성 골절에 머리가 크게 찢어진 건 물론이고 뇌출혈
이 의심되는 상황이었다. 좀 더 큰 병원으로 옮겨져 정밀검사를
받은 결과, 다행히 뇌출혈은 아니었지만 뇌진탕이라는 진단이 나
왔다.

입원해 치료를 받으며 남자는 차츰 의식을 되찾았다. 그러나 머

리에 가해진 충격 때문인지 남자는 아무것도 기억하지 못했다. 자기가 누군지 나이는 몇 살이고 어디서 왔는지 무슨 일을 당한 건지 하나도 알지 못했다. 의사는 일시적인 현상이니 곧 기억날 거라 했지만 일시적인 현상은 부러진 팔다리가 붙고 계절이 바뀌어도 그대로였다.

"명이 오빠, 밥 먹어."

"안 먹어."

문 너머에서 쌀쌀맞은 목소리가 들려왔다. 진아는 그에 굴하지 않고 계속 말을 붙였다.

"고구마 찐 거 있는데. 그거라도 먹을래?"

대답이 없는 걸 보니 고구마는 합격인 듯했다. 진아는 씨익 웃으며 고구마 서너 개와 김치를 쟁반에 받쳐 가지고 방으로 들어갔다. 명은 비스듬히 누운 자세로 진아를 본체만체하며 쟁반을 눈으로 쓱 훑었다.

"촌스럽게 김치는. 우유 없어?"

입으로는 툴툴대면서도 얼른 고구마 하나를 집는다. 뜨끈뜨끈한 고구마 껍질을 벗기고 호호 불어 가며 한입 베어 먹는다. 오물오물 움직이는 볼이 귀여웠다. 남자치고는 선이 가느다란 얼굴도 체모가 거의 없는 매끈한 팔다리도 마음에 들었다. 다소 까칠한 성격조차 매력적이었다.

보면 볼수록 참 예쁘다는 생각이 드는 사람이었다. 할머니는 사내 녀석이 듬직한 구석 없이 쪽정이처럼 비리비리하다고 타박했지만 진아의 눈엔 명이 이 세상에서 최고로 잘생기고 최고로 듬직해 보였다.

시간 가는 줄 모르고 그를 옆에서 지켜보던 진아는 문득 그의 진짜 이름이 궁금해졌다. 아무것도 기억하지 못하는 그는 한동안 무명(無名)이라고 불렸었다. 그러다 어느 순간부터 무명을 줄여서 명이라 불리고 있었다. 자신과 만나기 전에 사람들은 그를 뭐라고 불렀을까.

사실 진아는 명의 기억이 이대로 영원히 돌아오지 않길 바랐다. 사방을 둘러봐도 보이는 거라고는 산밖에 없는 산골이 답답했는지 혼자 있을 땐 한숨을 푹푹 내쉬던 그를 여러 번 목격했었다. 아마 기억을 찾으면 반드시 이곳을 떠나 돌아오지 않을 터였다. 그래서 진아는 그의 이름이 궁금하면서도 그가 기억하지 못하길 빌었다.

"오빠, 진짜 기억나는 거 하나도 없어?"

김치를 집으려던 명은 진아를 의외라는 듯 쳐다보았다.

"웬일이냐. 네가 그런 걸 다 묻고. 너도 너네 할머니처럼 내가 여기서 꺼져 줬으면 좋겠냐?"

"아니, 아니야. 오빠 내가 끝까지 책임질 거야. 맹세해."

"책임?"

명은 코웃음 치며 진아 곁으로 바짝 다가왔다. 그가 상체를 숙여 얼굴을 가까이 들이댔다. 진아의 얼굴이 삽시간에 새빨개졌다. 명은 그런 진아를 놀리듯 피식거렸다.

"네가 무슨 수로?"

"조, 졸업하면 공장 들어갈 거야. 버스 타고 40분만 가면 반도체 공장 있거든."

"공장?"

"거기 들어가서 돈 벌면 할머니 농사 안 지어도 되고 오빠도 내가 먹여 살릴 수 있어."

진아는 슬금슬금 명으로부터 떨어졌다. 명은 정색한 얼굴로 그녀를 물끄러미 바라보다가 물었다.

"대학 안 가? 너 공부 좀 하잖아."

"공부는 고등학교 공부로 충분해. 빨리 돈 벌어서 할머니랑 오빠 호강시켜 줄 거야."

잠시 명은 아무 말도 하지 않았다. 그는 손바닥만 한 방을 한 번 둘러보더니 손을 내저었다.

"난 빼 줘. 어린애 코 묻은 돈으로 뭘 하겠다고."

"나 어린애 아니야."

"스무 살 안 됐으면 어린애야."

화가 났다. 명은 툭하면 자신을 어린애 취급했다. 중학생이라면 몰라도 고등학생이 어린애 취급당하는 건 억울했다.

"나도 알 거 다 알아."

"알긴 네가 뭘 알아? 콩알만 한 게."

명은 웃음을 참으며 진아의 머리에 알밤을 먹였다. 콩알만 하다니. 화가 난 진아는 자신도 모르게 입에서 나오는 대로 말해 버렸다.

"내가 왜 몰라? 적어도 난 내 이름이랑 나이랑 사는 곳은 안다구."

장난스럽던 분위기가 삽시간에 얼어붙었다. 삭막한 적막 속에서 뒤늦게 정신이 든 진아는 안절부절못했다. 명의 얼굴이 어두워 보였다. 진아는 입술을 깨물며 자책했다. 하필이면 가장 민감한 부분을 건드리다니.

조심스럽게 말을 걸어 보려고 하는데 명이 먹다 둔 고구마로 손을 뻗었다. 그는 무표정한 얼굴로 고구마를 꾸역꾸역 입에 넣었다. 목이 멜 것 같아 진아는 얼른 물을 갖다 주었다. 편하게 먹으라고 자리를 비켜 줄까 하다가 생각을 바꾸었다. 기왕 이렇게 된 거 속 시원히 물어봐야겠다.

　"오빠 궁금하지 않아? 자기가 누군지."

　"안 궁금해."

　"부모님이랑 가족 걱정 안 돼?"

　"안 돼."

　명은 무심하게 대꾸하며 고구마를 계속 먹었다. 진아는 가만히 그를 바라보다가 조용히 말했다.

　"오빠가 화낼지도 모르지만…… 난 오빠가 이대로 아무것도 기억하지 못했으면 좋겠어. 나랑 할머니랑 여기서 평생 같이 살았으면 좋겠어."

　고구마 하나를 집어 들던 명이 고개를 들었다. 왜? 라는 의문이 담긴 시선이 느껴졌다. 진아는 계속 말을 이어 갔다.

　"나 7살 때 할머니 집으로 내려오게 되었어. 그때 엄마 아빠가 이혼하셨거든. 지금은 각자 재혼해서 살고 계시고. 그때부터 지금까지 엄마 아빠랑 같이 살고 싶다고 생각해 본 적 한 번도 없었어. 할머니만 있으면 된다고 생각했거든. 엄마 아빠랑 같이 사는 애들을 봐도 하나도 부럽지 않았어. 근데 딱 하나 부러운 게 있었어. 그게 뭔지 알아?"

　"그걸 내가 어떻게 알아?"

　관심 없다는 듯이 시큰둥하게 대꾸했지만 명은 다음 이야기를 기다리고 있었다.

"오빠나 언니나 동생 있는 애들. 엄마 아빠한텐 미련 없는데 형제자매 있는 애들은 부럽더라고. 내가 아무리 노력해도 가질 수 없는 거라서 그런가 봐. 그래서 난 명이 오빠가 기억 못 한다는 거 알았을 때 너무 좋았어. 하늘에서 나한테 오빠를 선물해 준 거 같았거든."

"그래서 내가 기억 찾으면 여길 떠날까 봐 싫다는 거냐?"

진아는 살며시 고개를 끄덕였다.

"응. 근데 오빠 가족들 생각하면 내가 이런 생각하는 거 너무 미안해. 다들 오빠 걱정하고 있을 텐데."

"걱정 안 해."

"응?"

"걱정은커녕 없어져서 좋아라 어깨춤을 출걸. 사고만 치는 문제아 아들은 차라리 없는 게 나으니까."

진아의 동그란 눈이 휘둥그레졌다.

"오빠…… 기억나는 거야?"

"응? 어, 그게…… 그럴 거 같다는 거지. 기억나는 게 아니라 내 생각이 그렇다고."

잠깐 당황한 듯 보였던 명은 서둘러 고구마를 집어 들었다. 그러나 고구마를 손에 쥐고만 있을 뿐 먹을 생각은 하지 않는다. 가만히 고구마를 응시하던 그가 뜬금없는 질문을 던진다.

"그동안 엄마 아빠 만난 적 있어?"

"아니. 두 분 다 한 번도 찾아오지 않았어. 내가 찾아간 적도 없었고. 매달 아빠가 돈만 부쳐 주고 있어."

"아빠가 돈 부쳐 주면 대학 가도 되는 거 아냐?"

"고등학교까지만이야. 그다음부턴 내가 돈 벌어야 해."

대화는 거기서 더 이어지지 않았다. 잠시 두 사람은 아무 말도 하지 않았다. 고요한 가운데 먼저 침묵을 깬 건 명이었다.

"넌 부모님을 용서할 수 있어?"

진아는 명을 물끄러미 바라보았다. 방금 명이 한 질문은 그녀에게 익숙한 것이었다. 그동안 살아오면서 수없이 들었던 질문이니까.

"아니, 용서 안 해. 그럴 필요 없거든."

"어째서?"

"난 불행하지 않으니까."

"불행하지 않다고?"

"응, 엄마 아빠 모두 새 가정 꾸리고 행복하게 잘 살고 있어. 난 할머니랑 행복하게 살고 있고. 만약 엄마나 아빠가 날 데려갔다면 지금처럼 모두 행복하진 않았을 거야."

"정말 그렇게 생각해?"

진아는 진심을 다해 고개를 끄덕였다.

"한땐 엄마나 아빠네 집에 가서 살까 생각했던 적은 있었어. 할머니 혼자 날 키우는 건 힘든 일이니까. 근데 아니다 싶더라고. 만약 내가 그렇게 했다면 엄마 아빠는 지금처럼 살지 못했을지도 몰라. 자식 데리고 재혼하는 게 쉬운 일은 아니니까. 할머니도 혼자 외로우셨을 테고."

"아무래도 혹이 딸리면 팔자 고치기 힘들지."

알 만하다는 듯 동의하는 명의 표정과 말투가 차가웠다. 눈빛

또한 냉소적이었다.

"응, 그래서 자식 데리고 재혼하시는 분들 보면 대단하다 싶어. 자식을 위해 자기 행복을 담보 삼는 거니까."

"마지못해 데리고 가는 경우도 있어."

"아니, 그건 아닐 거야."

"네가 어떻게 알아?"

"마지못해 자식 데리고 재혼하느니 차라리 자식하고 재혼 둘 중에 하나를 포기하는 게 나을 테니까."

진아의 말에 명은 무언가에 한 대 얻어맞은 듯 멍한 얼굴이 되었다. 그러나 이내 정신을 차렸는지 새로운 주장을 펼쳤다.

"자식 데리고 재혼했다가 나중에 버릴 수도 있어. 예를 들면, 자식이 원하지 않는데도 해외로 굳이 유학 보낸다거나 하는 것처럼."

"그럴 거면 처음부터 데리고 가지 않았을 거 같은데."

진아의 반박에 명은 입을 꾹 다물어 버렸다. 문득 진아는 이 상황이 이상하다는 생각이 들었다. 왜 명과 이런 얘기를 하고 있는 건지 모르겠다. 명은 또 왜 저렇게 심각한 얼굴인 걸까.

진아는 화제를 돌리기 위해 말머리를 돌렸다.

"오빠, 우리 산책 갈래?"

"추운데 산책은 무슨, 싫어."

"자꾸 걸어야 다리에 힘이 붙지. 집에서 텔레비전만 보지 말고 밖에 나가서 운동도 좀 하고 그래."

"누군 텔레비전만 보고 싶어서 보고 있는 줄 아냐? 어떻게 된 집구석이 컴퓨터도 없냐?"

"그럼 읍내 피씨방 갈래?"

"싫어."

"산책도 싫고 피씨방도 싫으면 영화 보는 건 어때?"

"이런 촌구석에도 극장이 있어?"

이번에도 싫다 할 줄 알았는데 의외의 반응이었다. 진아는 얼른 대답해 주었다.

"그럼. 시골이라고 무시하지 마. 있을 건 다 있으니까. 최근에 대박 난 영화 있다는데 그거 보러 갈래?"

인기 스타 최준혁이 주인공으로 나오는 영화라 개봉하기 전부터 친구들이 손꼽아 기다리던 영화였다. 진아도 시간 내서 한번 보러 갈 생각이었다. 재미있다는 입소문에 솔깃한 것도 있었지만 결정적으로 진아의 구미를 당긴 건 영화 속에 명과 닮은 배우가 나온다는 사실이었다.

진아는 휴대전화에 명의 사진을 몰래 담아 두었다. 우연히 명의 사진을 본 짝꿍이 영화 속에 나오는 배우와 닮았다고 했다. 명과 닮은 배우라니. 생각만 해도 가슴이 설레었다. 꼭 큰 스크린으로 보고 싶었다.

"무슨 영환데?"

"제목이 '여우별'이었던가. 하여튼 한국 영환데 본 사람들마다 재밌다고 난리야."

명이 관심을 보이자 진아는 신이 났다.

"이번 주말에 갈까?"

"주말? 토요일에 가자고?"

"토요일 싫으면 일요일도 괜찮아. 오빠가 정해."

"……토요일."

그의 허락이 떨어지자 진아는 뛸 듯이 기뻤다. 명과 함께 극장에 가서 명과 닮은 배우가 나온 영화를 볼 수 있다니. 그러고 보니이거 첫 데이트잖아. 생각만 해도 꿈만 같았다.

"근데 여기서 극장까지 얼마나 걸려?"

즐거운 상상에 푹 빠져 있던 진아는 그의 질문에 정신이 확 들었다.

"그건 왜……."

"설마 버스 타고 1시간 이상 걸리는 건 아니겠지?"

1시간 이상 걸린다고 하면 영화고 뭐고 안 간다고 할 기세였다. 진아는 마른침을 삼켰다.

"……아닐걸."

한참 뜸 들이다 마지못해 대답하는 진아의 표정이 희한했다. 웃는 건지 우는 건지 분간이 가지 않는다. 명이 의심스러운 눈길을 보내자 진아는 슬금슬금 방문을 향해 뒷걸음질 쳤다.

"어디 가?"

"저, 점심 먹으려고. 할머니 기다리고 있어서."

막 방문을 빠져나가려던 순간이었다. 명의 허스키한 음성이 뒷덜미를 잡아챘다.

"진아야."

"응?"

모른 척하려고 했는데 이름이 불리는 바람에 반사적으로 대답하고 말았다. 평소엔 그가 이름을 불러 주는 게 좋았는데 지금은 아니었다. 박진아, 정신 똑바로 차려. 극장까지 가는 시간이 버스로 1시간 40분이란 걸 절대 명이 알게 하면 안 돼!

막상 명은 진아를 불러 놓고 아무 말도 하지 않았다. 그가 시간을 끌자 진아는 초조해졌다. 설마 눈치챈 건가.

"왜 부른 거야?"

"그게……."

어려운 말을 꺼내려는 사람처럼 난감해하는 눈치였다. 왠지 듣고 싶지 않다는 생각에 밖으로 나가려 하자 마음이 급했는지 그제야 용건을 밝힌다.

"고구마 하나만 더 갖다 줘."

명은 매사 뻔뻔하고 당당한 사람이었다. 오갈 데 없이 얹혀사는 주제에 기죽긴커녕 집주인인 할머니나 진아의 눈치를 보는 일이라고는 전혀 없었다. 그런데 가끔, 아주 가끔 전혀 생각지도 못한 데서 소심한 면을 내비치곤 했다.

명은 진아를 쳐다보지도 못하고 있었다. 고구마 하나 더 달라는 말이 뭐가 그리 어렵다고 저러는 건지. 잔뜩 긴장했던 진아는 맥이 탁 풀리고 말았다.

"알았어."

진아는 명이 무안하지 않게 담담한 얼굴로 방 밖으로 나갔다.

"저리 가, 이것들아. 꺼져 버려."

잠꼬대 소리를 한 귀로 흘려들으며 명은 눈을 번쩍 떴다. 아무 것도 보이지 않았다. 눈을 감았다 떠도 보이는 건 어둠뿐이었다. 설마 나 죽은 건가.

눈이 어둠에 익숙해지면서 차츰 방 안의 윤곽이 시야에 들어왔다. 요즘 보기 힘든 자개 박힌 구식 장식장과 방바닥에 쌓아 놓은 상자와 보따리, 채반과 함지 따위의 익숙한 실루엣이 보였다. 매일 지겹도록 보는 것들이 여기가 어딘지 설명해 주고 있었다. 명은 안도의 한숨을 내쉬었다. 죽은 건 아닌 모양이었다.

잠시 그대로 누운 채 깜깜한 천장을 바라보며 숨을 골랐다. 잠이 다 달아나 버렸다. 불규칙한 호흡이 가라앉자 식은땀으로 젖은 이마를 손등으로 훔치며 몸을 일으켰다.

또 그 꿈을 꾸었다. 걸핏하면 그날의 일이 악몽으로 나타나 명을 괴롭혔다. 옅은 한숨을 내쉰 명은 파란색 파카를 뒤집어쓰고 문밖으로 나갔다. 툇마루로 발을 내밀자 순식간에 발가락이 얼어버릴 것 같은 찬 기운이 덮쳐 왔다. 온몸이 부르르 떨려 왔다. 뼛속까지 시릴 지경이다.

산골의 겨울은 혹독했다. 도시에서 나고 자란 명에게 산골의 겨울은 재앙이었다. 날도 춥고 집도 춥고, 예전 같았으면 이런 곳에서 한시도 견디지 못했을 것이다.

그러나 어느 순간부터 적응하고 잘 살고 있는 자신의 모습이 신기하고 놀라웠다. 인간이 적응의 동물이라고 불리는 이유를 알 것 같기도 했다. 로빈슨 크루소 같은 소설이나 캐스트 어웨이 같은 영화가 괜히 나온 게 아니었다.

불빛 하나 찾아볼 수 없었지만 눈이 쌓인 덕분에 사위는 어둡지 않았다. 달빛을 받은 눈은 어둠 속에서 희끄무레하게 빛났다. 멀리 희미하게 드러난 눈 덮인 능선을 바라보았다.

늘 보던 똑같은 풍경인데도 낮의 것과는 사뭇 달라 보였다. 봄의 것과도 여름과 가을의 것과도 달랐다. 같은 자리에서 같은 모습으로 있는데도 산은 볼 때마다 시시각각 늘 새로웠다. 똑같아

보이면서도 달랐다. 보이는 것만이 전부가 아니라는 걸 산을 보고 깨달았다.

'자식 데리고 재혼하시는 분들 보면 대단하다 싶어. 자식을 위해 자기 행복을 담보 삼는 거니까.'

'그럴 거면 처음부터 데리고 가지 않았을 거 같은데.'

진아의 말들이 가슴에 박혀 있었다. 어쩌면 자신이 그동안 보아 오던 게 전부가 아닐지도 몰랐다. 망가졌던 몸을 회복하면서 뒤틀려 있던 정신도 바르게 펴진 기분이었다. 바르게 펴진 정신은 난생처음으로 스스로를 돌아보게 만들었다.

"돌아갈까."

"어디로?"

혼잣말에 대답이 돌아오자 명은 소스라치게 놀랐다.

"뭐야?"

"뭐긴, 나지."

찰랑거리는 단발머리 여자애가 동그란 눈을 깜박거리며 씩 웃는다. 귀여우면서도 귀엽지 않은 얼굴이었다. 명은 인상을 찌푸렸다.

"안 자고 뭐 하는 거야?"

"그건 내가 할 질문인데."

어떻게 된 게 한 마디도 지지 않는다. 명은 진아를 뚫어져라 바라보았다. 되바라진 도시 애들에 비하면 엄청 순진했지만 한편으론 영악한 구석도 있는 아이였다. 의외로 눈치가 빠른 편이기도 하고. 그래도 아이는 아이였다. 본인은 아이가 아니라고 박박 우겨도.

"안 자고 나와서 어딜 돌아간다는 거야?"

숨기는 거 없이, 돌아가는 거 없이 일직선으로 물어 온다. 때 묻지 않은 아이의 솔직함이 엿보였다. 명은 피식 웃으며 진아의 머리를 흐트러뜨렸다.

"추워서 방으로 돌아가려고 했다, 왜."

명의 퉁명스런 대답에 진아는 눈에 띄게 안도했다.

"난 또. 혹시 기억이 돌아와서 돌아간다는 줄 알았잖아."

번번이 눈치가 귀신이다. 진아는 자신이 기억을 찾으면 여길 떠날 거라고 생각하는 듯했다. 만약 자신이 기억을 잃은 적이 단 한 순간도 없었다고 하면 이 꼬맹이는 뭐라고 할까.

병원에서 눈을 떴을 때 명은 정신이 하나도 없었다. 스스로가 죽었는지 살았는지 분간이 가지 않았었다. 그래서 의사가 묻는 말에 제대로 답을 하지 못했고 그 결과 일시적인 기억상실증이란 진단이 내려졌다.

차츰 시간이 지나면서 현실을 받아들이게 되었고 살아 있다는 것도 인식했지만 명은 아무 말도 하지 않았다. 아니 말할 수가 없었다. 자신에 대해 말하자마자 그자들이 병원으로 들이닥칠 것만 같았다.

자신이 살아 있는 걸 알면 그자들이 무슨 짓을 저지를지 몰랐다. 생각만 해도 무섭고 두려웠다. 그래서 멀쩡한 지환이란 이름을 놔두고 무명이라 불려도 뭐라 할 수가 없었다.

돌아간다 해도 자신을 반기고 지켜 줄 사람도 없을 테니 차라리 이대로 사는 게 좋지 않을까 싶었다. 그러다 보니 여기까지 왔다. 그런데 자신이 잘못 생각한 거라면, 만약 반기고 지켜 줄 사람이 있다면⋯⋯.

"근데 왜 방에서 나온 거야?"

느닷없는 진아의 질문에 명은 상념에서 깨어났다.

"또 악몽 꾼 거야?"

한여름에 마루에서 잘 때 악몽을 꾸는 걸 들킨 적이 있었다. 한 번은 대충 넘길 수 있었지만 그 뒤로도 몇 번 더 들키는 바람에 그럴 수 없게 되었다. 걱정하는 진아에게 명은 고개를 가로저었다.

"화장실 가려고 나온 거야."

18살 여고생에게 수심 어린 얼굴은 어울리지 않았다. 20살 꽃다운 나이에 가장이 되는 것 또한 어울리지 않을 것이다.

만약 돌아간다면 대학에 보내 줄 수 있지 않을까. 따로 손 벌리지 않아도 어림잡아 한 달에 유흥비로 뿌렸던 돈만 착실히 모아도 가능할 거 같았다. 생명의 은인에 대한 보답 차원에서라도 대학을 보내 주는 게…….

"그러게 내가 요강 그냥 쓰라고 했잖아."

난데없는 요강 타령에 명의 귀가 번쩍 뜨였다.

"미쳤냐, 그딴 거 죽어도 안 쓴다고 했지."

"자다가 화장실 왔다 갔다 하는 거 불편하잖아."

"안 불편해."

"다리 깁스하고 있을 땐 잘만 썼으면서."

명의 얼굴이 삽시간에 붉어졌다.

"그땐 어쩔 수 없었고. 이제 사지 멀쩡한데 그런 거 쓸 필요 없잖아."

"그럼 화장실까지 가지 말고 마당 한 귀퉁이에서 일 봐."

"뭐?"

"어두운데 화장실 가다가 넘어지면 큰일이니까."

명은 진아가 아직도 자신을 환자 취급하고 있다는 걸 깨달았다.

"나 눈 밝아. 안 넘어져. 동네 똥개도 아닌데 내가 왜 마당에서 일을 봐야 하냐?"

"아무도 볼 사람 없는데."

"시끄러. 넌 들어가서 얼른 자."

명은 마당으로 내려섰다. 진아와 말을 주고받다 보니 정말 화장실에 가고 싶어졌다.

"내가 따라가 줄까?"

"이게 정말."

막 신발을 신으려던 진아가 멈칫한다. 명이 노려보자 결국 슬금슬금 뒤로 물러난다. 그러면서 슬그머니 입을 열었다.

"오빠, 약속 안 까먹었지?"

"무슨 약속?"

"이번 주 토요일에 영화 보러 가기로 한 거."

대수롭지 않은 척하고 있지만 행여 자신이 약속을 깰까 전전긍긍하는 눈치였다. 역시 애라니까. 명은 속으로 웃으며 부러 퉁명스럽게 대꾸했다.

"너 하는 거 봐서."

진아의 눈이 커다래졌다.

"뭐야, 그런 게 어딨어."

"어디에 있긴. 여기 있지."

"너무해. 명이 오빠 못됐어."

"나 원래 못된 인간이야."

보지 않아도 등 뒤의 상황이 눈에 선했다. 어쩔 줄 몰라 하며 안절부절못하고 있겠지. 어린애 놀리는 게 이렇게 재밌는 건 줄 예전엔 몰랐었다. 수백만 원 들여서 놀았던 것보다 훨씬 재밌었다.

명은 콧노래를 부르며 화장실로 갔다. 악몽으로 인해 무겁게 가라앉았던 기분이 가볍고 상쾌했다. 그러나 그의 유쾌한 기분은 토요일 이후로 사라져 버렸다.

✳   ✳   ✳

"커피……."

습관적으로 커피를 달라고 하려던 승현은 곧 입을 다물었다. 든 자리는 몰라도 난 자리는 안다더니. 승현은 의자에 등을 기대고 소리 없는 한숨을 내쉬었다.

언제나 옆에서 커피 심부름을 도맡아 하던 그녀가 오늘은 자리에 없었다. 승현은 눈만 돌려 시간을 확인했다. 이제 조금만 있으면 6시였다. 오늘따라 퇴근 시간이 멀게만 느껴진다.

혜민은 오늘 몸이 좋지 않다며 오전 근무만 하고 조퇴했다. 혼자서 괜찮은지 걱정되었다. 집에 잘 도착했다고 전화가 왔었지만 그래도 두 눈으로 직접 확인해야 안심이 될 것 같았다.

딱히 그녀를 의심하는 건 아니었다. 그저 걱정될 뿐이었다. 아침에만 하더라도 괜찮아 보였는데 조퇴해야 할 정도로 아픈지는 몰랐었다. 이젠 그녀를 믿고 있었다. 묻지도 않았는데 스스로 그녀 자신을 밝혔을 때 확신했다. 믿어도 되겠다고.

좀 더 자세한 이야기를 풀어놓은 건 아니지만 그것만으로도 대단한 용기였다. 승현은 그녀의 용기를 높이 샀다. 한발 내디뎠으니 다소 시간이 걸리더라도 다음이 있을 터였다. 그래서 그녀를 재촉하지 않았다. 언젠가 스스로 모든 걸 말해 주는 날이 올 테니까. 궁금한 게 많았지만 기다리는 것도 의외로 나쁘진 않았다. 기대도 되고 가끔 설레기도 했다.

6시 정각이 되자마자 승현은 자리에서 일어났다. 노트북을 덮고 코트를 걸친 후 서둘러 집무실에서 나왔다. 그가 나가자 직원들이 일제히 그에게 인사한다. 표정이 하나같이 밝았다.

"미리 메리 크리스마스입니다, 대표님."

직원 대표로 임 대리가 나와 인사했다. 승현은 그제야 오늘이 크리스마스이브라는 걸 깨달았다. 영화가 순항 중인 이유도 있었지만 내일이 크리스마스라서 다들 들떠 있는 듯했다. 그는 고개를 끄덕이는 것으로 간단히 인사를 대신했다.

내일은 300만 관객 돌파 기념으로 극장을 돌며 무대인사를 하기로 일정이 잡혀 있었다. 그래서 쉬지도 못하고 정상 출근해야 하는데 다들 불평불만 하나 없었다. 미리 지급된 두둑한 보너스 덕분이리라.

최근에는 좋은 일들만 계속되고 있었다. 어렵게 투자자를 모아 촬영한 영화 '여우별'이 대박 나면서 관계자들 모두 웃음꽃이 만발했다. 개봉한 지 한 달 반 가까이 지난 시점에서 이미 관객 수 300만을 훌쩍 넘어 버렸다. 인기가 심상치 않자 상영관도 상영 일수도 당초보다 늘어났다. 이대로만 간다면 천만도 어렵지 않다는 전망이 대다수였다.

'여우별'은 한국 영화에 새 역사를 쓰고 있었다. 한국 멜로 영화 사상 최단기간 최다관객이 든 데다 배우들의 호연, 탄탄한 시나리오, 뛰어난 연출과 음악, 영상미로 평론가와 기자는 물론 일반인들조차 호평 일색이었다. 누구든 살면서 한 번쯤 겪었을 법한 아련한 첫사랑의 감성을 잘 짚어 낸 게 성공 요인이었다.

회사를 나선 승현은 최대한 빨리 차를 몰고 집으로 갔다. 주차장에 차를 파킹하고 엘리베이터를 타고 올라갔다. 매일 하던 것들인데도 오늘따라 모든 게 더디게만 느껴졌다. 초조하게 전광판 숫자 바뀌는 것만 쳐다보던 승현은 엘리베이터 문이 열리자 냉큼 내려섰다. 그리고 단숨에 현관문을 열었다.

어둑한 집이 그를 맞이했다. 여태 불도 안 켜고 뭐 한 건지. 사람이 왔는데 내다보지도 않고. 설마 아파서 쓰러져 있는 건가.

걱정이 된 승현은 일단 구두를 벗고 그녀의 방으로 걸음을 옮겼다. 아니, 그러려고 했다.

"왔어요?"

등 뒤에서 들려온 목소리에 무심코 뒤돌아선 승현은 그 자리에 굳어져 버렸다. 가장 먼저 화사한 노란 원피스가 눈에 들어왔다. 그다음엔 노란 원피스를 입고 있는 당사자의 쑥스러워하는 얼굴이었다.

짧은 커트 머리에 캐주얼한 남자 옷만 입고 다니던 모습만 보다가 여자 옷을 입은 모습을 보니 마치 딴사람 같았다. 그동안 지환이와 많이 닮았다고 생각했는데 이렇게 보니 확실히 여자는 여자라는 생각이 들었다.

저 노란 원피스는 언제 사 둔 걸까. 딱 봐도 겨울에 입는 옷이 아닌데. 희한한 건 원피스가 눈에 익는다는 것이었다.

"이상해요?"

그녀는 승현을 조심스럽게 올려다보며 물었다. 긴장한 기색이 역력했다. 승현은 가만히 고개를 가로저었다.

"아니, 아주 잘 어울려."

그의 대답에 그녀의 얼굴이 눈에 띄게 환해진다. 그녀와 원피스는 아주 잘 어울렸다. 계속 보고 있자니 노란 원피스의 출처가 생각났다.

준혁을 캐스팅하기 위해 갔었던 D브랜드 런칭쇼에서 받은 옷이었다. 당시엔 주최 측이 실수로 여자 옷을 줬다고 둘러댔지만 실은 일부러 여자 옷을 달라 하여 그녀에게 준 것이었다. 노란 원피스를 입은 모델이 워킹하는 내내 눈을 떼지 못했던 그녀의 모습이 새록새록 떠오른다.

원치 않는 남장을 하게 된 그녀가 안됐단 생각에 선물한 옷이었는데, 이제 와 되새겨 보니 동정에서 비롯된 행동이 아니었다. 그녀가 기뻐하는 얼굴을 보고 싶다는 생각에 선물해 준 것이었다. 자신에게 고마워하고 호감을 가지길 원했던 것이다. 그녀의 마음한 자락 얻고 싶었던 것이다. 동정이 아니라 구애였던 것이다.

승현의 시선이 위아래를 훑자 쑥스러웠는지 그녀가 뒤돌아섰다. 원피스 아래로 곧게 뻗은 맨다리가 눈에 들어왔다. 길고 가느다란 다리였다. 그녀가 발을 옮길 때마다 원피스 지락이 흔들린다. 덩달아 승현의 가슴도 흔들거렸다.

그녀가 향한 곳은 주방이었다. 무심코 그녀의 뒤를 따라가던 승현은 식탁 위의 광경을 목격하고는 또 한 번 동상처럼 굳어 버렸다.

어둑한 실내를 식탁 위의 촛불들이 밝히고 있었다. 식탁 위에는 케이크와 꽃과 와인과 스테이크로 보이는 음식이 세팅되어 있었다. 승현이 이게 다 뭐냐고 눈으로 묻자 그녀가 대답했다.

"오늘 크리스마스이브잖아요. 영화도 대박 났고. 겸사겸사 준비해 봤어요."

"이것 때문에 조퇴한 거였나?"

그녀는 살짝 고개를 끄덕인 후 뒤돌아 조리대로 향했다. 핑계 댈 게 없어서 아프다고 거짓말을 하다니 어처구니가 없었다. 오후 내내 그녀를 걱정하고 부리나케 집으로 달려온 자신이 바보가 돼 버린 기분이었다. 한마디 하려는데 식탁 풍경이 시야에 걸렸다.

어설픈 모양의 스테이크를 보니 손수 만든 음식인 듯했다. 반나절도 안 되는 시간에 케이크며 꽃이며 촛불 따위를 구입하고 세팅하고 요리까지 직접 했을 모습이 눈에 선했다. 자신에게 잘 보이려고 원피스까지 꺼내 입은 그녀를 생각하니 아무 말도 할 수 없었다.

"내일 무대인사 끝나면 회식 겸 축하 파티 한다고 들었어요. 그전에 우리끼리 미리 축하했으면 해서요."

식탁 위에 김이 모락모락 피어오르는 수프를 내려놓으며 그녀가 말했다. 촛불이 일렁거리는 그녀의 얼굴이 왠지 경직돼 보였다. 긴장한 기색이었다. 승현은 모른 척하며 의자에 앉았다. 자신 없는 목소리가 건너왔다.

"인터넷에서 레시피 보고 한 건데 처음 해 본 거라 맛은 장담 못 해요."

그녀의 우려와는 달리 수프도 스테이크도 처음 한 것치곤 괜찮은 솜씨였다. 묵묵히 차려진 것들을 입에 넣고 있는데 맞은편에서 시선이 느껴졌다. 고개를 들자 긴장과 기대가 어우러진 얼굴이 보였다. 눈이 마주치자 기다렸다는 듯 묻는다.

"괜찮아요?"

웃음이 나오려 했다. 어쩌면 실제로 조금 웃었는지도 모른다. 그녀의 표정이 미묘하게 굳어진 걸 보면.

"이 정도면 괜찮아."

그가 대답하자 경직되었던 표정이 눈에 띄게 풀어진다. 감정이 고스란히 드러나는 그녀의 얼굴을 가만히 보고 있자니 귀엽다는 단어가 뇌리를 둥둥 떠다녔다. 그녀와 닮은 지환을 단 한 번도 귀엽다고 생각한 적이 없었던 걸 보면 외모가 귀여운 건 아니었다. 사람 자체가 귀엽다는 말을 그녀를 보고 이해하게 되었다.

식사를 끝내고 글라스에 와인을 따랐다. 서로 잔을 부딪치자 쨍하는 맑은 소리가 울렸다. 집인데도 분위기가 제법 그럴싸했다. 와인을 한 모금 넘기는데 그녀가 무언가를 주섬주섬 꺼내더니 슬쩍 디밀었다. 검은색 포장지로 둘러싸인 직사각형의 상자였다.

"뭐야?"

"보세요."

승현은 그녀가 준 상자의 포장지를 벗겨 냈다. 상자 속엔 까만색 가죽 장갑이 가지런히 포개져 있었다. 다소 상기된 얼굴로 그녀가 작게 속삭였다.

"크리스마스 선물이에요."

서프라이즈 저녁 식사까진 그렇다 쳐도 선물까지 준비했을 줄은 몰랐다. 승현은 얼떨떨한 기분으로 장갑을 내려다보았다. 참 오랜만에 받아 보는 선물이었다.

"별로예요?"

장갑을 보기만 하고 손에 끼어 볼 생각을 하지 않자 그녀가 물어 왔다. 승현은 그녀를 마주 보았다. 덤덤한 표정이었지만 커다란 눈망울이 흔들리고 있었다. 맘에 들지 않으면 어쩌나 걱정하는 듯했다. 문득 후회가 밀려들었다. 이럴 줄 알았으면 집에 오기 전에 백화점에라도 들를 걸 그랬다.

승현에게 크리스마스는 특별한 날이 아니었다. 그저 달력의 빨간 날 중의 하나일 뿐, 아무 의미도 없었다. 그는 크리스마스에도 늘 혼자였다. 어렸을 땐 홀로 커다란 집을 지켰고 성인이 되고 나선 홀로 회사에 출근했다.

누군가와 같이 식사를 하고 선물을 주고받는 행위가 그에겐 생소하고 낯선 것이었다. 그래서 지금까지 크리스마스 선물을 준비할 생각 같은 건 해 본 적이 없었다. 하지만 이제부터는 달라질 것도 같았다.

승현은 대답 대신 장갑을 손에 끼웠다. 그가 장갑을 끼자 그녀의 표정이 밝아졌다. 장갑은 맞춤한 것처럼 손에 잘 맞았다. 부드러운 양가죽 속의 보드라운 퍼가 손을 포근하게 감쌌다. 이렇게 따뜻한 장갑은 처음이었다. 손뿐만 아니라 마음까지 따뜻해지는 기분이었다.

"난 내일……."

"됐어요. 선물 안 줘도 돼요."

말을 마치기도 전에 그녀는 서둘러 필요 없다고 손사래 쳤다. 선물 받으려고 오늘 이 자리를 마련한 게 아니라는 듯이.

승현은 내일 꼭 그녀에게 선물하리라 결심했다. 오늘 이 자리에 대한 보답이 아니라 그도 그녀에게 무언가를 주고 싶었다. 선물을 받고 기뻐하는 얼굴을 보고 싶었다. 어떤 걸 선물해 줘야 좋아할까 생각하는데 그녀의 목소리가 들려왔다.

"선물 하나 더 있어요."

이미 장갑만으로도 충분한데 또 있다니.

무심코 맞은편을 바라본 승현은 내심 놀랐다. 그녀가 지금까지와는 비교도 안 될 정도로 긴장한 얼굴을 하고 있었기 때문이다. 어떤 선물이길래 저렇게 긴장한 걸까. 아까와는 차원이 다른 긴장감이었다. 이쪽까지 덩달아 쭈뼛해질 정도였다.

그녀는 아무 말도 하지 않았다. 막상 말을 꺼냈지만 망설이고 주저하고 있었다. 승현은 그녀를 재촉하지 않았다. 선물 따윈 아무래도 상관없었다.

침묵이 계속되는 가운데 촛불의 뜨거운 열기 때문인지 목이 말랐다. 남은 와인을 마저 마시려고 글라스를 집어 드는데 닫혀 있던 그녀의 입이 열렸다.

"혜민이에요."

"응?"

"혜민이요. 송혜민. 내 이름이요."

담담하게 전하는 그녀의 이름 석 자가 승현의 가슴에 돌을 던졌다. 순식간에 셀 수 없이 많은 파문이 생겨났다. 파문은 급기야 파도가 되어 잔잔하던 가슴을 거칠게 뒤흔들었다.

잠깐 선 밖으로 발을 내디뎠다 도로 들어가 버렸던 그녀였다. 한 번 나왔으니 언젠가는 선 밖으로 완전히 나올 터였다. 마음의 문을 활짝 열고 모든 걸 말해 줄 그날, 그때가 되면 온전한 남자와 여자로서 서로 마주 볼 수 있을 거라 생각했다.

자신의 희망사항은 지환이가 나타나고 그녀가 본래의 그녀로 돌아갈 때나 가능하리라 여겼다. 아직은 때가 아니라고 생각했었다. 조금 더 기다려야 한다고 조급해지려는 스스로를 다독이고 설득했다. 그랬는데 손꼽아 기다리던 그 순간이 바로 지금이라니. 이렇게 빨리, 느닷없이, 아무 예고도 없이 찾아오다니.

"그게 선물이에요."

혜민이라는 이름을 가진 그녀는 붉어진 얼굴로 케이크를 마구 입에 넣었다. 쑥스러운지 고개를 숙이고 케이크 먹는 일에만 집중한다. 그러다가 어느 순간 고개를 들었고 그녀의 얼굴이 눈에 가득 들어왔다. 특히 하얀 크림이 매달려 있는 입가가 CF의 한 장면처럼 클로즈업되었다.

한때 세상을 떠들썩하게 했던 드라마에서 남자 주인공이 이런 말을 했었다. 여자들이 입가에 뭘 묻히고 쳐다보는 건 키스해 달라는 신호라고. 유치하다고 코웃음 치며 넘겨 버렸던 대사가 왜 하필 지금 이 순간 떠오르는 걸까.

정신을 차렸을 땐 팔을 맞은편으로 뻗은 후였다. 손끝이 입가에 매달린 크림에 닿자 그녀의 눈이 커다래지는 게 보였다. 그녀의 얼굴이 가까워졌을 때 아주 잠깐 서로의 눈이 마주쳤다는 생각이 들었다. 그러나 승현은 더 이상 그녀의 눈을 볼 수 없었다. 이제 그가 느낄 수 있는 거라고는 입술에 맞닿은 달콤함뿐이었다.

21.

정신이 돌아온 건 그의 입술이 떨어져 나갔을 때였다. 혜민은 멍하니 눈을 깜박거리며 맞은편에 있는 승현을 응시했다.

한 점 흐트러짐 없는 단정한 그를 보고 있자니 아무 일도 없었던 것처럼 보인다. 마치 꿈을 꾼 기분이었다. 그러나 그의 입술 가장자리에 남아 있는 하얀 생크림 흔적은 조금 전의 그것이 현실이었다는 걸 증명해 주고 있었다. 얼굴이 뜨거워졌다.

키스를 했다. 난생처음으로. 꿈속에서가 아니라 현실에서의 그와.

첫 키스에 대한 충격과 놀라움으로 어쩔 줄 몰라 하고 있는 혜민에게 승현이 다가왔다. 그는 식탁에 한 손을 짚고 허리를 굽혀 그녀를 가까이 들여다보았다. 눈이 마주치자 서늘한 눈동자 속에서 무언가가 번쩍거렸다. 다시 한 번 그의 입술이 다가왔다. 순간 혜민은 눈을 질끈 감았다.

처음엔 당혹스럽고 놀라서 무언가를 느끼고 자시고 할 여유가 없었다. 그런데 이번에는 두 번째라 그런지 처음에 느끼지 못한 무언가가 느껴지는 것도 같았다.

입술과 입술이 맞닿은 느낌은 참으로 오묘했다. 겉으로 드러난 피부 가운데 가장 얇고 예민한 피부가 맞부딪치며 만들어 내는 따뜻하고 보드라우면서 촉촉한 감촉이 신기했다. 온몸이 간지럽고 뿌듯한 것이 전기가 오른 것처럼 야릇했다.

언젠가 그와 키스하는 꿈을 꾸었을 때의 느낌과 비슷하단 생각이 들었다. 막연한 상상이나 꿈은 현실과 엄연히 다를 줄 알았는데 아닌 경우도 있는 모양이었다.

기분이 고양되어 살짝 입이 벌어지기 무섭게 그가 기다렸다는 듯 들어왔다. 입 안을 헤집고 다니는 적극적인 움직임에 혜민은 살짝 당황했다. 좀 전과는 확연히 다른 느낌이었다. 입술만 맞대고 있을 땐 점잖게 악수하는 기분이었다면 지금은 있는 힘껏 끌어안긴 기분이었다.

어쩔 줄 몰라 하며 굳어 있는 그녀를 달래듯 그가 아랫입술을 살짝 깨물며 빨아 당긴다. 그렇게 몇 번을 반복하다가 이내 깊게 빨아 당긴다. 온몸이 빨려 들어가는 기분에 혜민은 저도 모르게 그가 하는 것처럼 그의 입술을 빨아 당겼다.

서로의 타액이 섞이며 촉촉하게 젖은 소리가 허공에 울려 퍼졌다. 촉각에 이어 청각적인 자극이 더해지자 혜민의 얼굴이 더욱 붉어졌다.

"괜찮겠어?"

기나긴 두 번째 키스가 끝났을 때 그가 넌지시 물어 왔다. 언뜻 보면 평소와 다름없이 서늘한 얼굴이지만 그의 검은 눈동자는 활활 타오르고 있었다. 새삼 그가 남자라는 사실이 피부로 느껴졌다.

비록 첫 키스를 방금 전에 한 숙맥이지만 눈치가 없는 건 아니었다. 25년을 살아오면서 사는 게 바빠 연애 한 번 못 해 봤지만 보고 들은 게 아주 없지는 않았다. 그가 원하는 게 무엇인지 충분히 인지하고 있었다.

여기서 멈춰야 한다는 걸 안다. 자신이 아니라 그를 위해서. 그럼에도 혜민은 고개를 끄덕였다.

"……네."

허락이 떨어지자 승현은 그녀를 번쩍 안아 들었다. 혜민은 그의 목에 팔을 두르고 눈을 꼭 감았다.

천장에 커다란 그림자가 어른거리고 있었다. 시커멓게 뭉쳐진 기괴한 덩어리가 마치 살아 있는 생명체처럼 천장을 누비고 다녔다. 힘차고 거칠게, 때론 부드럽고 느긋하게 강약을 조절하며 의지를 가지고 부지런히 달려간다.

"어딜 보는 거야?"

나직하게 가라앉은 목소리가 위에서 들려왔다. 눈동자를 굴리자 땀에 젖은 조각 같은 이목구비가 보였다. 그 아래로 길쭉한 목과 일자로 시원하게 뻗어 나간 쇄골. 널찍하고 탄탄한 어깨와 매끈하게 빠진 허리 라인과 골반이 보였다.

아무것도 걸치지 않았는데도 그는 여전히 한숨이 나올 만큼 아름다웠다. 혜민은 손을 뻗어 그의 가슴을 쓸어 보았다. 매끄럽고 탄력 있는 피부가 손바닥에 착 달라붙을 것만 같았다.

그녀가 아무 대답이 없자 승현은 한숨을 내쉬며 단호하게 말한다.

"다른 데 보지 마."

그는 나무라듯 그녀의 턱을 살짝 깨물었다. 그리고는 여러 번의 키스로 살짝 부푼 입술에 입을 맞춘다. 입술만 닿았다가 이내 깊이 들어와 서로의 혀가 얽혀 들었다. 키스에 어느 정도 익숙해진 혜민은 적극적으로 그의 목에 손을 감았다. 숨이 가빠 올 무렵 그의 입술이 떨어져 나가더니 아래로 향한다.

그가 지나간 자리마다 붉은 꽃들이 피어났다. 늘 붕대 속에 억눌려 숨죽이고 있던 가슴이 그의 손안에서 본래의 모습을 되찾는다. 부드럽게 쓰다듬다가 손아귀 가득 움켜쥐고 주무른다. 가슴 한가운데 자리 잡은 분홍빛 과실이 그의 입 속으로 들어갈 때마다 짤막한 신음과 동시에 그녀의 가느다란 허리가 물고기처럼 튕겨 올랐다. 그가 움직일 때마다 혜민은 점점 꽃처럼 피어나고 있었다.

그의 길쭉한 손이 그녀의 아랫배를 부드럽게 쓰다듬다가 천천히 아래로 내려갔다. 앙증맞은 배꼽을 지나 지금까지 아무도 손대지 않았던 수풀에 이르자 혜민은 작게 몸을 뒤틀었다.

그의 앞에서 알몸인 것도 부끄러워 죽을 지경인데 그곳까지 그의 손길이 미치자 설레면서도 한편으론 긴장되고 두려웠다. 그런 그녀의 심리가 겉으로 드러난 건지 그가 나직하게 달래는 투로 말했다.

"아프지 않게 할게."

평온한 어조에 평온한 얼굴과는 달리 그의 하반신은 상태가 심각했다. 살짝 시선을 아래로 내린 혜민은 마른침을 삼켰다. 그의 것은 아주 위태로워 보였다. 조금만 건드려도 단숨에 폭발할 것 같았다. 새삼 그가 남자이자 수컷이라는 게 피부로 와 닿았다. 혜민은 고개를 끄덕였다.

그녀의 허락에 잠시 정지 상태였던 그의 손이 다시 아래로 전진했다. 수풀 속에 자리 잡고 있는 은밀한 곳에 이르자 가슴이 미친 듯이 두근거린다. 그가 손을 움직일 때마다 몸속 깊은 곳에서부터 뜨겁고 짜릿한 열기가 생겨났다. 그 느낌을 참지 못한 혜민은 가슴이 크게 들썩일 정도로 숨을 몰아쉬었다.

그의 나머지 한 손이 들썩이는 그녀의 가슴을 애무해 주었다. 쥐어짜듯이 움켜쥐다가 엄지와 검지로 뾰쪽하게 일어선 곳을 비비고 문지르고 잡아당긴다. 잇새로 흐느낌과 닮은 달콤한 신음이 흘러나오면서 허리가 자꾸만 들썩인다.

이윽고 그녀가 뜨겁고 축축한 열기를 품게 되자 승현은 그녀의 발목을 붙들었다. 다리가 공중으로 살짝 들리면서 옆으로 활짝 벌어진다. 그가 그녀의 다리 사이로 자리 잡자 위태롭게 보였던 그의 것이 닿아 왔다. 순간 두 사람의 눈이 허공에서 마주쳤다.

두 사람은 잠시 서로를 말없이 바라보았다. 그는 가만히 눈을 깜박이며 그녀를 응시했다. 혜민도 그에게서 눈을 떼지 못했다. 늘 정갈하고 단정했던 그가 지금은 땀을 흘리며 상기되어 있었다. 여태껏 보지 못했던 그의 색다른 일면에 가슴이 두근거린다.

깊이를 알 수 없는 새까만 동공에 그녀가 한가득 들어 있다고 생각될 무렵이었다. 마침내 그가 그녀의 안으로 들어왔다. 혜민이 입이 소리 없이 벌어졌다. 숨이 턱 막혔다. 상상 이상이었다. 좀 전까지 그녀를 지배했던 짜릿한 열기를 상회하고도 남는 통증이었다. 흐물흐물해졌던 몸이 딱딱하게 경직되었다.

무지는 죄라고 했던가. 이게 이렇게 아픈 거였나 싶어 겁이 덜컥 났다. 혜민은 고개를 젖히고 심호흡을 하며 고통을 참았다. 문득 시선이 느껴져 고개를 슬쩍 내리자 그와 또다시 눈이 마주쳤다.

"몸에서 힘을 빼도록 해 봐."

그녀 못지않게 그도 무척 힘들어 보였다. 비록 표정 변화는 그다지 없었지만 여유라는 가면 속에 숨어 있는 절박함이 그녀의 눈에는 잘 보였다. 혼자만 일방적으로 힘든 게 아니라 서로 고통을 분담하고 있다는 걸 깨닫자 묘하게 마음이 놓인다. 이 순간을 서로가 함께 나누고 있다는 게 느껴졌다.

혜민은 최대한 힘을 빼기 위해 노력했다. 반복해서 호흡을 가다듬으며 경직된 몸의 긴장을 풀었다. 그도 그녀의 노력을 응원하듯이 그녀의 허리와 엉덩이를 살살 문질러 주었다. 시간이 지나자 확실히 좀 전보다 고통도 덜하고 이물감도 줄어들었다.

이제 되었다 싶은 느낌에 고개를 끄덕이자 그의 얼굴에서 여유의 가면이 단숨에 떨어져 나갔다. 이윽고 혜민은 그와 완전하게 하나가 되었다. 마치 잃어버렸던 짝을 되찾은 것처럼 한 치의 틈도 허용하지 않은 깊고도 완벽한 결합이었다.

온몸이 빈틈없이 가득 채워진 느낌에 혜민은 묘한 만족감을 느꼈다. 저절로 손이 올라가 땀에 젖은 그의 반듯한 이목구비를 쓰다듬었다. 짙은 눈썹과 우뚝 솟은 콧날 그리고 모양 좋은 입술과 까끌까끌한 수염이 돋아난 턱까지 손끝에 새겨 넣듯이 꼼꼼하게 훑어 내렸다.

　그녀의 손이 그의 목덜미로 미끄러져 내리자 그가 손목을 낚아
채더니 손바닥에 입술을 비벼 댄다. 간질간질한 느낌에 작게 웃음
이 나왔다. 그도 그녀를 보며 미소 지었다. 그러고는 천천히 몸을
움직이기 시작했다.

　그가 본격적으로 행위에 돌입하자 침대가 크게 출렁거렸다. 침
대 스프링의 진동 소리가 귓가에 윙윙 울릴 지경이었다. 그가 깊
고 거세게 몸을 부딪쳐 올 때마다 온몸이 덜그럭거리는 느낌이었
다.

　눈앞에서 스파크가 번쩍이고 척추를 타고 머리부터 발끝까지 짜
릿한 전류가 흐른다. 통증인지 쾌락인지 분간되지 않는 기묘한 감
각이 파도처럼 밀려들어 그녀를 계속 어딘가로 떠밀었다.

　머릿속이 백지장처럼 하얘진다. 정신이 하나도 없었다. 입에서
흘러나오는 교성이 남의 것인 것처럼 아득하게 들려왔다. 뜨겁게
피어오르는 열기에 못 이겨 발가락이 불 위에 놓인 마른오징어처
럼 오그라든다.

　그가 이끄는 대로, 본능이 시키는 대로 그의 탄탄한 허리에 다
리를 감고 더 깊이 끌어당겼다. 한데 뭉쳐진 두 사람에게서 뿜어
져 나오는 더운 열기와 살 부딪치는 소리가 방 안을 끈적끈적하게
채웠다.

　영원히 계속될 것 같았던 행위도 어느덧 막바지에 치달았다. 그
는 믿어지지 않을 만큼 빠르게 움직이고 있었다. 그렇게 마구 내
달리던 그가 돌연 모든 움직임을 멈추더니 낮은 탄식을 터뜨렸다.

　그는 그의 모든 것을 그녀에게 모조리 쏟아부었다. 그러고는 지

친 몸을 내려놓았다. 힘들게 정상까지 올라갔다가 단숨에 밑바닥
으로 내팽개쳐진 것처럼 너무나 갑작스럽게 찾아온 결말이었다.

목덜미에 간질간질한 그의 숨결이 느껴졌다. 어느 정도 정신이
든 혜민은 승현의 등과 어깨를 조심조심 어루만졌다. 화상을 입었
던 그의 어깨는 관리를 잘한 덕에 흔적조차 남기지 않고 깨끗하게
나았다.

승현이 다쳤을 때의 순간을 떠올리자 속에서 화가 부글부글 끓
어올랐다. 만약 그의 몸에 자그마한 흉터라도 남았다면 당장 준혁
에게 테러를 감행했을지도 몰랐다. 혜민은 새끼 고양이를 핥아 주
는 어미 고양이처럼 그 자리를 몇 번이고 쓸어 주었다.

터질 것처럼 빠르게 뛰던 심장의 고동이 점차 느려졌다. 거칠었
던 숨결도 차분해지면서 규칙적이 되어 갔다. 경직되었던 근육이
노곤해지고 열기가 가신 피부에 달라붙은 땀이 서늘하게 느껴진
다.

서로 맞대고 있는 가슴으로 전해지는 상대방의 변화가 서글펐
다. 좀 전의 쾌락은 온데간데없이 쓸쓸하고 허무했다. 조금이라도
더 오래 그를 품고 싶었는데.

안타까워하는 혜민과는 달리 승현은 곧바로 몸을 일으켰다. 옆
자리에 누운 그는 만족스러운 표정으로 그녀를 끌어안고 땀에 젖
은 얼굴에 달라붙은 머리카락을 떼어 주었다. 단순한 동작이었지
만 따스함이 묻어 있는 손길이었다.

태어나 처음으로 사랑을 나눈 남자의 다정한 손길에 왠지 눈물
이 날 것 같았다. 차갑게 보여도 실상은 따뜻한 사람이었다. 하마
터면 모를 뻔했는데 알게 돼서 참 다행이었다. 이것으로 됐다는

생각이 들었다. 더는 욕심내지 않을 것이다.

혜민은 그의 품에 얼굴을 묻었다. 낮에 있었던 일이 떠올랐다.

오늘 아침 출근한 후 승현에게 커피를 가져다주고 잠깐 밖에 나갔다. 깜빡 잊고 자르지 않은 손톱이 움직일 때마다 자꾸 신경 쓰여서 손톱깎이를 구입하러 편의점에 가던 길이었다.

"어이 잘 있었냐?"

아침 햇살에 금니가 반짝거렸다. 두 번 다시 볼 일 없을 줄 알았던 남자의 등장에 혜민은 그 자리에서 얼어붙고 말았다.

"잠깐 얘기 좀 하자."

어휘력이 썩 좋은 편은 아닌 듯했다. 처음 봤을 때에도, 납치할 때도 남자는 똑같은 말을 했었다. 혜민은 티 나지 않게 주위를 훑어보았다. 주변에 지나가는 사람이 아무도 없었다. 소리라도 지를까 진지하게 고민하는데, 그녀의 생각을 눈치챈 건지 남자가 재빨리 덧붙인다.

"김지환이 아닌 이상 너한텐 볼일 없어."

남자는 그녀를 김지환으로 오인하고 납치했었다. 그들이 필요한 건 김지환이지 그녀가 아니었다. 남자의 말마따나 자신에겐 볼일이 없을 터였다. 그런데 왜 나타난 거지? 혜민은 남자가 자신 앞에 나타난 이유가 궁금해졌다.

"볼일 없다면서 왜 온 거예요?"

그녀의 물음에 남자는 기가 차다는 듯 비릿하게 웃었다.

"질문은 내가 하는 거야. 넌 대답만 하고. 오케이?"

장난스런 말투에 입가가 올라가 있었지만 그녀를 향한 눈초리는 냉혹하고 살벌했다. 혜민은 입을 다물었다. 괜히 긁어 부스럼 만들고 싶지 않았다. 남자 같은 부류의 사람들과는 어차피 제대로 된 대화가 불가능할 터였다. 얼른 용건을 해결하고 사라지길 바라는 수밖에.

"네 형…… 아니 형은 아니지만, 어쨌든 형한테 말했어, 안 했어?"

"뭘요?"

"뭐긴 뭐야. 용인에서 있었던 일이지."

혜민은 순간 멍해졌다. 용인에서의 일. 그때 일을 떠올리자 숨이 막혔다. 왜 이제 와 그때 일을 다시 들먹이는 걸까.

승현은 여전히 용인에서의 일을 자신의 가출 사건으로 오해하고 있었다. 시간이 꽤 흘렀지만 혜민은 지금까지 사실대로 밝히지 못하고 있었다. 남자가 협박한 것도 있지만 그때 일을 설명하려면 필연적으로 김지환의 일도 꺼내야 했기에 아무 말도 할 수 없었다. 혜민은 우울하게 대꾸했다.

"아뇨."

가슴 어딘가에 있을 양심이 아려 왔다. 밑바닥에 납작 엎드려 있던 죄책감이 슬금슬금 고개를 치켜들었다. 김지환을 죽였을지도 모를 사람과 아무렇지도 않게 이야기를 주고받는 자신이 끔찍하게 여겨졌다. 스스로가 비겁하고 부끄러워서 고개도 들 수 없었다.

뻣뻣한 목으로 간신히 고개를 가로저으며 부인하자 남자가 혼잣말하듯 중얼거렸다.

"하긴. 미치지 않은 이상 말할 이유가 없지. 짝퉁이 진짜 얘길 할 리가."

짝퉁. 남자의 말이 비수가 되어 심장에 박혀 들었다. 아프지는 않았다. 자신은 아플 자격도 없으니까. 다만 비참할 뿐이었다.

남자에게 자신의 존재는 김지환 행세를 하고 있는 짝퉁일 뿐 그 이상도 이하도 아니었다. 비단 남자만이 아닐 것이다. 다른 사람들도 자신의 정체를 알게 되면 남자와 하등 다르지 않게 생각할 것이다. 김지환인 척하고 있는 가짜. 아무리 발버둥 쳐도 절대 명품이 될 수 없는 짝퉁. 그것이 자신의 위치였다.

"가 봐."

남자는 더는 볼일 없다는 듯 미련 없이 돌아섰다. 혜민은 남자의 뒷모습을 멀거니 바라보다가 충동적으로 물었다.

"찾아는 봤어요?"

두어 발자국 걸어가던 남자가 우뚝 멈춰 섰다. 그가 고개만 돌려 그녀를 응시했다. 살벌한 남자의 눈초리에 괜히 물어본 건가 후회했지만 이미 엎질러진 물이었다. 혜민은 용기를 그러모았다.

"진짜 김지환…… 찾아봤냐고요."

남자는 말없이 그녀를 응시했다. 네까짓 건 알 필요 없다고 윽박지를 줄 알았는데 의외였다.

"물론 찾아봤지."

남자는 순순히 대답해 주었다. 뜻밖이었다. 남자가 대답해 준 것도, 대답의 내용도.

찾아봤다는 건 김지환이 어딘가에 살아 있다는 건가. 가슴이 두근거리던 찰나 곧바로 이어진 말에 깜박거리던 희망의 불씨가 꺼져 버렸다.

"찾으라는 의뢰를 받았으니 찾는 시늉은 해야지. 그래야 너네 형한테 의심을 안 받지."

어느 정도 예상했던 거라 그리 놀랍진 않았다. 다만 허탈할 뿐이었다. 승현이 김지환의 사고와 관련이 없다고 확신하게 되자 이런 생각이 들었다. 그가 자신의 정체를 알았을 때 어쩌면 김지환을 찾으려고 하지 않았을까, 라고.

예상이 적중하긴 했지만 설마 그 일을 이 남자에게 의뢰했을 줄은 몰랐다. 고양이에게 생선 가게를 통째로 맡긴 격이었다. 김지환에게 위해를 가한 장본인한테 의뢰한 걸 보면 사고에 대해선 아직 감감무소식인 듯했다.

남자는 그녀가 김지환인 줄 알고 납치한 전적이 있었다. 만약 진짜 김지환이 나타난다면 어떻게 될지 불을 보듯 뻔했다. 오한이 든 것처럼 온몸이 떨려 왔다.

남자가 조소를 흘리며 겁먹은 혜민에게 경고했다.

"주둥이 함부로 나불대면 어떻게 되는지 알지? 오늘 나 만난 일 없었던 거다, 짝퉁."

남자는 손짓으로 그만 가 보라고 했다. 혜민은 떨리는 몸을 추슬러 터벅터벅 발걸음을 옮겼다. 얼핏 바람에 실려 온 남자의 혼잣말이 귀에 들어왔다.

"쳇, 의뢰를 했으면 가만있을 것이지. 암것도 모르면서 왜 꼬리를 붙이고 지랄이야."

꼬리? 남자에게 꼬리를 붙이다니 누가 그런 대담한 짓을 했을까.

고개를 갸웃거리며 걸어가던 혜민은 회사 로비를 가로지르다가 그 자리에 멈춰 섰다. 남자에게 누군가가 꼬리를 붙였다. 남자는 용인에서의 일을 발설했는지 확인하러 자신을 찾아왔다. 남자는 꼬리가 붙은 게 용인의 일과 관련이 있다고 생각한 듯했다. 그렇다면 남자에게 꼬리를 붙인 대담한 사람은……

심장이 쿵 내려앉았다. 그가 의심하기 시작했다.

언젠가 이런 날이 올 줄 알았다. 영민하고 명석한 사람이니 이상한 낌새를 눈치챌 거라 예상했었다. 알고 있었고 마음의 준비도 하고 있었는데 막상 현실이 되자 눈앞이 캄캄했다. 남자에게 꼬리까지 붙인 걸 보면 모든 걸 알아내는 건 시간문제였다. 그의 곁에 있을 수 있는 시간이 얼마 남지 않았다는 의미였다.

마음이 조급해졌다. 일 분 일 초가 아까웠다. 지금까지 그냥 흘려보낸 시간들이 안타깝고 아쉬워서 눈물이 날 지경이었다. 이럴 줄 알았으면 멋진 추억이라도 만들어 놓는 건데.

오전 내내 앞으로 해야 할 일을 생각했다. 남은 시간이 얼마나 될지 알 수 없지만 조금이라도 그와 좋은 추억을 만들고 싶었다. 나중에 후회하지 않도록 최선을 다하고 싶었다.

앞으로 무얼 해야 좋을지 궁리하다가 오늘이 크리스마스이브라는 걸 깨달았다. 지금까지 크리스마스는 그녀에게 아르바이트가 바빠지는 피곤한 공휴일 중의 하나일 뿐이었다. 하지만 올해의 크리스마스는 남들이 생각하는 것처럼 그녀에게도 특별하게 다가왔다.

크리스마스 당일인 내일은 무대인사 일정이 잡혀 있어서 승현이 시간 내기가 여의치 않을 터였다. 아프다는 핑계를 대고 부득이하게 오늘 조퇴할 수밖에 없었던 이유다.

깊은 밤이었다. 고요한 가운데 규칙적인 숨소리가 들릴 듯 말 듯 들려왔다. 혜민은 조심조심 이불을 젖히고 몸을 일으켰다. 잠들어 있는 승현을 가만히 내려다보았다. 반듯한 이목구비가 어둠 속에서 희미한 윤곽을 드러내고 있었다. 이렇게 보고 있는데도 믿어지지 않는다. 그가 바로 옆에서 잠들어 있다는 현실이.

크리스마스이브 저녁을 함께 보내고 싶었다. 자신이 선물해 준 장갑을 끼고 자신의 진짜 이름을 기억해 주길 바랐다. 그게 다였다. 맹세코 그 이상의 것을 바란 적은 없었다. 그런데 그는 그 이상의 것을 해 주었다. 생각지도 못했던 선물을 받은 기분이었다. 평생 잊을 수 없는 최고의 선물이었다.

달콤한 밀어라든가 진심 어린 고백 같은 건 없었지만 오늘의 일을 후회하지 않는다. 그의 마음은 중요하지 않았다. 알고 싶지도 않았다. 순간의 충동이었다 해도 상관없었다. 아니 그래야 했다. 그에겐 부디 하룻밤 유희이길.

혜민은 씁쓸한 미소를 지었다. 그가 자신과 같은 마음이길 바라지 않았다면 거짓일 것이다. 그러나 혜민은 그 바람을 고이 접어 버렸다.

시작부터가 잘못된 관계였다. 자신의 존재는 그에게 있어서 잘못 끼워진 단추나 마찬가지였다. 김지환으로서 그의 앞에 나타난 순간, 자신은 그의 미래가 될 수 없었다. 헛된 희망을 품고 기대해 봤자 자신만 괴롭고 고통스러울 뿐이었다.

자신을 위해서도 그를 위해서도 모두를 위해서도 아무것도 시작하지 않는 게 최선이었다. 그러니 오늘 일은 아무 의미도 없는 것이어야 했다.

"고마워요."

멋진 추억거리를 만들어 줘서.

"걱정 마요."

절대 당신에게만은 피해 가지 않도록 할 거야.

자신이 가짜라는 게 밝혀질 경우, 재수 없으면 자신과 함께 있었던 그에게 불똥이 튈 수도 있었다. 무슨 수를 쓰더라도 그런 일만은 절대 일어나지 않게 할 것이다.

혜민은 살며시 침대 밖으로 나왔다. 노란 원피스가 허물처럼 바닥에 놓여 있었다. 원피스는 승현이 준 것이었다. 런칭쇼에서 잘못 받았다며 자신에게 떠넘긴 옷이었다. 다른 사람에게 주라고 했지만 딱히 줄 만한 사람이 없어서 여태 방구석에 처박아 놓았었다.

보자마자 마음에 쏙 들었던 옷이었지만 남자 행세를 하고 있으니 그림의 떡이었다. 절대 입어 볼 일은 없을 거라고 생각했었다. 그런데 설마 그의 앞에서 입게 될 날이 오리라곤 꿈에도 몰랐다.

조퇴를 하고 마트에 들렀다가 집으로 돌아와 식탁을 세팅하고 요리까지 다 해 놓고 나니 뭔가 허전했다. 공들인 만큼 분위기는 얼추 나는데 중요한 무언가가 빠진 느낌이었다. 그게 무얼까 고민하다가 문득 자신의 옷차림새가 눈에 들어왔다.

캐주얼한 남자 옷이 로맨틱한 식탁 분위기와 따로 놀았다. 슈트를 꺼내 입자니 오버하는 것 같아서 내키지 않았다. 그러다 눈에 들어온 게 원피스가 들어 있는 봉투였다.

노란 원피스는 식탁의 분위기와 잘 어울렸다. 어차피 그는 자신의 정체를 알고 있었다. 숨길 이유가 없으니 원피스를 입는다 해도 상관없었다. 분위기 때문만이 아니라 한 번이라도 좋으니 그에게 여자인 모습을 보여 주고 싶은 마음도 없지 않아 있었다.

예전에 커피전문점에서 일할 때 그와 잠깐 마주친 적이 있었다. 하지만 그는 그녀를 전혀 기억하지 못하는 듯했다. 그에게 여자인 모습을 보여 준 적이 한 번도 없는 셈이었다. 어쩌면 이번이 다시 없을 기회일지도 모른다는 생각이 들었다. 비록 머리도 짧고 화장품도 없었지만 할 수 있는 최대한 예쁘게 보이고 싶었다.

시간이 별로 남아 있지 않다고 생각하자 평소라면 몸을 사릴 일도 아무렇지 않게 생각되었다. 원피스를 입은 것도 그와 몸을 섞은 것도 같은 맥락이었다. 절박함은 대담함과 한 세트였다. 그는 기억할까. 저 노란 원피스를 준 사람이 그라는 걸.

원피스를 주우려고 허리를 굽히려는데 어둠 속에서 서늘한 목소리가 들려왔다.

"어디 가려고?"

승현은 몸을 일으키더니 침대 곁에 서 있던 혜민의 손목을 잡아당겼다. 반동으로 도로 침대에 주저앉게 된 혜민은 그를 보지 않고 말했다.

"내 방 가서 잘게요."

"왜?"

"누구 씨가 하도 코를 골아 대는 바람에 잠을 잘 수가 없어서요."

사실 승현은 코골이는커녕 숨소리조차 잘 들리지 않을 정도로 얌전하게 자는 편이었다. 말도 안 돼는 누명이 기가 막힌다는 듯 그가 작게 항의한다.

"내가 코를 곤다고? 지금 누가 누구 잠버릇을 탓할 주제가 아닐 텐데."

혜민은 승현의 말을 한 귀로 듣고 흘려 버렸다. 그런 얄팍한 수엔 넘어가지 않는다. 혜민은 지금까지 한숨도 자지 않았다. 그에게 잠버릇이 어떤지 보여 준 적이 없는 셈이었다. 지난여름, 문경에서 그와 같은 방을 썼을 때 잠든 모습을 보여 준 적이 있지만 상관없었다. 아버지 말로는 자신의 잠버릇은 아주 얌전하다고 했었으니까. 그녀가 한 것처럼 그도 자신을 놀리려고 지어낸 말일 터였다.

"괜히 말 돌리지 말고 부끄러우면 부끄럽다고 해요."

그녀의 뻔뻔한 대꾸가 어이없었는지 승현은 입을 다물었다. 혜민은 피식 웃었다. 그와 가볍게 농담을 주고받고 있는 이 상황이 무척 마음에 들었다. 어색해서 얼굴도 쳐다보지 못한다거나 심각하게 책임 운운하는 말을 꺼내면 어떡하나 걱정했는데 여간 다행이 아니었다.

지금처럼 앞으로도 가볍게 넘어가고 싶었다. 아무 일도 없었던 것처럼. 별일 아니라는 듯 구렁이 담 넘어가듯 스무스하게.

안도하며 고개를 돌리는데 희끗한 무언가가 시야에 걸려들었다. 커튼 틈새로 보이는 창밖으로 뭔가가 떨어지고 있었다. 창가로 다가가 커튼을 걷은 혜민의 입에서 작은 탄성이 터져 나왔다.

까만 하늘에서 주먹만 한 눈송이가 뭉텅뭉텅 쏟아지고 있었다. 올해의 첫눈은 아니지만 이렇게 눈다운 눈이 내리는 건 처음이었다.

"화이트 크리스마스네."

멍하니 중얼거리는데 포근한 뭔가가 벗은 어깨를 감싸는 게 느껴졌다. 승현이 이불을 그녀에게 둘러 주며 뒤에서 끌어안았다. 이불에 몸이 감싸이자 비로소 추위를 느끼고 있었다는 걸 깨달았다.

등 뒤에서 무뚝뚝한 음성이 들려왔다.

"눈이 와서 좋아?"

혜민은 대답 대신 빙그레 웃었다. 어릴 땐 분명히 좋았는데 언제부터 눈이 오면 눈살이 먼저 찌푸려졌다. 보기엔 예쁘지만 눈과 필연적으로 붙어 다니는 온갖 불편함을 생각하면 마냥 좋아라 할 수 없었다. 그래도 승현과 함께하고 있는 지금 이 순간의 눈은 좋았다. 좋은 추억거리가 또 하나 생겼다.

미소 띤 그녀를 바라보던 그가 중얼거렸다.

"어린애군."

"네?"

"내일 스케줄이 걱정된다고."

눈은 녹지 않고 내리는 대로 차곡차곡 쌓이고 있었다. 내일 아침 기온이 곤두박질치면 이대로 얼어붙어 빙판길이 될 터였다. 크리스마스라는 특성상 대부분의 사람들이 길거리로 쏟아져 나올 테니 교통대란은 불을 보듯 뻔했다. 무대인사는 시간 엄수가 생명인데 도로 사정으로 지각이라도 하면 일정이 꼬이게 될 수도 있었다.

누가 일벌레 아니랄까 봐. 이런 순간까지 내일 일을 걱정하다니. 어쩐지 승현다운 걱정이란 생각에 혜민은 소리 없이 웃고 말았다.

"그렇게 걱정되면 산타 할아버지한테 소원 빌어 봐요. 선물 대신 소원 들어 달라고."

크리스마스이브라 그런지 자연스레 산타가 떠올랐다. 혜민은 어릴 때 산타가 정말 존재한다고 철석같이 믿었었다. 그러다가 8살

때쯤 한밤중에 화장실에 가려고 일어났다가 아버지가 까치발로 선물을 들고 오는 걸 목격한 이후로는 산타의 존재를 믿지 않게 되었다.

"산타? 아직도 그런 걸 믿는 건가?"

승현은 난데없는 산타 이야기에 어이없어하는 얼굴이었다. 왠지 놀려 주고 싶다는 생각에 혜민은 되레 그가 이상하다는 듯 쳐다보았다.

"어? 그쪽은 산타 할아버지 안 믿어요?"

"난 어릴 때도 안 믿었어."

마치 자랑거리라는 듯 그는 턱을 치켜들고 오만하게 말했다. 혜민은 시시하다는 투로 받아쳤다.

"삭막했네요."

"삭막했던 게 아니라 조숙했던 거지."

불현듯 나이에 비해 조숙할 수밖에 없었던 그의 아픈 과거가 떠올랐다. 그는 덤덤한 얼굴이었지만 혜민은 가슴 한구석이 콕콕 쑤셨다. 그녀는 부러 밝은 목소리로 떠들었다.

"내가 대신 빌어 줄게요."

"네가?"

"네, 내일 일 잘 풀리게 해 달라고."

"기왕 하려면 진심으로 최선을 다해서 빌어야 할 거야. 네 일이기도 하니까."

끄트머리에 덧붙인 말에 귀가 번쩍 뜨였다.

"내 일이라뇨?"

"내일 무대인사 너도 참석하는 거니까."

"네?"

혜민의 눈이 커다래졌다. 아닌 밤중에 홍두깨가 따로 없었다.

"무대인사를 왜 내가……."

"너도 출연 배우잖아."

가슴이 턱 막혔다. 지금까지 자신이 배우라고 생각한 적은 없었다. 맹세코 단 한 번도. 혜민은 서둘러 반박했다.

"배우라뇨. 고작 펑크 난 거 대타한 것뿐인데. 내가 아니라 스태프나 감독님이 했어도 배우라고 할 건가요?"

"게시판 들어가 봤어?"

"아뇨. 그건 왜요?"

홈페이지 관리자가 따로 있었기에 그녀가 게시판에 들어갈 일은 없었다. 승현은 그럴 줄 알았다는 듯 담담하게 설명해 주었다.

"네가 누구냐고 난리야. 요 며칠 너에 대한 글로 도배되다시피 했어. 내일 무대인사에 꼭 참석시키라고 청원 운동까지 벌어졌더군. 팬클럽도 생긴 거 같고. 기자들이 냄새 맡고 이상한 기사 쓰기 전에 자진해서 나서는 게 나을 거야."

"말도 안 돼."

잠깐, 아주 잠깐 출연한 것뿐인데 팬클럽이라니. 혜민은 진심으로 당혹스러웠다. 아직도 영화 속에 나오는 자신의 모습이 어색해서 잘 보지도 못하는데 이게 무슨 일이란 말인가. 날벼락이 따로 없었다.

"그냥 간단히 인사만 하면 돼."

"못해요."

"참석한다고 이미 공지로 올라가 있어서 무를 수도 없어."

"오늘 오전까지만 해도 그런 말 없었잖아요."

"오늘 오후에 결정된 일이야."

말도 안 되는 일이었다. 당사자를 빼놓고 그런 큰일을 멋대로 결정해 버리다니.

"화난 건가?"

"한 번은 물어봤어야죠."

화가 나기보단 자신의 의견을 존중해 주지 않았다는 사실이 서운하고 섭섭했다. 그의 시선이 느껴졌지만 혜민은 돌아보지 않고 창밖만 계속 바라보았다.

"팬들 요청도 있고 크리스마스에 혼자 우두커니 집 지키고 있는 것보단 같이 무대인사 하면서 이동하는 게 나을 거란 생각에 그랬어. 내가 생각이 짧았다."

그는 사람을 달래는 데 영 소질이 없었다. 그렇지만 무뚝뚝한 말투에 스며 있는 마음 씀씀이는 충분히 전해지고도 남았다. 서운함이 눈 녹듯이 사라져 버린다. 슬금슬금 얼굴이 뜨거워지는 기분에 고개를 아래로 내렸다.

"그렇게 하기 싫은 건가?"

"……할게요. 공지로 올라가 있다면서요. 관객들과 약속한 건데 어기면 안 되잖아요. 근데 많은 사람들 앞에 서는 거, 솔직히 부담스럽고 걱정돼요. 혹시라도 내가 여자라는 걸 알아보는 사람들이 있을지도 모르잖아요."

수많은 관객들 가운데 준혁처럼 눈썰미 좋은 사람이 없으리란 법은 없었다. 김지환으로서 사람들 앞에 서야 한다는 건 큰 용기를 필요로 했다.

"최대한 빨리 끝내도록 하지. 곤란한 질문은 내가 처리할 테니까 걱정하지 마."

"알았어요. 그리고 이참에 확실히 말할게요. 나 배우 될 생각 절대 없어요. 그러니까 무대인사 같은 거 이게 처음이자 마지막이에요."

그녀의 허락이 떨어지자 그가 상체를 구부려 그녀의 얼굴을 보려 했다. 혜민은 그의 시선을 피했다. 지금은 그에게 얼굴을 보여주고 싶지 않았다. 그러나 그는 좀처럼 포기하지 않았다. 집요한 그를 피하다가 혜민은 몸을 빙그르 돌려 이불을 걷어 내고 그를 끌어안았다.

갑작스런 그녀의 행동에 당황했는지 그의 몸이 설핏 굳어지는 게 느껴졌다. 혜민은 숨죽인 채 맞닿은 가슴을 통해 전해지는 그의 고동 소리에 귀를 기울였다.

머릿속이 소란스러웠다. 그가 어떤 마음으로 자신의 무대인사를 결정했는지 더는 생각하고 싶지 않았다. 그의 마음이 어렴풋이 보이는 것 같아 두려웠다. 제발 여기서 이대로 멈춰 주길. 오늘 밤만은 아무 생각도 하지 않기를.

"안아 줘요."

그녀는 작게 속삭이며 그의 가슴에 코를 박고 깊게 숨을 들이쉬었다. 커피 향과 어우러진 은은한 그의 체취가 폐부 깊숙이 밀려들어 왔다. 타인의 살 냄새가 이리도 좋을 수 있다는 걸 예전엔 알지 못했었다. 몸과 마음을 그의 체취로 가득 채우며 그의 답을 기다렸다. 얼마 지나지 않아 혜민은 다시 한 번 그의 품에서 여자가 되었다.

그의 손길이 부드럽게 몸에 감겨들 때마다 달콤한 신음이 흘러나왔다. 차분하고 섬세하게 몸을 깊숙이 더듬어 오는 몸짓에 금세 전신이 뜨거워졌다. 온몸에 열이 오르면서 머리와 가슴을 어지럽게 만들었던 것들이 흐물흐물 녹아 버렸다.

바라던 대로 아무것도 생각나지 않게 되었다. 이제 남은 건 오로지 욕망뿐이었다. 그녀는 뜨거운 한숨을 토해 내며 마구 피어오르는 쾌락에 몸을 맡겼다.

눈은 지치지도 않고 끊임없이 밤하늘을 가르고 있었다. 서로에게 녹아드는 차갑고도 뜨거운 밤이었다.

❋　　　❋　　　❋

산타 할아버지는 착한 아이에게만 선물을 준다고 했던 말이 떠올랐다. 혜민은 자신이 착한 아이가 아니라는 걸 다음 날 아침 창밖의 하얀 세상을 보고 깨달았다.

승현의 우려는 현실이 되었다. 기온이 갑자기 영하로 뚝 떨어져 밤새 내린 눈이 꽁꽁 얼어 버렸다. 뼛속까지 시려 오는 쨍한 추위였다. 아침 뉴스 속 아나운서가 대중교통을 이용해 달라고 당부하는 걸 보니 도로 사정이 어떠할지 보지 않아도 알 수 있었다. 일정에 차질이 없도록 승현과 혜민은 서둘러 일찌감치 집을 나섰다.

빙판으로 변해 버린 도로 위에서 속도를 낼 수 없는 데다 날이 날이다 보니 길이 밀려 평소 1시간 걸릴 거리가 2시간도 넘게 걸렸다. 주차장에 차를 주차시키고 서둘러 대기실로 가기 위해 엘리베이터를 탔다. 엘리베이터는 텅 비어 있었다. 대기실이 있는 10층 버튼을 누르며 승현이 말을 걸어왔다.

"괜찮아?"

"그냥 인사만 할 거예요."

무대인사를 하기로 결정했지만 적극적으로 임할 생각은 없었다. 참석하는 것만으로도 그녀로선 큰 결심을 한 것이었다.

"그게 아니라……."

그가 말끝을 흐린다. 혜민은 그제야 무대인사에 대해 질문한 게 아니라는 걸 깨달았다.

"뭔데……."

말을 하다가 뇌리를 스친 생각에 혜민은 입을 다물어 버렸다. 순식간에 얼굴로 열이 올라왔다. 어젯밤 혜민은 거의 잠을 자지 못했다. 승현이 새벽까지 그녀를 품에서 놓아주지 않았기 때문이었다. 지칠 줄 모르던 그의 강인한 체력에 속으로 혀를 내둘렀던 그녀였다.

승현은 조심스럽게 혜민을 살피고 있었다. 동이 틀 때까지 놔주지 않더니 이제 와 그녀의 컨디션이 걱정되는 모양이었다. 온몸의 근육이 쑤시고 결리는 데다 걷는 것도 불편했지만 별다른 내색은 하지 않는데 티가 난 건가. 혜민은 벌게진 얼굴을 슬쩍 옆으로 돌렸다.

"그런 얘긴 집에서……."

한마디 하려는데 엘리베이터 문이 열리고 사람들이 우르르 올라 탔다. 결국 10층에 도착할 때까지 두 사람은 아무 말도 나누지 못했다.

대기실 문을 열고 들어서자 휴대전화를 들여다보고 있던 진호가 그들을 반겨 주었다.

"여어, 지환이 간만이다."

진호가 혜민에게 한쪽 눈을 찡긋 감으며 윙크를 던졌다. 오랜만에 보는 진호였다. 영화가 대박 난 덕에 쇄도하는 인터뷰 요청과 더불어 여기저기 불려 다니는 통에 요즘 얼굴 보기 힘들어진 그였다.

오늘 그는 감색 양복 차림이었다. 볼 때마다 드는 생각이지만 진호는 양복과 참 어울리지 않았다. 공식적인 자리는 늘 정장 차림으로 임하는 그였지만 언밸런스한 느낌을 지울 수가 없었다. 된장찌개와 피자의 조합이랄까.

"근데 의외다. 무대인사 같은 거 죽어도 안 한다고 할 줄 알았는데. 옷까지 빼입고. 신경 많이 썼네."

진호는 슈트를 빼입은 혜민을 위아래로 훑어보며 즐거워했다. 혜민은 어색하게 웃었다. 웬만한 남자 옷은, 심지어 속옷마저도 이제 익숙한데 슈트는 영 낯설고 불편했다. 이왕 무대인사를 하기로 한 거 철저하게 남자처럼 보이려고 슈트를 꺼내 입었는데 그냥 평소 입던 대로 입을 걸 그랬다.

"뭘 그렇게 보는 거야?"

승현이 불쑥 혜민과 진호 사이에 끼어들었다. 그는 그녀를 등 뒤에 서게 해 진호의 시선으로부터 차단했다. 진호가 기가 막힌다는 얼굴로 빈정거렸다.

"어이쿠, 네 귀한 동생 닳을까 봐 그러냐?"

"그래."

주저하지 않고 바로 튀어나온 승현의 대답에 진호의 눈이 휘둥그레졌다. 혜민 역시 당혹스러웠다. 승현은 서슴없이 그녀의 어깨를 감싸 안으며 품에 거의 안듯이 했다. 진호의 눈이 찢어질 듯이 커다래졌다.

"너 뭐 잘못 먹었냐? 지환이한테 약점 잡힌 거라도 있어? 왜 그렇게 싸고도냐."

"앞으로 누구도 지환이한테 함부로 굴면 가만 안 둘 줄 알아. 형이라도 안 봐줄 거니까 알아서 해."

진호의 입이 다물어질 줄 몰랐다. 혜민이 벌게진 얼굴로 작게 항의했다.

"왜 이래요?"

"넌 잠자코 있어."

어깨에 걸쳐진 그의 손에 은근히 힘이 들어간다. 별다른 의미가 없는 행동인데도 어젯밤 일이 떠올라 혜민의 얼굴이 좀 전과는 다른 의미로 벌게졌다. 승현은 부끄러워하는 그녀를 모른 척하며 무심한 얼굴로 화제를 돌렸다.

"근데 최준혁이랑 강은채는 어딨는 거야?"

그러고 보니 대기실에는 진호만 혼자 덩그러니 있었다. 오늘 무대인사는 감독인 진호와 제작자인 승현, 남녀주인공인 준혁과 은채 그리고 새롭게 떠오르고 있는 배우(?)인 혜민이 참석하기로 되어 있었다. 영화 시작하기 전에 미리 상영관으로 들어가야 하는데 상영 시간까지 30분이 채 남지 않은 지금 남녀주인공이 없다는 게 이상했다.

진호는 올 게 왔다는 듯 난처한 표정으로 코끝에 걸린 안경을 밀어 올렸다.

"그게 은채 씨는 저쪽에서 방송 인터뷰하고 있고 준혁 씨는 아직……."

"아직? 안 왔다는 거야?"

진호가 마지못해하며 고개를 끄덕이자 승현의 얼굴이 딱딱하게 굳었다.

"전화해 봤어?"

"당근 했지."

"뭐래?"

"뭐라긴. 전화를 아예 안 받는데 뭐라고 했겠냐."

투덜대며 대꾸한 진호는 슬쩍 승현의 눈치를 살펴보았다. 승현은 무표정한 얼굴로 입을 꾹 다물고 있었다. 화가 나면 말이 없어지는 그였다. 진호도 그의 상태를 파악했는지 선수 치듯 부러 큰 소리로 중얼거렸다.

"사람이 말이야 이런 날은 좀 일찍 나와야지. 어쩜 그렇게 생각이 없는지. 전화도 안 받고……."

"김 실장님 번호 넘겨."

그의 지시에 진호는 주저 없이 휴대전화를 건네주었다. 김 실장의 전화번호를 그의 휴대전화에 입력한 후 승현이 말했다.

"형은 지환이랑 여기 있어."

그가 막 밖으로 나가려는데 대기실 문이 열리면서 은채가 들어왔다.

"죄송하지만 밖에 다 들렸거든요. 그래서 하는 말인데, 제가 지환 씨랑 있을 테니까 감독님은 대표님 도와주시는 게 어떨까요."

승현이 순간 날카로운 눈으로 은채를 바라보았다. 그러나 은채는 전혀 개의치 않는다는 듯 생긋 웃는다. 그의 시선이 혜민에게 옮겨 왔다. 그녀는 괜찮다고 고개를 끄덕였다. 언짢은 듯 한숨을 내쉰 승현이 마지못해 허락했다.

"그럼 부탁합니다."

승현이 대기실 밖으로 나가자 진호도 얼떨결에 급히 그를 쫓아 나갔다. 이제 대기실엔 두 사람만이 남게 되었다. 은채는 근처에 있는 생수 마개를 따서 물을 한 모금 마신 후 묻지도 않았는데 말을 꺼냈다. 마치 어제 본 사람처럼 자연스럽게 말을 걸어온다.

"말을 많이 했더니 목이 말라서요. 이젠 인터뷰도 가려 가면서 해야 할까 봐요."

이번 영화의 성공에서 가장 큰 수혜자는 단연코 은채였다. 무명 신인 배우라는 타이틀을 떼어 버리고 단번에 이름을 알린 것은 물론이고 20대 여배우 기근에 시달리던 충무로에 단비 같은 존재로 자리매김했다.

현재 각종 매체의 인터뷰 요청과 방송 출연, CF 문의가 물밀 듯이 밀려 들어오고 있다고 들었다. 어느 날 자고 일어났더니 스타가 되어 있더라는 말이 지금의 그녀에게 딱 들어맞았다. 그래서인지 원래도 아름다웠던 그녀는 최근 들어 더욱더 물이 오른 듯 보였다. 사람에게서 빛이 난다는 말이 그녀를 보니 실감 날 지경이었다.

"대표님과 왠지 더 친해진 거 같네요. 보기 좋아요."

은채의 말에 가슴이 뜨끔했다. 설마 어젯밤 일을 눈치챈 건 아니겠지. 당황한 혜민은 다소 퉁명스럽게 대꾸했다.

"그런 말 거북하네요."

"네?"

눈을 동그랗게 뜨고 되묻는 은채의 반응에 혜민은 입을 다물어 버렸다. 예전부터 뭐든지 다 알고 있다는 투로 말하는 그녀가 불쾌했었다. 눈치가 빠른 편인 은채는 혜민의 기분이 별로라는 걸 알았는지 은근슬쩍 화제를 돌렸다.

"요즘 지환 씨 영화에 나온 거 보고 관심 보이는 사람들이 좀 있는 거 같던데. 이참에 배우 해 보는 거 어때요?"

"난 배우 되고 싶은 마음 없어요."

"그래요? 근데 오늘 무대인사는 왜 하기로 한 거예요?"

"배우가 아니라 회사 직원으로서 나가는 거예요."

"정말 그 이유뿐이에요?"

그럼 뭐가 더 있겠냐는 듯 혜민은 은채를 빤히 응시했다. 은채는 고개를 끄덕이더니 의자에 다리를 꼬고 앉으며 물었다.

"내 생각엔 대표님이 관련돼 있을 거 같은데, 아닌가요?"

"왜 그렇게 생각하는 건데요?"

"그거야 대표님이 그쪽을 이런 날 혼자 둘 것 같지 않아서요."

모든 것을 꿰뚫어 볼 것 같은 커다란 눈이 부담스러웠다. 혜민은 은채와 단둘이 있는 게 불편해지기 시작했다. 혜민은 속내를 감추고 아무렇지도 않은 척 부심하게 대꾸했다.

"은채 씨가 형 마음을 어떻게 안다고 그런 말을 하는 거예요?"

"그동안 대표님을 계속 지켜봤거든요. 내가 알기론 대표님은 처음부터 그쪽 편이었어요."

"처음부터라뇨?"

"내가 그쪽 정체 알고 대표님한테 연락했을 때부터요. 그때 대표님이 뭐라고 한 줄 알아요?"

"뭐라고 했는데요?"

말과는 달리 그다지 궁금하지 않았다. 그때 일로 은채가 이번 영화의 여주인공으로 캐스팅되었으니 어떤 말이 오갔을지 짐작이 되고도 남았다. 그럼에도 예의상 물어봐 준 건데 뜻밖의 대답이 돌아왔다.

"원하는 게 뭐냐고요. 내가 그쪽에 대해 말하지도 않았는데 대끔 날 보자마자 그러더라고요. 얼마나 기가 막히던지."

"그게 무슨……."

어리둥절해하는 혜민의 반응에 도리어 은채의 눈이 커다래졌다.

"어머, 몰랐어요? 대표님은 내가 연락하기도 전에 이미 그쪽에 대해 알고 있었어요."

심장이 크게 요동쳤다. 은채가 말해 줘서 안 게 아니라 그 전부터 알고 있었다고?

"이봐요, 괜찮아요? 얼굴이 빨개요."

염려하는 은채의 목소리가 아득하게 들려왔다. 혜민은 화장실에 간다며 대기실을 뛰쳐나왔다.

세면대 물을 틀어 놓고 연거푸 세수를 했다. 얼음장 같은 찬물 덕분에 정신이 들었다.

언제 알았던 걸까. 어떻게 알았을까. 은채에게 발각되기 전이라면 어머니 생신 때? 처음으로 그 허름한 식당에 데려갔을 때? 아니면 그의 집으로 들어간 첫날부터? 막연히 김지환에게 잘해 주는 거라고 생각했던 그동안의 모든 것들이 실은 자신을 위한 것이었다는 건가.

투자자를 얻고 집안의 평화를 위해 곁에 두고 있는 거라고 생각했었다. 그런데 그 외의 다른 이유가 또 있었던 거라면…….

또다시 심장이 꿈틀대는 느낌에 가슴을 부여잡았다. 머릿속 어딘가에 위치한 위험을 알리는 경고음이 세차게 울리고 있었다.

안 돼. 더 이상 알면 안 돼. 여기서 멈춰야 해. 나랑 엮이면 그가 곤란해져. 그를 위해서 여기서 멈춰야 한다고.

심호흡을 하며 들썩거리던 마음을 가라앉히는데 누군가의 목소리가 등 뒤에서 들려왔다.

"여기 온수 나오는데 왜 찬물로 씻어?"

거울 속에 불쑥 나타난 얼굴에 혜민의 눈이 휘둥그레졌다. 그녀의 놀란 얼굴이 재미있다는 듯 준혁이 예의 매력적인 미소를 지었다.

"이제 온 거예요?"

"이제 오다니. 내가 제일 먼저 도착했는데."

미소 띤 얼굴로 느긋하게 대꾸하는 그가 얄밉다는 생각이 들었다. 지금 자기 하나 때문에 이리저리 바쁘게 뛰고 있을 승현을 생각하니 화가 났다. 자연스레 쌀쌀맞은 목소리가 튀어나왔다.

"어디 있었는데요? 대기실에 없었잖아요. 전화해도 안 받고."

정색을 하고 따져 묻자 준혁의 얼굴에서 미소가 사라졌다. 그제야 장난칠 상황이 아니라는 걸 깨달은 눈치였다.

"전화는 배터리가 다 돼서 못 받았어. 일부러 안 받은 게 아니고. 내가 왔을 때 아무도 없길래 차에서 한숨 자다가 시간 되면 대기실에 가려고 했어. 지금 막 주차장에서 올라온 거라고."

"지금 한 말 모두 사실이에요?"

준혁은 연기파 배우라는 수식어가 따라다니는 사람이었다. 아무리 그럴싸해 보여도 섣불리 믿을 수가 없는 이유였다. 그녀의 눈초리에 밴 불신을 읽었는지 준혁이 답답하다는 듯 가슴을 주먹으로 두드렸다.

"내가 설마 지각해서 변명하고 있다고 생각하는 거야? 이 최준혁이?"

억울해서 미치겠다는 그의 모습에 혜민은 일단 의심의 눈초리를 거두어들이기로 했다. 사실이든 아니든 지금 중요한 건 그게 아니었다.

"전화도 안 돼서 다들 걱정했어요. 어서 가요."

영화 시작 전에 준혁이 왔으니 최악의 상황은 면한 셈이었다. 서둘러 화장실에서 나가 승현에게 전화해야겠다고 생각하며 출입구로 발을 내디딘 순간이었다. 준혁이 재빨리 그녀의 앞을 가로막아 섰다.

또 시작이란 생각이 들었다. 혜민은 허탈한 한숨을 내쉬었다. 참 끈질기고 대단한 집념이었다. 자신이 여자라는 물증을 잡아낼 때까지는 절대 끝내지 않을 작정인 듯했다. 슬슬 짜증이 치밀었다. 이제 더는 그의 장단에 놀아나고 싶지 않았다. 그의 심심풀이 땅콩이 될 생각은 추호도 없었다.

"비켜요!"

"약속 안 잊었지?"

"약속이라뇨?"

"300만 넘으면 기념으로 한잔하기로 했잖아."

"내가 언제 그랬는데요?"

이젠 없는 말도 지어내는 건가 싶었다. 그를 상대하고 있자니 피곤했다. 그냥 무시하고 가려는데 그의 말이 발목을 잡아끌었다.

"VIP 시사회 때 그랬어. 너네 아버지 오셨던 날."

VIP 시사회가 열린 날, 혜민은 민영식과 함께 저녁을 먹었었다. 김지환이 좋아하는 음식이라고 해서 억지로 먹느라 죽을 뻔했던 이상야릇한 프랑스 요리가 떠오르자 혜민은 인상을 찌푸렸다. 두 번 다시 생각하기도 싫은 음식이었다.

그날 민영식과 저녁 먹으러 가기 전, 준혁과 잠깐 이야기를 나누었던 기억이 났다. 그가 300만 어쩌고 했던 것도. 하지만 그의 말에 동의한 기억은 없었다.

"한쪽의 일방적인 요구를 지킬 의무는 없는 거 같은데요."

"요구가 아니라 약속이지."

"난 약속한 적 없는데요."

"그래? 그럼 증인한테 물어볼까?"

"증인이라뇨?"

왠지 불길한 예감이 들었다. 준혁의 자신만만한 얼굴을 보니 더욱 불안함을 지울 수 없었다. 그러나 다음에 이어진 그의 말에 바짝 긴장했던 혜민은 어이없는 얼굴이 되었다.

"그때 너네 아버지가 옆에 계셨잖아. 가서 물어보면……."

"말도 안 되는 소리 집어치우고 어서 가요."

혜민은 그의 말을 단칼에 잘랐다. 대기업 오너가 그가 던진 한 마디가 약속인지 아닌지 판가름해 줄 정도로 한가한 줄 아나. 그의 한낱 유희에 동참해 줄 마음은 눈곱만큼도 없었다.

혜민은 그를 사정없이 밀치고 밖으로 나갔다. 준혁이 급히 그녀를 뒤쫓았다. 뒤돌아보지 않고 빠른 걸음으로 극장 로비를 가로지르는데 갑자기 귀청이 따가울 정도로 새된 여자의 비명 소리가 들려왔다.

"어떡해! 저기 최준혁이야!"

"어디어디. 정말이네. 준혁 오빠다!"

"최준혁이다. 최준혁이 떴다!"

극장 안에 있던 사람들이 준혁을 알아보더니 순식간에 구름처럼 몰려들었다. 느닷없이 수많은 사람들에게 둘러싸이게 된 준혁은 몹시 당황한 기색이었다. 혜민은 갑작스럽게 밀려드는 인파에 놀라 어정쩡하게 서 있다 무리 바깥으로 밀려나 버렸다. 눈 깜짝할 사이에 일어난 일이었다. 사람들에게 파묻힌 준혁의 모습이 멀리서 주먹만 하게 보였다.

얼굴이 알려진 스타인 준혁은 사람들이 많은 곳을 다닐 때 직원들만 이용하는 통로로 이동했다. 그런데 자신을 무작정 따라오다가 일반 사람들이 다니는 로비로 나왔으니 저 사달이 벌어지게 된 것이었다.

아무리 준혁이 얄밉고 짜증나고 귀찮게 굴어도 그를 이대로 모른 척 내버려 둘 수 없었다. 곧 무대인사가 시작될 시간인데 그를 저렇게 놔둘 순 없는 노릇이었다. 승현이 특별히 신경을 곤두세운 오늘의 행사를 망치게 할 순 없었다. 결코 준혁이 예뻐서 구해 주려는 게 아니었다. 모든 건 다 승현을 위해서였다.

혼자서 수많은 사람들 틈바구니에 파묻힌 준혁을 빼내 오기란 요원한 일이었다. 혜민은 일단 도움을 줄 만한 극장 직원들이 있는 카운터로 갔다. 바삐 걸음을 옮기는데 시야에 무언가가 얼핏 스쳐 지나갔다. 철이 자석에 이끌리듯 자연스레 그쪽으로 고개가 돌아갔다.

수많은 사람들 가운데 그 사람에게만 조명이 비추는 것처럼 단번에 알아볼 수 있었다. 조금 전까지만 해도 극장 로비는 상당히 소란스러웠다. 그런데 지금은 희한하게도 아무 소리도 들리지 않았다. 마치 깊은 물속에 들어간 것처럼 먹먹할 뿐이었다. 닮았다더니 정말 많이 닮았구나.

텅 비어 버린 뇌리에 하나의 문장이 떠올랐다.

김지환 프로젝트가 끝났다.

22.

"커피 좀 가져……."

무의식적으로 중얼거리던 승현은 곧 입을 다물어 버렸다. 아무도 없는 집무실을 둘러보다가 한숨을 내쉬었다. 습관이란 게 참 무섭다는 생각이 들었다. 자리에서 일어서려는데 노크 소리와 함께 정 비서가 들어왔다. 그의 손에 쟁반이 들려 있었다.

"늦어서 죄송합니다."

정 비서는 승현의 책상 위에 커피 잔을 내려놓은 후 집무실을 나갔다. 은은한 커피 향이 금세 집무실에 퍼져 나갔다. 승현은 커피를 물끄러미 내려다보았다.

조금 전까지만 해도 커피 생각이 간절했는데 이상하게 선뜻 손이 가지 않는다. 커피가 담긴 잔은 늘 그가 애용하는 흰색 머그잔이었다. 커피도 늘 그가 마시는 브랜드였다. 지금 앉아 있는 의자도 책상도 데스크톱도 창문도 블라인드도 소파도 예전 그대로였다. 직원들도 제자리에서 각자 맡은 일을 열심히 하고 있었다.

모든 것들이 변함없이 제자리를 지키고 있었다. 다만 딱 하나가 없을 뿐이었다. 그래서일까. 완벽하게 맞춰진 퍼즐에서 딱 한 조각이 빠진 것처럼 유독 빈자리가 도드라지게 느껴지는 건. 오늘 벌써 몇 번째인지 모를 한숨이 또다시 흘러나왔다.

막 머그잔으로 손을 뻗으려고 하는데 인터폰이 울렸다.

―대표님, 강은채 씨 오셨습니다.

"들어오시라고 해요."

말이 끝나기 무섭게 문이 열리더니 은채가 걸어 들어왔다. 또각 또각 당당한 하이힐 소리가 요즘 잘나가는 그녀를 대변해 주는 듯했다.

"안녕하세요, 대표님."

"이리 앉으시죠."

승현이 권하는 대로 소파에 앉은 은채는 곧장 본론으로 들어갔다.

"도장 찍을게요."

준비해 둔 계약서를 건네주자 그녀는 과감하게 도장을 꾹 눌렀다. 이미 사전에 계약서를 보냈던 터라 따로 내용을 확인할 필요는 없었다.

"앞으로 잘 부탁해요."

인주가 묻은 도장을 티슈로 닦으며 은채가 싱긋 웃었다. 승현은 계약서를 받아 들며 커피를 한 모금 들이켰다. 씁쓸하면서도 고소한 향이 혀끝에 머물다 식도로 넘어간다.

방금 은채는 아이온 엔터테인먼트와 매니지먼트 계약을 했다. 영화 '여우별'의 성공으로 무명의 신인이었던 은채는 가장 핫한 스타로 우뚝 섰다. 소속사가 없던 그녀에게 사방팔방에서 러브콜이 쇄도했지만 그녀는 초지일관한 자세로 아이온과 계약을 맺었다.

　그녀를 스타로 만들어 준 영화를 제작한 데다 최근 매니지먼트 방면에서도 좋은 평가를 받고 있다는 점이 그녀가 아이온을 선택한 이유라고 세간에서 떠들어 대고 있었다. 그러나 그녀가 아이온과의 계약을 결심하게 된 또 다른 이유가 있다는 사실을 아는 사람들은 없었다.

　"자, 이제 한 식구가 되었으니 묻는 건데…… 지환 씨는 잘 있어요?"

　느닷없는 그녀의 물음에 승현은 순간 멈칫거렸다. 그를 유심히 관찰하고 있었던 은채는 알 만하다는 표정을 지었다.

　"역시, 본가로 돌아간 지환 씨가 진짜 지환 씨인 거죠?"

　그녀는 승현의 대답은 기다리지도 않고 질문을 이어 갔다.

　"그럼 내가 아는 지환 씨는 지금 어디 있는 거예요?"

　집무실에 침묵이 내려앉았다. 은채는 인내심을 가지고 대답을 기다렸지만 승현은 좀처럼 입을 열지 않았다. 대답하지 않는 게 아니라 대답할 수 없다는 게 더 정확했다. 한숨 섞인 답이 나온 건 그로부터 한참이 지난 후였다.

　"나도 알고 싶군요."

　맥없는 대답이었지만 진심이었다. 그도 정말 알고 싶었다. 그녀가 지금 어디 있는지.

은채는 승현을 측은하게 바라보더니 잠시 머뭇거리다 조심스럽게 말했다.

"지금 찾고 있는 거예요?"

"그런 걸 왜 묻는 거죠?"

"대표님한텐 미안하지만…… 찾지 말고 그냥 두는 게 어때요?"

"무슨 뜻이죠?"

"그쪽도 다 생각이 있어서 그랬을 거 아녜요. 아무 말도 없이 사라진 건 서운하지만 그럴 수밖에 없는 사정이 있었을 거 같아서요. 찾으면 안 되는 걸 수도 있잖아요."

승현은 가만히 고개를 끄덕였다. 그도 은채와 같은 생각을 안 해 본 건 아니었다. 그러나 포기라는 단어는 단 일 초도 생각해 본 적이 없었다. 아직도 그날의 일이 바로 어제 일처럼 생생했다.

지금으로부터 약 한 달 전이었다. 전날 내린 눈으로 온 세상이 하얗게 얼어붙었던 그날. 크리스마스라고 불리는 그날. 지환이 돌아왔다. 그리고 그녀가 사라져 버렸다.

그날 승현은 정신이 하나도 없었다. 영화 상영하기 전, 관객들 앞에서 인사를 해야 하는 준혁이 시간이 다 되도록 대기실에 나타나지 않아 비상사태였다. 본인은 물론이고 준혁의 매니저인 김 실장과도 통화가 되지 않아 여간 난처하지 않은 상황이었다. 아는 인맥을 총동원해 간신히 준혁의 행방을 알아낸 승현은 곧장 대기실로 달려갔다.

시간이 넉넉지 않아 일반인들이 다니는 로비를 가로지르는데 한 무리의 사람들이 눈에 띄었다. 이상한 기분에 그리로 가 보니 준혁이 수많은 사람들에게 둘러싸여 있었다. 평소 이미지 관리를 철저하게 하는 그는 짜증났을 게 뻔한데도 전혀 그렇지 않다는 듯 미소 띤 얼굴로 사람들을 친절하게 응대하고 있었다.

준혁의 위치를 확보하자 긴장이 풀렸다. 승현은 일단 진호에게 전화를 걸어 눈앞의 광경을 설명하고 극장 측 직원에게 상황 정리를 부탁했다.

마음만 먹는다면 당장에라도 준혁을 사람들 틈바구니에서 구해 줄 수 있었지만 여태 애간장 태운 걸 생각하니 괘씸한 마음에 나서지 않았다. 그는 팔짱까지 끼고 느긋하게 눈앞의 광경을 관전했다. 그때 누군가가 뒤에서 말을 걸어왔다.

"저기……."

무심코 고개를 돌린 승현은 그 자리에서 굳어져 버렸다.

커다란 눈에 허스키한 목소리. 남자치곤 선이 고운 얼굴에 중성적인 분위기. 항상 보아 온 익숙한 이목구비였지만 본능적으로 거리감이 느껴졌다. 단지 못 보던 파란색 파카를 걸치고 있어서가 아니었다. 승현은 눈앞에 있는 사람이 혜민이 아니라는 걸 단번에 알아보았다.

"오랜……만이야, 형."

그가 귀를 만지작거리며 머쓱하게 서 있었다. 긴장하거나 곤란할 때마다 귀를 만지는 습관이 있는 지환이었다. 눈앞에 있는 그가 진짜 지환이라는 명백한 증거였다. 그는 쭈뼛거리며 승현의 눈치를 보다가 조심스럽게 입을 열었다.

"물어볼 게 하나 있는데, 형이 만든 영화에 나랑 닮은 사람이 나오던데……."

"언제 온 거지?"

말을 자르고 차갑게 되묻자 지환은 어리둥절한 표정이 되었다. 영문을 모르겠다는 듯 승현을 쳐다보던 눈이 어느 순간부터 점점 커다래졌다. 동시에 미간이 험악하게 일그러진다.

"뭐야? 알고 있었던 거야?"

"언제 온 거냐니까."

"그 자식이랑 한패였던 거야?"

지환은 분노에 찬 얼굴로 씩씩대며 돌아섰다. 승현은 다급하게 그를 붙들었다.

"이거 놔!"

"만난 건가?"

붉으락푸르락하는 얼굴로 승현을 노려보던 지환이 이를 악물며 말했다.

"내 눈앞에 나타나기만 해 봐. 남의 행세를 하면 어떻게 되는지 내가 똑똑히 보여 줄 테니까."

지환은 그의 팔목을 붙들고 있는 승현의 손을 야멸차게 뿌리친 후 극장을 빠져나갔다. 승현은 한동안 지환이 사라진 곳을 뚫어져라 응시했다. 머릿속이 복잡했다.

어젯밤 그녀를 안은 건 순전한 충동의 산물이었다. 그녀가 이름을 말한 순간 흘러넘치는 감정을 주체할 수가 없었다. 그동안 뒤로 미루고 꾹꾹 눌러두기만 했던 감정이 포화 상태가 되어 더는 견디지 못하고 터져 버린 것이었다. 욕망에 굴복하고 만 스스로를 용서할 수 없지만 그녀를 안은 걸 후회하는 건 아니었다.

그녀가 더는 지환이 아니게 되면 모든 것을 고백하고 정식으로 사귀자고 할 생각이었다. 그동안 그녀를 곁에 두었던 감정이 무엇인지 가슴을 열고 가감 없이 전부 내보일 작정이었다. 그러려면 지환이 돌아와야 했다. 그래서 지환을 찾고 있었고 누구보다도 빨리 돌아오길 바랐었다. 하지만 이런 식으로 갑자기 나타나길 바란 건 아니었다.

지환을 찾으면 자초지종을 설명해 주고 그녀와 그를 아무도 모르게 제자리로 돌려놓을 생각이었다. 그런데 지환이 갑자기 나타나 버렸다. 모든 계획이 전부 다 어그러져 버렸다.

앞으로 어떻게 해야 할지 막막했다. 그나마 다행인 건 지환과 그녀가 마주치지 않았다는 것이었다. 일단 그녀를 봐야겠다. 승현은 대기실로 급히 달려갔다.

대기실에는 은채만 홀로 있었다. 그녀가 화장실에 갔다는 은채의 말을 듣자마자 그리로 달려갔지만 없었다. 매표소와 매점, 인근 상점까지 두루 찾아보았지만 그녀는 어디에도 보이지 않았다. 전화를 걸어 봤지만 받지를 않았다. 휴대전화는 나중에 화장실 좌변기 칸 선반에서 발견했다.

결국 그날 승현은 무대인사에 불참했다. 일이 아닌 다른 것을 우선으로 한 건 그날이 처음이었다. 일정을 취소하고 집으로 바로 달려갔지만 누군가가 들렀던 흔적은 찾아볼 수 없었다. 혹시나 해서 가 본 회사도 마찬가지였다. 어디에도 없었다. 애초에 존재하지도 않았던 사람처럼, 그녀는 연기처럼 사라져 버렸다.

승현은 한 가지 사실을 깨달았다. 지환은 그녀를 보지 못했지만 그녀는 극장에 나타난 그를 목격했을 수도 있다는 것을. 아무 예고도 없이 느닷없이 지환이 눈앞에 나타났으니 놀라고 당혹스러웠을 터였다. 김지환이 둘이 될 순 없으니 하나가 사라져야 한다고 생각했을 것이다. 진짜가 나타났으니 가짜가 있을 자리가 없어진 셈이었다.

모두의 앞에서 사라지는 게 그녀로선 최선의 선택이었을 것이다. 그녀의 입장을 이해하지 못하는 건 아니었다. 머리로는 충분히 이해한다. 하지만 가슴이 도무지 받아들일 생각을 하지 않는 게 문제였다.

처음엔 그녀를 원망했었다. 일언반구도 없이 떠나 버린 그녀가 야속하고 괘씸했었다. 이렇게 떠나 버릴 거면서 이름은 왜 가르쳐 준 건지. 어째서 그날 밤 저항하지 않고 순순히 안긴 것인지. 그동안 자신을 바라보던 그 애정 어린 눈빛들은 대체 무엇이었는지.

그런 것들을 죄다 남기고 사라지다니 사람을 가지고 놀았다고밖에 생각할 수 없었다. 모욕당했다는 생각에 잠 한숨 잘 수 없었다. 자신이 그녀에게 아무 의미도 없는 하찮은 존재였을지도 모른다는 생각에 괴로웠다.

괴로움은 생각보다 오래가지 않았다. 원망과 미움이 아무리 크다 해도 그리움에 비할 바는 아니었다. 미워하는 와중에도 가슴 한가운데가 뻥 뚫린 것처럼 허전해서 견딜 수가 없었다. 괘씸함에 속이 끓어올라도 하루하루가 무료하고 무의미했다. 잠 한숨 자지 못하고 뜬눈으로 밤을 지새우면서도 머릿속은 늘 그녀 생각뿐이었다.

쓰레기통에 버렸던 그녀가 선물해 준 장갑을 도로 꺼내 와 손에 끼고 있는 자신을 발견했을 때, 승현은 마침내 백기를 들었다. 스스로에게 솔직해지기로 했다. 진정으로 원하는 게 무엇인지 똑바로 보고자 했다. 그녀가 그를 어떻게 생각했든 간에 자신의 마음에만 충실하기로 결심했다. 그 후 승현은 할 수 있는 모든 수단을 동원해 혜민을 찾기 시작했다.

"아이고, 승현 총각 왔어?"

미닫이문을 열자마자 얼큰하고 구수한 김치찌개 냄새가 코를 찔렀다. 승현을 알아본 아줌마가 반색을 하며 카운터에서 나왔다.

"오늘은 혼자 왔나 보네. 이쁜 동생은 어디다 떨구고 온 거야?"

"그렇게 됐습니다."

승현은 대충 얼버무리며 식당 안을 한 바퀴 둘러보았다. 원래 테이블이 그리 많지 않은 데다 점심시간이 겹쳐서 그런지 빈자리가 보이지 않았다.

"어쩌지? 지금 자리가 없는데……."

아줌마는 난처한 표정으로 승현의 눈치를 살폈다. 여기까지 와서 그냥 갈 생각은 없었다. 자리가 날 때까지 기다리겠다고 말하려던 참이었다. 테이블을 차지한 손님들 가운데 누군가가 손을 드는 게 보였다. 손을 든 손님에게 갔다 온 아줌마의 얼굴이 밝았다.

"괜찮으면 합석 어때?"

모르는 사람과 마주 앉아 밥을 먹는 게 썩 내키진 않았지만 점심시간이 끝나기 전에 회사로 돌아가려면 도리가 없었다. 승현은 아줌마가 안내해 주는 자리로 갔다. 맞은편에 앉아 있는 사람의 얼굴은 보지도 않고 일단 의자에 앉아 자리를 내준 것에 대해 인사했다.

"고맙습니다."

"이런 맛집을 혼자만 알고 있었던 게냐."

익숙한 음성이 귀에 꽂혀 들었다. 무심코 고개를 든 승현은 맞은편에 있는 사람을 보고 말문이 막혀 버렸다.

"그동안 비싸기만 하지 맛대가리라곤 없는 한정식 집에 갖다 준 돈이 아깝군."

민영식은 입맛을 다시며 진심으로 안타까워했다. 최고급 슈트와 어울리지 않는 허름한 의자에 앉아 뚝배기에 담긴 김치찌개를 맛있게 먹는 민영식을 보고 있노라니 꿈을 꾸는 기분이었다. 정신이 든 건 그의 앞에 김치찌개가 놓였을 때였다.

"사람 붙인 겁니까?"

지나가다가 이곳에 우연히 들어왔을 리 없었다. 이곳은 민영식의 동선과 억만 광년이나 동떨어진 곳이었으니까. 자신의 뒤를 밟지 않는 한 절대 알아낼 수 없는 곳이었다.

"집 나가 사는 자식 걱정 안 하는 부모 없다."

"부모라도 이건 프라이버시 침해입니다."

"진작 여길 가르쳐 줬으면 프라이버시 침해할 일도 없었을 거 아니냐."

승현은 입을 다물어 버렸다. 비단 이곳을 가르쳐 주지 않아서가 아니었다. 그는 본가에 거의 들르지 않는 자신을 나무라고 있는 것이었다. 평소 자주 왕래하며 근황을 알려 달라는 말을 이런 식으로 하다니. 하나를 알려 줘도 그냥 알려 주지 않는 아버지답다는 생각이 들었다.

"어서 먹어라, 식기 전에."

김치찌개가 어지간히도 입에 맞는 모양이었다. 민영식은 승현에게 권한 후 다시 먹는 데 집중했다. 승현도 수저를 들었다.

"신정은 그냥 넘어갔다 해도 구정엔 본가에 들르거라."

"네."

승현의 대답이 마음에 들었는지 민영식은 흐뭇한 얼굴로 고개를 끄덕였다. 또다시 두 사람은 식사에 열중했다. 밥그릇을 거의 비워 갈 때쯤 민영식이 불쑥 입을 열었다.

"지환이가 본가로 돌아온 후론 한 번도 못 만났지?"

지환이란 이름에 승현은 잠시 수저질을 멈췄다. 그러나 곧 아무 일도 없었다는 듯 대수롭지 않게 대꾸했다.

"요즘 시간 내기 어렵습니다."

"그럴 테지. 영화가 잘됐으니 바쁜 게 당연하지. 덕분에 내 지갑도 아주 두둑해지고 말이야. 투자하길 잘했다는 생각이 들더구나. 이번 결과에 임원들이 희성도 영화 사업에 뛰어들자고 하지 뭐냐. 그래서 요즘 아주 진지하게 검토 중이란다."

승현은 속으로 쓴웃음을 지었다. 자신을 본사로 끌어들이려는 수작임을 모르지 않는다. 이럴 땐 대응하지 않는 게 최선이라는 걸 안다. 일일이 거절해 봤자 상대가 받아들일 마음이 없다면 헛수고나 다름없었다. 민영식은 승현이 아무 반응이 없자 화제를 돌렸다.

"지환이가 요새 뭐 하는 줄 아니? 공부하고 있다. 놀랍지 않니? 강원도 산골에 사는 여고생을 대학 졸업할 때까지 후원해 주면 대학에 가겠다고 하더구나. 본인은 아니라고 극구 부인하는데 아무래도 그 여고생이랑 같이 대학에 가고 싶은 눈치야. 살다 보니 이런 날도 오는구나."

"잘됐네요."

승현은 아무런 감흥 없이 기계적으로 대꾸했다. 지환이 뭘 하든 과거에도 현재에도 자신과는 상관없는 일이었다. 다만 뜻밖이라는 생각이 들 뿐이었다.

크리스마스 날, 느닷없이 극장에 나타났던 지환은 곧장 본가로 돌아갔다. 영화 속에 나오는 혜민을 보고 제작자인 자신에게 그녀가 누군지 물어보려고 무대인사 일정이 잡혀 있는 극장에 일부러 찾아온 그였다. 혜민의 존재를 알고 있으니 당장이라도 한바탕 난리가 나고 집안이 뒤집어질 줄 알았는데 지금까지 아무 일도 없다는 듯 잠잠하기만 하다.

그런데 난데없이 공부라니. 이제껏 공부와는 담을 쌓고 살아온 그가 대학을 가겠다니. 동네방네 떠들썩하게 사고 치고 다니던 예전의 지환을 생각하면 상상조차 할 수 없는 일이었다. 그가 달라진 건, 역시 한 번 죽을 뻔했다가 살아났기 때문일까.

승현이 '그 일'을 알게 된 건 얼마 되지 않았다. 지환을 찾아 달라고 의뢰했던 심부름센터가 왠지 수상쩍어 뒤를 캐던 중에 알게 되었다. 그들이 이미 지환을 강원랜드 근방에서 찾았었고, 사고를 당해 크게 다친 그를 병원에 데려다 주기는커녕 강물에 내던졌다는 것을. 용인에서 혜민을 찾아낸 것도 그녀가 지환인 줄 알고 납치했다가 아닌 걸 알고 풀어 준 것이었다는 것도.

그녀는 납치당했었다는 사실을 왜 말하지 않았을까. 협박당해서 말하지 못했던 걸까. 그녀는 지환이 당한 일을 알고 있었을까.

물어보고 싶은 게 산더미처럼 쌓여 있는데 그녀의 행방은 오리무중이었다. 송혜민이란 이름 석 자만 가지고 사람을 찾는 일은 생각보다 지난한 일이었다. 그녀를 지환이라고 데려왔던, 나눔기획이란 심부름센터에선 그녀에 대해 전혀 모르고 있었다. 외려 자기들도 속았다며 그녀를 사기꾼이라고 몰아세웠다.

알면서 모른 척 잡아떼는 건가 싶어서 나눔기획을 예의 주시했지만 이상한 낌새는 보이지 않았다. 정말 모르는 건지 철저하게 이런 상황에 대비한 건지 수상쩍은 꼬투리조차 잡을 수 없었다. 그쯤 되자 도리가 없었다.

나이도 사는 곳도 모르다 보니 전국의 송혜민을 일일이 다 찾아보는 수밖에 방법이 없었다. 주먹구구식으로 찾아봤자 작정하고 숨어 버린 사람을 찾을 수 있을지 확신이 서지 않았지만 별다른 뾰족한 방법이 있는 것도 아니었다. 지푸라기라도 잡아야 했다.

"그 애 때문이냐?"

처음에는 무슨 말인지 알아듣지 못했다.

"지환이를 보지 않으려고 하는 게 너랑 같이 있었던 그 애 때문인 게냐?"

승현은 딱딱하게 굳어진 얼굴로 민영식을 똑바로 응시했다.

"알고 계셨습니까?"

민영식은 쓰게 웃는 것으로 대답을 대신했다.

"언제 아신 겁니까?"

제보자는 지환이 아니었다. 여태껏 집안이 조용한 건 지환이 아무 말도 하지 않았기 때문이다. 지금까지 입을 다물어 온 그가 갑자기 혜민의 존재를 알렸을 리 없었다. 민영식은 여유롭게 물을 한 모금 마신 후 대답했다.

"VIP 시사회 때 알았다. 영화를 보니 알겠더구나. 지환이가 아니라는 걸. 확신한 건 저녁 먹었을 때였지. 지환이가 질색하는 음식을 좋아하는 음식이라고 하니까 억지로 다 먹더구나."

민영식이 떠보는 줄도 모르고 맛없는 음식을 꾸역꾸역 먹었을 그녀가 눈에 선했다. 승현은 민영식의 의도가 궁금했다. 시사회 날 알았으면서 왜 여태까지 입 다물고 있다가 지금에서야 말하는 건지 그 속내를 모르겠다. 승현은 그에게서 눈을 떼지 않고 물었다.

"그동안 왜 가만히 계셨던 겁니까?"

민영식은 느긋하게 컵에 물을 따르며 대꾸했다.

"네가 지환이를 찾고 있었으니까."

비단 이번에만 사람을 붙인 게 아닌 모양이었다. 승현은 울컥 치솟는 분노를 안으로 삭이며 딱딱하게 물었다.

"대체 언제부터 제 프라이버시를 침해하신 겁니까?"

"집 나간 아들 뒤꽁무니를 일일이 쫓아다닐 정도로 한가한 건 아니란다."

얼마 되지 않았다는 걸 우회적으로 대답한 민영식은 다른 컵에 물을 따라 승현에게 건네주었다.

"그러니 네가 말해 줬으면 좋겠다. 어떻게 된 일인지."

민영식이 마음만 먹는다면 못 할 일이 없다는 걸 승현도 잘 알고 있었다. 자신이 말하지 않는다 해도 그는 반드시 알아낼 터였다. 지금은 입을 다물고 있다 해도 지환이 언제 마음이 바뀌어 전부 말해 버릴지도 알 수 없는 노릇이었다. 어차피 알게 될 거라면 차라리 지금 이 자리에서 알게 되는 게 나을 터였다.

마음의 결정을 내린 승현은 심호흡을 한 후 고개를 들었다. 그러고는 그가 알고 있는 것들을 하나하나 입 밖으로 나열했다. 오해의 소지가 없도록 감정은 뺀 객관적인 사실만을 전달했다. 민영식이 잔뜩 굳어진 얼굴로 말했다.

"그래서 그자들을 어쩔 작정이냐."

얼핏 들으면 평온한 어조였으나 말끝에 노여워하는 감정이 실려 있었다.

"일단 경찰에 신고한 후 나중에 따로 조치를 취하려고요."

다친 지환을 강에 던져 죽이려 했고 혜민을 납치했으며 자신을 기만한 자들이었다. 그들을 용서할 생각은 추호도 없었다. 정당하게 법의 심판을 받게 한 후 다시는 그쪽 업계에 발도 못 붙이게 할 작정이었다. 그의 계획이 마음에 들었는지 민영식은 고개를 끄덕이며 중얼거렸다.

"고얀 것들."

혼잣말을 하며 분노를 삭이던 민영식이 문득 뭔가 생각났다는 듯 중얼거렸다.

"그러고 보니 이상하군. 왜 지환인 지금까지 아무 말도 하지 않은 거지? 그 아이 성격에 그런 일이 있었으면 벌써 말하고도 남았을 텐데."

"두려웠던 게 아닐까 합니다."

"두렵다니 뭐가?"

"그자들이 찾아와 해코지하지 않을까 걱정했을 수도 있습니다."

지환은 죽을 뻔했다가 운 좋게 살아났다. 살았다고는 하나 온몸에 새겨진 죽음의 공포는 쉽사리 떨쳐 버릴 수 없을 터였다. 아마 그때 일을 떠올리는 것만으로도 두려움에 사로잡힐 것이다.

혜민의 존재에 대해 알리려면 필연적으로 강원도에서 겪었던 일들을 밝혀야 했다. 아직 두려움을 극복하지 못한 상태라면 지환에 겐 대단한 용기가 필요한 일일 것이다. 자신이 아는 지환은 그리 용기 있는 사람이 아니었다. 아직까지 아무 말 없는 걸 보면, 그의 행세를 한 혜민이 아무리 괘씸하고 화가 나도 죽음의 공포를 넘어 서진 못한 듯싶었다.

"맙소사."

민영식은 낮은 탄식을 흘리며 이마를 손으로 짚었다. 이제 더는 할 말이 없었다. 승현은 조용히 자리에서 일어섰다.

"전 이만 가 보겠습니다."

막 돌아서려는데 지나가는 말처럼 흘린 민영식의 중얼거림이 발 목을 붙들었다.

"잠깐 본 거지만 심성이 착한 아이 같더구나. 나쁜 의도도 없어 보였고."

민영식은 주름진 눈으로 그를 올려다보며 나지막하게 말했다.

"네 힘으론 그 아이 찾기 힘들 게다."

승현이 돌아보자 민영식은 자리에 앉으라는 듯 고갯짓을 했다. 잠시 망설이던 그는 도로 의자에 몸을 내렸다. 그는 단도직입적으 로 물었다.

"저한테 하고 싶으신 말이 뭡니까?"

"원한다면 내가 도와주마."

뜻밖의 제안이었다. 승현은 민영식의 의도를 가늠해 보려 애썼 다.

"지환이 때문입니까?"

민영식은 고개를 가로저었다.

"그럼 왜 절 도와주시겠다는 겁니까?"

"네 성격에 수개월 동안 지환이가 아닌 걸 알면서도 곁에 둔 아이 아니냐. 어떤 아이인지 자세히 알고 싶더구나."

단순한 호기심은 사절이었다. 승현은 불쾌한 기분에 차갑게 대꾸했다.

"그 사람한테서 신경 끄십시오."

"어떻게 내가 신경을 안 쓸 수가 있냐. 내 아들이 처음으로 마음에 둔 아이인데. 잘하면 장차 내 며느리가 될 수도 있는 아이이거늘."

"저 혼자서도 찾을 수 있습니다."

승현은 민영식의 제안을 일언지하에 거절하고 다시 일어섰다. 그러나 그는 가게 문을 열고 밖으로 나갈 수 없었다.

"누가 뭐라 해도 넌 내 아들이다."

방금 무슨 말을 들은 걸까.

승현은 녹슨 기계처럼 천천히 뒤돌아보았다. 비좁은 테이블에 앉아 있는 사람들 사이로 민영식의 단호한 눈빛이 보였다.

"넌 내 아들이다. 피가 섞였든 아니든. 그러니 이제 그만하거라."

민영식의 목소리가 아득하게 들려왔다. 심장이 움직임을 멈추고 온몸의 피가 전부 몸 밖으로 빠져나가는 듯한 기분이었다. 승현은 창백해진 얼굴로 뚜벅뚜벅 발걸음을 옮겼다. 한 걸음 한 걸음 내디딜 때마다 과거 그를 지옥의 나락으로 떨어뜨렸던 말들이 귓가에 맴돌았다.

'넌 더러워. 너 같은 거 태어나지 말았어야 해.'

'내가 일급비밀 하나 알려 줄까? 네가 지금 아버지라고 믿고 있는 남자 말이야. 실은 너랑 피 한 방울 안 섞인 남이야. 생판 남이라고.'

'네 친아버지? 글쎄, 오다가다 만났던 남자들 가운데 하나겠지.'

그를 낳은 여자는 시뻘건 욕조 속에서 시뻘겋게 웃으며 시뻘겋게 죽어 갔다. 여자의 생명이 눈앞에서 끊어진 건 아무 상관없었다. 다만 여자가 저주처럼 남기고 간 말들이 그에게 달라붙어 말을 앗아 가 버렸다.

저주는 밤낮을 가리지 않고 인정사정없이 그를 난도질했다. 그는 이를 악물고 고통의 시간을 견뎌 냈다. 온 마음이 난도질당해 피투성이가 되고 너덜너덜해졌지만 보란 듯이 다시 일어섰다. 그 여자의 뜻대로 무너지지 않으리라 결심했다.

이젠 다 잊었다고 생각했는데 아니었나 보다. 아니 잊었을 리가 없었다. 아직도 욕실의 욕조를 보면 기절해 버리지 않는가. 아마 죽을 때까지 잊지 못할 것이다. 몸속에 흐르고 있는 더러운 피가 모조리 말라비틀어지더라도 영혼에 뿌리박힌 죄책감과 자기혐오는 절대 사라지지 않을 것이다.

아버지가 모르길 바랐다. 진심으로 끝까지 모르기를. 그래서 영원히 그의 아들로 남고 싶은 자신의 이기심을 모르길 바랐다.

최소한의 양심으로 회사는 포기해도 아버지만은 잃고 싶지 않았다. 자신에겐 아버지를 찾아갈 자격이 없었다. 대신 아버지가 자신을 찾아야 했다. 그래서 거리를 둘 수밖에 없었다. 그것이 아버지를 잃지 않는 최선의 방법이었다. 그랬는데…….

"승현아."

부름 소리에 정신이 들었다. 핏기 없는 그의 얼굴을 민영식이 안쓰럽게 바라보고 있었다.

"그거 때문에 네가 집을 나가고 본사에 들어오지 않으려고 하는 거라면 그럴 필요 없다."

그의 손이 테이블을 가로질러 와 승현의 손을 꼭 붙들었다.

"넌 내 아들이다. 태어날 때부터 넌 내 자식이었어. 단 한 번도 널 내 자식이 아니라고 생각한 적 없단다."

승현은 자신의 손을 붙들고 있는 주름진 손을 내려다보았다. 길쭉한 자신의 손과 닮은 구석이라고는 찾아볼 수 없는 짧고 뭉툭한 손이었지만 그 어떤 손보다 따뜻한 손이었다. 오래도록 그 손을 바라보았다. 눈가가 뜨거워지고 시야가 흐려져도 결코 눈을 떼지 않았다.

아버지와 헤어진 후 오후 업무를 어떻게 처리했는지 하나도 기억나지 않았다. 문득 정신이 들었을 땐 퇴근 시간이 되어 있었다. 혼이 빠져나가면 이러지 않을까 싶었다. 이런 상태에서 계속 일을 해 봤자 안 하느니만 못하단 생각에 미련 없이 자리에서 일어섰다.

집무실을 나서자 우려가 담긴 직원들의 눈초리가 느껴졌다. 최근 들어 칼퇴근이 잦아진 탓이었다. 평소 야근을 밥 먹듯이 했던 그의 변화에 직원들은 기뻐했었다. 그러다 뭔가 눈치를 챈 건지 이젠 그를 걱정하고 있었다. 승현은 그들의 시선을 개의치 않았다.

아파트 근처에 다다랐을 때였다. 정문 근처의 가로등 아래에서 익숙한 실루엣이 서성거리고 있는 게 시야에 들어왔다. 순간 눈이 번쩍 뜨였다. 온몸의 근육이 긴장한 듯 힘이 들어가고 온 신경이 한곳으로만 집중되었다. 가슴이 무섭게 뛰고 있었다.

승현은 급히 차를 세우고 서둘러 운전석에서 내렸다. 실루엣이 그를 발견했는지 주춤한다. 승현은 성큼성큼 거의 뛰다시피 발걸음을 옮겼다. 그러나 가로등과 거리가 좁혀질수록 그의 걸음걸이는 점점 느려지더니 어느 순간엔 아예 멈춰 서고 말았다.

새삼 깨달았다. 정말 많이 닮았다는 것을. 호리호리하고 가느다란 실루엣이 영락없는 그녀라고 생각했었다. 기대가 실망으로 바뀌면서 온몸의 힘이 쭉 빠졌다. 승현은 허탈한 한숨을 내쉬며 무거운 발걸음을 옮겼다.

"여긴 웬일이야?"

그의 물음에 지환이 멋쩍은 얼굴로 대꾸했다.

"물어볼 게 있어서."

민영식에 이어 지환까지. 오늘 아주 날을 잡은 모양이었다.

"뭔데?"

그의 물음에 지환은 잠시 뜸을 들이며 주저하다가 입을 열었다.

"아버지한테서 다 들었어. 그놈들 신고한다며."

본래 민영식은 입이 무거운 편이었다. 그런데 반나절도 지나지 않아 이야기한 걸 보면 한시라도 빨리 지환의 불안을 덜어 주려한 모양이었다.

"그거 물어보러 온 거면 그만 가. 내가 알아서 할 테니까."

돌아서려 하는데 지환이 다급하게 그의 팔을 붙들었다.

"그 녀석…… 아니 그 여자, 목적이 뭐였어? 뭣 때문에 내 행세를 한 거냐고. 돈을 요구한 것도 아니었다며."

언젠가 한 번은 지환이 묻지 않을까 했던 것이었다. 승현은 씁쓸한 미소를 지으며 대꾸했다.

"글쎄. 그건 본인한테 물어봐야 알겠지."

처음에는 승현도 혜민의 목적이 무엇인지 알지 못했다. 하지만 어느 순간부터 대충 짐작하게 되었다. 그러나 혜민이 정식으로 얘기한 게 아닌 이상 멋대로 떠벌리고 싶지 않았다. 이 자리에 없더라도 그녀를 존중해 주고 싶었다.

"어떻게 그럴 수가 있어? 같이 살았다며. 목적이 뭔지도 모르면서 그냥 두다니. 형 제정신이야? 한 패거리도 아니었다면서."

지환은 도무지 이해할 수 없다는 듯 분통을 터뜨렸다. 그의 기분을 이해하지 못하는 건 아니었다. 자신이 없는 사이 타인이 자신을 사칭하고 다녔으니 꺼림칙하고 불쾌할 것이다. 그러나 자신이 그에게 해 줄 말은 없었다.

"늦었다. 어머니 걱정하신다. 그만 들어가 봐."

오늘따라 승현은 짙은 피로감을 느꼈다. 얼른 집으로 들어가 쉬고 싶었다. 이쯤에서 작별을 고하려는데 지환이 앞을 가로막아 선다.

"대답해 주기 전엔 못 가."

노려보는 눈빛이 매서웠다. 단단히 벼르고 왔는지 굳은 결의가 보였다. 참을성도 인내심도 없는 지환이었지만 가끔 이상한 데서 고집을 부리고 집요하게 굴곤 했었다. 아무래도 오늘은 대충 넘어가긴 그른 듯했다.

"나도 하나 물어보자. 넌 왜 그동안 나타나지 않은 거지?"

"그거야 아팠으니까……."

"다 낫고서도 왜 안 온 건데? 그자들이 널 찾아낼까 두려웠다 해도 네가 마음만 먹는다면 얼마든지 연락할 수 있었잖아. 근데 넌 전화 한 통조차 하지 않았어. 왜 그랬던 거야?"

지환은 꿀 먹은 벙어리가 된 것처럼 아무 말도 하지 못했다. 그는 고개를 숙이고 시선을 피했다. 그 모습이 순간적으로 그녀와 겹쳐졌다. 승현은 작게 혀를 찼다. 어서 끝내 버려야겠다.

"요즘 공부하고 있다며."

"어? 어엉."

갑작스런 화제 전환에 지환은 얼떨떨한 얼굴이 되어 고개를 끄덕였다.

"그 여고생 때문이지?"

"그걸 어떻게…… 아버지가 말한 거야?"

지환은 얼굴을 벌겋게 물들이며 발끈했다. 승현은 개의치 않고 말을 이어 갔다.

"널 구해 준 아이지? 그 여고생."

"그건 왜 묻는 거야?"

"혹시 그 여고생 때문에 오지 않았던 건가 싶어서."

슬쩍 던진 말에 지환은 정곡을 찔린 사람처럼 당혹스러워했다. 역시. 승현은 나지막한 한숨을 내쉬었다.

"나도 너랑 비슷해."

"뭐?"

"너랑 같은 이유로 그 사람 그냥 둔 거야. 이게 내 대답이다."

지환의 커다란 눈이 휘둥그레졌다. 놀란 게 역력한 얼굴로 입만 뻐끔거리며 말을 잇지 못한다.

　"들어가라."

　세워 둔 차로 돌아가 운전석 문을 열려는데 등 뒤에서 지환의 목소리가 들려왔다.

　"사채업자들 찾아왔었다면서."

　언제 따라온 건지 그는 승현의 바로 뒤에 서 있었다.

　"돈 갚으려고 연락했더니 그럴 필요 없다고 하더라고. 형이 갚아 줬다고."

　"그런데?"

　"그땐 그 여자가 내 행세하고 있었잖아. 그래서 갚아 준 거야?"

　기대 반 의심 반인 얼굴이었다. 그리 살가운 사이는 아니지만 그와 형제가 된 지도 벌써 십여 년이란 세월이 지났다. 그런데도 승현의 눈에는 지환이 여전히 자신을 어려워하던 14살짜리 어린 소년으로 보였다.

　외동으로 자랐던 승현은 갑자기 생긴 동생을 어떻게 상대해야 할지 몰랐다. 그래서 지환이 자신에게 말을 걸고 싶어 하는 걸 뻔히 알면서도 번번이 모른 척했었다. 당시엔 승현도 어렸었다. 그때 몰랐던 것들을 이젠 조금은 알 것 같았다. 지환이 자신에게 바라는 게 무엇인지.

　"그땐 그 사람을 위해서였지만, 너였어도 똑같이 했을 거야."

　"……그래."

　지환은 머리를 긁적이며 멋쩍어했다. 말은 안 해도 기쁜 눈치였다. 끊임없이 사고 치고 겉돌며 반항을 일삼아 가족들을 힘들게 한 그였지만, 실상은 애정과 관심이 그리웠던 게 아닐까 싶었다. 자신은 거리를 둠으로써, 그는 사고를 침으로써 부모님의 애정과 관심을 확인하고 가족으로서 인정받고자 했던 게 아닐까.

"저기, 그러니까 그게……."

할 말이 더 남았는지 지환은 머무적거리며 눈을 아래로 내리깔았다. 선뜻 말을 꺼내지 못하고 있었지만 그가 무슨 말을 하고 싶어 하는지 알 것 같았다. 승현은 그를 도와주었다.

"고맙다고 할 필요 없어."

"응?"

"그 사람이랑 네 덕분에 이번 영화 만들 수 있었으니까."

이해가 가지 않는다는 듯 지환은 고개를 갸웃거렸다. 승현은 어리둥절해하는 그를 놔두고 차에 올라탔다. 그리고 곧장 집으로 들어갔다.

집 안은 언제나 그렇듯 먼지 하나 찾아볼 수 없었다. 낮에 왔다가는 도우미 아줌마는 그의 요구를 잘 이행했다. 그가 놔둔 물건은 절대 손대지 않았고 흐트러뜨리지도 않았다. 모든 것들이 제자리에 그대로 놓여 있었다. 대충 집 안을 둘러본 그는 굳게 닫힌 방문으로 향했다.

문을 열자 어지럽게 흐트러진 방 안 풍경이 그를 맞이했다. 집 안에서 유일하게 어질러지고 먼지가 존재하는 곳. 그녀가 쓰던 방은 그녀가 사라진 이후 건들지 않고 유적지처럼 그대로 놔두고 있었다.

은채를 제외한 나머지 사람들은 본가로 돌아간 지환을 그녀와 동일인으로 알고 있었다. 그래서 그녀가 사라져 버렸는데도 그 사실을 전혀 알지 못했다. 옆에서 말하고 숨 쉬던 사람이 수증기처럼 증발해 버렸는데도 까맣게 모르는 사람들을 보면 끔찍하다는 생각이 들었다.

애초부터 이 세상에 그녀가 존재하지 않았던 사람인 것처럼 여겨질 때도 있었다. 그래서 승현은 아주 작은 것이라도 그녀의 흔적을 찾고자 애썼다. 그녀가 쓰던 방을 치우지 않고 내버려 두는 것도 그런 노력의 일환이었다. 그녀의 손길을 고스란히 간직하고 있는 이 방이야말로 그녀가 존재했었음을 증명해 주는 증거였으니까.

뭉쳐진 이불과 어질러진 옷가지를 하나하나 눈에 담으며 하루 일과를 마치려던 승현의 눈에 미처 보지 못했던 것이 들어왔다. 침대와 벽 사이의 자그마한 틈바구니에 쇼핑백이 끼워져 있었다. 언젠가 런칭쇼에서 받아 온 D브랜드 쇼핑백이었다. 안에는 노란 원피스가 들어 있었다. 원피스가 그날의 추억을 끄집어낸다.

크리스마스이브, 그날 그녀는 이 노란 원피스를 입었었다. 그리고 자신의 품 안에서 온전한 여자가 되었다. 만약 그날 밤 그녀에게 자신의 마음을 고백했더라면 어떻게 되었을까.

충동에 못 이겨 그녀를 안고 난 이후, 스스로를 자책하느라 쓸데없는 말만 늘어놓았던 게 못내 후회되었다. 연애도 회사 일처럼 절차에 맞춰야 한다고 생각했었다. 지환을 찾은 후 정식으로 고백하고 사귀어야 한다는 스스로가 만든 틀에 갇혀 모든 걸 망쳐 버렸다. 어리석은 자신을 얼마나 원망했는지 모른다.

그녀가 사라진 지 한 달이 채 되지 않았는데도 마치 십 년은 지난 기분이었다. 주체하지 못할 정도로 흘러넘쳤던 감정이 다 어디로 가 버렸는지 메마른 사막처럼 버석버석했다. 이대로 가다간 누가 손만 대도 먼지처럼 바스라질 것 같았다.

다시 그날로 돌아갈 수만 있다면. 승현은 오래도록 원피스를 손에서 놓지 못했다.

한참 만에 겨우 방에서 나가려는데 휴대전화 벨이 울렸다. 보지 않아도 누군지 알 것 같았다. 그래도 혹시나 싶어 액정에 뜬 이름을 확인한 승현은 허탈한 한숨을 내쉬었다.

출근 도장을 찍을 작정인가 싶었다. 하루도 거르지 않고 꾸준하게 걸려 오는 전화에 이젠 불쾌하기보다 기가 막힐 지경이었다. 영화가 대박 나면서 안 그래도 스타였던 준혁은 주가가 최고로 치솟아 톱 중의 톱이 되었다. 산처럼 밀려드는 스케줄에 요새 눈코 뜰 새 없이 바쁠 텐데 용케 전화를 한다 싶었다. 그 노력이 가상해서 승현은 전화를 받아 주었다.

"여보세요."

―민 대표님, 정말 이러실 겁니까?

"뭐가요?"

―지환이 바뀐 전화번호요. 왜 가르쳐 주지 않는 겁니까?

변함없는 레퍼토리에 승현은 쓴웃음을 지었다. 지환이 본가로 돌아갔다는 소식에 당장 회사로 찾아와 난리를 피웠던 그는 이젠 매일 전화를 걸어 대고 있었다. 준혁은 여전히 지환을 그녀로 알고 있는 듯했다. 눈치가 빠른 듯하면서도 의외로 둔한 구석이 있었다.

―이봐요, 민 대표님. 내 말 듣고 있어요?

끈질기고 집요한 그가 이상하게 싫지 않았다. 예전에는 꼴도 보기 싫었는데 이젠 순순히 전화를 받아 주고 있었다. 그녀를 기억하고 있는 몇 안 되는 사람 가운데 하나이기 때문일까. 아니면 그의 전화를 받으면 반사적으로 그녀가 떠오르기 때문일까.

―이런 식으로 나오면 희성그룹으로 내가 직접…….

"지환이 여자 친구 생겼습니다."

―네?

"같이 대학 가려고 열심히 공부 중입니다. 그러니 방해하지 마십시오."

―방금 뭐라고 한 거야? 여자 친구라니. 지금 나랑 농담 따먹기하잔 겁니까?

"내가 농담할 사람으로 보입니까?"

시끄럽게 떠들던 수화기가 갑자기 조용해졌다.

"늦었습니다. 이만 끊겠습니다."

승현은 가차 없이 통화를 종료했다. 몇 차례 전화가 다시 걸려 왔지만 받지 않았다. 준혁이 이제 싫지는 않지만 성가시고 귀찮은 건 여전했다. 앞으로 그의 전화는 받지 않을 것이다.

거실로 나온 승현은 커피를 내렸다. 어둠에 잠긴 거실에 홀로 앉아 커피를 마셨다. 고소한 듯하면서 시고 쓴 커피 향이 입 안 가득 번진다.

지금의 회사를 처음 세웠을 때, 혼자서 거의 모든 걸 떠맡아야 했었다. 자연스레 밤을 새는 날이 많았고 그때부터 마시기 시작한 커피는 그의 일부가 되었다. 그러다가 그녀를 알게 되면서 커피는 한 몸처럼 그와 떼려야 뗄 수 없는 존재가 돼 버렸다. 변함없는 커피의 맛과 향을 음미하며 승현은 오늘 오전의 일을 떠올렸다.

"그럼 전 이만 갈게요."

계약서에 도장을 찍고 커피 한 잔을 마신 은채가 일어섰다. 집무실 문을 열기 직전 그녀가 뒤돌아서며 말했다.

"좋아했죠?"

주어가 없는 말이었지만 알아들을 수 있었다. 그는 가만히 고개를 가로저었다. 모든 걸 다 알고 있는 사람처럼 굴던 그녀의 얼굴에 의아한 빛이 깃들었다. 그녀가 이해할 수 없다는 투로 되물었다.

"아니라고요?"

"네."

"근데 왜 요즘 그렇게 죽상이세요?"

"사랑하니까."

담담한 그의 고백에 은채의 눈이 휘둥그레졌다. 승현이 그런 말을 할 줄은 전혀 예상하지 못했다는 듯 그녀는 대놓고 놀란 얼굴이 되었다. 보는 사람이 무안할 정도였다. 그러나 이내 그럴 줄 알았다는 듯 고개를 끄덕인다.

"대표님도 사람이었네요. 좋아요. 찾지 말라는 말 더는 안 할게요. 대신 수단과 방법 가리지 말고 어떡해서든 찾아내요. 찾아서 다신 도망가지 못하게 옆에 딱 붙들어 놔요."

은채의 응원에 승현은 덤덤하게 대꾸했다.

"그럴 생각입니다."

"빨리 찾길 빌게요. 나도 내 행운의 여신이 보고 싶으니까."

그 말을 끝으로 은채는 집무실 문을 열고 나가 버렸다. 그녀가 남기고 간 말이 묘하게 귀에 달라붙어 떨어지지 않았다.

"행운의 여신이라."

혜민은 은채에게 행운의 여신이라고 불릴 만했다. 혜민이 아니었다면 은채가 캐스팅되는 일은 없었을 테고 지금의 그녀도 없었을 테니까.

비단 은채에게만 행운의 여신인 건 아니었다. 그녀는 승현에게도 행운의 여신이었다. 그녀 덕분에 오랫동안 손대지 못했던 영화를 만들 수 있었고 집안은 간만에 평화를 얻을 수 있었다. 그녀 덕분에 아버지의 진심도 알게 되었다. 그리고 자신에겐 평생 없을 거라고 여겼던 감정이 존재하고 있다는 걸 일깨워 주었다.

승현은 들고 있는 머그잔 속의 커피를 내려다보았다. 그와 한 몸이 된 커피처럼 혜민도 그에겐 커피 같은 존재였다. 그에게 없어서는 안 될 존재였다.

이름 석 자만 가지고 전국을 뒤질 생각을 하니 막막한 게 사실이었다. 심부름센터나 사설탐정, 조사원을 고용했다 해도 한계가 있었다. 공권력을 빌릴 수만 있다면. 자연스레 한 사람이 뇌리에 떠올랐다.

'수단과 방법 가리지 말고 어떡해서든 찾아내요.'

망설이는 그의 등을 떠밀듯 은채가 했던 말이 귓가에 어른거렸다. 승현은 휴대전화를 집어 들었다. 신호가 서너 번 울린 후 통화가 연결되었다. 아까 낮에도 들었던, 귀에 익숙한 음성이 건너왔다.

승현은 심호흡을 했다. 수화기 건너편에선 그가 말할 때까지 차분하게 기다려 주었다. 한참 뜸을 들인 그가 마침내 입을 열었다.

"아까 하신 말씀, 지금도 유효하다면…… 도와주세요."

난생처음으로 아버지에게 부탁이란 걸 했다. 승현은 눈을 감았다. 그녀가 너무나 보고 싶었다.

23.

"언니, 일어나요. 벌써 1시 넘었어요."

해가 중천에 떴는데도 수영은 여전히 꿈나라였다. 요즘 들어 늦게 잠자리에 들더니 기상 시간도 점차 늦어졌다. 혜민이 대여섯 번 어깨를 흔들어 깨우자 수영은 마지못해하며 몸을 일으켰다.

인상을 쓰고 기지개를 켜면서도 여전히 두 눈은 감겨 있었다. 오늘은 그녀가 쉬는 날이었다. 모처럼의 휴일이니 더 자게 내버려 둬도 되지만 빈속에 잠만 자는 건 아니다 싶어 억지로 깨웠다. 잘 때 자더라도 뭔가 먹여야 했다.

"가서 세수부터 해요. 언니가 좋아하는 애플파이랑 마늘바게트 가져왔으니까 씻고 먹어요."

"응? 애플파이랑 마늘바게트?"

아직 잠에서 완전히 빠져나오지 못했는데도 용케 먹을 건 알아

듣는다. 혜민은 그런 수영이 재밌다는 생각에 피식 웃었다. 수영이 세수를 하는 동안 혜민은 제과점에서 가져온 빵을 접시에 담고 배달할 때 챙겨 둔 우유를 컵에 따랐다. 욕실에서 나온 수영이 탁자 위에 차려진 빵과 우유를 보더니 한마디 한다.

"이야, 네 덕에 빵이랑 우유는 원 없이 먹는구나."

자리 잡고 앉아 마늘바게트를 집어 든 수영이 웃으며 말했다.

"왜 빵은 질리지 않을까. 먹어도 먹어도 맛있단 말이지. 얘네들 때문에라도 앞으로 너랑 계속 같이 살아야겠다."

수영은 빵을 우물거리며 혜민에게 윙크를 던졌다. 그녀의 집에 얹혀사는 혜민이 부담 갖지 않도록 배려해 주는 마음 씀씀이가 엿보였다. 혜민은 그런 수영에게 늘 고맙고 미안했다.

커피전문점에서 같이 일했던 인연으로 오갈 데 없는 그녀를 수영은 아무것도 묻지 않고 선뜻 받아 주었다. 매달 월세를 내야 하는 오피스텔에 살고 있는 수영도 형편이 그리 넉넉한 편은 아니었다. 간신히 식비만 조금 보태고 있지만 얼른 돈을 벌어서 집세도 보태고 싶었다.

수영과 마주 앉아 빵과 우유로 점심을 해결한 혜민이 일어선다. 수영이 눈만 들어 그녀를 바라보았다.

"좀 더 쉬었다 가지."

"많이 쉬었어요."

혜민은 전단지가 들어 있는 가방을 챙겨 들었다. 한 푼이라도 더 벌려면 부지런히 움직여야 했다. 운동화를 신고 있는 그녀의 등 뒤에서 수영이 말했다.

"너무 무리하지 마."

"무리하는 거 아닌데."

"무리가 아니긴. 새벽에 우유 배달하고 바로 제과점으로 알바 가잖아. 시간 날 때마다 전단지 돌리고 저녁땐 커피전문점에서 마 감까지 일하고. 집에 와선 인형 눈 붙이고. 너 하루에 세 시간도 안 자. 그게 무리가 아니면 뭐니?"

"그 정돈 괜찮아요."

그냥 해 보는 말이 아니었다. 항상 그렇게 살아왔기에 혜민의 입장에선 이런 생활이 새삼스러울 것도 없었다. 하지만 수영은 여 전히 걱정이 한가득 담긴 눈으로 그녀를 바라보았다.

"열심히 사는 것도 좋은데 너무 열심히 살면 나중에 골병들어. 뭐든 적당히 하는 게 좋은 거야."

"견딜 만하니까 하는 거예요. 걱정 마요."

자신의 말이 혜민에게 먹혀들지 않자 수영은 체념한 얼굴로 한 숨을 내쉬었다.

"그래, 지금 네 귀엔 아무것도 안 들리겠지. 화원아파트로 가는 거야?"

"네."

"그럼 집에 올 때 아파트 뒷길로 와. 지름길이거든."

"고마워요, 언니."

수영의 잔소리가 자신을 위해서라는 걸 모르지 않는다. 나를 걱 정해 주는 사람이 있다는 것만으로도 때론 큰 위안이 된다. 혜민 은 미소를 지으며 현관문을 나섰다.

다른 곳보다 아파트는 전단지를 돌리는 게 한결 수월했다. 맨

꼭대기 층으로 엘리베이터를 타고 올라간 후 비상구 계단으로 내려가며 집집마다 전단지를 붙이면 되었다. 간혹 경비 아저씨에게 한 소리 들을 때도 있었지만 이젠 요령이 생겨서 걸리는 일은 거의 없었다.

1층으로 내려온 혜민은 이마에 흐르는 땀을 소맷자락으로 훔치며 잠시 한숨 돌렸다. 아파트 화단에서 은은한 라일락 꽃향기가 미풍에 실려 왔다. 지구온난화의 영향 때문인지 5월인데도 날씨가 꽤 후덥지근했다. 얇은 옷차림을 하고 놀이터에서 노는 아이들을 보고 있노라니 새삼 세월의 흐름이 피부로 와 닿았다. 이 동네에 온 것도 어느덧 두 달째에 접어들고 있었다.

작년 12월 25일 크리스마스 날, 혜민은 나눔기획 사무실을 제 발로 찾아가 김지환 프로젝트의 종료를 알렸다. 나눔기획에서는 계약대로 곧장 그녀의 존재를 숨기기 위한 작업에 들어갔다.

혜민은 그들이 시키는 대로 이름 모를 섬으로 들어가 살게 되었다. 그곳에서 한 발자국도 나올 수 없었고 외부로 연락하는 것도 불가능했다. 그들의 철저한 감시하에 혜민은 약 3개월 동안 세상에 존재하지 않는 사람이 되었다.

그사이 그동안 열심히 일했던 아버지가 드디어 모든 빚을 청산했다. 그래서 3개월 후에 풀려난 혜민은 아버지와 함께 자유의 몸이 되었다. 빚의 굴레에서도 김지환 프로젝트에서도 완전히 해방된 것이었다.

두 가지 족쇄에서 풀려난 기쁨도 잠시, 부녀는 곧 갈 데가 없다는 걸 깨달았다. 자유를 얻었으나 당장 길바닥에 나앉아야 할 판이었다. 결국 두 사람은 만나자마자 이별할 수밖에 없었다. 아버지는 숙식을 제공해 주는 지방 건설 현장에 취직했고, 혜민은 친구 집에 잠깐 얹혀살기로 했다.

아버지 앞에서 내색하지 않았지만 당시 혜민은 막막했다. 친구 집에 가겠다고 했지만 적당한 친구가 생각나지 않았다. 바쁘게 일만 하고 살았던 탓에 친구 사귈 시간도 없어서 몸을 의탁할 만한 친한 친구가 하나도 없었다.

고민 끝에 당분간 숙식은 찜질방에서 해결하기로 하고 일자리부터 구하러 다녔다. 그러다 예전에 일하던 커피전문점에서 다시 일하게 되었고 그곳에서 수영과 재회했다. 그리고 운 좋게도 수영과 함께 살게 되었다.

모든 것들이 순조롭게 풀려 나갔다. 아버지는 무사히 빚을 갚았고 자신은 아무 일 없이 송혜민이 되었다. 원래대로 돌아간 셈이었다. 이젠 사람들에게 정체가 탄로 날까 긴장하며 눈치 보지 않아도 되고 붕대로 갑갑하게 가슴을 동여매지 않아도 되었다. 그냥 있는 그대로의 나로 살아갈 수 있었다.

이런 날이 오길 얼마나 바라고 원했는지 모른다. 일상의 소중함을 가슴에 새기고 앞으로 욕심 부리지 않고 착실하게 살아갈 것이다.

아파트 단지를 돌며 마저 전단지를 다 돌린 혜민은 터덜터덜 집으로 향했다. 이른 저녁을 먹고 좀 쉬었다가 커피전문점으로 출근해야 했다. 지친 몸을 이끌고 걸어가던 혜민은 무심결에 고개를 돌렸다가 그 자리에서 멈춰 섰다.

수영은 적당히 일하라고 했지만 마음 같아선 일을 더 늘리고 싶었다. 단지 돈을 많이 벌기 위해서만은 아니었다. 몸이 편하면 생각이 많아진다. 생각이 많아지면 필연적으로 떠오르는 얼굴이 있었다. 처음에는 분명히 다른 생각을 하고 있었는데 문득 정신을 차리고 보면 그를 생각하고 있었다.

승현을 떠올리면 언제나 가슴이 먹먹해졌다. 김지환 프로젝트가 끝나면 그를 볼 수 없다는 걸 알고 있었고 각오도 했지만 눈가가 뜨거워지는 걸 막을 순 없었다. 몸이 힘든 것보다 더 견딜 수 없는 건 마음이 힘든 거였다. 그래서 혜민은 생각할 여지를 주지 않기 위해 일을 많이 했다. 일을 하고 있을 때는 모든 걸 잊을 수 있었다.

시간이 해결해 줄 거라는 걸 안다. 어머니를 잃었을 때도 결국은 시간이 약이었다. 언젠가는 승현을 어머니처럼 덤덤하게 떠올릴 수 있는 날이 올 것이다. 마음 놓고 그와의 추억을 돌아봐도 괜찮을 날이 올 것이다.

그때까지는 가급적 그를 생각하지 않으려 했다. 그와 관련된 영화라든가 기사 따위를 보고 듣지 않기 위해 인터넷이나 텔레비전은 일절 끊어 버렸다. 그러나 아무리 피하고 몸을 사려도 예기치 못한 경우가 있기 마련이었다. 바로 지금처럼.

수영이 가르쳐 준 아파트 뒷길은 단독주택을 끼고 있는 작은 골목길이었다. 어디서나 볼 수 있는 평범한 주택가인데 생뚱맞게도 식당이 자리 잡고 있었다. 주택을 개조해서 만든 식당인데 오래되었는지 전체적으로 낡고 허름했다. 간판도 색이 옅어져 있었다. 비좁은 골목길의 오래된 식당을 보고 있노라니 자연스레 그곳이 떠올랐다.

한 번 맛보면 절대 잊을 수 없는 김치찌개가 있던 곳. 길이 미로처럼 복잡해 혼자서는 절대 찾아갈 수 없는 곳. 누군가가 초심으로 돌아갈 수 있는 곳. 어디선가 김치찌개 냄새가 나는 듯했다. 이어서 서늘한 이목구비가 눈앞에 아른거린다.

그는 지금쯤 무얼 하고 있을까. 일언반구도 없이 사라진 자신을 원망하지 않았을까. 김지환과는 어떻게 지내고 있을까. 나로 인해 피해를 입진 않았을까. 내 생각은 하고 있을까.

날카로운 바늘이 쿡쿡 찌르는 것처럼 가슴 언저리가 욱신거렸다. 뿌연 안개가 낀 것처럼 눈앞이 흐려진다. 눈가를 손등으로 누르며 격해지려는 감정을 추스르고 있는데 문득 시선이 느껴졌다. 혜민은 잽싸게 고개를 들고 주위를 두리번거렸다.

한적한 한낮의 주택가엔 사람 그림자조차 보이지 않았다. 이상한 일이었다. 아무도 없는데 마치 누군가에게 주시당하고 있는 기분이었다. 비단 오늘만이 아니었다. 요즘 들어서 종종 누군가의 시선이 느껴지곤 했었다. 그럴 때마다 시선의 주인을 찾아봤지만 지금처럼 아무도 없었다. 신경과민인가. 고개를 갸웃거리고 있는데 누군가가 말을 걸어왔다.

"아가씨 여기서 뭐해?"

낯선 목소리에 혜민은 깜짝 놀랐다. 뽀글거리는 파마머리의 아줌마가 그녀를 의아하게 쳐다보고 있었다.

"밥 먹을라고?"

앞치마를 두르고 있는 걸 보니 식당 아줌마인 듯했다. 조금 전까지만 해도 아무도 없었는데. 방금 가게 밖으로 나온 모양이었다. 혜민은 아니라고 대답하고 서둘러 그곳을 벗어났다.

눈꺼풀이 무겁고 목과 어깨가 뻐근한 느낌에 고개를 들었다. 가볍게 스트레칭을 하고 시간을 확인하니 새벽 2시가 훌쩍 넘어 있었다. 커피전문점 아르바이트를 마치고 집에 돌아와 씻은 후 바로 인형 눈을 붙이기 시작했으니 2시간 동안 한 번도 쉬지 않고 일한 셈이었다.

3시간 뒤에는 우유 배달을 나가야 하니 이제 잠자리에 들어야 했다. 조금이라도 자 둬야 하루를 견딜 수 있을 것이다. 대충 정리하고 방으로 들어간 혜민은 눈앞의 광경에 한숨을 내쉬었다.

"언니, 또 미드 보는 거예요?"

이미 자고 있을 거라고 여겼던 수영이 아직까지 깨어 있었다. 그녀 앞에 놓인 노트북을 보니 지금까지 뭘 했는지 알 만했다.

"한 번 보니까 끊을 수가 없어서. 뒤가 궁금해서 잠이 안 와."

얼마 전부터 수영은 미국 드라마에 푹 빠져 밤늦도록 노트북을 끌어안고 있기 일쑤였다. 어제처럼 비번인 날은 괜찮지만 출근하는 날이면 아침에 전쟁이 따로 없었다. 아침잠도 많은 사람이 왜 이러는지 모르겠다. 그렇게 재미있나.

"내일 출근하려면 일찍 일어나야 하잖아요. 이제 그만 주무세요."

"아까 늦게 일어나서 그런지 잠이 안 오네."

잠이 오지 않는다는 말과는 달리 수영은 반쯤 눈이 감겨 있었다. 꾸벅꾸벅 졸고 있으면서 어째서 기를 쓰고 자지 않으려는 건지 이해할 수 없었다.

"너 먼저 자. 난 이거 한 편만 더 보고 잘 테니까."

그러지 말고 이제 자라고 말하고 싶었지만 혜민은 입을 다물고

요를 깔고 이불을 폈다. 지난번에도 여러 차례 자라고 권했었지만 수영은 귓등으로도 듣지 않았었다. 반수면 상태에서도 꿋꿋하게 버티고 있는 그녀를 보니 말해 봤자 입만 아플 것 같았다. 나중에 모닝콜이나 해 줘야겠다고 생각하며 혜민은 이부자리에 누웠다.

"먼저 잘게요."

"그래, 잘 자라."

혜민은 눈을 감고 잠을 청했다. 그녀는 금세 잠에 빠져들었다. 고단했던 하루를 잠시나마 내려놓는 순간이었다.

아, 또 그 꿈이었다. 꿈이라는 걸 아는데도 온몸이 오들오들 떨려 왔다.

추적추적 비가 내리고 있었다. 어머니는 차 아래에 깔려 있었고 도로는 붉은 선혈로 낭자했다. 빨간 우산이 젖은 도로 위를 처량하게 굴러다니고 있었다. 비명이 터져 나오려던 찰나 어디선가 익숙한 외침 소리가 들린다. 고개를 돌리자 아버지가 덩치 큰 남자들에게 양쪽 팔을 붙들린 채 어딘가로 끌려가고 있었다.

어느 쪽으로 가야 할지 모르겠다. 먼 옛날 들었던 엄마가 좋아 아빠가 좋아, 라는 어느 쪽도 쉽게 선택할 수 없는 난해한 질문이 다시 눈앞에 던져진 듯했다. 혜민은 어찌할 바를 몰랐다.

어머니한테도 아버지한테도 가고 싶은데 몸은 하나뿐이었다. 한쪽으로 가려면 다른 한쪽을 포기해야 했다. 양쪽 다 포기하고 싶지 않았다. 포기할 수가 없었다. 선뜻 결정을 내릴 수 없다 보니 제자리에서 발만 동동 구르고 있었다. 갈팡질팡하는 사이 상황은 악화되어 가고 있었다.

어머니의 피로 물든 도로가 점점 넓어지고 있었다. 낯선 남자들에게 끌려가고 있는 아버지는 이제 손가락만 하게 보였다. 마음이 급해졌다. 이러지도 저러지도 못하고 가슴이 타들어 가는데 갑자기 발이 아래로 쑥 빠졌다. 비에 젖은 아스팔트가 늪처럼 흐물흐물해져 있었다.

늪은 순식간에 그녀의 몸을 빨아 당겼다. 발목에 이어 종아리, 허벅지까지 눈 깜짝할 사이에 빠져들었다. 늪에서 나오기 위해 허우적거렸지만 아무 소용없었다. 저항하면 할수록 점점 몸은 아래로 끌려 내려갔다. 가슴에 이어 목까지 빠져들자 이젠 어쩔 수 없다는 생각이 들었다.

이대로 끝이구나, 라는 생각에 모든 걸 체념하고 위로 뻗은 팔을 내리려던 순간이었다. 누군가가 손목을 잽싸게 낚아챘다.

고개를 든 혜민은 깜짝 놀랐다. 어디서 나타난 건지 승현이 그녀의 손목을 잡아당기고 있었다. 그는 인상 한번 쓰지 않고 그녀를 너끈히 끌어 올렸다. 늪에서 몸이 서서히 빠져나왔다. 그러나 허리까지 나왔을 무렵, 그가 주춤거리자 다시 아래로 빠져들기 시작했다.

늪이 그녀를 맹렬하게 잡아당겼다. 삽시간에 목까지 잠겨들었다. 그럼에도 그는 그녀의 손을 놓지 않았다. 이대로 있다간 그마저 늪에 빠지게 될 것이다.

결정을 내려야 할 순간이었다. 혜민은 승현의 손을 과감하게 놓아 버렸다. 그러자 그가 딛고 있던 땅과 그녀가 있는 늪에 경계선이 생기더니 지진이라도 일어난 것처럼 양쪽으로 쩍 갈라졌다. 뜻밖의 사태에 놀라 다시 손을 뻗어 보았지만 그는 손이 닿지 않는 곳에 있었다.

그와 그녀 사이의 거리가 점점 벌어지고 있었다. 그가 서 있는 땅이 그녀로부터 멀어지면서 그와 그녀의 세계가 분리되었다. 이 대로 있다간 영영 그를 볼 수 없을 것만 같았다. 혜민은 다급하게 발버둥 치기 시작했다.

제발 나 좀 잡아 달라고. 날 좀 여기서 꺼내 달라고. 멀리 가지 말라고. 나도 데려가라고.

목이 터져라 외치며 발버둥 쳤지만 늦은 가차 없었다. 그녀는 속절없이 아래로 가라앉아 갔다. 입이 잠기고 코와 귀 그리고 눈이 잠기자 아무것도 보고 들을 수 없었다. 완전한 어둠이 그녀를 잠식해 들어갔다.

눈이 번쩍 떠졌다. 혜민은 순간 당황했다. 분명히 눈을 떴는데 감았을 때와 마찬가지로 아무것도 보이지 않았다. 여기가 어디지? 어리둥절해하며 사방을 두리번거리다 보니 희미한 윤곽이 차츰 눈에 들어왔다. 저건…… 운동화?

혜민은 그제야 자신이 현관문 앞에 쓰러져 있다는 걸 깨달았다. 어이없고 황당했다. 분명히 방에서 자고 있었는데 어째서 현관문 앞에 엎어져 있는 걸까. 마치 귀신에 홀린 기분이었다. 현관 근처 화장실에 갔다가 방으로 돌아가지 않고 잠결에 그냥 쓰러져 잠든 건가.

간혹 만취한 주정뱅이가 냉장고를 화장실로 착각한다거나 길바닥을 안방으로 착각하고 잔다는 이야기는 들어 봤지만 자신이 이럴 줄은 몰랐다. 술을 마신 것도 아닌데 아무리 잠결이었다 해도 이럴 수가 있는 건지 납득할 수가 없었다.

일단 일어서려고 다리를 움직인 순간이었다. 무언가가 발목을 꼭 움켜쥐더니 종아리에 무거운 뭔가가 얹힌다. 아주 조그마한 움직임이라도 원천 봉쇄하려는 의지가 느껴졌다.

"또 시작이냐. 제발 좀 그만해라."

어둠 속에서 지친 듯한 수영의 음성이 들려왔다. 혼자 있는 줄 알았던 혜민은 너무나 놀란 나머지 온몸이 굳어졌다. 그녀가 움직임을 멈추자 안도하며 중얼거리는 수영의 목소리가 다시 들려왔다.

"그래, 지금처럼 가만히 있어. 가만히."

도대체 뭐가 어떻게 된 건지 모르겠다. 자신은 그렇다 쳐도 수영은 왜 방에서 나온 걸까. 이어진 그녀의 근심 어린 혼잣말이 궁금증을 증폭시켰다.

"큰일이네. 방으로 옮기려면."

무엇을 방으로 옮긴다는 걸까. 혜민은 더는 참지 못하고 수영에게 말을 걸었다.

"언니."

"응? 방금 뭔 소리가 난 거 같은데."

"언니 여기서 뭐 하세요?"

대답이 돌아오지 않았다. 어둠 속에 고요한 침묵이 내려앉았다. 한참 만에 수영이 상기된 목소리로 물었다.

"언제 깬 거야?"

종아리를 짓누르던 무게가 사라졌다. 혜민은 몸을 일으켜 앉았다. 발치에 수영이 엉거주춤하게 서 있는 게 보였다.

"뭐가 어떻게 된 거예요?"

천진한 혜민의 물음에 수영은 땅이 꺼져라 긴 한숨을 내쉬었다.

"역시 모르고 있었구나."

"뭐가요?"

"이 얘기를 너한테 해도 좋을지……."

수영은 껄끄러운 얼굴로 말끝을 흐렸다.

"뭔데요?"

한참 곰곰이 생각하던 그녀가 심호흡을 한 번 하고는 결심이 섰다는 듯 단호하게 말했다.

"너 아무래도 몽유병이 있는 거 같아."

"네?"

몽유병이란 말에 혜민의 눈이 휘둥그레졌다. 놀라고 당혹스러웠지만 그녀에게 몽유병은 그리 낯선 단어가 아니었다. 어머니의 교통사고 이후, 그 충격으로 어린 시절 잠깐 몽유병을 앓은 적이 있었다. 잠자리에 들기만 하면 밤새도록 돌아다니며 헛소리를 해서 당시 아버지는 그녀가 잠들면 밖으로 나가지 못하도록 방문 바깥에 자물쇠를 달아 잠가 놓았었다.

어릴 때는 꽤 심했었는데 세월이 흐르고 나이를 먹으면서 차츰 횟수가 줄어들더니 성인이 된 이후로는 아예 없어져 버렸다. 그래서 완전히 다 나은 줄 알고 있었는데 난데없이 몽유병이라니. 믿어지지가 않는다.

"언제부터 그랬는데요?"

"우리 집에 와서 며칠 안 됐을 때부터 그랬어. 일주일에 한두 번 정도."

그렇다는 것은 그 전부터 몽유병이 시작되었다는 건가. 대체 언제부터 이랬던 거지?

불안과 혼란으로 정신이 없는 와중 별안간 눈앞이 환해졌다. 수영이 거실 실내등 스위치를 올렸다. 환한 불빛 아래 드러난 수영은 몹시 피곤해 보였다. 문득 그녀가 밤늦도록 미국 드라마를 보았던 게 혹시 자신의 몽유병 때문이 아니었나 하는 데 생각이 미쳤다.

"언니 혹시…… 나 때문에 그동안 늦게 잤던 거예요?"

"그게 그러니까……."

시원시원한 성격의 수영이 선뜻 대답하지 못하는 걸 보니 자신의 짐작이 맞는 모양이었다. 혜민은 새삼 수영이 얼마나 좋은 사람인지 다시금 깨달았다.

한밤중에 자다가 벌떡 일어나 헛소리를 하는 자신을 보고 얼마나 놀랐을까. 그동안 잠도 제대로 자지 못하고 힘들었을 텐데 지금까지 아무 말도 하지 않고 자신을 배려해 준 그녀였다. 너무 고맙고 너무 미안했다.

"저……."

수영에게 사과하려던 혜민은 불현듯 뇌리를 스친 가정에 말을 잇지 못했다. 혹시 자신의 몽유병이 승현과 같이 지낼 때부터 시작되었던 거라면. 생각만으로도 온몸에 소름이 돋았다.

"왜 말을 하다 마는 거야."

"언니, 나 어떡해."

오한이 든 것처럼 부들부들 떨려 오는 몸을 가눌 수가 없었다. 사람은 누구나 꿈을 꾼다. 그러나 혜민은 단순히 꿈을 꾸는 게 아니라 꿈속에서의 말과 행동을 현실에서도 고스란히 이행했다.

좀 전에 꾸었던 꿈만 봐도 그렇다. 꿈속에서는 늪에 빠지지 않으려고 발버둥 쳤지만 실제로는 현관문 앞에 엎어져 발버둥 친 것에 불과했다. 꿈속에선 늪에 빠졌다고 생각했는데 현실에선 자신이 밖으로 나가지 못하게 수영이 발목을 붙들고 있던 것이었다. 만약 이와 비슷한 일이 그 전에도 있었다면…….

마지막으로 은채를 만났을 때 그녀는 승현이 자신의 정체를 먼저 알고 있었다고 했다. 그가 어떻게 알았는지 당시로서는 전혀 짐작도 하지 못했었는데 이제야 답을 찾은 듯했다.

하나하나 전부 다 기억나는 건 아니지만 그와 같이 살 때 참으로 다양한 꿈을 꾸었다. 아마 그는 자신에 대한 거의 모든 걸 알고 있었을 것이다. 그런데도 끝까지 아는 척 내색하지 않았다.

예쁜 모습만 보이고 싶다는 일념에 입을 꾹 다물고 있었던 비겁한 자신을 그는 어떤 마음으로 지켜보고 있었던 걸까. 부끄럽고 창피하고 가슴 한편이 욱죄어 오듯 아파 와 숨을 쉴 수가 없었다.

"어머, 애 왜 이래. 어디 아픈 거야?"

혜민이 가슴을 움켜쥐고 힘겨워하자 수영이 안절부절못하며 어쩔 줄 몰라 했다. 잠을 설쳐 가면서도 자신이 충격받을까 봐 지금까지 입을 다물고 있었던 수영이었다. 그녀의 얼굴 위로 그의 얼굴이 겹쳐졌다. 지금까지 억지로 틀어막고 있었던 것들이 둑이 무너진 것처럼 걷잡을 수 없이 쏟아졌다.

김지환 어머니의 생일 선물로 고민할 때 은근슬쩍 도와주었던 그.

아버지에 대한 꿈을 꾼 이후 우울해하는 자신을 위해 기꺼이 그의 안식처에 데려갔던 그.

잘못 받았다고 자신에게 노란 원피스를 주었던 그.

산에서 길을 잃었을 때 포기하지 않고 자신을 끝까지 찾아 주었던 그.

자신을 대신해 뜨거운 물을 뒤집어썼던 그.

바쁜 시간을 쪼개 집까지 데려다 주었던 그.

모든 걸 알면서도 아무것도 묻지 않고 묵묵히 기다려 주었던 그.

햇빛 같은 사람이었다. 너무나 당연해서 존재조차 가끔 잊어버리는 햇빛처럼 그는 자신을 늘 따스하게 지켜봐 주었다. 그의 따스한 배려와 애정이 한꺼번에 몰아닥쳐 정신을 차릴 수가 없었다.

더는 부정할 수 없었다. 그의 마음을 모른 척하기 힘들었다. 그의 마음과 자신의 마음이 언젠가부터 같은 곳을 향하고 있었음을. 서로가 마주 보고 있었음을.

진작부터 알고 있었지만 그와 헤어질 수밖에 없다고 되뇌며 모른 척했었다. 시작조차 하려 들지 않았었다. 현재를 외면하고 이별 후의 것들에만 초점이 맞추어져 있었다. 오직 그를 위한다는 명목으로. 실은 자신의 초라한 모습을 보이고 싶지 않은 추한 이기심 때문이었거늘.

눈가가 뜨거워지면서 눈물이 뚝뚝 떨어졌다. 짜디짠 눈물이 혜민의 뺨을 쉴 새 없이 굴러 떨어졌다.

"혜민아, 정신 차려 봐. 응?"

"언니, 나 죽을 거 같아."

"어디가 아픈 건데. 어떡하지. 지금 응급실 갈래? 119 부를까?"

혜민은 손을 내저었다. 병원에 간다고 해결될 일이 아니었다. 그녀는 주먹으로 가슴을 때렸다. 한 번 두 번 세 번 연거푸 때리자 속으로만 삭이고 있었던 말이 입 밖으로 간신히 토해졌다.

"보고 싶어."

"응?"

"보고 싶어서 죽을 거 같아."

보고 싶었다. 지금 당장 그가 너무나 보고 싶었다.

눈물 젖은 그녀의 고백에 수영은 깜짝 놀란 얼굴이 되었다. 묻고 싶은 게 많은 얼굴이었지만 수영은 아무것도 묻지 않고 가만히 혜민의 어깨를 감싸 안아 주었다. 그러고는 등을 토닥여 주며 위로하듯 말을 건넨다.

"보고 싶으면 가서 만나지 그래."

혜민은 고개를 가로저었다.

"왜? 만날 수 없는 사람이야?"

고개를 끄덕였다. 어디 있는지 알아도 만나러 갈 수 없는 사람이었다. 모든 걸 인정한다고 해도 이제 와서 돌이킬 수는 없었다. 수영은 심각한 표정으로 조심스럽게 물었다.

"이 세상에 없는 사람이니?"

"차라리 그랬으면 좋겠어. 아니, 아니야. 그건 싫어."

울먹이며 대답한 혜민은 곧바로 부정했다. 그가 없는 세상이라니. 생각만 해도 끔찍했다. 만날 수 없더라도 같은 하늘 아래 같은 공기를 마시며 살고 싶었다.

"많이 좋아하는구나."

나직하게 중얼거리는 수영의 목소리가 가슴에 사무쳤다. 좋아한다. 정말 많이 그를 좋아한다. 온몸과 온 마음으로 외쳐도 상대에게 전할 수 없는 고백은 허무했다.

혜민은 수영의 품에 안겨 아이처럼 엉엉 울었다. 온몸의 수분이 눈물로 전부 다 빠져나갈 때까지 아주 오랫동안 울었다.

❋　　　❋　　　❋

혜민은 자리에서 일어나지 못했다. 새벽 내내 울었던 여파인지 그동안 쌓였던 피로가 한꺼번에 터진 건지 몸살이 나도 아주 단단히 나 버렸다. 전신이 쑤시고 결리고 뻐근해서 손가락 하나 움직이기 힘겨웠다. 조금만 고개를 들어도 무시무시한 현기증이 몰아닥쳤다.

이런 컨디션으로는 당연히 우유 배달을 할 수 없었고 제과점에도 나가지 못했다. 수영이 대신 대리점과 제과점에 전화를 걸어 양해를 구했지만 혜민은 마음이 무거웠다. 오늘은 잘 넘겼을지 몰라도 현재 상태로 보면 며칠은 밖에 나가지 못할 것 같았다. 하루라면 몰라도 여러 날 결근하면 곧바로 잘릴 게 뻔했다.

"이참에 좀 쉬어. 알바도 줄이고. 한꺼번에 하려고 하지 말고 천천히 하나씩 해."

출근 준비를 하며 수영이 말했다.

"언니 나 괜찮……"

"내 말대로 해. 내가 점장님한테 말할 테니까 풀타임으로 바꿔. 이런저런 일 하느니 차라리 우리 가게 일만 해. 그게 나을 거야."

혜민의 말을 자르며 수영은 커피전문점 일을 풀타임으로 하라고 통보했다. 그런 다음 혜민이 누워 있는 이부자리 근처에 죽과 약을 놓아두고 출근해 버렸다.

혼자 남겨진 혜민은 멍하니 방의 천장을 바라보았다. 잠은 오지 않았다. 홀로 누워 있자니 머리가 지끈거리는 와중에도 생각이 많아진다.

몽유병이라니. 정말 생각지도 못한 것이었다. 병이 재발한 걸 알았다면 김지환 프로젝트를 하는 일은 없었을 것이다. 그동안 승현은 몽유병을 앓는 자신을 보며 어떤 생각을 했을까.

그와 함께 보냈던 작년 크리스마스이브가 떠올랐다. 그날, 그에게 진짜 이름을 가르쳐 주었다. 이름을 알려 준 건 그와 함께할 시간이 얼마 남지 않았음을 직감하고 자신의 이름 하나만은 기억해 주길 바라는 마음에서였다.

그때 겉으로 확연히 표시가 난 건 아니었지만 승현이 무척 기뻐했었다는 기억이 났다. 고작 이름 하나에 기뻐하고 흥분했던 그를 떠올리자 어렴풋이 그의 마음을 알 듯도 했다.

어쩌면 자신에게 기회를 주고 싶었던 게 아닐까. 그는 자신이 스스로 고백해 오길 기다리고 있었던 건지도 몰랐다. 그래서 이름을 말해 주었을 때 그렇게 기뻐했던 걸지도. 만약 그렇다면 자신은 그가 준 기회를 걷어차 버린 셈이었다.

무엇이든 적당한 타이밍이라는 게 있는 법이었다. 요리를 할 때 불을 조절하는 타이밍이 어긋나면 요리를 망치게 되는 것처럼, 타이밍을 놓치면 아무리 용을 써도 안 되는 일은 안 되는 것이다. 아무리 후회하고 반성해도 이제 자신에게 기회가 찾아올 일은 없을 것이다.

파도처럼 쉴 새 없이 밀려오는 회한에 가슴 언저리가 지끈거렸다. 혜민은 마른 입술을 깨물며 눈을 지그시 감았다.

❋　　❋　　❋

혜민은 정확히 사흘 만에 자리를 털고 일어났다. 비 온 뒤의 땅이 굳어진다는 말처럼 사흘 내내 몸과 마음을 흠뻑 앓고 난 그녀는 이전보다 더욱 강건하고 단단해졌다. 속에 있던 걸 전부 토해 내고 두 눈으로 직접 들여다본 이후, 그녀는 이전보다 한층 성숙한 인간이 되었다.

이미 지나간 일이었다. 아무리 후회하고 눈물을 흘리며 안타까움에 가슴을 쳐도 자신의 손을 떠난 일이었다. 김지환 프로젝트가 끝났을 때 그와의 인연도 끝나 버린 것이었다.

과거에 연연하지 말고 이젠 앞으로의 일만 생각해야 할 때였다. 하루라도 빨리 돈을 모아 아버지와 같이 살 집을 마련하고 복학도 해야 했다. 잠시 세상에 존재하지 않았던 송혜민으로서의 삶을 충실히 살아가야 했다.

혜민은 새로 시작하는 마음으로 하루하루를 보냈다. 수영이 권한 대로 다른 아르바이트는 모두 정리하고 커피전문점 일만 했다. 몸이 한결 편해지면서 승현을 떠올리는 일이 잦아졌지만 그럭저럭 견딜 만했다. 여전히 보고 싶고 당장 만나러 가고 싶다는 충동이 시도 때도 없이 찾아왔지만 차츰 횟수가 줄어들고 있었다.

살다 보면 또 살아지는 게 삶이었다. 어머니가 돌아가시고 나서도, 가세가 형편없이 기울었을 때도 절망으로 세상이 온통 무채색으로 보였을 때도 살아남았다. 지금 당장 죽을 것 같아도 어떡해서든 살아지리라는 걸 그동안의 경험으로 알고 있었다.

혜민은 매일 밤마다 끈으로 책상 다리에 자신의 다리를 묶고 잠자리에 들었다. 이제 수영은 더 이상 미국 드라마를 밤늦게까지 보지 않았고, 아침마다 치르던 출근 전쟁도 사라졌다. 모든 게 제대로 돌아가고 있었다. 말 그대로 순조로운 일상이었다. 물론 때때로 순조롭지 못한 날도 있었다. 오늘이 바로 그런 날이었다.

"여기가 좋은가?"

주문받은 카페라테를 만들며 수영이 고개를 갸웃거렸다. 맞은편 싱크대에서 설거지를 하던 혜민은 수영의 중얼거림에 호기심이 생겼다.

"무슨 일인데 그래요?"

"그게…… 맞다. 그때 너 여기서 일했었지. 그럼 알겠네."

"뭔데요?"

"작년 봄에 우리 가게에서 오디션 같은 거 했었잖아. 기억나지?"

오디션이란 말에 반사적으로 한 사람의 얼굴이 떠올랐다. 덩달아 가슴도 두근거렸다. 그러나 겉으로는 태연한 척하며 대꾸했다.

"그게 왜요?"

"글쎄, 그때처럼 지금 여기서 또 오디션 하고 있댄다."

선뜻 수영의 말이 머리에 입력되지 않았다. 방금 무슨 말을 들은 거지?

"방금 민석이가 2층에 올라갔다 왔는데 여자애들이 줄 서서 오디션 같은 거 하고 있더래."

"맞아요. 제가 똑똑히 봤어요."

마감 타임 아르바이트생인 민석이 수영의 말을 거들고 나섰다. 멍하니 그들의 말을 듣고 있었던 혜민은 차츰 지금의 상황을 이해했다. 그리고 순간적으로 승현이 현재 2층에 와 있다고 착각했었다는 걸 깨달았다.

아침부터 지금까지 승현과 닮은 손님은 본 적이 없었는데 어째서 그런 착각을 한 건지 어처구니가 없었다. 아무래도 '오디션=승현'이란 공식이 머릿속에 박혀 있나 보다. 혜민은 씁쓸하게 웃었다.

"작년에 이어 올해까지 여기 온 걸 보면, 저쪽 동네에 우리 가게 소문난 게 틀림없어. 오디션 보기 좋은 곳이라고."

"에이 설마요."

민석이 미심쩍어하자 수영이 확신에 찬 목소리로 말했다.

"한 번은 우연이라 쳐도 두 번은 우연이 아니거든. 소문난 거야. 분명해. 여기가 번화가에서 조금 비껴 난 곳이긴 해도 사람들이 늘 바글거리잖아. 불특정 다수가 많이 모이지만 그다지 번잡하지 않은 곳이 오디션 보기 좋겠지. 우리 가게가 그 조건에 딱 들어맞는 거고. 안 그래?"

그럴듯한 추측이었다. 살짝 반신반의하던 민석이도 수영의 의견에 별다른 토를 달지 못했다. 수영은 2층을 힐끔거리며 혼잣말로 중얼거렸다.

"작년처럼 올해도 허우대 멀쩡한 진상이 왔을까?"

"진상이라뇨?"

"그게 말이야……."

수영은 작년에 승현과 혜민 사이에 있었던 일을 민석에게 말해 주기 시작했다. 두 사람의 대화를 한 귀로 흘려들으며 혜민은 2층으로 올라갔다. 전보다 괜찮아졌다 해도 아직은 승현에 대한 이야기를 덤덤하게 듣고 있을 자신이 없었다.

2층으로 올라가자 과연 눈에 익은 풍경이 펼쳐져 있었다. 한껏 멋을 내고 꾸민 여자들이 줄을 서서 들고 있는 종이를 열심히 들여다보고 있었다. 그녀들을 심사하고 있는 사람은 40대로 보이는 여자였다. 그녀는 흡연실에서 줄담배를 피워 가며 날카로운 눈으로 앞에서 연기하고 있는 여자를 지켜보고 있었다.

홀 체크한 지 얼마 되지 않아서인지 특별히 할 일은 없었다. 서비스테이블에 놓인 트레이도 없었고 냅킨도 빨대도 종이컵도 물도 가득했다.

혜민은 화장실로 들어갔다. 간단하게 화장실 청소를 하려고 청소 도구가 있는 칸의 문을 여는데 여자 두 명이 화장실로 불쑥 들어왔다. 차림새를 보니 오디션을 보러 온 여자들인 듯했다. 여자들은 세면대 위에 붙어 있는 거울을 들여다보며 화장을 고치고 수다를 떨었다.

"난 이번에 또 망한 거 같아. 벌레 씹은 얼굴이더라고."

"뭐라고 했는데?"

"별말 안 했어. 썩은 얼굴로 됐다고 그만 가 보라고 그랬어."

"그래? 다 똑같은 말만 해 주나 보네."

"너한테도 그랬어?"

"응, 보기보다 성격은 나쁘지 않은가 봐. 돌직구로 막말 날릴까 봐 얼마나 쫄았었는데. 사람 생긴 것만 보고 판단하면 안 되나 봐."

"맞아. 나 작년에 오디션 봤던 그 인간, 생긴 건 멀쩡한데 입은 완전 걸레였잖아. 생각해 보니까 그때도 여기서 오디션 봤었네."

"아, 네 핑크색 가방 찾아 준 남자 말이지? 대놓고 너한테 띨띨하다고 했던."

"그래. 사람이 말이야 깜빡하고 놓고 갈 수도 있는 거잖아. 근데 그걸 가지고 띨띨하다는 거야. 지금 생각해도 열 받네. 아우, 내가 뜨기만 해 봐. 그 인간 완전히 밟아 버릴 거야."

혜민은 재빨리 화장실 밖으로 나왔다. 심장이 두근거렸다. 심호흡을 하며 숨을 가다듬었다. 방금 들었던 말들을 찬찬히 되새겨 보았다. 생긴 건 멀쩡한데 입은 걸레인 남자. 작년에 이곳에서 오디션을 보았고 핑크색 가방을 놓고 갔다는 여자. 여자에게 가방을 찾아 주고 띨띨하다고 대놓고 말했다는 남자.

문득 여기서 승현을 처음 만났을 때가 떠올랐다. 인상 깊었던 첫 만남이라 마치 어제 일처럼 생생하다. 그때 그의 주변엔 그녀 외의 사람은 아무도 없었다. 그래서 그가 띨띨하다고 말한 대상이 자신인 줄로만 알고 있었다. 그런데 핑크색 가방 주인에게 그런 말을 했다니. 이제 와 돌이켜 보니 당시 핑크색 가방을 본 것 같기도 했다. 만약 그가 자신이 아니라 가방을 보고 혼잣말로 중얼거린 거였다면…….

허탈한 웃음이 입술 사이로 흘러나왔다. 혼자서 오해하고 열 내고 화냈던 걸 생각하니 부끄럽고 민망하기 짝이 없었다. 그 일에 대해 따지고 들었다면 크게 망신당할 뻔했다. 이미 지난 일이고 가슴에 남은 앙금도 없지만 뒤늦게나마 그에 대한 오해를 풀게 되어 다행이었다.

혜민은 한숨을 내쉬며 계단을 내려갔다. 이상한 날이었다. 1층에서도 2층에서도 마치 사전에 모의라도 한 것처럼 죄다 승현에 대해 말하고 있었다. 그래서인지 머릿속에서 그가 떠나지 않는다. 아무래도 오늘은 그를 생각해야만 하는 날인 듯싶었다.

아무래도 오늘은 끝까지 평탄치 못할 하루인 듯했다. 마감 시간이 얼마 남지 않은 늦은 밤, 두 명의 손님을 응대하게 된 혜민은 난감함에 미간을 살짝 찌푸렸다.

"전 따뜻한 남자라 따뜻한 걸로 주문했고, 애는 차가운 남자라 아이스로 주문하는 거예요."

20대 중후반으로 보이는 남자 둘이 아메리카노를 주문하더니 그중 한 남자가 그녀에게 이렇게 말했다. 불콰한 얼굴과 말할 때마다 풍겨 오는 알코올 향기가 남자들의 상태를 짐작하게 해 주었다. 늦은 시간까지 일하다 보면 종종 취객을 상대할 때도 있었다. 이런 경우에 도가 튼 혜민은 무표정한 얼굴로 대꾸했다.

"준비해 드리겠습니다."

바리스타인 수영이 화장실에 간 바람에 바로 주문한 커피를 내어 줄 수 없었다. 일단 진동벨을 건네주려는데 남자가 또다시 수작을 걸어온다.

"차가운 게 좋아요, 아님 따뜻한 게 좋아요?"

묻는 건 커피인데 마치 내가 좋으냐 애가 좋으냐로 들려왔다. 좀 전에 남자가 했던 말을 미루어 보면 자신의 생각이 아주 틀리진 않을 터였다.

"뭐가 좋아요? 제가 사 드릴게요."

이젠 아주 대놓고 작업을 걸어왔다. 다짜고짜 가게에 들어와 꿀물을 찾는 취객은 봤어도 이런 경우는 또 처음이다. 트랜스젠더인 척하면서 내가 여자로 보이냐고 말해 볼까.

소란스럽지 않게 취객을 쫓아낼 방법을 심각하게 고민하는데 누군가가 불쑥 말했다.

"미지근한 걸 좋아합니다."

귀에 익숙한 목소리에 혜민은 순간 어리둥절했다. 얼떨결에 고개를 든 그녀는 술 취한 남자들 뒤에 나무처럼 우뚝 서 있는 사람을 발견했다. 동시에 심장이 쿵 내려앉았다.

지금 꿈을 꾸고 있는 건가. 어떻게 그가 여기 있는 거지?

승현은 그녀에게 수작을 걸던 남자들 쪽으로 한 걸음 다가갔다. 위압적인 분위기를 풍기는 장신의 그가 다가가자 순간적으로 남자들이 움찔한다. 그러다 한 명이 자존심이 상한 듯 시비조로 물었다.

"넌 뭐야?"

"저 여자에게 볼일이 있는 사람입니다."

"무슨 볼일인데?"

승현은 선뜻 대답하지 않고 가만히 혜민을 쳐다보았다. 서늘한 눈동자가 그녀를 뚫어져라 응시했다. 혜민은 거미줄에 걸려든 나비처럼 그의 시선에 사로잡혀 꼼짝할 수 없었다.

"이 새끼가 지금 내 말 씹는 거야?"

남자가 기다렸다는 듯 승현에게 대들었다. 꼬투리 잡을 게 생겨서 신난 눈치였다. 승현은 남자 따윈 안중에도 없다는 듯 여전히 혜민에게 시선을 고정시킨 상태로 입을 열었다.

"저 여자가 나한테 사기를 쳤거든요."

사기라는 말에 혜민의 가슴이 무너져 내렸다. 그를 속이고 김지환 행세를 하다가 막판에 아무 말도 없이 도망간 자신이었다. 그의 입장에서 보면 자신은 사기꾼과 하등 다를 게 없었다. 그가 틀린 말을 한 것도 아닌데 막상 그의 입에서 사기라는 단어가 나오자 충격이 컸다.

승현의 발언에 남자들도 당황한 듯했다. 인사불성으로 취한 게 아니라서 어느 정도의 사리분별은 가능한 모양이었다. 곤란한 일에 말려들기는 싫었는지 남자들은 서로 눈짓을 주고받더니 슬그머니 뒤로 빠졌다. 그러고는 이미 계산을 마친 커피를 받아 갈 생각조차 하지 않고 줄행랑쳐 버렸다.

두 사람만 남게 되자 정적이 감돌았다. 승현은 가만히 그녀를 응시하기만 할 뿐 아무 말도 하지 않았다. 그렇게 보고 싶었던 사람이 눈앞에 있는데도 혜민은 감히 그를 쳐다보지 못했다. 자신을 사기꾼으로 여기는 그의 시선을 도무지 마주할 자신이 없었다. 목이 뻐근해져 올 무렵 마침내 그가 입을 열었다.

"끝내고 나와. 기다릴 테니까."

승현은 일방적으로 통보한 후 몸을 돌려 유리문을 밀고 나가 버렸다. 그가 눈앞에서 사라진 후에도 혜민은 한참 동안 고개를 들 수 없었다.

무슨 정신으로 마감을 했는지 모르겠다. 밖으로 나가자 미지근한 바람이 불어왔다. 늦은 시간 번화가에서 좀 떨어져 있는 거리의 상점들은 불이 꺼져 있었다. 가로등만 쓸쓸히 길을 밝히고 있는 거리는 인기척이 전혀 느껴지지 않았다. 기다린다더니 가 버린 건가.

다행이다 싶으면서도 한편으로는 섭섭하고 아쉬웠다. 아깐 너무 놀라서 제대로 그를 보지도 못했었는데. 혜민은 무거운 마음으로 어둠에 잠긴 주변을 두리번거렸다. 집에 가야 하는데 발이 떨어지지 않는다. 그렇게 한참 홀로 서 있는데 어디선가 누군가의 구둣발 소리가 들려오기 시작했다.

뚜벅뚜벅. 느리지도 빠르지도 않은 리드미컬한 발걸음 소리가 몹시 익숙했다. 거의 1년에 가까운 시간 동안 늘 옆에서 들어 왔던 소리다. 인적이 끊긴 밤거리에 울려 퍼지는 익숙한 구둣발 소리를 듣고 있노라니 마음이 차분하게 가라앉는다.

갑작스런 승현의 등장으로 혜민은 한동안 정신을 차릴 수가 없었다. 기습 방문에도 놀랐고 대놓고 자신을 사기꾼 취급한 것도 충격적이었다. 머릿속이 엉망진창이었다. 그러나 가게를 정리하면서 혼란스럽던 머릿속도 차츰 정리가 되었다.

어떻게 자신이 있는 곳을 알고 찾아왔는지 모르지만 중요한 건 그게 아니었다. 그전에는 몰랐었지만 오늘 그를 보니 확실히 깨달았다. 자신이 해야 할 일이 있다는 것을.

승현은 천천히 그녀와의 거리를 좁혀 왔다. 가로등을 등지고 걸어오는 그를 보고 있자니 새삼 감회가 새로웠다. 사는 세계가 다르긴 하지만, 예전에 그랬던 것처럼 한 번쯤은 우연히 볼 수 있지 않을까 막연히 생각하곤 했다. 그런데 막상 현실이 되자 얼떨떨했다. 비록 즐거운 상황은 아니지만 이렇게라도 그를 보니 반갑고 설레었다.

그는 혜민에게서 두어 발자국 떨어진 곳에 멈춰 섰다. 혜민은 가만히 그를 올려다보았다. 5개월 만에 보는 그는 조금 야위어 있었다. 최근에 이발을 했는지 머리칼도 좀 짧아진 듯했다. 그러나 특유의 서늘하고 차가운 분위기는 그대로였다.

반듯하고 준수한 용모는 물론 모델 뺨치는 우월한 슈트발도 여전했다. 혜민은 여전하면서도 달라진 그의 모습을 하나하나 눈에 새겨 넣으며 먼저 입을 열었다.

"그동안 미안했어요."

승현은 그녀를 빤히 바라볼 뿐 아무런 대꾸도 하지 않았다. 혜민은 개의치 않고 말을 이어 갔다.

"변명처럼 들리겠지만…… 속이고 싶어서 속인 건 아니었어요."

잠시 입을 다물고 두어 차례 심호흡을 했다. 그러고는 침착하게 입 속에서 맴돌던 말을 꺼냈다.

"다 알고 있었죠? 내가 왜 김지환 씨 행세를 하게 된 건지."

그의 눈이 미세하게 흔들렸다. 그의 반응으로 미루어 보아 그녀가 무슨 말을 하는지 알아들은 듯했다. 이윽고 그가 입을 열었다.

"몽유병이 있다는 걸 이제 알았나?"

혜민은 대답 대신 고개를 끄덕였다. 역시 짐작한 대로였다. 그는 그녀의 몽유병을 알고 있었다. 그렇다면 그녀의 정체와 사정에 대해 전부 다 알고 있었을 것이다.

"언제 알았어요?"

그에게 꼭 묻고 싶었던 것이었다. 몽유병은 언제 발병한 걸까. 대체 그는 언제부터 자신의 정체를 알고 있었던 걸까. 언제부터 알고도 모른 척해 온 걸까.

"내 집에 오고 난 다음 날 밤에."

혜민은 두 눈을 질끈 감았다. 예상했던 것보다 발병 시기가 훨씬 빨랐다. 그는 처음부터 자신의 정체를 알고 있었던 셈이다. 그러고 보니 그의 집에서 살기 시작한 첫날, 샤워한 후 허리에 수건 한 장만 달랑 걸쳤던 그가 다음 날부터는 반드시 옷을 갖춰 입고 나왔던 기억이 났다. 조금만 주의를 기울였다면 진작 알았을 것을. 당시엔 왜 알지 못했던 걸까.

"서재에서 일하는데 무슨 소리가 나길래 거실로 나와 보니 네가 있었어. 불도 켜지 않은 캄캄한 거실을 돌아다니면서 혼잣말을 하더군. 네 아버지를 살려 달라고 내게 매달려서 애원했었지."

당시 꾸었던 꿈이 어렴풋하게나마 떠올랐다. 아마 사채업자에게 끌려간 아버지가 장기 적출을 당하는 끔찍한 꿈이었을 것이다. 꿈속에서 자신은 패닉에 빠져 제정신이 아니었다. 그 모습을 승현이 전부 지켜보고 있었다니. 얼굴이 점차 뜨거워졌다.

알고 있었지만 막상 그의 입으로 확인 사살 당하자 견딜 수가 없었다. 한밤중에 거실을 배회하며 헛소리를 늘어놓는 자신을 그는 어떤 마음으로 지켜보았을까. 술주정하는 취객을 바라보듯 한심하게 여기며 혀를 찼을지도. 더는 알고 싶지가 않았다. 혜민은 화제를 돌려 버렸다.

"어떻게 날 찾았는지 모르겠지만, 내 사정 알고 있다니 부탁할게요. 그냥 모른 척해 줘요."

최대한 뻔뻔하고 재수 없어 보이게 말했다. 정나미가 떨어져 두 번 다시 보고 싶다는 생각이 들지 않도록.

"할 말은 그것뿐인가?"

"네."

"목적을 이뤘으니 더 이상 볼일 없다는 건가?"

"그래요."

마음에도 없는 말을 하려니 속이 쓰라렸다. 그러나 혜민은 겉으로 전혀 내색하지 않았다. 김지환이 돌아왔으니 자신이 남의 행세를 한 사기꾼이었다는 사실은 전부 밝혀졌을 터였다.

누구라도 사기꾼인 자신과 얽히면 한 패거리였다고 오해받을 것이다. 한집에서 같이 살았다는 자체만으로도 이미 그는 오해받고 있을 수도 있었다. 그러니 그와는 더 이상 얽혀선 안 되었다. 그와는 아무 상관도 없는 사람이 되어야 했다.

오래전부터 예상했었고 마음의 결정도 이미 내려 놓은 것이었다. 이제 와 달라지는 건 없었다. 자신은 그가 준 기회를 놓쳐 버렸다. 한번 떠난 버스를 다시 탈 수는 없었다.

김지환 프로젝트가 끝나면서 그와의 관계도 끝나 버린 거나 다름없었다. 자신과 그는 더 이상 만나선 안 되는 사이였다. 여기서 확실히 끝내 줘야 했다. 그게 자신이 해야 할 마지막 일이었다.

승현은 혜민을 뚫어져라 쳐다보았다. 검은 동공은 평온했으나 그의 한쪽 입꼬리는 위로 말려 올라갔다.

"너는 이제 볼일 없을지 몰라도 난 아닌데, 어쩌지?"

애정이라고는 눈곱만큼도 느껴지지 않는 싸늘한 어조에 등줄기가 뻣뻣해졌다. 이대로 순순히 물러나지 않을 기세였다. 작정하고 꽁꽁 숨어 버린 그녀를 찾아낸 그였다. 그의 집념과 끈기가 새삼 두려워졌다. 대체 무슨 일이길래 자신을 악착같이 찾은 걸까.

혜민은 긴장을 늦추지 않고 그의 다음 말을 기다렸다. 그가 한 발 그녀에게 다가왔다. 위압적인 분위기에 혜민은 저도 모르게 뒤로 물러설 뻔했다. 다리에 힘을 주고 끝까지 제자리에서 버텼다. 그에게서 두 번이나 도망치고 싶지 않아서였다. 그러나 이어진 그의 말을 듣고는 제자리에서 버틴 걸 후회했다.

"지환이 사고…… 알고 있었지?"

혜민의 입이 멍하니 벌어졌다. 생각지도 못한 화제에 곤혹스러웠다. 설마 김지환의 사고에 대해 그가 추궁할 거라고는 상상도 못 했었다.

"왜 말 안 한 거지?"

말문이 막혔다. 혜민이 대답을 하지 못하고 우물쭈물하자 그가 한 발 더 앞으로 다가왔다. 손만 뻗으면 서로에게 닿을 만큼 가까워졌다. 승현은 상체를 숙여 그녀와 눈을 맞췄다. 유리알처럼 반들거리는 차가운 눈과 마주치자 가슴이 꽉 죄어들었다. 그는 그녀를 가만히 바라보며 나직한 목소리로 물었다.

"그들과 한패였던 건가?"

"아니요."

대답이 화살처럼 튀어 나갔다. 말도 안 되는 오해가 억울했다.

"그럴 리가 없잖아요."

혜민은 아랫입술을 깨물었다. 그녀가 김지환 프로젝트를 하게 된 이유를 알고 있을 그였다. 그런데 어떻게 그런 오해를 할 수 있는 건지 야속하고 속상했다. 눈가가 뜨거워지려는 걸 애써 손등으로 꾹꾹 누르며 진정시켰다. 당장 이 자리서 벗어나고 싶었다. 하지만 벗어날 때 벗어나더라도 해명은 제대로 해 두고 싶었다.

"김지환 씨의 사고는 그 사람들한테 납치당했을 때 알게 된 거예요."

"가출이 아니라 납치라."

그러고 보니 납치당했던 사실을 그에게 말하지 않았다는 게 기억났다. 혜민은 풀 죽은 목소리로 대꾸했다.

"그 사람이 협박했어요. 말하면 가만두지 않겠다고. 그렇다 해도 말했어야 하는데…… 그건 내가 잘못했어요."

당시 승현에게 말하지 않은 건, 협박당해서이기도 하지만 그와 조금이라도 더 같이 있고 싶다는 이기심 때문이었다. 어떤 이유든 간에 김지환의 사고에 대해 알리지 않은 건 자신이 명백히 잘못한 것이었다.

어색한 침묵이 흘렀다. 혜민은 땅바닥을 내려다보며 격앙된 감정을 다스렸다. 문득 자신의 신발과 그의 신발에 시선이 닿았다. 앞코가 떨어지고 해진 자신의 운동화와 티끌 하나 없이 반들반들한 그의 가죽 구두가 서로 맞닿을 듯이 가까이 있었다. 물리적으로는 이토록 가까이 있는데 마음은 한없이 멀게만 느껴졌다.

아마 그는 자신에게 오만 정이 떨어진 모양이었다. 그렇지 않고선 오랜만에 만난 자신에게 김지환의 사고에 대해 추궁하며 의심하진 않았을 테니까.

5개월이었다. 반년에 가까운 긴 시간 동안 서로 떨어져 있었다. 눈에서 멀어지면 마음도 멀어진다는 말처럼, 자신에게 애틋한 마음이 있었다 해도 5개월의 시간이 흐르는 동안 희미해질 법도 했다. 그는 바쁜 사람이니 자신만 생각하며 살 순 없었을 것이다.

아직 나는 그대로인데, 그의 모든 것이 손에 잡힐 것처럼 생생한데 그의 마음은 변했을지도 모른다고 생각하자 안타깝고 서글펐다. 조금 전까지만 해도 그가 자신에게 정나미가 떨어지길 바랐으면서 막상 눈앞에 닥치자 가슴이 찢어질 것처럼 아팠다.

"이제 나한테 볼일은 끝난 건가요?"

그는 아무 말도 하지 않았다. 혜민은 침묵을 긍정으로 해석하기로 했다.

"이만 돌아가요. 난 그 사람들과 아무 상관없으니까 다신 찾아오지 마요."

혜민은 힘겹게 말한 후 돌아섰다. 그의 마음이 변한 것이 차라리 잘된 일이다 싶었다. 당장 죽을 것처럼 아프지만 그의 마음이라도 편하기를 진심으로 바랐다. 서너 발자국 걸어가는데 등 뒤에서 그의 목소리가 들려왔다.

"나한테 할 말이 고작 그것뿐인가?"

아직도 사과가 부족한 건가. 아니면 다른 무언가를 바라고 있는 건가. 전자라면 얼마든지 말해 줄 수 있지만 후자라면 할 말이 없었다. 그냥 이대로 조용히 지나가기를.

혜민은 뒤돌아보지 않고 계속 앞으로 걸어갔다. 뒤에서 그의 발걸음 소리가 들려왔다. 순식간에 어깨가 큼직한 손에 잡혔고 몸이 반 바퀴 돌아갔다. 몹시 화가 난 듯한 그의 얼굴이 눈에 들어왔다. 혜민은 일부러 신경질적으로 쏘아붙였다.

"왜 이래요?"

"몰라서 물어? 그날 왜 그랬던 거야? 어째서 이름을 가르쳐 주고 날 거부하지 않은 거지?"

드디어 그가 작년 크리스마스이브의 밤을 거론했다. 혜민은 크게 숨을 들이쉬었다. 언젠가 한 번은 짚고 넘어가야 한다고 생각했던 것이었다. 주마등처럼 그날 밤의 일들이 눈앞을 스쳐 지나갔다.

처음으로 두 사람이 남자와 여자로 마주 보며 서로를 보듬었던 그날 밤. 평생 간직할 소중한 추억이 깃든 밤이었다. 그날 밤을 떠올리면 행복하면서도 그에 대한 그리움에 여지없이 가슴이 아리고 안타까웠다. 지금도 마찬가지였다. 그러나 혜민은 대수롭지 않다는 어투로 미리 준비해 두었던 대답을 했다.

"그건 그냥 하룻밤 즐긴 것뿐이에요."

"즐겨?"

"크리스마스이브였잖아요. 아무 의미도 없었던 거라고요."

승현의 눈썹이 꿈틀거리더니 순식간에 인상이 험악해졌다. 그의 손아귀에 힘이 들어갔는지 어깨가 몹시 아팠다. 혜민은 그의 손을 떼어 내려 애썼다.

"이거 놔요."

"하룻밤 즐길 거였다면 이름은 왜 가르쳐 준 거야?"

"내가 가짜라는 거 알고 있었잖아요. 아는 사이에 숨기는 것도 그렇고 기왕 즐길 거, 이름이라도 알고 하자고 그런 거예요."

승현의 얼굴이 딱딱하게 굳어졌다. 어깨가 부서질 것처럼 아팠다. 그의 손을 떼어 내려고 버둥거리던 혜민은 입에서 나오는 대로 아무 말이나 내뱉었다.

"고소라도 하고 싶은 거예요?"

"뭐?"

"같이 즐겼잖아요. 근데 이제 와서 왜 이러는 건데요?"

"진짜 몰라서 묻는 거야?"

"몰라요. 잘못했다고 했잖아요. 솔직히 그쪽한테 피해 입힌 것도 없는데 너무한 거 아녜요? 김지환 씨도 무사히 돌아왔고, 모든 게 다 잘됐잖아요. 그러니까 모른 척 좀 해 주면 안 돼요?"

그의 반듯한 이목구비가 형편없이 일그러졌다. 정작 울고 싶은 건 난데 어째서 그가 저런 표정을 짓는 걸까.

어깨를 붙들고 있던 그의 손이 힘없이 떨어져 나갔다. 가라앉은 그의 목소리가 어두운 밤거리에 나직하게 울려 퍼졌다.

"정말 내가 돌아가길 원해?"

마지막이라는 생각이 들었다. 혜민은 잠시 머무적대다가 대꾸했다.

"그래요."

그는 한참 동안 말없이 혜민을 바라보더니 천천히 뒤돌아섰다. 멀어지는 그의 뒷모습을 바라보고 있자니 정말 끝났다는 실감이 들었다. 바라던 대로 원하던 대로 되었다. 이제 두 번 다시 그를 보는 일은 없을 것이다.

버스 정류장으로 향하는 발걸음이 천근만근이었다. 가슴속에 돌덩이가 한가득 들어찬 것처럼 답답했다. 모든 게 잘 마무리되었는데 자꾸만 눈시울이 뜨겁고 콧날이 시큰했다. 마지막으로 눈에 담았던 그의 뒷모습이 자꾸만 눈앞에 어른거렸다. 그래서 타고 가야할 버스가 왔는데도 알아차리지 못했다.

"아가씨, 안 타요?"

버스 기사 아저씨가 말을 걸어왔다. 혜민은 멍하니 버스 기사를 바라보았다. 기사 아저씨가 다시 한 번 안 타냐고 물어 왔을 때, 혜민은 자기도 모르게 "죄송해요."라고 대답해 버렸다. 그러고는 어딘가로 걸어가기 시작했다. 자다 일어난 것처럼 몽롱하고 정신이 하나도 없었다. 발길 가는 대로 걷다가 문득 왔던 길을 되짚어

가고 있다는 걸 깨달았다.

"이게 뭐하는 거지?"

혼잣말을 하며 스스로를 자제하려 했지만 소용없었다. 발걸음은 멈추지 않았다. 멈추긴커녕 점점 빨라지더니 어느새 달리고 있었다. 백 미터 전력 질주를 하는 것처럼 온 힘을 다해 달렸다. 고요한 밤거리에 그녀의 낡은 운동화와 보도블록의 마찰 소리가 유난히 크게 들려왔다.

마지막으로, 정말 마지막으로 한 번만 더 보고 싶었다. 먼발치라도 상관없었다. 콩알만 하게 보여도 상관없었다. 그저 한 번만, 딱 한 번만 더 보고 싶었다. 다른 걸 바라는 건 아니었다. 딱 한 번만.

그와 마지막으로 함께 있었던 곳까지 달려왔지만 당연하게도 그는 없었다. 혜민은 인근 골목으로 들어가 샅샅이 뒤졌다. 줄지어 주차된 차들 가운데 그의 차는 보이지 않았다. 혜민은 포기하지 않고 골목골목을 전부 뒤지고 다니다가 큰길가로 나갔다.

늦은 밤이었지만 수많은 차량이 도로 위를 쌩쌩 달리고 있었다. 눈앞을 휙휙 지나가는 차들을 보고 있노라니 맥이 풀려 버렸다. 벌써 가 버린 모양이었다. 가슴 어딘가에 뚫린 구멍으로 서늘한 바람이 지나갔다.

서운해하거나 그를 원망할 자격이 자신에겐 없었다. 가 버리라고 한 게 누군데 염치도 없지. 너무 늦으면 수영이 걱정할 터였다. 이제 그만 집으로 돌아가야 했다. 떨어지지 않는 발을 억지로 떼서 옮기려던 순간이었다.

도로 위를 달리던 차량 가운데 승현의 차와 같은 차종의 차가

휙 지나갔다. 순식간에 지나가서 번호판을 보지 못했지만 색상이라든지 디자인이 그의 것과 같았다. 깊게 생각할 여유가 없었다. 혜민은 일단 그 차가 지나간 방향으로 무작정 뛰기 시작했다. 인근 사거리 신호등에 걸려 멈춰 서 있길 간절히 바랐다.

그녀의 간절한 바람이 통한 건지 차들이 멈춰 서 있는 게 보였다. 멀리서 익숙한 차체가 어렴풋이 시야에 들어오자 마음이 급해졌다. 그러나 급해진 마음의 보폭을 다리가 미처 따라잡지 못했다.

"아얏!"

무리하게 달리다 보니 결국 스텝이 엉켰다. 눈 깜짝할 사이에 몸의 균형이 어긋났다. 혜민은 그대로 길바닥으로 곤두박질쳤다. 보도블록과 조우한 온몸이 욱신거렸다. 뜨거운 통증이 전신을 달렸다. 그러나 혜민은 상처를 돌아볼 여유가 없었다. 신호가 바뀌었는지 차들이 서서히 움직이기 시작했다.

"안 돼. 기다려. 기다리라고!"

생각 같아선 벌떡 일어나 달려가고 싶은데 몸이 말을 듣지 않았다. 그녀의 속이 시커멓게 타건 말건 차들은 제 갈 길을 열심히 가고 있었다. 그녀가 찾던 차량 또한 가 버린 건지 이제 보이지 않았다.

몸에서 힘이 빠져나갔다. 혜민은 차가운 보도블록에 사지를 늘어뜨린 채 허탈한 한숨을 내쉬었다. 오밤중에 뭐하는 짓인지 모르겠다. 스스로가 이토록 바보같이 느껴지는 건 처음이었다.

땅의 냉기가 피부에 스며들 무렵, 그녀는 천천히 몸을 추슬렀다. 뒤늦게 상처를 살펴본 혜민은 깜짝 놀랐다. 작년 여름, 비 오는 산속에서 넘어졌을 때보다 상태가 더 안 좋았다.

쓸려서 피부가 죄다 까진 손바닥과 팔꿈치는 물론이고 무릎은 질긴 청바지가 구멍이 날 정도로 너덜너덜해져 있었다. 군데군데 묻어 있는 핏자국이 마치 큰 사고라도 당한 사람처럼 보였다. 이런 몰골로 집에 갔다간 수영이 기함할 터였다.

한밤중에 문 연 약국이 있을 리 만무했다. 일단 편의점에 들러서 반창고라도 사서 붙여야겠다는 생각에 주위를 두리번거렸다. 두 블록 정도 떨어진 거리에 편의점 간판이 불을 밝히고 있었다. 혜민은 조심조심 몸을 추스르며 일어나려 했다. 그때 무언가가 불쑥 눈앞에 나타났다.

커다란 손이었다. 손톱이 정갈하게 다듬어져 있었고 길쭉한 손마디가 일자로 시원하게 뻗어 있었다. 누군가가 공들여 만든 작품처럼 아름다운 손이었다. 혜민은 눈앞에 내밀어진 손을 가만히 응시하다가 시선을 위로 올렸다.

아름다운 손과 이어진 강인한 손목엔 고급스러운 시계가 둘러져 있었다. 손마디처럼 길쭉한 팔과 널찍한 어깨는 값비싼 슈트로 감싸여 있었다. 시선은 점점 핥듯이 위로 올라갔다. 그러다 목에 매달린 파란색 넥타이에 닿았을 때 혜민은 숨을 멈췄다.

언젠가 저 넥타이를 손에 쥐고 있었던 때가 있었다. 빨간색과 파란색 넥타이 중에서 파란색을 골라 그의 목에 직접 매 줬던 기억이 새록새록 떠오른다. 사소하지만 결코 잊을 수 없는 소중한 추억이었다.

"안 잡을 건가?"

나지막하면서 울림이 좋은 목소리가 머리 위에서 들려왔다. 혜민은 아무 말도 할 수 없었다.

가지 않고 기다리고 있었다. 자신이 돌아올 때까지. 눈앞에 있는 승현은 그의 마음이 전혀 변하지 않았다는 가장 확실한 반증이었다. 기묘한 안도감에 맥이 탁 풀렸다. 손가락 하나 움직일 수 없었다. 이젠 정말로 완전히 끝이라고 생각했었는데.

그의 얼굴이 흐릿해졌다. 뜨거운 물기가 눈가에 고여 들었다. 그동안 힘겹게 만들고 억지로 세우고 둘렀던 마음의 벽들이 와르르 무너져 내리고 있었다. 다행이었다. 그가 가지 않아서 정말 다행이었다.

승현은 혜민이 꼼짝도 하지 않자 그녀의 겨드랑이로 손을 넣어 일으켜 세웠다. 피투성이가 된 그녀의 무릎과 팔과 손을 본 그의 눈썹이 꿈틀거린다.

길바닥에 널브러져 있을 땐 몰랐는데 이렇게 보니 상처가 심각했다. 그는 손수건을 꺼내 제일 심각한 무릎을 감싸 주었다. 금세 손수건이 붉게 물들었다. 그는 혀를 찼다. 이럴 줄 알았으면 좀 더 빨리 나타날 걸 그랬다.

혜민과 헤어진 후 승현은 그의 차가 세워진 곳으로 걸어가다가 되돌아왔다. 그러고는 그녀가 여기저기 정신없이 헤매는 걸 전부 지켜보았다. 그녀의 진심을 확인하고 싶어서였다. 그래서 일부러 나서지 않고 숨어 있었는데, 이렇게 피투성이가 된 그녀를 보고 있자니 조금 후회가 되었다.

"여기 있어. 가서 약 사 올 테니까."

이 시간에 문을 연 약국이 있을지 의아스러웠지만 가만있을 수 없었다. 안 되면 가까운 병원 응급실에라도 데려가야겠다고 생각하며 승현이 막 발을 떼어 놓으려 한 순간이었다.

"가지 마요."

마치 어린아이처럼 옷자락을 꼭 움켜쥐고서 그녀가 말했다. 그동안 힘들었는지 이전보다 반쪽이 된 얼굴은 그새 눈물로 뒤덮여 있었다. 한숨이 흘러나왔다. 결국 이럴 거면서.

그녀의 사정을 이해 못 하는 건 아니었지만, 진심이 아니라는 것도 알고 있었지만 그녀의 모진 말들이 꽤 아팠던 것도 사실이었다. 거짓이더라도 그녀에게서 그런 말들은 듣고 싶지 않았다. 승현은 아까의 일을 떠올리며 부러 통명스럽게 말했다.

"가라며."

그녀가 도리질 쳤다.

"이제 볼일 없다며."

또 도리질.

혜민은 계속 도리질 치기만 했다. 그동안 그녀를 철통같이 둘러싸고 있었던 뾰족한 가시가 전부 사라지고 본연의 연약한 알맹이만 남은 느낌이었다. 무장해제 된 송혜민이란 여자는 너무나 작고 여려서 무조건 감싸 안아 주고 싶은 생각이 들었다. 이제 그녀는 눈에 뻔히 보이는 위악을 떨지도 않을 테고 마음과 어긋나는 말도 하지 않을 것이다.

승현은 드디어 때가 되었다는 걸 알았다. 지금 이 순간을 위해 그는 한 달 전에 그녀를 찾고도 몰래 숨어서 지켜보며 오늘까지 모른 척해야만 했었다.

지금 이 순간을 위해 일부러 오디션 장소를 그녀가 일하는 커피 전문점으로 급하게 변경시켜야만 했다. 그녀의 무릎이 깨져 나가도 나설 수가 없었다. 그녀가 자신을 떠올리도록 하기 위해, 그녀가 자신을 그리워하게 하기 위해, 그녀가 부디 마지막 기회를 걷어차 버리지 않게 하기 위해, 그녀가 스스로 선 밖으로 완전히 나오게 하기 위해 그는 백년과도 같았던 한 달을 이를 악물고 버텨 냈다.

억지로 끌어당긴다 해서 될 일이 아니었다. 그녀 스스로 인정하고 받아들여야 했다. 그녀가 직접 그가 내민 손을 잡아야 했다. 그래야만 두 사람에게 미래가 있었다. 그녀가 두르고 있던 가시를 전부 걷어 낸 지금 이 순간이야말로 서로 제대로 된 대화가 가능할 것이다. 승부수를 띄워야 할 때였다.

"난 지환이가 빨리 돌아오길 바랐어."

눈물 가득한 눈망울이 커다래진다.

"너는 너. 지환이는 지환이. 두 사람이 제자리를 찾는 순간, 내 마음을 말하려 했었지."

"무슨…… 말이에요?"

혜민은 어리둥절했다. 지금 그가 하는 말을 하나도 이해할 수 없었다. 혼란스러워하는 그녀를 이해시키기 위해 승현은 침착하게 그동안 꽁꽁 숨겨 왔던 자신의 마음을 풀어 놓았다.

"네가 지환이로 있는 이상 우린 형제일 수밖에 없지. 제대로 여자와 남자로 만나려면 하루라도 빨리 지환이가 돌아와야 한다고 생각했었어."

"그치만 난……."

"알아. 지환이가 돌아오면 네 자리가 없어진다는 거. 네 아버지 때문에 네가 마음대로 할 수 없었다는 것도. 그래서 내가 먼저 지환이를 찾으려 했던 거야. 아무 탈 없이 두 사람이 제자리를 찾도록 해 줄 생각이었지."

혜민은 뭔가에 얻어맞은 사람처럼 멍하니 입을 벌렸다.

"결국 나의 오만과 독선이 일을 그르쳤지. 지환이를 해치려던 작자들에게 지환이 찾는 일을 맡겼던 것도 그렇고. 일찌감치 모든 걸 털어놓았더라면 네가 떠났을 리도 없었을 테고 내가 널 찾아 헤매는 일도 없었을 텐데 말이지."

자조 섞인 승현의 고백에 혜민은 어안이 벙벙했다. 그의 마음을 짐작하지 못한 건 아니었지만 이 정도일 줄은 몰랐다. 자신과의 관계를 그가 이토록 진지하고 구체적으로 그리고 있을 거라고는 상상도 못 했었다.

한때 지나가는 바람이 아니었다. 어쩌면 생각했던 것보다 훨씬 더 무겁고 바닥이 보이지 않을 만큼 깊을지도 몰랐다. 심장의 고동 소리가 귓가에 맴돌고 있었다. 그의 검은 동공과 마주치자 기다렸다는 듯 두근대던 심장이 개구리처럼 펄쩍 뛰어올랐다.

"그래서 이젠 너한테 모든 걸 맡기려고. 네가 하라는 대로 할 거야. 오라면 올 거고 가라면 갈 거야. 자, 송혜민, 어떻게 했으면 좋겠어?"

그의 입에서 자신의 이름이 불리자 정신이 번쩍 들었다. 혜민은 자신에게 공이 넘어왔음을 알았다. 자신의 말 한 마디에 그와 자신의 미래가 걸려 있다고 생각하자 신중해진다. 오만 가지 생각들이 머릿속에서 춤을 추었다. 혼란스러웠지만 혜민의 마음은 한 곳으로 향하고 있었다. 거침없이 질주하는 마음의 흐름에 당혹스럽기까지 했다.

이게 과연 잘하는 건지 모르겠다. 여전히 불안하고 그가 걱정되는 마음은 변함없었다. 나와 얽혀서 행여 그에게 피해가 간다면. 상상하고 싶지도 않았다. 그럼에도 더 이상 그를 보내고 싶지 않았다. 그의 뒷모습을 눈에 담고 싶지 않았다. 그가 없는 거리를 정신없이 헤매고 다니고 싶지 않았다. 밤마다 꿈속에서 그를 그리워하며 어둠 속을 배회하고 싶지 않았다.

양심이 쿡쿡 쑤셔 왔다. 비겁하고 나약하고 이기적인 자신이 원망스러웠다. 혜민은 힘겹게 입을 열었다.

"미안해요."

나지막하게 떨리는 목소리에 승현의 표정이 대번에 딱딱하게 굳어졌다. 잠시 두 사람 사이에 어색한 정적이 찾아왔다. 승현은 방금 들은 그녀의 말을 여러 차례 곱씹었다.

결국 다 소용없는 짓거리였던가. 절망감이 온몸을 감싸 왔다. 자신에 대한 그녀의 마음이 변치 않았을 거라고 자신했었다. 마음을 터놓고 진심을 내보인다면 잘 될 거라 믿었었다. 그런데 그 모든 것들이 만용이었던 건가. 정말 이렇게 끝나는 건가.

그의 마음이 소리 없이 갈기갈기 찢겨져 나갈 무렵 그녀의 목소리가 또다시 허공을 갈랐다.

"나 때문에 힘들어질 수도 있어요. 사기꾼이라고 손가락질당할 수도 있어요. 그래도 괜찮다면……."

절망에 가득 찼던 승현의 검은 동공이 커다래졌다. 손이 부들부들 떨렸다. 참을 수가 없었다. 눈앞에서 힘겹게 고백하고 있는 그녀가 너무나 예쁘고 사랑스러웠다. 결국 그는 혜민을 품에 꼭 끌어안았다.

느닷없는 포옹에 놀랐는지 그녀가 살짝 몸부림친다. 그는 그녀가 빠져나가지 못하도록 양팔로 그녀의 허리를 바짝 당겨 안았다. 그러자 그녀도 이내 잠잠해지더니 살며시 얼굴을 그의 가슴에 기대었다. 그녀의 마른 몸과 체온이 그에게 고스란히 전해진다. 그녀의 향기가 코끝에 닿았다. 승현은 그리웠던 체취를 흠뻑 들이마셨다.

지옥에서 단번에 천국으로 수직상승 한 기분이었다. 승현의 입가에는 쓴웃음이 걸렸다.

"넌 참…… 쉽지가 않군."

혜민은 고개를 들어 그를 걱정스럽게 바라보았다. 쉽지 않다는 게 좋은 건지 나쁜 건지 모르겠다. 그녀를 꼭 안고 있던 팔 하나가 위로 올라갔다. 커다란 손이 머리를 쓱쓱 쓰다듬어 준다.

짧았던 그녀의 머리는 이제 귀밑까지 내려오는 단발이 되어 있었다. 그의 손가락이 머리카락 사이로 스며들었다. 참 잘했다고 칭찬해 주는 손길처럼 느껴졌다. 혜민은 그의 다정하고 자상한 손길을 느끼며 북받쳐 오는 울음을 삼켰다.

"일단 병원부터 가자."

승현의 말에 혜민은 그제야 욱신거리는 통증을 느낄 수 있었다. 상처 부위에서 아직도 피가 흐르고 있었다. 조금만 움직여도 온몸이 비명을 질러 댔다. 눈물이 찔끔 날 정도로 아팠다.

조금 전까지만 해도 혜민은 통증을 전혀 느끼지 못했었다. 그와 마주하고 있자니 아픈 것도 잊어버리고 있었던 모양이다. 그와 함께 있으면 늘 이랬다. 나보다 그를 먼저 생각하게 된다. 이젠 정말 어쩔 수가 없다는 생각이 들었다.

꼭 끌어안고 머리를 쓰다듬어 주던 승현이 어느새 손을 내밀고 있었다. 혜민은 길게 뻗은 그의 손을 내려다보았다. 고개를 들어 그를 다시 쳐다보았다. 그는 재촉하지 않고 그녀를 가만히 기다려 주었다. 지금까지 그래 왔던 것처럼 앞으로도 그녀를 기다려 주겠다는 무언의 맹세가 엿보였다.

눈물 때문일까. 언제나 서늘하고 차가워 보였던 그의 까만 눈이 지금은 이상하게 따뜻해 보였다. 그 따스함에 전염이라도 된 건지 그녀의 가슴도 차츰 따뜻해졌다. 혜민은 크게 숨을 들이쉬고 내쉬었다. 그리고 손을 뻗어 그의 손을 힘껏 잡았다.

이제부터 시작이었다.

에필로그 1
보통의 연애

6시 10분 전이다. 여전히 제자리에서 미동도 하지 않는 분침의 위치를 확인한 승현은 한숨을 내쉬었다. 마치 누가 듣기라도 할까 봐 숨죽인 조심스러운 한숨이다. 고함을 지르지 않는 한 집무실 바깥의 직원들은 그가 뭘 하는지 알 도리가 없는데도 지레 조심하게 된다.

일개 직원이면 몰라도 한 회사의 보스가 퇴근 시간을 손꼽아 기다린다는 사실 자체가 그에겐 치욕이나 다름없었다. 죄책감이 마음을 짓누르는데도 불구하고 눈은 자꾸만 벽에 걸린 시계로 향한다. 미처 말릴 새도 없이.

야근을 하던 시절엔 늘 시간이 눈 깜짝할 사이에 지나가 안타깝게 하더니 요즘엔 일 분 일 초가 일 년처럼 여겨져 속이 타들어 갔다. 특히 퇴근 시간 10분 전이 그의 인내심을 가장 많이 시험하는 시간대였다.

피가 바짝 마르는 심정이었다. 그러나 그는 아무렇지도 않은 얼굴로 어제처럼, 그저께처럼, 그끄저께처럼 이미 한참 전에 끝내 놓은 일거리를 괜히 들추며 어서 시간이 지나가길 기다렸다.

"승현아, 형님 컴백했다!"

별안간 문이 벌컥 열리더니 까무잡잡하게 타 버린 낯익은 얼굴이 불쑥 나타났다. 코끝에 걸린 뿔테 안경을 검지로 올린 진호가 씨익 웃으며 캐리어를 끌고 책상 앞으로 다가왔다.

"이 형님이 널 보러 공항에서 바로 날아왔다는 거 아니냐. 이제 곧 퇴근 시간이지? 저녁 먹으면서 하와이 국제영화제 얘기해 줄게. 너도 소식 들었지? 우리 영화 상 받은 거. 거기 분위기가 어땠는지 알면 깜짝 놀랄……."

"오늘은 안 돼."

"뭐?"

"내일도 안 되고 모레도 안 돼. 앞으로 계속 저녁 시간대는 안되니까 월요일 점심때나 오도록 해."

환대는커녕 일말의 여지도 없는 냉정한 거절이었다. 뜻밖의 사태에 맞닥뜨린 진호는 멍하니 입을 벌리고 있을 뿐 아무런 반박도 하지 못했다. 승현은 다시 시계를 확인했다. 6시 정각까지 앞으로 1분을 더 기다려야 했다. 그는 혀를 찼다. 30초가 흘렀을 무렵, 정신을 차린 진호가 마침내 반격에 나섰다.

"그게 무슨 말이야? 앞으로 저녁 시간대는 안 된다니. 중요한 미팅이라도 줄줄이 잡혀 있는 거냐?"

"응."

그의 대답에 진호의 눈이 반짝거렸다.

"뭔데? 네가 이렇게 나서는 걸 보면 기똥찬 시나리오라도 들어온 거 같은데, 어떤 거냐?"

꼬치꼬치 물어 오는 진호의 목소리를 한 귀로 흘려들으며 승현은 데스크톱 전원을 껐다. 그러고는 옷걸이에 걸린 재킷을 집어 들고 차 키를 챙겨 자리에서 일어났다. 의자를 안으로 들이밀고 책상을 돌아 나오자 시계는 정확하게 6시 정각이 되었다.

"다음 주에 봐."

"야, 말은 해 주고 가야지."

승현은 뒤도 돌아보지 않고 집무실을 나갔다. 홀로 남겨진 진호는 허탈한 얼굴로 그 자리에 멍하니 서 있었다.

'여우별'는 진호뿐만 아니라 승현도 상당히 공을 들인 영화였다. 몇 년 동안 빛을 보지 못하다가 천신만고 끝에 간신히 만든 영화가 국내서 성공한 것도 모자라 국제영화제에서 감독상이나 다름없는 상까지 받았다. 누구보다도 기뻐하고 축하해 줄 거라 믿어 의심치 않았었다.

한동안 빌빌대던 게 안쓰러워서 기쁘게 해 줄 요량으로 비행기에서 내리자마자 한달음에 달려왔건만. 잠깐 자리를 비운 사이, 일벌레란 별명이 무색하지 않게 그새 새로운 일거리를 찾아낸 모양이었다.

진호는 씁쓸하게 웃었다. 원래 저런 놈이라는 걸 알고 있었지만 서운한 마음이 드는 건 어쩔 수 없었다. 그도 인간이니까. 집에 가서 라면이나 끓여 먹어야겠다고 생각하며 주인 없는 집무실을 나가자 정 비서가 배웅하려는 듯 알은척을 해 온다.

"한 감독님, 가시려고요?"

"그래. 다음 주에 보자."

진호는 정 비서의 어깨를 가볍게 두드려 주고 걸음을 옮겼다. 정 비서는 정중하게 목례했다. 두어 걸음 떼던 진호가 갑자기 돌아서서 물었다.

"근데 그 시나리오 어떤 거냐?"

"시나리오라뇨?"

"요즘 승현이 녀석이 푹 빠진 작품 말이야."

"네?"

어리둥절해하는 정 비서의 표정을 본 진호의 눈썹이 구겨졌다.

"너 승현이 껌딱지 아녔어? 어떻게 비서가 돼 가지고 네 상사가 하는 일도 모를 수 있……."

말을 하다 멈춘 진호의 눈이 휘둥그레졌다. 그는 들고 있던 캐리어를 집어 던지고 정 비서에게 성큼 다가섰다. 위협적인 기세에 놀란 정 비서가 본능적으로 한 발자국 뒤로 물러섰다. 그러나 물러선 만큼 진호가 거리를 좁혀 왔다. 결국 벽까지 정 비서를 몰아세운 진호는 뿔테 안경 속의 눈을 빛내며 추궁했다.

"사실대로 말해. 승현이 녀석 지금 어디 간 건지."

정 비서는 당혹스런 얼굴로 더듬거렸다.

"그, 그게 아무리 제가 비, 비서라도 사적인 용무까지 알 순 없는 거라서……."

"사적인 용무? 오늘 가족 모임인가?"

"그건 아니고……."

"가족 모임이 아니라면 뭐야? 지금 쟤 일 때문에 간 게 아니란 거야?"

"전 아무것도 모릅니다."

정 비서는 진호를 뿌리치고 미꾸라지처럼 잽싸게 빠져나갔다. 진호는 도망가는 정 비서의 뒷모습을 바라보며 혼란에 휩싸였다.

승현은 단순한 이웃사촌이 아니었다. 유년 시절을 함께 보낸 데다 성인이 되어서도 같은 분야에서 일을 하게 되다 보니 본의 아니게 서로의 모든 걸 꿰고 있었다. 사적인 건 물론이고 공적인 업무까지 굳이 말로 하지 않아도 대충은 알고 지냈다.

아마 세상 누구보다도 녀석의 모든 걸 속속들이 알고 있는 사람은 자신뿐일 것이다. 그의 부모님에겐 죄송한 일이나 사실이 그러했다. 대신 자신이 녀석을 아는 만큼 녀석 또한 자신에 대해 잘 알고 있을 것이다.

승현은 그에게 피를 나눈 동생이나 매한가지였다. 아니 진짜 피를 나눈 형제들보다 더 애틋하고 특별했다. 그래서 자신 있게 말할 수 있었다. 자신이 아는 민승현은 가족 모임을 제외한 개인적인 용무로 저녁 시간을 내 주는 녀석이 절대 아니라고. 그런데 말도 안 되는 일이 일어나 버렸다.

지난겨울 내내 죽상이었던 승현이 떠올랐다. 영화도 대박 난 데다 모든 일들이 순풍에 돛 단 듯 순조롭게 흘러갔기에 고민할 거리가 전혀 없었는데도 그랬다. 당시엔 눈코 뜰 새 없이 바빠서 어찌 된 영문인지 자세히 알아볼 겨를이 없었다. 그러다가 마침내 시간이 나서 살펴봤지만 별다른 이상 징후는 찾아볼 수 없었다.

지난달부터 얼굴이 좀 펴진다 싶더니 이번 달 들어서는 예전의 그로 완전히 돌아온 듯했다. 그래서 별일 아니겠거니 마음을 놓고 있었는데 아무래도 잘못 짚었던 모양이다.

대체 무슨 일이 있었던 걸까. 웬만해선 끄떡도 하지 않는 냉정하고 차가운 녀석의 심경에 변화를 일으킬 만한 일이 무엇일까.

그가 이상해졌던 지난겨울을 돌이켜 보던 진호는 한 가지 사실을 떠올렸다. 지난겨울, 지환이 별안간 본가로 돌아가 버렸다. 데면데면하던 녀석들이 함께 살면서 상당히 친해진 듯했었는데 왜 갑자기 돌아가 버린 걸까.

"지환이랑 뭔 일 있었나."

"한 감독님?"

혼자 있는 줄 알았던 진호는 난데없는 여자 목소리에 화들짝 놀랐다. 고개를 돌려 보니 언제 왔는지 은채가 미소 짓고 있었다.

"감독님, 오랜만이에요."

"아, 은채 씨도 잘 지냈어?"

영화 한 편으로 일약 스타가 된 은채는 잘나가는 스타가 그러하듯 얼굴 보기가 힘들어졌다. 작년부터 각종 CF는 물론이고 예능을 비롯한 방송과 영화, 드라마가 그녀에게 물밀 듯이 밀려들었다. 풍문으로 듣자 하니 최근 심사숙고한 끝에 작품을 골라 계약을 마친 상태라고 들었다.

"작품 들어갔다면서. 영화? 아님 드라마?"

"드라마요. 얼마 전에 대본 리딩 했어요."

"그래? 잘됐네."

"다 감독님 덕분이죠. 나중에 감독님 영화 찍게 되면 저한테 꼭 연락해 주셔야 해요."

"어이쿠, 이거 영광이네."

"빈말 아니에요. 다른 건 몰라도 감독님 작품이라면 무조건 오케이 할 거니까요."

빈말이 아니라고 했지만 빈말이라는 걸 진호도 알고 은채도 알고 있었다. 그럼에도 기분은 좋았다. 은채는 승현의 집무실을 기웃거리더니 대수롭지 않게 중얼거렸다.

"대표님은 벌써 퇴근하셨나 봐요. 이상하게 올 때마다 안 계시네."

"은채 씨 그동안 회사에 자주 왔나 봐."

"자주는 아니고 시간 날 때마다 들르긴 했어요. 소속사 돌아가는 상황은 알고 있어야 하니까요. 근데 대표님 만나 뵙기 참 힘드네요. 딱히 회사에 바쁜 일이 있는 거 같진 않던데."

고개를 갸웃하는 그녀를 지켜보던 진호의 눈이 가늘어졌다.

"바쁘지도 않은데 바쁜 척하는 건 뭐 때문일까?"

"글쎄요. 연애라도 하나."

무심결에 중얼거린 그녀의 대꾸에 진호의 가슴이 철렁 내려앉았다.

"연애?"

눈을 휘둥그렇게 뜨고 반문하는 진호를 바라보며 은채는 오묘한 미소를 지었다.

"어서 오세요."

문을 열고 들어서자마자 들려오는 인사 소리에 승현은 고개를 들었다. 카운터에서 손님의 주문을 받고 있던 민석이 승현을 알아보곤 고개를 살짝 끄덕이며 알은체를 한다. 에스프레소머신 앞에서 커피를 만들고 있던 수영은 미소로 인사를 대신한다.

"오늘도 정확하네요."

시간을 확인한 수영이 두 손 두 발 다 들었다는 표정으로 중얼거렸다. 매일 똑같은 시간대에 나타나는 승현이 어처구니없으면서도 무척 신기한 눈치였다. 승현은 그녀의 어깨너머에 있는 싱크대로 눈길을 주었다. 평소 늘 그 자리에 있던 얼굴이 오늘은 보이지 않는다. 1층 매장을 둘러보려는데 수영의 목소리가 들려온다.

"혜민이 2층에 있어요."

자연스레 고개가 2층으로 올라가는 계단으로 향한다. 수영이 피식 웃으며 덧붙인다.

"곧 아래로 내려올 거예요."

속내를 빤히 들켰는데도 원하던 답을 얻어서인지 그다지 기분 나쁘지 않았다. 승현은 고개를 끄덕이고 카운터 앞에 섰다. 민석이 친절하게 말한다.

"어제와 같은 거로 준비해 드릴게요."

굳이 말하지 않아도 그가 무엇을 원하는지 이곳 사람들은 전부 다 알고 있었다. 어떤 음료를 원하는지, 누구를 보러 온 건지도.

퇴근하자마자 곧장 이곳에 달려와 가게 문을 닫을 때까지 죽치고 있다 가는 생활이 어느덧 열흘째에 접어들고 있었다. 하루도 빠짐없이 출근도장을 찍다 보니 자연스레 매장 직원들과도 안면을 트게 되었다. 특히 혜민과 같이 살고 있는 수영은 안면을 튼 것으로도 모자라 오래 보아 온 사람처럼 그의 속내를 읽어 내곤 했다. 방금 전처럼.

계산을 치르고 진동벨을 받아 든 승현은 2층으로 이어지는 계단을 올라갔다. 곧 아래층으로 내려올 거라 했지만 기다릴 여유 따윈 없었다. 하루 종일 기다렸는데 여기 와서까지 기다리고 싶지 않았다. 뒤통수로 수영의 따가운 시선이 달라붙었지만 개의치 않았다. 얼마든지 속내를 들켜도 상관없었다.

혜민과 재회한 이후 그는 그녀와의 관계를 사람들에게 숨길 생각이 전혀 없었다. 외려 세상 사람들 모두에게 당당하게 밝히고 싶은 심정이었다. 더는 사람들의 눈치를 보고 싶지 않았다. 누구보다도 가까이 있었으면서 가까이 할 수 없었던 지난 세월이 아까워서라도 이제부터는 그러지 않을 작정이었다.

2층으로 막 올라서자 멀리서 테이블 정리를 하고 있는 혜민이 시야에 들어왔다. 그 모습을 보자 꽁꽁 숨어 버렸던 그녀를 마침내 찾아냈던 그날이 떠오른다. 그날도 그녀는 저기서 저렇게 일하고 있었다.

아침저녁으로 쌀쌀한 바람이 불어오던 4월의 어느 날이었다. 퇴근 시간을 훌쩍 넘겨서 야근을 하고 있을 때 아버지로부터 전화가 걸려 왔다. 급히 일러 준 곳을 찾아간 그는 그곳에서 그렇게 찾아 헤매던 그녀를 눈에 담을 수 있었다. 무려 3개월 만이었다. 그리고 깨달았다. 그곳에서 그녀를 보는 게 처음이 아니라는 것을.

오래전 일이었다. 신인 여자 연기자들의 오디션을 커피전문점에서 보았던 적이 있었다. 지인으로부터 특별히 부탁받은 거라 평소보다 더 신경 썼던 기억이 난다. 응시생들의 장단점을 파악하느라 그 밖의 것들에 대해 주의를 기울일 여력은 없었다. 하지만 오디션이 끝나고 밖으로 나와 차에 시동을 걸 때 문득 깨달았다. 지환과 무척 닮은 여자가 있었다는 것을.

당시엔 신기할 정도로 닮았다고 생각하며 대수롭지 않게 넘겨 버렸었다. 세상은 넓고 사람도 많으니 얼마든지 닮은 사람이 있을 수 있다고 생각했으니까. 그러고는 까맣게 잊어버렸다. 이곳에서 일하는 그녀를 다시 보기 전까지.

수개월 동안 얼굴을 마주하고 살았는데도, 심지어 지환이 아니라는 걸 알고도 그녀에 대해 전혀 기억하지 못했다는 사실이 기가 막혔다. 진작 알았더라면 아버지의 도움 없이 바로 그녀를 찾을 수 있었을 것을. 그날의 허탈함은 아마 죽을 때까지 잊을 수 없을 것이다.

손에 들고 있던 진동벨이 붉은 빛을 내며 부르르 몸을 떨어 댔다. 상념에서 깨어난 승현이 고개를 들자 눈앞에 혜민이 다가와 있었다. 2층 계단참에 서 있는 그를 보고 다가온 듯했다. 그녀가 환한 미소를 지으며 말했다.

"왔어요?"

기쁘다는 감정이 오롯이 드러난 미소였다. 그와 재회한 혜민은 예전과 달리 감정을 숨기거나 피하려 하지 않았다. 그런 그녀가 참 예뻐 보였다. 어느새 그의 입가에 미소가 번져 나갔다.

"주문한 거 나왔나 보네요. 어서 내려가요."

진동벨을 본 그녀가 말했다. 승현은 혜민과 함께 계단을 내려갔다.

언제나처럼 아메리카노 네 잔과 클럽샌드위치로 저녁으로 때우며 승현은 혜민을 눈으로 좇았다. 풀타임으로 근무하는 혜민은 이곳에서 하루의 대부분을 보낸다 해도 과언이 아니었다. 그래서 그와 만날 시간을 내기가 여의치 않았다.

일이 끝난 후에 만나도 되지만 너무 늦은 시간이라 얼굴만 보고 헤어져야 했다. 그래서 상대적으로 시간적 여유가 있는 그가 매일 그녀의 일터로 찾아오고 있었다.

비록 마주 앉아서 시간을 보낼 수는 없지만 한 공간에 같이 있다는 것만으로도 뿌듯하고 흐뭇했다. 하는 일 없이 4시간이나 기다려야 하지만 단 한 번도 지루하다고 생각해 본 적은 없었다. 눈앞에서 바지런히 왔다 갔다 하며 일하는 그녀를 보고 있노라면 시간 가는 줄 몰랐다.

그때도 그랬었다. 승현은 혜민을 찾고도 바로 나서지 않았다. 김지환 행세를 하는 게 아닌 '그냥 송혜민'의 온전한 삶이 궁금해서였다. 그녀에 대해 좀 더 자세히 알고 싶었다.

직접 만나지 못해도 일단 눈앞에 그녀가 있다는 사실만으로도 견딜 수 있었다. 그러다 문득 깨닫게 되었다. 빠르게 달리는 차 안에서는 볼 수 없지만 천천히 걸어가면 볼 수 있는 것들이 있다는 것을.

혜민의 주위를 맴돌던 승현은 예전엔 미처 알지 못했던 그녀의 마음을 알게 되었다. 그래서 섣불리 나서지 않고 차근차근 준비할 수 있었다. 그녀가 더는 스스로를 속이지 못하도록. 그렇게 얻어 낸 인내의 결실은 달콤했다.

사람들로 가득했던 테이블이 하나둘씩 비어 가더니 어느덧 마감할 시간이 되었다. 승현은 슬그머니 자리에서 일어나 밖으로 나갔다. 손님이 없어야 빨리 끝낼 수 있었다.

얼마 후 불이 꺼지고 혜민과 직원들이 가게 밖으로 나왔다. 동료들과 인사를 한 혜민이 그가 서 있는 곳으로 왔다. 그들은 자연스레 어깨를 나란히 하고 인근 놀이터를 향해 걸어갔다. 두 사람에게 하루의 마지막 일과가 되어 버린 산책이자 데이트였다.

"무릎 괜찮아?"

나지막한 음성이 밤공기에 녹아든다. 주변을 둘러본 혜민은 빙그레 웃었다.

"이제 괜찮아요. 흉터 하나 없이 잘 아물었어요."

혜민은 어제와 같은 대답을 했다. 승현은 그녀가 넘어진 곳을 지나갈 때마다 매일 똑같은 질문을 했다. 그에 그녀도 매일 같은 대답을 돌려주었다.

그와 재회한 날, 혜민은 그를 찾아다니다가 넘어져 무릎이 깨졌었다. 늦은 시간이라 인근 병원 응급실로 가서 치료받았던 기억이 새록새록 떠오른다. 승현은 그날 일을 두고두고 후회했다. 괜히 그녀가 넘어질 때까지 숨어 있었다고 얼마나 자책했는지 아무도 모를 것이다. 그의 마음을 아는지 모르는지 그녀가 화제를 돌리려는 듯 말을 걸어왔다.

"매일 오는 거 힘들지 않아요?"

승현은 혜민을 쳐다보았다. 앞을 보고 걸어가는 그녀의 표정은 무덤덤했다. 그녀가 이어서 말했다.

"난 전화 통화만 해도 괜찮아요."

승현은 제자리에 멈춰 섰다. 몇 발자국 앞서 가던 그녀도 멈춰 서더니 그를 바라본다. 가로등 아래 서 있는 그녀의 얼굴이 주황빛으로 일렁거렸다. 그녀가 걱정하는 게 뭔지 어렴풋이 다가왔다.

"설마 내가 일도 내팽개치고 너한테 오는 거라고 생각하는 건 아니겠지?"

정곡을 찌른 건지 혜민은 입을 꾹 다물었다. 승현은 그녀에게 한 발 다가갔다.

"아무리 네가 좋아도 할 일까지 미루면서 만나러 오는 건 아니니까 걱정 마."

안도와 서운함이 뒤섞인 묘한 감정이 그녀의 눈동자에 떠올랐다. 그녀로 인해 그의 일에 지장이 있길 바라지 않으면서 한편으론 그녀를 위해 그가 모든 걸 포기하길 바라는 마음이라니. 그럼에도 그의 입장을 우선으로 생각하고 배려하는 그녀의 마음이 고맙고 또 미안했다.

승현은 손을 뻗어 혜민의 머리를 쓰다듬었다. 찰랑거리는 단발머리가 손가락 사이를 스르르 빠져나간다.

"그래도 너한테 무슨 일이 생기면 만사 제쳐 놓고 달려올 거야. 그건 말리지 마."

혜민은 얼굴을 붉히며 반짝이는 눈동자로 그를 올려다보았다. 기쁘고 설레고 두근거리는 감정이 손끝에 잡힐 것만 같다. 그런 그녀를 가만히 보고 있자니 승현의 가슴 한가운데가 거칠게 두방망이질 친다. 그동안 알 수 없었던 사랑스럽다는 감정이 무엇인지 눈앞의 존재를 보니 알 것 같았다.

승현은 머리칼을 만지던 손을 천천히 이마의 헤어라인으로 내렸다. 잔머리를 엄지로 쓰다듬다가 물렁한 귓바퀴를 지나 도톰한 귓불과 이어진 갸름한 턱선을 따라 손가락이 아래로 스르르 미끄러져 내린다.

얇은 피부로 둘러싸인 붉고 말랑한 입술에 손이 닿자 마치 허락이라도 한다는 듯 그녀의 입술이 살짝 벌어졌다. 승현은 본능이 시키는 대로 허리를 숙이고 고개를 옆으로 틀었다. 서로의 숨결을 피부로 느끼며 그녀의 입술과 맞닿기 직전이었다.

띠링—

맑은 종소리가 이제 막 달아오르려던 분위기를 깨뜨렸다. 혜민이 얼른 뒤로 물러난다. 승현은 아무렇지도 않다는 얼굴로 허리를 펴고 고개를 들었다. 그녀는 가방 안에 들어 있던 휴대전화를 꺼내 보고 있었다. 승현은 그녀의 손에 들린 휴대전화를 원수처럼 노려보며 물었다. 자연스레 말투가 퉁명스럽게 튀어나온다.

"누구야?"

"수영 언니요."

혜민의 대답에 승현은 나지막한 한숨을 내쉬었다. 아무리 화가 나도 혜민에게 은인이나 다름없는 사람에게 날을 세울 수는 없었다. 승현은 한결 누그러진 어투로 입을 열었다.

"무슨 일인데 지금 이 시간에 문자를 보내?"

"별일 아니에요. 집에 올 때 편의점에서 맥주 좀 사다 달라고 하네요."

가끔 한잔하고 잘 때가 있거든요, 라고 덧붙이며 혜민은 휴대전화를 가방 안에 넣었다.

"너도 그래?"

"뭐 가끔."

"불편하지 않아?"

계속된 그의 물음에 혜민은 가만히 고개를 돌려 그를 바라보았다. 왜 그런 걸 묻느냐는 표정이었다.

"아무래도 타인과 함께 사는 건……."

"수영 언니 좋은 사람이에요."

"알아."

귀신같이 그의 속내를 읽어 내는 수영이 불편할 때도 있지만 그녀가 나쁜 사람이 아니라는 건 안다. 몇 개월 같이 일한 인연으로 오갈 데 없는 혜민을 선뜻 집으로 들인 사람이었다. 그것만으로도 수영은 요즘처럼 각박한 세상에서 보기 드문 인정 많고 좋은 사람임이 틀림없었다. 아마 혜민에게 눈치를 주거나 구박하는 일도 없을 것이다. 승현이 걱정하는 건 수영의 사람 됨됨이 문제가 아니었다.

"알면서 왜 그런…… 혹시 내 몽유병 때문에 그런 거예요?"

정답을 맞힌 그녀에게 승현은 고개를 끄덕였다. 혜민은 착잡한 얼굴로 중얼거렸다.

"수영 언니, 다 알고도 내가 자다가 깨어날 때까지 아무 말도 안 했어요. 본인은 나 때문에 잠도 못 잤으면서 내가 충격받을까 봐 걱정했나 봐요. 보기보다 더 좋은……."

뭔가 생각난 듯 혜민은 말을 하다 입을 다물었다. 그러고는 가만히 승현을 올려다보았다.

"왜?"

"그쪽도 같네요. 수영 언니랑."

승현 역시 몽유병에 대해 혜민이 스스로 알아낼 때까지 일언반구도 하지 않았다. 그런 면에서 수영과 그는 같았다.

"고마워요."

진심으로 고마워하는 그녀의 마음이 전해진다. 남의 행세를 하며 마음이 불편했을 그녀였다. 또 다른 걱정거리까지 안기고 싶지 않아 몽유병에 대해 말하지 않았었다.

딱히 고맙다는 말이나 보답을 바란 건 아니었기에 그냥 넘어가려 했던 승현은 문득 뇌리를 스친 생각에 마음을 바꾸었다. 어쩌면 이게 좋은 핑계거리가 될 수도 있겠다는 생각이 들었다.

"정말 고마우면 내 부탁 하나 들어주는 건 어때?"

"부탁이요?"

의아해하면서도 한편으로 불안해하는 그녀를 승현은 모른 척했다. 그는 대수롭지 않다는 듯 말했다.

"내가 아는 곳에서 대출 좀 받았으면 해서."

"……대출, 이요?"

혜민의 동공이 커다래졌다. 당황한 기색이 역력했다. 이미 예상했던 반응이라 승현은 개의치 않았다. 그는 담담하게 말을 이어 갔다.

"수영 씨가 좋은 사람이긴 하지만 계속 지금처럼 신세 질 순 없잖아. 대출받아서 일단 집부터 구하고 다음 학기에 복학해서 학업을 빨리 마치는 편이 나을 거 같은데. 대출금은 취업해서 갚으면 되고."

한동안 승현의 말을 가만히 듣고만 있던 혜민이 천천히 고개를 가로저었다.

"나도 그러고 싶지만…… 그럴 수 없어요."

덤덤하던 그녀의 얼굴이 조금씩 일그러졌다.

"나…… 신용불량자예요. 대출은 꿈도 못 꾼다고요."

대출이 가능했다면 애초부터 수영의 집에 들어갈 일도 없었을 거라고 그녀가 덧붙였다. 승현은 혜민을 따스하게 바라보며 말했다.

"거긴 신용불량자라도 상관 안 해."

혜민은 심각한 얼굴로 세차게 도리질 쳤다.

"안 돼요. 사채는 죽는 한이 있어도 절대 안 빌릴 거예요. 내가 지환 씨 행세를 어떤 마음으로 했는데……."

커다란 눈에 물기가 어려 있었다. 승현은 덜덜 떨고 있는 자그마한 손을 잡아 주었다. 사채로 인해 원치 않던 남자 행세를 하며 마음고생이 심했던 그녀였다. 사채라면 치를 떠는 것도 무리는 아니었다. 승현은 그녀를 안심시켜 주기 위해 차분하게 말했다.

"사채 아니야."

"신용불량자 상관 안 하는 데가 사채 말고 뭐가 있다고……."

"난 신용불량자건 아니건 상관 안 해."

물기 어린 눈이 화등잔만 해진다. 벌어진 입이 물고기처럼 뻐끔 댈 뿐 아무 말도 하지 못했다.

지난 한 달 동안 지켜봤던 '그냥 송혜민'의 삶은 고단하고 힘겨워 보였다. 과거를 바꿀 순 없지만 이제부터라도 어깨 위의 무거운 짐은 다 내려놓고 홀가분하고 편하게 인생을 살았으면 싶었다. 그렇게 해 주고 싶었다. 승현은 태어나 처음으로 자신이 금수저를 물고 태어났다는 사실에 감사했다.

"기한은 없어. 형편 되는 대로 상환하면 돼."

"그치만……."

"난 내 여자가 고생하는 거 보고 싶지 않아. 봐 줄 생각도 없고."

어느 정도 충격이 가라앉았는지 혜민은 고개를 폭 숙였다. 양 볼이 불그스름하게 물들어 있었다. 부끄러워하는 그녀를 보니 아마 원하는 대답을 들을 수 있을 거란 예감이 들었다. 그러나 그녀가 내뱉은 말은 그의 예상을 완전히 빗나가 버렸다.

"고맙지만…… 그럴 수 없어요."

"부담 가질 필요 없……."

"날 위해서예요."

어느새 고개를 든 혜민을 본 승현은 깜짝 놀랐다. 그를 응시하는 그녀의 눈동자가 한 치의 흔들림 없이 단호했기 때문이다.

"엄마 돌아가시고 나서 아빠가 많이 힘들어했어요. 엄마한테 의지를 많이 하고 계셨거든요. 힘들어하는 아빠를 옆에서 보면서 난누구에게도 의지하지 않겠다고 다짐했어요. 몸이 힘든 건 괜찮지만 마음이 힘든 건 견딜 수 없거든요. 나 지금 행복해요. 상황이좋다고 할 순 없지만, 아니 최악이나 다름없죠. 그래도 괜찮아요. 이렇게 매일 당신 보는 것만으로도 난 정말 좋아요."

설득을 해야 하는데 입이 떨어지지 않았다. 너무나 확고부동한그녀의 기세에 눌려 승현은 아무 말도 할 수 없었다. 그렇다 해도이대로 쉽게 물러서고 싶지 않았다. 어떻해서든 그녀를 돕고 싶었다.

"네 뜻은 잘 알겠어. 하지만 수영 씨 입장도 생각해야지."

미동도 하지 않던 혜민의 눈이 미세하게 흔들렸다.

"네 말대로 남한테 의지하는 거, 나도 별로 좋게 생각하지 않았어. 그래서 독립한 후에 아무리 힘들어도 절대 다른 사람에게 손내밀지 않았지. 근데 내가 널 어떻게 찾았는지 알아?"

승현은 손안에 있는 그녀의 손을 꼭 쥐며 말을 이어 갔다.

"도움을 요청했어. 덕분에 우리가 지금 함께 있을 수 있는 거야. 너 때문에 난 생각이 달라졌어. 때론 살면서 한 사람쯤 의지하는 사람을 두어도 괜찮겠다는 생각을 하게 됐다고. 세상은 혼자 사는 게 아니라 여러 사람들과 같이 더불어 사는 곳이니까."

늦은 밤, 거리는 텅 비어 있었다. 그럼에도 곳곳에서 사람들의 흔적을 발견할 수 있었다. 덜 내려진 셔터라든지 한곳에 모아져 있는 쓰레기봉투라든지 연락처가 붙어 있는 승용차 따위가 사람들의 존재를 일깨워 주고 있었다. 눈앞에 보이지 않아도 손을 뻗으면 마주 잡아 줄 사람들이 주위에 늘 있었다. 자신이 깨달은 걸 그녀도 깨닫길 부디 간절히 바라 본다.

"그러니까 너도 천천히 잘 생각해 봐."

그의 마음이 전해진 건지 혜민이 가만히 고개를 끄덕였다. 이 세상 누구보다도 그녀와 가까운 사람이 되고 싶었다. 믿고 따르고 힘들 때 얼마든지 기대고 의지할 수 있는 사람이 되어 주고 싶었다. 승현은 잠시 망설이다가 입 속에서 맴돌던 말을 어렵사리 끄집어냈다.

"이왕이면 수영 씨보다 날 더 생각해 주면 좋겠고."

그녀의 시선이 느껴졌다. 승현은 애써 덤덤한 얼굴로 까만 하늘을 응시했다. 목덜미가 후끈거렸다. 뜨끈뜨끈한 열기가 얼굴로 몰려드는 듯했다. 실제로 얼굴이 좀 붉어졌을지도 몰랐다. 그 느낌이 생소해서 오랫동안 시선을 아래로 내리지 못했다.

산책을 마치고 평소처럼 차로 혜민을 수영의 집까지 데려다 주었다. 여느 때보다 산책을 빨리 끝냈지만 그다지 서운하지는 않았다. 아마 내일에 대한 기대감 때문일 것이다.

"10시에 데리러 오지."

"도착하면 문자해요."

승현은 대답 대신 고개를 끄덕였다. 내일은 주말인 데다 모처럼 혜민이 비번인 날이었다. 두 사람은 처음으로 해가 떠 있는 시간대에 데이트할 예정이었다.

혜민이 안전벨트를 풀고 나갈 채비를 했다. 승현은 차 문을 열던 그녀를 재빨리 붙들었다. 상체를 숙이며 가까이 다가가자 의아해하던 그녀의 얼굴에 홍조가 떠오른다. 가볍게 입술이 맞닿으며 고요한 차 안에 촉촉한 마찰음이 들려왔다.

짧고 부드러운 입맞춤을 끝내자 혜민은 숨을 몰아쉬며 얼른 차에서 내렸다. 소위 갈 데까지 간 사이인데도 불구하고 아직도 소녀처럼 부끄러워하는 그녀였다. 정식으로 연애를 시작한 지 얼마 되지 않아서 그런 듯했다.

승현은 오피스텔 입구로 걸어가는 혜민의 뒷모습을 가만히 응시했다. 마음 같아선 당장 쫓아가서 자신의 아파트로 데려가고 싶었다. 하지만 이렇게 지켜보는 것도 썩 나쁘지는 않았다.

아마 처음이자 마지막인 연애가 될 터였다. 그래서 남들이 하는 건 모두 다 해 볼 작정이었다. 그러기 위해선 인내심을 가지고 멀어지는 그녀의 뒷모습을 차 안에서 바라보고 있어야 했다. 기다리는 자에게 복이 오는 법이니까.

엘리베이터를 탔는지 더는 그녀의 모습이 보이지 않았다. 승현은 시동을 걸기 전에 꺼 두었던 휴대전화 전원을 켰다. 수십 통의 문자가 와 있었다. 확인해 보니 전부 진호가 보낸 것이었다. '어디야?', '누구하고 같이 있는 거냐?', '지금 뭐 하냐?' 따위의 질문이 다수를 차지하고 있었다. 문자 내용으로 미루어 보아 아무래도 진호가 눈치를 챈 듯했다.

언젠가는 진호가 알게 될 거라 생각했지만 이른 감이 없지 않았다. 이제 겨우 시작한 참이었다. 아직은 비밀로 하고 싶었는데. 다행히 아직까지 혜민의 정체는 알아내지 못한 듯했다. 하지만 진호의 성격상 이대로 가만있지 않을 터였다.

"성가신 일이 생기겠군."

승현은 그다지 걱정스럽지 않았다. 단지 귀찮을 뿐이었다. 진호가 자신을 아는 만큼 자신 또한 그를 알고 있었다. 진호가 앞으로 어떤 모션을 취할지 눈에 선했다. 승현은 휴대전화를 조수석에 아무렇게나 던져 버렸다. 그러고는 시동을 걸고 핸들을 돌렸다.

✼   ✼   ✼

새들의 수다 소리가 귀에 들어오자 눈이 떠졌다. 푸른색으로 물든 창문을 보니 확인해 보나 마나 늘 일어나는 시간일 터였다. 오늘은 출근하지 않아도 되는 날이라 좀 더 잠을 자도 되지만 혜민은 눈꺼풀을 닫지 않았다. 그녀는 발목과 책상 다리가 이어져 있는 기다란 끈을 풀고 기지개를 켠 다음 이부자리에서 몸을 일으켰다.

침대 위에 대자로 누워 있는 수영은 한밤중이었다. 전날 밤 혜민이 사 온 맥주를 마시며 다운받은 영화를 보고 늦게 잠든 그녀였다. 혜민과 마찬가지로 수영도 오늘 비번이라 시도할 수 있었던 일탈이었다. 혜민은 그녀를 그대로 두고 흐트러진 이부자리를 정리한 후 욕실로 들어갔다.

간단하게 샤워를 마치고 욕실에서 나오자 수영이 막 일어나고 있었다. 그녀는 눈을 비비며 혜민이 서 있는 곳으로 고개를 돌렸다. 눈꺼풀의 반이 감겨 있는데도 용케 알아보며 말을 걸어온다.

"벌써 일어난 거야?"

"습관이 돼서요."

"오늘 같은 날은 일부러라도 늦게 일어나야지. 뭐 하러 꼭두새벽에 일어난 거야, 아깝게시리."

호기로운 주장과는 달리 오늘 수영은 평소보다 일찍 일어난 편이었다. 작정하고 늦잠 자려고 했는데 행여 자신 때문에 일찍 일어난 건가 싶어 마음이 쓰였다. 수영은 엉거주춤한 자세로 아랫배를 양손으로 감싸 쥐고 욕실로 직행하며 중얼거렸다.

"젠장할, 맥주 마시고 자서 그런지 방광이 터지겠네."

양변기 물 내려가는 소리를 들으며 혜민은 안도의 한숨을 내쉬었다. 일찍 일어난 이유가 자신 때문이 아니라서 다행이었다.

수영이 알면 서운할지 몰라도 그녀의 사소한 말 한마디에 신경 쓰고 눈치 보게 될 때가 왕왕 있었다. 혹여 그녀의 뜻을 거스를까 봐 자신도 모르게 마음 졸이며 말과 행동거지를 조심하게 된다. 빈말로라도 혜민을 타박하거나 싫은 티를 낸 적이 없는 수영이었다. 그럼에도 눈치를 보게 되는 건 얹혀사는 사람의 어쩔 수 없는 숙명인 듯싶었다.

혜민은 옅은 한숨을 내쉬었다. 이런 식으로 가다간 언젠가 수영도 자신의 마음을 눈치챌 테고, 그렇게 되면 두 사람의 우정에 금이 가게 될지도 몰랐다. 사소한 일이 계기가 되어 사이가 벌어진

이들이 얼마나 많은가. 수영처럼 좋은 사람을 잃고 싶지 않았다. 앞으로 어떻게 해야 하나 고민하는데 불현듯 어젯밤 승현이 말했던 제안이 떠올랐다.

밤새도록 생각해 봤지만, 수백 번 생각하고 또 생각했지만 결론이 나지 않았다. 그의 제안은 확실히 매력적이었다. 현재 처한 상황에서 최상의 선택지이기도 했다.

그의 바람대로 굳이 의지할 사람을 둔다면 수영보다 그가 1순위였다. 하지만 이미 그가 곁에 있어 주는 것만으로도 큰 위로와 힘이 되었다. 굳이 금전적인 부분까지 의지하는 건 너무 염치없는 게 아닐까 싶었다. 아무리 그가 돈이 많다 해도 말이다.

혜민은 상념을 떨쳐 버리기 위해 도리질 쳤다. 지금은 아무리 생각해도 답이 나오지 않았다. 일단 눈앞에 닥친 일부터 처리해야 했다.

혜민은 깨끗하게 세탁해 둔 청바지와 셔츠를 노려보았다. 오늘 승현과의 데이트를 위해 고심 끝에 골라 놓은 옷가지였다. 청바지는 괜찮은데 셔츠는 아무래도 다림질을 해야 할 것 같았다. 처음으로 데이트다운 데이트를 하는 역사적인 날에 구겨진 셔츠를 입고 나갈 순 없으니까.

다리미와 분무기를 찾아 들고 다리미판에 셔츠를 펼치는데 욕실에서 수영이 나왔다.

"너 지금 뭐 해?"

"옷 다리려고요. 언니도 다릴 거 있으면 주세요."

"난 없…… 뭐야, 너 설마 오늘 그거 입고 나가려고?"

눈을 휘둥그렇게 뜨며 경악하는 수영의 반응이 낯설었다. 왜 저러지?

영문을 몰라 하는 혜민을 답답하다는 듯 쳐다보던 수영이 냉큼 셔츠를 빼앗았다. 그러고는 셔츠를 대충 훑어보더니 단호하게 말했다.

"이건 안 돼."

"왜요?"

"왜라니. 네가 호날두냐?"

"호날두가 누군데요?"

"축구 끝내주게 잘하는 패션테러리스트."

스포츠에도 패션에도 영 관심이 없어서 수영이 누구를 지칭하는지 모르겠다. 혜민이 알아듣지 못하자 수영은 나중에 인터넷에서 축구 선수 호날두의 평상복 사진을 찾아보라고 조언해 주었다. 수영은 다시 한 번 셔츠를 보더니 눈살을 찌푸리며 중얼거렸다.

"이건 유행에서 한참 지난 체크야. 웬만하면 다른 거로 입어."

언제 구입했는지 기억나지 않지만 아끼느라 별로 입지도 않고 고이 모셔 두었던 셔츠였다. 패션에 대해 문외한이나 다름없다 보니 체크무늬에도 유행이 있는지 몰랐다. 트렌드에 민감하고 언제나 최신 유행을 꿰고 있는 수영의 평가가 저러하니 이 셔츠는 포기해야 할 듯싶었다. 그럼 이제 뭘 입어야 하지?

갑자기 다른 옷을 고르려니 머릿속이 새하얘진다. 일단 티셔츠와 셔츠를 하나하나 꺼내 늘어놓고 있는데 옆에서 혀를 차는 소리가 들려왔다.

"세상에, 너 옷이 다 그런 거밖에 없어?"

평소 혜민의 옷차림에 대해 별다른 말이 없었던 수영이었다. 그래서 지금 그녀의 참견이 낯설고 어색하고 당황스러웠다. 혜민은 수영의 눈치를 살피며 소심하게 대꾸했다.

"이건 최근에 산 건데요."

하얀 티셔츠를 들어 보이는 혜민을 수영이 딱하다는 시선으로 응시했다.

"평상시엔 상관없는데 데이트용으론 불합격이야."

"괜찮은 거 같은데……."

말끝을 흐리며 고개를 갸웃거리는 혜민을 한심하게 쳐다보며 수영이 긴 한숨을 내뱉는다. 그러다 무슨 생각이 떠올랐는지 후다닥 옷장 문을 열고 뒤지더니 뭔가를 꺼내 눈앞에 디밀었다.

"이거 입고 가."

작고 하얀 도트 무늬가 앙증맞게 프린트된 남색 원피스였다. 너저분하지 않은 심플하고 단정한 디자인이 마음에 쏙 들었다. 하지만 문제가 있었다.

"언니 사이즈는 저한테 안 맞을걸요."

키가 160센티미터인 수영의 옷은 175센티미터인 혜민에게 무리였다. 그러나 수영은 자신만만한 표정으로 말했다.

"인터넷으로 질렀던 건데 사이즈가 너무 크게 나와서 처박아 뒀던 거야. 나한테 크니까 너한텐 잘 맞을걸. 일단 입어 봐."

옷을 입어 보니 과연 수영이 말한 대로였다. 수영에겐 포대 자루처럼 크지만 혜민에겐 맞춤한 것처럼 딱 맞았다. 원피스를 입은 혜민의 자태를 요리조리 살펴보며 수영이 뿌듯한 표정으로 말했다.

"이야, 역시 키가 크니까 치마가 길어도 이쁘네. 참, 너 구두도 없지?"

수영은 인터넷 쇼핑의 실패작들을 줄줄이 눈앞에 늘어놓았다. 구두에서부터 가방, 액세서리까지 참으로 다양했다.

"너 내 지름신한테 감사 인사 해야겠다. 반품하기 귀찮아서 내버려 뒀던 건데 이렇게 쓰일 줄 누가 알았냐."

혜민에게 맞는 구두 사이즈를 고르며 수영이 키득거렸다. 그녀는 내친 김에 화장까지 해 주겠다고 나섰다. 화장할 생각 자체가 뇌리에 아예 존재하지 않았던 혜민은 조금 당혹스러웠다. 그러나 한편으로는 기대가 되기도 했다.

지금까지 그녀에게 화장품이란 스킨, 로션 샘플과 선크림이 전부였다. 김지환 행세를 하던 시절 대타로 영화에 출연했을 때 난생처음으로 화장을 했었다. 그러나 남자들이 하는 메이크업이었기에 다른 여자들처럼 제대로 된 색조 화장을 해 본 적은 없는 셈이다.

화장을 하면 어떻게 얼굴이 변할지 궁금했다. 기대 반 우려 반으로 달콤한 파우더 향기를 맡으며 혜민은 얼굴 위에서 노니는 수영의 손놀림이 어서 끝나기를 기다렸다.

"사람이 달라 보이네. 앞으론 이렇게 하고 다녀. 훨씬 낫다."

수영이 건네준 손거울을 들여다본 혜민은 깜짝 놀랐다. 과하지 않은 화장인데도 안색이 훨씬 밝고 생기 있어 보였다. 은은한 핑크빛이 도는 양 볼과 크고 선명해진 눈매, 물기를 머금은 듯한 붉은 입술이 너무나 신기했다. 중성적인 이목구비가 확실히 여자의 그것처럼 보였다. 익숙하면서도 낯설어서 자신의 얼굴이 아닌 것만 같았다.

"승현 씨 오늘 너한테 뻑 가겠다. 아니 이미 뻑 갔지. 그래도 한 번 더 뻑 가라고 하지 뭐. 후훗."

수영은 혜민을 위아래로 훑어보며 만족스러운 미소를 지었다. 민낯으로 청바지에 철 지난 체크무늬 셔츠를 입고 나가려 했던 원래의 계획과는 180도 달라진 모습이었다.

"근데 생각하면 할수록 신기하다. 그냥 단순히 진상 중의 하나인 줄 알았는데, 참 나. 인연이란 게 정말 있기는 한 걸까? 어떻게 승현 씨하고 너하고 그렇게 다시 만나게 됐을까."

예전 일을 떠올리는 듯 수영은 아련한 얼굴이 되었다. 그녀는 김지환 프로젝트에 대해 알고 있었다. 매일 자로 잰 듯 일정한 시간에 가게로 찾아오는 승현에 대해 의문을 품었던 그녀였다. 함께 살고 있다 보니 숨길 수가 없었다.

혜민은 아버지에게도 말하지 못한 것들을 수영에게 솔직하게 털어놓았다. 처음엔 다소 놀라는 듯했지만 그녀는 이내 모든 걸 이해하고 혜민을 위로해 주었다. 그리고 지금은 승현과의 사이를 열렬하게 응원해 주고 있었다.

"승현 씨가 아무리 대단해도 기죽을 거 하나 없어. 넌 그 대단한 사람이 선택한 사람이니까. 쫄지 말고 자신감을 가지라고. 응?"

따뜻한 격려에 혜민은 말없이 고개를 끄덕였다. 목이 메는 느낌에 크게 숨을 들이쉬고 내쉰 후에야 간신히 입을 열수 있었다.

"고마워요, 언니."

"인사는 필요 없고…… 그냥 얘기나 해 주면 돼."

"뭘요?"

혜민의 천진한 물음에 수영은 음흉한 미소를 지었다.

"별거 아니야. 오늘 너하고 승현 씨가 뭘 했는지 하나도 빠짐없이 전부 얘기해 주면 돼."

"하나도 빠짐없이요?"

"응."

너무나 해맑게 웃는 수영의 모습에 혜민은 왠지 모를 불안을 느꼈다.

엘리베이터에서 내려 정문을 빠져나오자 근처에 서 있는 남자가 눈에 들어왔다. 장신에 눈에 띄는 외모의 소유자라 어디서든 랜드마크처럼 쉽게 찾을 수 있는 사람이었다.

오늘 승현은 익숙한 슈트 대신 캐주얼 분위기가 물씬 풍기는 옷차림을 하고 있었다. 그의 가벼운 차림새를 보고 나니 정말 데이트를 하는구나, 라는 실감이 들었다.

승현은 시간을 확인하더니 곧 휴대전화를 꺼내 문자를 보냈다. 곧바로 혜민의 가방 안에서 문자 수신음이 들려왔다. 10시 정각이었다. 10시에 데리러 온다기에 도착하면 문자 보내라고 했더니 정확하게 그 시간에 문자를 보내는 것이다. 연애도 일처럼 철두철미하게 하는 그를 보니 왠지 그답다는 생각에 작게 웃음이 나왔다.

웃음소리가 바람에 실려 건너갔는지 돌아서 있던 그의 고개가 뒤로 돌아간다. 무의식적으로 온몸에 힘이 들어갔다. 한껏 멋을 부린 자신을 보고 그가 뭐라고 할지 궁금하고 기대되었다.

혜민을 발견한 검은 동공이 커다래지는 게 보였다. 승현은 고개를 돌린 자세 그대로 동상처럼 굳어졌다. 혜민은 멋쩍은 얼굴로 머리를 만지작거리며 그에게 다가갔다. 쑥스러운 마음에 먼저 말을 걸었다.

"왔어요?"

한참을 기다려도 대답이 돌아오지 않는다. 무표정한 얼굴로 그녀를 뚫어져라 바라보기만 할 뿐 아무 말도 하지 않았다. 혜민은 점차 초조해졌다. 아무래도 이상한 모양이었다. 예전에 그의 앞에서 노란 원피스를 입었던 적이 있으니 옷차림 문제는 확실히 아니었다. 그렇다면 화장이 문제인 건가.

여자들의 관점과 남자들의 관점이 다르다는 말이 생각났다. 자신이 보기엔 괜찮아도 그가 보기엔 이상해 보일지도 몰랐다. 그냥 평소처럼 민낯으로 나올 걸 그랬다고 후회하는데 듣기 좋은 중저음이 들려왔다.

"예쁘다."

"네?"

잘못 들은 줄 알았다. 믿을 수가 없어서 한 번 더 되물었다.

"뭐라고요?"

"예쁘다고. 다른 사람인 줄 알았어."

솔직한 승현의 감상평에 혜민의 얼굴이 토마토처럼 빨개졌다. 대책 없이 위로 승천하려는 광대를 단속하느라 얼굴에 경련이 일었다. 대놓고 좋아하는 티를 내고 싶지 않은데 자꾸만 얼굴이 무너지려 한다. 그래서 괜히 마음에도 없는 말을 내뱉었다.

"솔직하게 말해도 돼요. 이상하다고."

"이상하다니?"

"트랜스젠더 같지 않아요?"

승현의 눈썹이 꿈틀거렸다.

"그게 무슨 말이야?"

"가끔 듣거든요. 트랜스젠더 같다고."

여자치고 큰 키에 중성적인 분위기 탓에 옛날부터 가끔 오해받곤 했었다. 승현의 얼굴이 괴이해졌다. 미간이 일그러지면서 표정이 완전히 구겨진다.

"누구야?"

"네?"

"누가 그딴 말을 지껄인 거냐고."

당장에라도 찾아가 멱살잡이라도 할 기세였다. 진지하게 화내는 그의 반응에 혜민은 내심 당혹스러웠다. 평소 아무 생각 없이 농담 삼아 가볍게 얘기하던 우스갯소리인데 그에겐 전혀 먹혀들지 않는 듯했다. 혜민은 얼른 수습에 들어갔다.

"옛날 일이에요. 요즘엔 그런 말 전혀 안 들어요."

방금 한 말은 사실이었다. 예전에는 잊을 만하면 한 번씩 듣곤 했었는데 요즘 들어선 전혀 들어 본 적이 없었다. 의식하지 못하고 있었는데 곰곰이 생각해 보니 정말 그랬다. 자신의 뭔가가 변한 걸까. 그 변화가 혹시 눈앞의 이 남자 때문일까.

"누군지 시력에 문제가 있거나 안목이 형편없나 보군."

불만스럽게 중얼거리는 그를 보고 있자니 문득 웃음이 나왔다. 나를 위해 진지하게 화내 주는 사람이 있다는 게 얼마나 고맙고 감사한지 모른다. 그리고 한편으로는 미안했다. 앞으로는 농담으로라도 스스로를 낮추는 말을 해서 눈앞의 이 사람을 속상하게 하지 말아야겠다. 혜민은 그의 팔을 잡아끌었다.

"어서 가요. 영화 시간 늦겠어요."

영화 제작자로서의 명예를 걸고 승현이 특별히 고른 영화를 보았다. 그러나 극장을 나섰을 때 혜민의 뇌리에 영화에 대한 건 하나도 남아 있지 않았다.

두 사람은 오늘 좌석 중간에 팔걸이가 없는, 스위트박스라는 자리에서 영화를 보았다. 조명이 꺼지고 음향이 커지면서 영화가 시작되자 승현이 팔을 뻗어 혜민의 어깨를 감싸 안았다. 가운데 팔걸이가 없는 탓에 두 사람의 몸이 자연스레 밀착되었다. 그때부터 정신이 하나도 없었다.

그에게 거의 안겨 있는 상태에서 영화가 제대로 눈에 들어올 리없었다. 모처럼 그가 추천해 준 영화라 집중해서 보려 해도 신경이 온통 그와 맞닿아 있는 부분에 쏠려서 그럴 수가 없었다. 유일하게 하나 건진 게 있다면, 스위트박스의 진정한 쓰임새를 몸소체험한 거라 할 수 있었다.

꽤 긴 상영 시간 덕에 밖으로 나오자 점심시간이 훌쩍 지나 있었다. 승현이 영화를 골랐으니 점심 메뉴는 혜민이 고르기로 했다. 뭐가 먹고 싶냐는 그의 물음에 혜민은 지체 없이 대답했다.

"가고 싶은 데가 있는데 괜찮겠어요?"

극장이 번화가 한복판에 자리 잡고 있어서 다른 곳으로 이동하지 않고 주변에서 점심을 해결하는 게 가능했다. 한식부터 중식, 일식, 뷔페, 인도 음식, 파스타에다가 패밀리 레스토랑, 패스트푸드점까지 다양한 식당들이 줄지어 늘어서 있었다. 그러나 혜민은 이곳이 아닌 다른 곳으로 가길 원했다. 승현은 흔쾌히 그녀의 의견을 받아들였다.

"어딘데?"

"그쪽하고만 갈 수 있는 데요."

"나하고만 갈 수 있는 데라니……."

의아해하다가 뭔가를 떠올렸는지 말끝을 흐린 승현이 진지하게
물었다.

"진짜 거기 가고 싶어?"

혜민은 두말하지 않고 고개를 끄덕였다.

"아이고, 이게 얼마 만이야."

미닫이문을 열고 들어서자마자 붉은색 앞치마를 두른 주인 아줌
마가 승현을 알아보고 반가워한다. 그러다 승현을 뒤따라 들어온
혜민을 보더니 눈이 휘둥그레진다.

"누구야? 애인?"

승현은 미소로 대답했다. 아줌마의 시선이 대번에 혜민을 집요
하게 훑었다.

"승현 총각이 애인을 데려오다니. 근데 어디서 본 것 같은
데…… 아, 그래. 그 이쁜 총각이랑 닮았네."

손뼉을 치며 고개를 끄덕이던 아줌마가 돌연 갸웃거린다.

"그 총각은 동생이라 하지 않았나. 그럼 이 아가씨하곤 어떻게
되는 거지?"

머릿속 생각을 고스란히 입 밖으로 꺼내 중계해 주는 아줌마에
게 승현이 공손하게 대답했다.

"제 동생과는 아무 상관없는 사람입니다."

"그래? 하긴 그렇겠지. 근데 닮아도 너무 닮았다. 누가 보면 쌍 둥이인 줄 알겠네."

아줌마는 자리를 안내해 준 후 주방으로 들어갔다. 그러면서도 연신 뒤돌아보며 떨떠름한 얼굴로 고개를 갸웃거렸다. 혜민은 쓴 웃음을 지으며 의자에 몸을 내렸다.

말 한마디에 쉽게 이해할 거라고 기대한 건 아니었다. 그럼에도 김지환으로 왔을 때 반갑게 맞아 주던 아줌마가 지금은 의아해하 며 호기심 어린 눈길을 거두지 못하는 걸 목격하니 마음이 착잡해 진다. 만약 '그 이쁜 총각'이 지금 여기 있다고 하면 아줌마는 어 떤 표정을 지을까.

문득 승현의 주변 사람들이 떠올랐다. 그들은 모두 김지환을 잘 알고 있었다. 그들이 자신을 보면 지금 주방으로 사라진 아줌마와 비슷한 반응을 보일 터였다.

승현의 곁에 있다 보면 언젠가 그들과도 마주치게 될 것이다. 예전에 살갑게 지내던 사람들의 의아함과 의심이 가득한 눈초리를 의연하게 견뎌 낼 수 있을까. 앞으로 승현은 "제 동생과는 아무 상관없는 사람입니다."라는 말을 얼마나 많이 해야 할까.

상념에 잠겨 있던 혜민은 뜻밖의 스킨십에 정신이 들었다. 승현 이 넌지시 테이블 아래로 손을 잡아 주었다.

"다른 사람들 시선 신경 쓰지 마."

"……안 써요."

자신 없는 대답에 그의 손아귀 힘이 강해진다. 고개를 들자 그 의 까만 동공과 마주쳤다. 그는 한 치의 흔들림 없는 눈빛으로 단 호하게 말했다.

"넌 나한테 잘 보일 생각만 해. 딴 놈들 생각하지 말고."

"그래도 가족들은 생각하지 않을 수 없잖아요."

서늘한 얼굴에 순식간에 미소가 떠올랐다. 갑작스런 그의 변화에 놀라 혜민이 멍하니 바라보자 그가 말했다.

"나랑 결혼할 생각은 하고 있었군."

느닷없이 튀어나온 '결혼'이란 단어에 혜민은 펄쩍 뛰었다.

"누, 누가 결혼한다고…… 사귄 지 얼마 되지도 않았는데 무슨 그런……."

벌게진 얼굴로 필사적으로 부정했지만 그는 전혀 믿지 않는 눈치였다. 여기서 더 부정해 봤자 꼴만 우스워질 것 같아 결국 입을 다물었다. 아직 결혼을 생각해 본 적은 없지만 만약 결혼을 한다면 눈앞의 남자 외의 다른 사람은 생각할 수 없었다. 따지고 보면 그의 말이 맞는 셈이었다.

"걱정 마. 내 가족은 문제없을 테니까."

웬만해선 허튼소리를 입에 올리지 않는 그였다. 무슨 대책이라도 있는 건가. 유심히 살펴보는데 승현이 한마디 덧붙였다.

"그보다 난 네 아버지가 더 신경 쓰이던데."

"우리 아빠요?"

혜민은 눈을 동그랗게 뜨고 반문했다. 그러고 보니 아버지를 까맣게 잊고 있었다. 사는 게 바쁘다 보니 아버지하고는 일주일에 한 번 정도 잠깐씩 통화하는 게 전부였다. 그래서 아직 승현과의 사이를 말하지 못했다. 아버지가 승현에 대해, 특히 그의 집안에 대해 알게 되면 뭐라고 할까.

예전부터 결혼은 비슷한 집안끼리 해야 한다고 누누이 강조하던 아버지였다. 아무래도 아버지에게서 좋은 반응을 기대하기란 요원할 듯싶었다. 그래도 허락은 해 줄 것 같았다. 당신이 아무리 탐탁지 않다 해도 자신이 진정으로 원한다면 결국 들어주는 분이니까.

"우리 아빠도 괜찮을 거예요, 아마."

"그거 다행이군."

김치찌개가 보글보글 끓고 있는 뚝배기가 앞에 놓였다. 아줌마는 아직도 의심의 눈초리를 거두어들이지 않았지만 혜민은 이제 개의치 않았다. 그녀는 수저를 들고 김치찌개를 한입 떠먹었다. 변함없이 혀끝에 착 감기는 맛에 절로 탄성이 터져 나온다. 이 맛이 얼마나 그리웠는지 모른다. 어쩌면 승현의 곁에 있기로 한 수많은 이유 가운데 이 김치찌개가 포함되어 있을 수도 있다. 그가 없으면 이곳을 찾아올 수가 없으니까.

"아, 정말 맛있다."

그녀의 솔직한 감탄에 비로소 아줌마도 환하게 웃어 주었다.

"그치? 아가씨가 맛을 볼 줄 아네. 우리 집 김치가 끝내주거든."

정말 끝내주는 맛이었다.

점심을 먹고 자연스레 들어간 곳은 커피전문점이었다. 승현은 카페인 중독자답게 커피를 세 잔이나 주문했다. 혜민은 망고 스무디를 먹으며 커피를 마시는 그를 가만히 응시했다.

김지환 행세를 하던 시절, 커피를 하루 종일 손에서 놓지 않았던 그를 바로 옆에서 보았다. 그래서 눈앞의 광경은 몹시 익숙한 것이었다. 그럼에도 자꾸만 신경이 거슬린다. 아니 실은 아주 오래전부터 그랬었다.

그땐 할 수 없었던 말은 지금은 할 수 있다. 이젠 당당하게 누구의 눈치도 보지 않고 그의 건강을 염려할 수 있었다. 혜민은 오랫동안 묵혀 두었던 말을 입 밖으로 꺼냈다.

"좀 줄이면 안 돼요?"

막 두 번째 잔을 들려던 그의 손이 멈칫거렸다. 혜민은 대수롭지 않은 척하며 말을 이어 갔다.

"하루 세 잔 이상은 몸에 안 좋대요. 특히 밤엔 더 좋지 않다니까 조금씩 줄여 봐요."

그의 시선이 느껴졌다. 혜민은 일부러 테이블 모서리를 바라보며 딴청을 피웠다. 그러나 온몸의 신경은 온통 그에게 집중되어 있었다. 그가 조금만 움직여도 금세 알아챌 수 있을 정도였다. 그는 바로 대답하지 않았다. 침묵을 깨고 목소리를 들려준 건 한참 만이었다.

"원래 밤엔 마시지 않았어. 일할 때를 제외하면."

"일 안 할 때도 마시잖아요."

"그건 얼마 되지 않았어."

"얼마 되지 않았다고요? 작년에도 밤에 커피 계속 마셨잖아요. 1년이 얼마 되지 않았다고 하는 건 좀……."

무심코 말하던 혜민의 눈이 커다래졌다. 테이블 모서리에 고정돼 있던 눈을 들어 승현을 바라보았다.

"혹시…… 나 때문이었어요?"

승현은 천천히 잔을 기울이며 말했다.

"한밤중에 베란다 문이라도 열고 뛰어내리면 큰일이니까."

혜민은 눈을 질끈 감았다. 그녀의 몽유병을 알고 있었던 그였다. 수면 상태에서 자신이 무슨 짓을 저지를지 알 수 없으니 그는 밤에 잠들 수 없었을 것이다. 수영이 미국 드라마를 선택했다면 승현이 택한 건 커피였던 셈이다. 그것도 모르고 염치없게 커피를 줄이라는 말을 하다니. 다른 사람은 몰라도 자신은 그런 말을 할 자격이 없었다.

혜민은 미안하고 당혹스러운 마음에 어찌할 바를 모르다가 조심스럽게 물었다.

"무섭지 않았어요?"

"전혀. 처음엔 좀 놀라긴 했지만 대체적으로 재미있었어. 모노드라마 보는 것 같았거든."

그동안 일부러 꿈에 대해 깊이 생각하지 않았었다. 그런데 재미있었다느니 모노드라마 같았다느니 하는 승현의 평을 듣고 나니 아차 싶었다. 도대체 난 그가 보는 앞에서 무슨 짓을 했던 걸까. 그나마 한심하다는 말을 듣지 않았으니 다행이라고 생각해야 하는 건가.

고맙고 미안하지만 한편으로는 걱정스럽고 두려웠다. 최대한 기억나는 대로 그의 집에 있을 때 꾸었던 꿈들을 하나하나 되짚어 보았다. 아버지의 장기가 적출되는 끔찍한 꿈과 안개 속을 헤매던 꿈. 어머니가 돌아가시던 날의 악몽과 그리고…….

가슴 한켠이 서늘해졌다. 혜민은 마른침을 삼켰다. 목에 생선 가시가 걸린 느낌이었다. 맙소사, 어째서 지금까지 그걸 까맣게 잊어버리고 있었던 걸까.

언젠가 그와 키스하는 꿈을 꾼 적이 있었다. 그것도 자신이 먼저 덮쳐서. 꿈이라고 치부하면서도 왠지 찔리는 마음에 그날 승현을 제대로 보지 못했던 기억이 났다. 만약 그때도 몽유병이 발병한 거였다면, 아마도 그와 처음으로 키스한 날은 그날일 것이다. 작년 크리스마스이브가 아니라. 얼굴이 뜨끈뜨끈해졌다.

"얼굴이 빨간데, 더워?"

"아, 아뇨."

그의 지적에 중요한 뭔가를 들킨 사람처럼 심장이 덜컹거렸다. 얼른 부정하자 그의 눈초리에 의아함이 깃들었다.

"아닌데 왜 그래?"

"글쎄요. 갑자기 열이 오르네요."

혜민은 대충 대답한 후 재빨리 차가운 스무디를 빨아 먹었다. 집요한 그의 시선이 느껴졌지만 모른 척했다. 그러자 나름대로 해석한 건지 다음과 같은 질문을 던졌다.

"요즘도 그런 거야?"

"뭐가요?"

"몽유병."

아무래도 승현은 몽유병이 화제에 올라 자신의 얼굴이 빨개진 거라고 오해한 듯했다. 혜민은 가만히 고개를 가로저었다.

"아뇨, 수영 언니 말로는 요즘 들어 한 번도 밤에 일어나지 않았대요."

요즘 병이 잠잠한 건 눈앞의 이 남자 때문이 아닌가 싶었다. 그와 재회한 후부터 전혀 발병하지 않은 걸 보면 말이다.

자신의 몽유병은 대개 심리적으로 불안정할 때 발병하는 듯했다. 어렸을 때는 어머니를 갑자기 잃은 충격으로, 성인이 되고서는 김지환 프로젝트가 발병의 계기가 된 것 같았다. 모든 게 끝났을 때에는, 겉으로는 평온해 보였지만 속은 사막처럼 메말라 갔기에 그랬던 거고.

지금은 확실히 안정적이었다. 이젠 정체를 들킬까 봐 마음 졸일 일도 없고 누구를 만나지 못해 가슴앓이할 일도 없었다. 처지가 나아진 건 하나도 없지만 마음만은 정말 편안했다.

"그거 다행이군."

말과는 달리 승현은 어쩐지 아쉬운 얼굴이었다. 뭐가 아쉬운 건지 바로 이어진 그의 물음을 듣고 알 수 있었다.

"내가 했던 말…… 생각해 봤어? 대출 건 말이야."

승현은 혜민이 그를 의지해 주길 바랐다. 기꺼이 기댈 언덕이 되어 주겠다고 했다. 그의 뜻이 수월하게 이루어지려면 수영이 잠을 설쳐야 했다. 자신이 더 이상 수영의 집에 있을 수 없게 되면 그를 의지할 확률이 높아질 테니까. 그러나 현실은 정반대였다. 그의 입장에선 아쉬울 터였다.

"아직 결정 내리지 못했으면 다음번에 얘기해도 돼."

쉽사리 대답하지 못하자 그는 한발 물러섰다. 막무가내로 밀어붙일 생각은 없는 듯했다. 혜민은 잠시 망설였다. 아무리 생각해도 이 문제는 쉽게 결정할 수 없을 것 같았고 앞으로도 계속 그럴 터였다. 그렇다면 차라리 지금 이 자리서 결정하는 게 나을지도 몰랐다.

가세가 기울어 돈을 벌기 위해 세상에 뛰어들었을 때 깨달은 건, 무엇 하나 쉬운 게 없다는 거였다. 힘들다고 금세 포기해 버리고 남에게 기대었다면 지금까지 버티지 못했을 것이다.

기댈 구석이 있으면 나약해지는 게 인간이었다. 만약 의지하던 걸 잃어버린다면 스스로의 힘으로는 수렁에서 영영 빠져나올 수 없게 될 터였다. 가까운 예로, 아버지의 경우를 생각해 보면 그랬다. 무엇이든 간에 스스로의 힘으로 얻어 내야 진정한 내 것이 될 수 있었다.

하지만 때론 혼자만으로는 부족한 경우도 분명히 있었다. 누군가의 도움의 손길이 필요한 사람들이 있었다. 오늘만 하더라도 수영이 아니었다면 유행 지난 체크무늬 셔츠에 청바지를 입고 나와 망신당할 뻔하지 않았던가.

혜민은 승현을 똑바로 응시했다. 만약 이 세상에서 딱 하나 의지할 수 있는 존재를 두어야 한다면, 그건 바로 눈앞의 이 남자였음 했다. 혜민은 스무디를 바닥이 드러날 때까지 전부 마시고는 입을 열었다.

"한꺼번에 갚을 순 없을 거예요."

그녀의 대답에 그의 입꼬리가 슬쩍 위로 올라갔다.

"몇 년 아니 몇 십 년이 걸릴지도 몰라요."

"상관없어."

이미 두 잔의 커피를 해치운 승현은 마지막 잔을 비우며 말했다.

"대신 이자는 먼저 받았으면 하는데, 어때?"

"그러든가요."

그녀의 대답이 끝나기 무섭게 그가 잔을 내려놓고 자리에서 일어섰다.

"그럼 지금 당장 이자를 받도록 하지."

지금까지는 덤덤할 수 있었지만 이번만큼은 당황하지 않을 수 없었다. 혜민은 눈을 동그랗게 뜨며 되물었다.

"지금 당장이요?"

"그래. 참고로 내 이자는 비싼 편이야."

순간적으로 잘못 택한 건가, 하는 생각이 뇌리를 스쳤다. 지금이라도 늦지 않았으니 취소해야 하나 진지하게 고민하는데, 어느새 자리에서 일어난 그가 출입구 근처에서 손짓하고 있었다. 혜민은 하는 수 없이 무거운 발걸음을 옮겨야 했다. 마치 도살장에 끌려가는 가축과 비슷한 모양새였다.

혜민은 천천히 주위를 둘러보았다. 작년 12월 25일 아침을 끝으로 두 번 다시 오지 못할 거라 생각했던 곳을 다시 오게 되자 감회가 남달랐다. 그의 집은 변한 듯하면서도 변하지 않았다. 겨울용 커튼이 얇은 커튼으로 바뀐 것과 바닥에 깔려 있던 두툼한 러그가 사라진 것을 제외하면 모든 게 그대로였다.

"앉아 있어. 시간이 좀 걸릴 테니까."

또 하나 달라진 게 있다면 앞치마를 두르고 있는 승현이었다. 그와 꽤 오랫동안 한집에서 살았지만 앞치마를 두른 모습을 보는 건 처음이었다.

처음 이 집에 왔을 때 거의 텅 비어 있었던 냉장고가 생각났다. 요리나 먹는 것에 전혀 관심이 없던 그였다. 지난 5개월 동안 갑자기 없던 관심이 생겼을 리 없었다. 그가 이자를 받겠다며 다짜고짜 그의 집으로 데리고 왔을 때만 하더라도 이자가 무엇인지 감도 잡을 수가 없었다. 그러나 이젠 뭔지 알 것 같았다.

"할 줄은 아는 거예요?"

그녀의 물음에 냉장고에서 식재료를 꺼내던 그가 대수롭지 않은 투로 대답한다.

"레시피대로 하면 되는 거 아닌가."

축구를 글로 배웠다는 말이 생각나는 건 왜일까. 요리에 전혀 관심 없는 초보 요리사의 요리를 저녁으로 맛보아야 하다니. 정말 비싼 이자가 아닐 수 없었다.

준비한 재료를 보니 아마 크림 파스타를 하려는 모양이었다. 그는 시중에서 파는 크림소스를 사용하지 않고 직접 만드는 성의를 보였다. 내심 시판되는 소스를 기대했던 혜민은 불안한 와중에도 팬을 들고 있는 그의 모습을 홀린 듯이 쳐다보았다. 가만있어도 그림인 남자가 앞치마를 두르고 가스레인지 앞에 서 있자니 요리사 콘셉트의 모델 화보가 따로 없었다.

드디어 완성된 크림 파스타가 접시에 담겨 눈앞에 놓였다. 일단 겉모양만큼은 합격점이었다. 승현은 뿌듯한 얼굴로 완성된 파스타를 응시하고 있었다. 부디 맛도 겉모양만큼 합격하기를 바라며 혜민은 포크를 들었다. 곧바로 그의 시선이 따라붙었다. 무심한 얼굴이었지만 기대에 찬 눈빛만큼은 숨겨지지 않았다.

현재 그가 어떤 마음일지 너무나 잘 알고 있었다. 작년 크리스마스이브, 머리털 나고 처음으로 만든 스테이크를 그가 어떻게 평가할지 마음 졸였던 게 지금까지도 생생하다. 아마 지금 그도 그때의 자신과 같은 심정이리라.

하얀 소스가 묻은 면발을 포크에 돌돌 감아 입에 넣었다. 요리에 관심 없는 사람이 처음 만든 것치곤 괜찮았다. 간이 전혀 돼 있지 않다는 것만 제외한다면.

그녀가 별다른 반응을 보이지 않자 승현은 얼른 자기 접시의 파스타를 먹어 보았다. 그의 표정이 오묘해진다. 혜민은 빙그레 웃으며 격려해 주었다.

"처음치곤 잘한 거예요."

"다시 하도록 하지."

그가 의자에서 벌떡 일어섰다. 혜민은 재빨리 손사래 쳤다.

"괜찮으니까 그냥 먹어요. 싱거운 게 몸에 좋잖아요."

"그래도 이건 너무……."

"점심은 짠 김치찌개 먹었으니까 저녁은 싱겁게 먹어요. 나 오래 살고 싶거든요. 정 안 되겠으면 김치랑 같이 먹어도 되고요."

그녀의 거듭된 만류에 승현은 탐탁지 않은 얼굴로 마지못해 의자에 몸을 내렸다.

"다음에 다시 해 주지."

그러지 않아도 된다고 말하고 싶었지만, 혜민은 그냥 애매한 미소를 지으며 고개를 끄덕였다.

식사를 마치고 그가 설거지를 하는 동안 혜민은 거실 소파에 앉아 있었다. 그녀는 다시 한 번 찬찬히 집 안을 둘러보았다. 시선이 자꾸만 현관 근처의 방으로 향했다. 이 집에 살던 시절 그녀가 쓰던 방이었다.

사실 아까부터 가서 보고 싶었지만 선뜻 발이 떨어지지 않는다. 보지 않아도 눈앞에 그려질 만큼 오래 머물렀던 곳인데도 동거인에서 손님으로 처지가 달라지니 어색하고 조심스러워진다.

저 방은 지금 어떤 모습일까. 진짜 김지환은 저 방에서 얼마나 머물다가 본가로 돌아갔을까. 그의 옷가지나 시계, 구두 같은 것들은 전부 다 챙겨 갔겠지. 설마 내가 썼던 거라고 기분 나빠서 전부 다 버리진 않았을까.

이런저런 생각을 하다가 정신을 차렸을 땐, 방문의 손잡이를 붙들고 있었다. 혜민은 당황했지만 손잡이를 놓지는 않았다. 천천히 심호흡을 했다. 주방에선 여전히 물소리가 들려왔다. 그래, 아주 잠깐만 보는 거야. 그가 설거지를 끝내기 전에 재빨리 보고 소파에 앉아 있으면 돼.

혜민은 손잡이를 돌렸다. 방문이 열리자 탁한 먼지 냄새가 제일 먼저 그녀를 반겼다. 눈앞의 광경을 목격한 혜민은 안으로 들어가지 못했다. 그녀는 문가에 서서 어리둥절한 얼굴로 방 안을 둘러보았다. 여러 차례 눈을 감았다 떠도 보이는 건 그대로였다. 꿈이 아니었다.

아무것도 변한 게 없었다. 침대에 널린 옷가지며 탁자 위를 굴러다니는 시계, 가방 따위가 자신이 어질러 놓았던 그대로 제자리를 지키고 있었다. 시간이 멈춰 버린 방은 그녀를 작년 12월 25일 아침으로 데려다 주었다.

갑작스런 한파로 전날 내린 눈이 고스란히 얼어붙어 일정보다 이른 시간에 집을 나서야 했었다. 그래서 제대로 치우지 못하고 서둘러 나갔었다. 나중에 돌아와서 정리할 생각이었지만 그날 그녀는 집으로 돌아올 수 없었다.

과거로 얼마 동안 가 있었는지 모르겠다. 현재로 돌아왔을 때, 그녀의 등 뒤에 승현이 서 있었다.

"왜 그대로 둔 거예요?"

"네 방이니까."

짧지만 수많은 의미를 담고 있는 대답이었다. 갑자기 뜨거운 덩어리가 속에서 치고 올라와 목구멍을 꽉 틀어막았다. 자신이 돌아오길 기다렸을 그의 절실한 마음이 가슴으로 와 닿았다. 금방이라도 눈앞이 흐려질 것만 같았다. 혜민은 짧게 숨을 몰아쉬며 간신히 뜨거운 덩어리를 아래로 내려보냈다. 그러고는 이를 악물고 부러 퉁명스럽게 말했다.

"너무하네요. 아무리 남의 방이라도 청소 좀 해 놓지. 완전 먼지 구덩이네."

작게 투덜대는 그녀를 그가 뒤에서 가만히 껴안았다. 그의 손이 허리에 감기고 등이 그의 가슴에 밀착되었다. 느닷없는 스킨십에 가슴이 두근거렸다. 당황한 혜민은 말까지 더듬었다.

"왜, 왜 이래요?"

"네가 돌아올 때까지 그대로 내버려 둘 작정이었어."

허리에 감긴 손을 떼어 내려 했던 혜민의 손이 멈칫거렸다. 잠시 두 사람 사이에 침묵이 내려앉았다. 혜민은 허리에 감긴 손을 만지작거리며 속삭였다.

"먼지가 눈처럼 쌓일 때까지 내가 안 왔으면 어쩌려고 그랬어요? 더러운 건 절대 못 참는 사람이."

"세상 전부를 뒤져서라도 찾아냈을 거야."

절대 방을 치울 거라는 말은 하지 않는다. 또 눈물이 나올 것 같았다.

"난 집요한 사람은 싫은데."

"집요한 게 아니라 인내와 끈기야."

그의 숨결이 목덜미에 느껴진 순간 그의 보드라운 입술이 그녀의 얼굴에 닿았다. 고개를 살짝 돌리자 바로 그의 입술이 그녀의 입술에 포개진다. 두어 번 맞닿았다가 떨어진 두 개의 입술이 곧 깊숙이 하나가 되었다.

기억은 두 가지 종류로 나눠진다. 하나는 머리로 하는 기억. 또 다른 하나는 몸으로 하는 기억. 그와의 잠자리는 두 가지 종류의 기억이 모두 온전했다.

처음이기도 했고, 하나라도 더 추억을 만들고자 했던 절박하고 필사적인 당시의 마음이 그와 함께 했던 순간을 머리와 몸에 화석처럼 단단하게 새겨 놓았다. 그의 손길과 목소리와 몸짓들이 아직까지도 생생한 이유였다. 그래서 그의 눈빛과 손길이 닿았을 때 혜민은 몸을 살짝 떨었다. 혹시 자신의 머릿속 기억이 만들어 낸 꿈인 게 아닌지 불안하고 두려워서였다.

그날이 처음이자 마지막이라고 생각했었다. 두 번 다시 그와 같은 침대에 누울 일은 없을 줄 알았다. 그래서 지금 이 순간이 꿈만 같았다. 아니 그와 다시 만난 것 자체가 어쩌면 꿈인지도 몰랐다. 그런 기적 같은 일이 현실에서 일어날 리 없었다.

눈을 뜨기가 싫었다. 눈을 뜨면 모든 게 사라져 있을까 봐 불안하고 두려웠다. 꿈이라도 좋으니 그와 함께 있고 싶었다. 제발 이대로 영원히 깨어나지 않기를.

갑자기 등줄기가 찌릿한 아찔한 감각이 눈 안에서 번쩍거렸다. 그 바람에 무슨 일이 있더라도 절대 뜨지 않으려 했던 눈꺼풀이 반사적으로 올라가 버렸다.

익숙한 벽지가 시야에 들어왔다. 혜민은 천천히 숨을 고르며 천장을 바라보았다. 벽지를 가만히 응시하며 두려운 마음을 어느 정도 가라앉힌 후 고개를 아래로 내렸다.

어느덧 창문은 먹물처럼 까맣게 물들어 있었다. 불을 켜지 않은 방은 캄캄했지만 지척에 있는 상대방의 얼굴을 알아보지 못할 정도는 아니었다. 혜민은 자신의 위에 있는 승현을 바라보았다. 손을 뻗어 그를 만져 보았다. 손바닥에 느껴지는 그의 실체에 안도감이 물밀 듯이 밀려왔다. 그런 그녀가 이상하게 보였는지 승현이 물었다.

"왜 그래?"

"나 한 번만 꼬집어 줄래요?"

느닷없는 요구에 그의 눈썹이 꿈틀거렸다.

"이게 꿈인 거 같아?"

"혹시 모르니까…… 아!"

대답을 미처 끝내기도 전에 혜민의 입술에서 짤막한 탄성이 터져 나왔다. 눈꺼풀이 저절로 올라가게 만들었던 바로 그 감각이었다. 순식간에 양 볼이 붉게 달아올랐다.

아무리 생생한 꿈이라 해도 이토록 현실적이고 노골적이진 않았다. 그는 그녀의 상기된 얼굴에서 눈을 떼지 않으며 손을 놀렸다. 그의 손이 몸 위를 지나갈 때마다 혜민의 얼굴은 점점 붉게 물들어 갔다.

"그, 그만해요."

"아직도 꿈인 거 같아?"

그의 물음에 혜민은 재빨리 고개를 가로저었다. 승현은 그제야 만족스러운 미소를 지었다. 두 사람은 잠시 말없이 어둠 속에서 서로를 응시했다. 굳이 입 밖으로 꺼내진 않았지만 무슨 생각을 하는지 알 수 있었다. 다른 생각 따위 할 여유가 없었다. 서로를 원한다는 것 외에는.

맞춘 것처럼 꼭 맞았던 도트 무늬 원피스가 몸에서 스르륵 미끄러진다. 가슴을 죄고 있던 브래지어 후크가 풀리자 혜민은 해방된 기분에 크게 숨을 쉬었다. 입을 벌리고 숨을 들이마시는데 그의 입술이 다가왔다.

촉촉한 혀끝이 입술과 그 언저리를 꼼꼼하게 훑고 지나간다. 그러고는 곧장 안으로 들어와 달콤하게 입 안을 유영하다가 그녀의 것과 하나로 얽혀 들었다. 살아 있는 독립적인 생명체처럼 서로를 탐하는 동안 그의 양손이 그녀의 동그란 가슴을 하나씩 움켜쥐었다.

말랑한 가슴을 부드럽게 어루만지듯 문지르다가 가운데 과실을 슬쩍슬쩍 건드려 온다. 그에게 희롱당한 곳이 순식간에 뾰족해진다. 그의 축축한 혀끝이 예민해진 살갗을 스칠 때마다 그녀의 입술 사이로 뜨거운 신음이 흘러나오면서 몸이 부르르 떨렸다.

그의 입술과 손이 닿을 때마다 짜릿한 전류가 흐르는 것처럼 근질근질한 느낌이 뼈와 내장과 근육 사이사이를 기어 다녔다. 끝없이 이어지는 야릇한 감각에 정신을 차릴 수가 없었다.

혜민이 헐떡거리며 숨을 몰아쉬는 동안 승현의 입술과 손은 점차 아래로 내려왔다. 목덜미와 가슴 그리고 날씬한 아랫배와 골반에 이르기까지, 마치 처음처럼 차례차례 그녀를 정복해 나갔다. 그러고는 마침내 최후의 보루에 도달했다.

굳건하게 버티고 있던 작은 천 조각은 침입자의 손길에 속수무책이었다. 길쭉길쭉하게 뻗은 손가락이 천 조각 아래를 분주하게 오가는 동안 그의 보드라운 입술이 골반과 천 조각 사이의 경계를 미끄러져 갔다.

점차 몸이 뜨거워지면서 달콤한 신음이 입술 사이를 비집고 나온다. 슬금슬금 아래로 후퇴하던 천 조각이 골반을 벗어나 발목에서 나가떨어지자 촉촉하게 젖은 수풀이 그 자태를 온전히 드러냈다.

몸에 걸쳤던 옷가지가 전부 사라지자 몹시 허전한 느낌이 들었다. 본능적으로 다리를 오므리는데 그가 허벅지 안쪽의 여린 살과 엉덩이를 쓰다듬었다. 따스한 체온이 살갗을 타고 전해지자 서서히 긴장이 풀어졌다. 다리 힘이 빠지면서 자연스레 양 옆으로 벌어지자 그가 가운데로 자리를 잡는다. 단단해진 그가 허벅지 사이로 여실히 느껴졌다.

처음이 아닌데도 긴장되는 건 매한가지였다. 앞으로 닥칠 일을 각오하며 혜민은 눈을 감았다. 그러나 얼마 안 있어 그녀는 도로 눈을 떠야만 했다.

"지금 뭐 하는 거예요?"

혜민은 어리둥절한 눈으로 침대 아래로 내려가 있는 그를 보았다. 승현은 바닥에 널브러져 있던 바지 주머니를 뒤지며 대꾸했다.

"당장 결혼하는 건 무리잖아."

처음에는 무슨 말인지 알아듣지 못했다. 그러다 뇌리에 무언가가 휙 스쳐 가면서 불에 덴 것처럼 정신이 번쩍 들었다. 난생처음으로 하는 연애였다. 그래서 미처 생각하지 못했었다.

남녀가 사귈 땐 책임이 뒤따르는 일이 생길 수도 있었다. 처음에는 얼떨결에 그냥 넘어갔지만 이제부터는 조심해야 할 터였다. 그의 아이를 갖는 게 싫은 건 아니지만 지금은 아니었다. 만약 지금 임신을 하게 된다면 모든 게 죄다 어그러져 버릴 것이다.

사실 승현의 입장에선 당장 결혼해도 상관없을 터였다. 그러나 자신의 입장은 달랐다. 아무리 형편이 어려워도 포기하지 않았던 학교였다. 그동안의 고생이 아까워서라도, 돌아가신 어머니의 염원을 이뤄 드리기 위해서라도 졸업장만큼은 반드시 따야 했다. 자신을 생각해 주고 배려하는 그의 따스한 마음 씀씀이가 가슴 깊이 와 닿았다.

"고마워요."

"천만에."

승현은 피식 웃으며 가볍게 대꾸했다. 준비를 끝내고 다시 침대로 올라오는 그를 눈으로 쫓으며 혜민이 중얼거렸다.

"난 적어도 세 명은 낳을 거예요."

"뭐?"

"어렸을 때부터 언니나 오빠, 동생 있는 애들이 부러웠거든요. 그래서 나중에 결혼해서 형편이 허락한다면 애는 반드시 셋 이상 낳을 거라고 다짐했어요."

웃으며 맞장구쳐 줄 거라 생각했지만 승현은 아무 말도 하지 않았다. 혜민은 그를 의아하게 바라보았다. 지금은 아니지만 그 역시 외동으로 자랐기에 자신의 심정을 누구보다 잘 이해해 줄 거라고 생각했었다. 그러나 속내를 알 수 없는 그의 얼굴을 보고 있자니 왠지 불안해진다.

"아이…… 싫어요?"

"글쎄, 생각해 본 적이 없어서."

그의 눈이 먼 곳을 바라보는 것처럼 아득했다. 문득 그의 불행했던 유년 시절이 떠올랐다. 어쩌면 그는 아이가 아니라 결혼 자체를 아예 생각해 보지 않았던 게 아닐까. 행복하지 못했던 부모님과 어머니의 죽음을 바로 눈앞에서 목격한 그였으니 결혼 자체에 회의적이었을 수도 있다.

결혼이란 단어를 언급하며 결혼할 의사를 내비치긴 했지만 정말 진심으로 자신과 결혼할 생각이 있긴 한 걸까? 커다란 추를 매단 것처럼 점차 기분이 가라앉는다.

"난 괜찮으니까 사실대로 말해도 돼요. 싫은 거 억지로 할 필요 없으니까."

속상하고 섭섭했지만 그가 원하지 않는 걸 강요할 생각은 없었다. 구차하게 매달리고 싶지도 않았다.

"왜 그런 말을 하는 거지?"

"그냥 서로 생각이 다를 수 있는 거니까……."

그를 보고 있기가 힘들어 고개를 옆으로 돌렸다. 그러자 그의 손이 혜민의 턱을 낚아채 원상태로 돌려놓았다.

"내 눈 똑바로 보고 말해. 무슨 말이 하고 싶은 거야?"

속내를 꿰뚫을 것처럼 검은 동공이 예리하게 박혀 왔다. 마치 그물에 걸린 물고기처럼 꼼짝도 할 수 없었다. 혜민이 아무 말도 하지 않자 승현의 표정이 점차 딱딱하게 굳어 갔다. 그가 나지막하게 말했다.

"생각해 본 적 없다고 했지 누가 싫다고 했나?"

"그게 그거 아닌가요."

저도 모르게 심통 난 아이처럼 대꾸하고 말았다. 승현의 얼굴이 순식간에 무표정해졌다. 그가 서늘한 목소리로 물어 왔다.

"그래서 내가 진짜 싫다고 하면 어떡할 작정인데?"

"그야…… 다른 남자랑 결혼해야죠."

부러 퉁명스럽게 대꾸한 후 무심코 그를 쳐다본 혜민은 순간 심장이 철렁했다. 무표정하던 그의 얼굴이 험악하게 일그러져 있었다. 이토록 분노한 그의 모습을 보는 건 처음이었다.

"다른 남자랑 결혼하겠다고?"

아무래도 벌통을 건드린 것 같았다. 당황한 혜민은 입에서 나오는 대로 말했다.

"아니 난 그냥 별 뜻 없이……."

"별 뜻 없이 다른 남자랑 결혼하겠다고?"

말문이 막혔다. 그녀를 향하고 있는 검은 동공이 화르르 불타오르고 있었다. 아무리 서운하고 섭섭해도 빈말로라도 해선 안 되는 말이 있었다. 방금 그녀가 한 말이 그랬다. 혜민은 처음으로 승현이 두렵게 느껴졌다. 그가 김지환의 사고와 관련 있을지도 모른다고 오해했을 때보다 더 무섭고 떨려 왔다.

"미, 미안해요. 내가 잘못했어요."

"그 말을 어떻게 믿지?"

"그게 그러니까……."

대답할 말을 찾아 분주하게 머리를 굴리는데 그가 그녀의 다리를 들어 올리며 말했다.

"증명할 방법이 하나 있긴 하지."

승현은 조금 전 바지 주머니에서 꺼내 착용했던 것을 도로 벗겨 냈다. 날것 그대로의 그가 생생하게 닿아 왔다. 그의 의도를 알아 챈 혜민의 얼굴이 순식간에 붉어졌다.

"좀 일찍 결혼해도 나쁠 건 없겠지."

승현은 망설임 없이 그녀의 안으로 힘껏 들어갔다. 그러고는 잠시 지체했던 걸 만회하려는 듯 다소 거칠고 역동적으로 움직였다.

"셋이 아니라 열은 낳게 해 주지."

혜민은 폭풍우가 휘몰아치는 바다에 내던져진 배처럼 출렁거렸다. 한 번 출렁일 때마다 온몸의 뼈마디가 덜그럭거리는 듯했다. 그가 움직일 때마다 몸이 성큼성큼 위로 밀려 올라갔다.

"좀 천천히……."

침대 헤드에 머리가 닿을 것 같아 팔을 위로 뻗는데 갑자기 그가 일어섰다. 그러더니 느닷없이 몸을 반 바퀴 굴려 뒤집어 놓았다. 자세가 바뀌어서 그런지 훨씬 깊숙한 곳에서 그가 느껴졌다.

"싫어?"

귓가에 속삭이는 그의 낮은 목소리가 갈라져 있었다. 등줄기가 짜릿했다. 흥분으로 갈라진 그의 목소리가 너무나 섹시하고 근사했다. 가슴이 마구 두근거린다. 혜민은 마른 입술을 혀로 핥으며 대답했다.

"아뇨."

그는 탄탄한 몸을 등에 바짝 밀착시킨 후 가슴을 움켜쥐었다. 생소한 자세가 어색했지만 그가 움직이기 시작하자 아무것도 생각할 수 없었다. 귓가와 목덜미로 쏟아져 내리는 뜨거운 숨결과 낮은 신음 소리를 들으며 혜민은 새하얀 절정에 도달했다.

잠에서 깨어나면서 잠을 자고 있었다는 걸 깨달았다. 언제 잠이 들었는지 기억나지 않았다. 샤워를 하고 나와 한 번 더 관계를 가진 것까진 기억나는데 그다음은 감감했다. 불안이 스멀스멀 기어올랐다. 설마 기억이 없는 사이, 몽유병이 발병한 건 아니겠지.

몸을 움직이자 몽둥이로 두들겨 맞은 것처럼 뻐근하고 쑤시고 결렸다. 마치 지독한 몸살에라도 걸린 것 같았다. 천근만근 무거운 몸을 일으키려는데 길고 탄탄한 팔이 허리에 감겨 있는 게 눈에 들어왔다. 혜민은 조각처럼 쭉 뻗은 팔의 주인을 물끄러미 바라보았다.

창밖에서 들어오는 희미한 불빛에 잠든 얼굴이 어슴푸레하게 드러났다. 풍성하고 숱 많은 속눈썹이 얼굴에 그늘을 드리우고 있었고, 반듯하게 뻗은 코 아래의 도톰한 입술이 살짝 벌어져 있었다. 잠든 모습이 이토록 아름다운 남자가 몇이나 될까. 혜민은 새삼 승현의 반듯한 용모에 감탄했다. 이왕 아이를 낳는다면 그를 닮았으면 좋겠다.

승현은 그가 한 말을 지키겠다는 듯 아이가 열 명은 생길 정도로 그녀를 안았다. 지금 전신이 뻐근하고 무거운 이유였다. 어쩌면 정말 오늘 임신이 되었을지도 몰랐다. 그녀는 나지막하게 한숨을 내쉬었다.

이미 엎질러진 물이었다. 늦은 졸업, 조금 더 늦어지겠거니 생각하는 수밖에. 지나가는 말로도 그는 절대 빈말은 하지 않는다는 걸 이번 일을 통해 온몸으로 확실히 깨달았다.

혜민은 일단 시간부터 확인하기로 했다. 침대 옆 협탁으로 팔을 뻗어 휴대전화를 집어 들었다. 액정에 찍힌 시간은 자정이 훨씬 넘어간 늦은 시간이었다. 예정에 없던 외박을 한 셈이었다.

늦게까지 자신을 기다렸을 수영이 떠오르자 눈앞이 아찔하다. 내일 가서 뭐라고 해야 하나 고민하던 혜민의 얼굴이 문득 창백해졌다. 맙소사, 이게 왜 지금에서야 생각난 걸까.

집을 나서기 전, 수영이 당부한 게 하나 있었다. 그녀는 승현과의 데이트에 대해 하나도 빠짐없이 듣고 싶다 했었다. 연락도 없이 외박을 했으니 대충 넘어갈 수 없을 터였다. 설령 그럴싸한 핑계로 둘러댄다 해도 수영은 눈치가 9단이었다. 그녀를 속이는 건 애초에 불가능했다.

혜민은 나지막한 한숨을 내쉬며 체념했다. 어차피 수영은 자신과 승현과의 사이를 알고 있었다. 부끄럽고 민망하지만 따지고 보면 굳이 숨길 일도 아니었다. 머릿속이 복잡했지만 일단 눈앞에 닥친 일부터 해결해야 했다.

그녀는 조심스럽게 침대 밖으로 나왔다. 승현이 깨지 않도록 이불을 덮어 준 후 깨금발로 소리 나지 않게 살금살금 걸으며 거실로 나갔다. 화장실에서 볼일을 보고 나온 혜민은 잠시 망설이다가 그의 방이 아닌 다른 곳으로 걸음을 옮겼다.

익숙한 방문 앞에 선 혜민은 망설임 없이 문고리를 잡고 돌렸다. 아까와 마찬가지로 먼지 냄새가 훅 풍겨 왔다. 무려 5개월이 넘는 긴 시간 동안 단 한 번도 청소하지 않은 방이었다. 아무래도 내일 당장 청소부터 하라고 해야겠다. 혜민은 코와 입을 가리고 대충 어질러져 있던 옷가지와 잡동사니를 정리했다. 그리고 노란 원피스를 챙겨가지고 나왔다.

많은 추억이 깃든 옷이었다. 그가 선물해 준 데다 여자로서 처음으로 그의 앞에 섰을 때 함께했던 옷이다. 그래서인지 그를 떠났을 때 유독 이 원피스가 눈에 밟혔다.

원래 김지환의 것이기에 놓고 온 것들에 대해선 아무런 미련이 없었지만 이 원피스만은 예외였었다. 이것만은 꼭 가지고 싶었다. 혜민은 원피스를 품에 소중히 안아 들었다. 방문을 소리 나지 않게 닫고 뒤돌아선 순간이었다. 혜민은 하마터면 기절할 뻔했다.

조금 전까지만 해도 아무도 없었던 어둠 속에 시커먼 인영이 있었다. 등골이 오싹하면서 온몸의 털들이 쭈뼛 곤두섰다. 놀란 심장이 벌렁벌렁했다. 혜민이 공포로 얼어붙어 있는 동안 인영이 간격을 좁혀 왔다. 서서히 인영의 이목구비가 드러났다.

뻣뻣하게 굳어 있었던 혜민의 어깨가 축 늘어졌다. 아는 얼굴이었다. 방에서 자고 있는 줄 알았는데 언제 일어난 건지 모르겠다. 긴장이 풀리자 다리가 후들거렸다. 당장이라도 주저앉을 것 같았지만 간신히 버텨 냈다.

"이젠 괜찮다더니…… 병원이라도 데려가야 하나."

승현은 혼잣말하듯 무뚝뚝하게 중얼거렸다. 혜민은 어안이 벙벙했다. 상식적으로 여기서 뭐 하냐, 잠은 안 자고 왜 돌아다니는 거냐 따위의 질문이 마땅한데 그는 아무것도 묻지 않았다. 그저 혼잣말만 늘어놓을 뿐이었다.

"이래서 커피를 줄일 수 없다니까."

쓸쓸한 자조가 섞인 음성에 혜민은 그제야 승현이 오해하고 있다는 걸 깨달았다. 아마 그는 자신의 몽유병이 발병한 거라 여기고 있는 듯했다. 불도 켜지 않고 돌아다녔으니 그럴 만도 했다. 오해를 바로잡아 주려고 입을 열려는 순간이었다. 그가 팔을 뻗어 머리를 쓰다듬어 주었다. 그의 손이 머리에 닿은 순간 말문이 막혔다.

부드럽고 따스한 손길이었다. 언젠가부터 꿈속에 등장했던 바로 그 손길이었다.

"반드시 낫게 해 주지."

그의 나머지 팔이 그녀의 어깨를 부드럽게 감싸 안았다. 아이를 품에 안고 어르고 달래는 것처럼 소중하게 보듬는다. 당황하고 난감해하는 기색은 눈곱만큼도 없었다. 말투며 손짓이 이런 상황에 익숙해 보였다. 마치 오래전부터 그랬던 것처럼.

문득 한 장면이 사진처럼 뇌리에 떠올랐다. 캄캄한 거실을 멍하니 배회하는 자신을 지금처럼 안아 주었던 그가 보였다. 울며 불며 매달리고 하소연하는 자신을 끌어안고 다독여 주는 그가 보였다.

방관자처럼 한 발 떨어져서 차갑게 지켜보기만 한 게 아니었다. 그는 꿈속에서 괴로워하는 자신을 진심으로 위로해 주었다. 차가운 외양 속에 감춰진 그의 다정한 본성이 가슴으로 와 닿았다. 세상에 이토록 따뜻한 사람이 또 있을까.

먹먹한 느낌에 아무 말도 할 수가 없었다. 그래서 끝내 오해를 바로잡아 줄 수 없었다. 혜민은 승현이 이끄는 대로 얌전히 방으로 따라 들어갔다.

승현은 그녀를 품에 안고 아이를 재우듯 다독여 주었다. 혜민은 얼른 눈을 감았다. 그리고 그의 품에 얼굴을 묻었다. 이대로 눈을 계속 뜨고 있다간 눈물이 걷잡을 수 없이 흘러나올 것 같아서였다.

에필로그 2
그들의 이야기

조수석에 가방을 던져 넣었다. 안전벨트를 매고 시동을 걸다가 얼결에 백미러로 시선이 갔다. 텅 비어 있는 뒷좌석이 눈에 들어왔다. 절간처럼 조용한 차 안이 낯설었다. 입에서 한숨이 터져 나왔다.

언제나 뒷자리에 앉아 학원에 도착할 때까지 조잘조잘 떠들어 대던 존재가 보이지 않자 이상하게 허전하고 쓸쓸했다. 시끄러운 건 딱 질색이었는데. 이젠 조용한 게 어색하게 돼 버렸다.

오늘은 진아가 한 달에 한 번 강원도에 있는 할머니를 뵈러 가는 날이었다. 그래서 늘 함께 다니던 학원을 오늘은 혼자 가야만 했다.

지환의 추천으로 진아는 희성그룹 장학생으로 선발되었다. 입시 준비는 물론 숙식 제공에 대학 진학 시 4년 치 학비 전액 지원이라는 파격적인 조건이었다.

할머니는 두말 않고 진아의 서울 유학을 찬성했다. 강원도에서 지낼 때 매일 지환을 구박하던 할머니였지만, 그래도 아는 얼굴이라고 두 손 꼭 붙들고 당신의 손녀를 부탁했다. 그런 연유로 진아는 서울에 올라와 현재 지환의 집에서 같이 살며 함께 입시를 준비하고 있었다.

늘 둘이서 한 세트처럼 다녔던 학원을 혼자 가려니 내키지 않지만 게으름을 피울 수 없었다. 많이 늦은 공부인 데다 학교 다닐 때 제대로 공부한 적이 없어서 열심히 하지 않으면 내년에 재수생이란 수식어가 따라붙게 될지도 몰랐다. 그에 비해 진아는 서울에 올라와서도 곧잘 성적이 나왔다. 농땡이 피울 시간이 없었다. 여차하면 족집게 과외라도 해야 할 판이었다.

차고에서 차를 몰고 나와 막 속력을 올리려던 참이었다. 누군가가 갑자기 차 앞으로 휙 뛰어들었다. 심장이 쿵 내려앉았다. 지환은 반사적으로 재빨리 브레이크를 밟았다.

끼이익—

지면과 타이어가 마찰하며 내지르는 비명 소리가 끔찍했다. 한참 동안 핸들에 얼굴을 묻고 숨을 골랐다. 놀란 가슴이 어느 정도 진정되자 어디선가 둔탁한 소리가 들려왔다. 천천히 고개를 들자 낯익은 얼굴이 차창을 두드리고 있는 게 시야에 들어왔다. 지환의 눈초리가 순식간에 험악해졌다.

"방금 형이 내 차 앞으로 뛰어든 거야?"

차 문을 열고 나가자 진호가 기다렸다는 듯이 잽싸게 조수석으로 올라탔다. 지환은 그런 진호를 어이없는 얼굴로 바라보며 소리쳤다.

"지금 뭐하는 거야? 안 내려?"

진호는 태연하게 안전벨트를 매고 동문서답했다.

"나랑 같이 좀 가자."

"뭐?"

"네가 하도 내 전화를 안 받아서 나도 어쩔 수 없었다. 오늘 하루만 나한테 시간 좀 내 주라."

뻔뻔한 데다 어처구니없는 진호의 요구에 지환은 코웃음 쳤다. 아는 동네 형이라고 봐줄 생각은 눈곱만큼도 없었다.

"형한테 내 줄 시간 없거든. 자해 공갈단 놀이 그만하고 꺼져 버려."

진호의 어깨가 눈에 띄게 아래로 축 처졌다. 그는 지환을 바라보며 서운하다는 투로 중얼거렸다.

"몇 달 못 본 사이에 옛날로 돌아갔구나. 나한테도 깍듯이 경어를 쓰더니만 도로 반 토막이네. 엄청 까칠해지고. 참, 너 연어 좋아하지? 그래서 회귀한 거냐?"

한마디 더 쏘아붙이려다 그냥 입을 다물었다. 진호는 자신이 옛날로 돌아갔다고 하지만 자신은 예전이나 지금이나 변함없이 그대로였다. 그가 말한 '깍듯이 경어를 쓰던' 존재는 자신이 아닌 '그 여자'일 터였다.

집으로 돌아온 이후 특별히 달라진 건 없었다. 다만 가끔씩 자신이 아닌 '그 여자'의 존재를 사람들이 입에 올릴 때마다 불쾌해지곤 했다. 뻔뻔하게 자기 행세를 하며 다녔던 '그 여자' 생각을 하면 지금도 괘씸하고 분한 게 솔직한 심정이었다.

그러나 '그 여자'가 눈앞에 나타나지 않는 이상, 어떻게 해 볼 생각은 없었다. 전부 다 끝난 마당에 이제 와 굳이 들춰서 뭐하나 싶기도 했다. 지금은 공부만으로도 머리가 터질 것 같았다. 다른 생각할 여유 따위 없었다.

"그나저나 옆구리가 이상하네. 살짝 부딪쳤는데도 늙어서 그런지 아파 죽겠네. 아이고야."

오른쪽 옆구리를 부여잡고 앓는 소리를 내는 진호였다. 그는 지환의 눈치를 살살 보며 중얼거렸다.

"병원에 가야 하나. 원래 교통사고는 나중에 후유증이 나타나서 무섭다는 건데……."

"잡소리 집어치우고 얼른 용건이나 말해. 학원 가야 하니까."

엄살이 전혀 통하지 않자 진호는 한숨을 내쉬며 몸을 똑바로 했다. 그러고는 운전석에 타라고 손짓했다. 지환은 일단 운전석에 올라탔다. 집 앞이긴 하지만 길 한가운데 차를 계속 세워 놓을 순 없어서 담벼락 가까이 차를 몰았다. 진호가 안부를 묻듯 자연스레 말을 꺼낸다.

"승현이랑 연락은 하고 지내냐?"

"나 바쁘거든."

"그렇겠지. 안 하던 공부하려면 바쁘겠지."

"지금 놀리는 거야?"

발끈하는 지환을 보며 진호는 빙그레 미소 지었다.

"공부하느라 힘들지? 적성에 맞지도 않는 공부 때려치우고 차라리 연기하지 그러냐?"

"연기?"

"내가 잘 찍어 준 것도 있지만, 처음치고 그 정도면 꽤 잘한 거거든. 인기도 좀 있었고. 단역인데도 무대인사 청원 운동 벌어졌잖아. 그때 무대인사 하러 와 놓고 튀지만 않았어도 너 지금 꽤 잘나가는 스타가 됐을지도 모른다구. 진짜 좋은 기회였는데. 연기할 생각 있으면 언제든지 말해. 내가 다리 놔 줄 테니까."

또 '그 여자' 얘기였다. 지환은 노골적으로 불쾌한 표정을 지었다.

"안 해. 내가 그딴 걸 왜 해? 내 목이 칼이 들어와도 안 해. 절대. 네버."

완강하게 거부하자 진호도 더는 권할 생각이 없는지 수긍한다.

"하긴, 너희 집안에서 네가 연기하는 거 찬성할 리도 없겠다. 그럼 죽으나 사나 공부해야 한다는 건데…… 스트레스 장난 아니겠네. 오늘 하루는 모든 걸 잊고 형아랑 드라이브나 가자. 스트레스를 간간이 풀어 줘야 공부도 잘 되는 법이다 너."

"아까부터 어딜 자꾸 가자는 거야?"

"어딘지는 네가 도와줘야 알 수 있어."

진호는 웃음기를 싹 지우고 자못 진지한 얼굴로 지환을 바라보았다. 늘 장난스런 표정과 말투로 친한 척하면서 사람 신경을 살살 긁어 대던 그였다. 오랜만에 정색한 얼굴을 보고 있자니 아무래도 무슨 일이 있긴 있는 모양이었다.

"무슨 일이야?"

지환이 진지하게 묻자 진호는 한숨을 내쉰 후 한 박자 늦게 대답했다.

"아무래도 승현이 자식이 연애를 하는 거 같아."

순간 지환은 자신의 귀가 잘못된 줄 알았다. 그는 새삼스럽게 진호를 바라보았다. 고작 승현이 연애를 하는 게 무슨 큰일이라고 저렇게 심각하게 얘길 한단 말인가.

"그게 뭐?"

대수롭지 않아 하는 지환의 반응에 진호는 되레 이해할 수 없다는 얼굴이 되었다.

"뭐라니. 승현이라고, 승현이. 민승현. 너네 형. 그 녀석이 연애를 한다니까. 그게 말이 돼?"

"나이 드니까 이제 여자가 눈에 들어오나 보지."

말은 그래도 솔직히 여자와 연애를 하는 승현이 잘 상상은 되지 않았다. 하지만 진호처럼 아예 납득할 수 없는 건 아니었다. 어찌 됐든 승현도 남자였다. 남자인 이상 여자에게 관심이 없다는 건 말이 되지 않았다. 그러나 진호는 손사래 치며 반박했다.

"그게 그렇게 쉽게 생각하고 넘어갈 문제가 아냐. 네가 아직 승현이를 잘 몰라서 그러나 본데, 그 녀석 여자한텐 눈길 한 번 안 주던 놈이거든. 생각해 봐. 걔는 직업의 특성상 사람들이 여신이라고 떠받드는 여배우들이 주변에 널려 있단 말이야. 눈길만 줘도 황송한 그런 여자들이 녀석한테 얼마나 대시했었는지 아냐? 그런데도 꿈쩍을 않던 놈이야. 아주 목석도 그런 목석이 없을걸. 그래서 한때는 이쪽 바닥에서 게이나 고자라는 설도 떠돌았다구. 참, 마지막 얘긴 비밀이다."

"여배우 취향이 아니었던 거 아냐?"

"아냐, 취향이고 나발이고 그 녀석은 여자한테 아예 관심이 없었어. 평생 독신으로 살 작정이었을걸. 그러던 녀석이 요즘 어떤지 알아? 매일 칼퇴근하는 건 기본이고, 회사 세운 후로 휴가 한 번 안 간 놈이 오늘 월차를 냈다고 하더라고. 일 못 해서 죽은 귀신이 들러붙은 줄 알았던 그 일벌레가 월차라니, 이게 말이 된다고 생각해?"

사방으로 침을 튀겨 가며 열변을 토하는 진호를 보고 있자니 지환도 슬슬 궁금해졌다. 곁에 가면 찬바람이 쌩쌩 불 것 같은 승현이었다. 그런 사람이 연애를 한다는 게 신기하기는 했다. 도대체 어떤 여자가 난공불락이나 다름없는 사람을 무너뜨린 걸까.

"작년에 너랑 같이 살 때까지만 해도 아무런 낌새도 없었는데……."

고개를 갸웃거리며 웅얼거리는 진호의 말을 듣자마자 지환의 뇌리에 뭔가가 반짝 떠올랐다. 어쩌면 그 여자가 누군지 알 것도 같았다. 만약 자신의 직감이 틀리지 않았다면 이것은 아주 좋은 기회였다.

이미 다 끝난 일이었지만 한 번쯤은 직접 만나 보고 싶었다. 학원을 땡땡이쳐야 한다는 게 마음에 걸렸지만 언제 올지 알 수 없는 기회를 놓칠 순 없었다. 오늘 땡땡이친 건 나중에 밤을 새서라도 만회하면 될 것이다. 결심을 굳힌 지환은 일단 확인차 질문을 던졌다.

"혹시 오늘 형이 월차 낸 게 그 여자 때문인 거야?"

"그럴걸. 아니 백 퍼센트야. 그 녀석이 요즘 일보다 우선시하는 건 딱 하나뿐이니까. 지금 둘이 같이 있는 게 아니라면 내가 열 손가락에 장을 지진다."

진호는 이를 악물며 호언장담했다. 원하던 대답을 들은 지환은 만족했다. 하늘이 준 기회임이 틀림없었다.

"형한테 찾아가려고 날 찾아온 거야?"

"그렇지."

"그럼 아까 내가 도와줘야 알 수 있다는 데가 형이 있는 곳이란 거네."

"빙고."

엄지와 중지를 튕겨 딱 소리를 낸 진호가 씨익 웃었다. 이제야 말이 통해 기쁘다는 눈치였다.

"내가 어떻게 도와주면 되는데?"

그가 기다렸다는 듯 크로스 가방에서 파란색 파일 하나를 꺼내 들었다.

"그게 뭐야?"

"녀석이 결재해야 할 보고서야. 이거 때문에 정 비서 구워삶느라 얼마나 힘들었는지 넌 모를걸."

"그거로 뭘 어쩌라고?"

지환의 질문이 어리석다는 듯 진호가 혀를 차며 손을 내저었다.

"쯧쯧쯧, 자고로 사람이 일을 도모하려면 명분이 있어야 하거늘."

"그 파일이 명분이란 거야?"

"그래. 이게 우리 핵우산이 돼 줄 거야."

'우리'라는 말에 거부감이 들었지만 지환은 아무 말도 하지 않았다. 각자의 목적을 위해 한 배를 탄 사이니 아주 틀린 말도 아니었다. 느끼한 표정으로 파일을 손바닥으로 쓰다듬던 진호가 넌지시 물어 왔다.

"너 휴대폰 두 개지?"

지환은 순간 진호가 준비한 또 다른 핵우산이 자신일지도 모른다는 생각이 들었다.

몇 차례 손을 놀리자 눈 깜짝할 사이에 끝나 버렸다. 혜민은 걸레를 들고 허리를 폈다. 자그마한 원룸이 한눈에 전부 들어온다. 평수는 작아도 햇빛이 잘 드는 남향집 2층이었다.

아직은 낯선 공간이지만 방에 들여놓은 익숙한 세간 덕분에 금방 정이 들 터였다. 김지환 프로젝트를 하게 되면서 업체에 맡겨 놨던 세간을 오늘에서야 되찾았다. 혜민은 낡고 허름한 가구와 전자 제품을 하나하나 정성껏 닦았다. 남들 눈엔 죄다 고물상으로 직행해야 할 것들로 보일 테지만 혜민에겐 오랜 세월 동고동락한 분신과도 같은 소중한 것들이었다.

승현의 제안을 받아들인 후 혜민은 수영의 집에서 나와 원룸을 구했다. 아르바이트하는 커피전문점 근처라 이제 도보로 출퇴근이 가능했다. 수영은 서운해했지만 잘된 일이라며 격려해 주었다.

일은 여름까지만 하고 가을에 복학하기로 했다. 기왕 이렇게 된 거 어서 빨리 졸업하고 취직해서 그에게 빌린 돈을 갚는 게 최선이었다. 그가 시도 때도 없이 요구해 오는 이자가 비싸서라도 하루 빨리 채무를 이행할 생각이었다.

더러워진 걸레를 빨기 위해 욕실로 가는데 전화벨이 울려 댔다. 또 아버지였다. 오늘 반나절 동안 스무 통도 넘게 전화를 건 아버지였다. 이사한다는 얘길 들은 아버지는 며칠 전부터 틈만 나면 안부 전화를 했다. 서울로 올라오겠다는 말에 짐도 별로 없으니 오지 말라고 했는데, 이럴 줄 알았으면 그냥 오라고 할 걸 그랬다. 아마 오늘 아버지는 몸은 지방에 있어도 영혼은 서울에 와 있을 터였다.

"다 끝났어. 짐 다 옮기고 걸레질까지 마쳤어. 걱정할 거 없어. 응, 문단속 잘 할게. 아빠도 식사 거르지 말고. 다음에 봐."

통화를 끝내고 욕실에 들어가 걸레를 빨고 나오자 승현이 현관 문을 열고 들어왔다. 거실 전등 하나가 불이 들어오지 않는다는 걸 알고 새로 갈아 끼울 전구를 사 가지고 오는 길이었다.

그는 잠시 현관에 서서 집 안을 둘러보았다. 원룸은 딱 그의 아파트 거실만 한 크기였다. 그런데도 가구가 거의 없어서 휑해 보였다. 마뜩잖은 심경이 눈빛에 고스란히 드러났지만 딱히 뭐라고 하진 않는다.

이사 오기 전, 가전제품을 새로 장만해 주겠다는 걸 혜민이 일언지하에 거절한 후로는 뭔가 불만스러워도 입에 올리지 않았다. 그의 선의를 모르는 건 아니었다. 하지만 월차까지 내고 와서 이사를 도와준 것만으로도 이미 충분했다.

"벌써 청소 다 한 거야?"

"이쯤이야 껌이죠."

혜민은 어깨를 으쓱하며 잘난 척했다. 승현은 가볍게 피식거리며 안으로 성큼성큼 들어왔다. 손에 들린 봉투가 묵직해 보였다. 전구만 사 온 게 아닌 듯했다.

"뭘 사 온 거예요?"

"현관에 달 자물쇠도 사 왔어."

"그냥 비번만 바꾸면 되는데."

"너무 낡아서 그래. 요즘 나온 최신형은 보완 체계가 더 잘 돼 있으니까 바꾸는 게 좋을 거야."

혜민은 고개를 끄덕이며 수긍했다. 예정에 없던 것이지만 여자 혼자 사는 집이니 조심해서 나쁠 건 없었다.

승현은 팔을 위로 뻗어 거실 전구부터 갈았다. 키가 워낙 커서 의자에 올라갈 필요도 없었다. 전구 갈기가 끝나자 이번엔 현관 자물쇠를 교체했다. 대단한 집안의 도련님이라 잡다한 집안일은 구경도 못 해 봤을 줄 알았는데 의외로 그의 손놀림은 전문가의 그것처럼 능숙했다. 본가에서 독립해 혼자 살면서 몸소 터득한 듯했다.

신기하고 기특한 마음에 옆에서 계속 지켜보고 있는데 어디선가 벨소리가 들려왔다. 순간 아버지가 또 전화한 건가 싶어 한숨을 내쉬던 혜민은 곧 자신의 것이 아니라는 걸 깨달았다. 벨소리의 진원지는 승현의 휴대전화였다. 그는 하던 일을 잠시 멈추고 바지 주머니에서 휴대전화를 꺼냈다.

문자를 확인한 그가 이상하다는 듯 고개를 갸웃하더니 어딘가로 전화를 건다. 그러나 통화가 되지 않는지 곧바로 다른 데로 전화를 걸었다. 이번에는 상대가 전화를 받은 듯했다.

"오늘 중으로 결재해야 할 보고서가 있다는데, 확실한 건가?"

승현은 다짜고짜 용건만 묻고 답을 들은 후 통화를 종료했다. 표정이 미세하게 굳어져 있었다. 좋지 않은 일이라도 생긴 건가? 혜민은 그의 기색을 살피며 조심스럽게 물었다.

"무슨 일이에요?"

그녀의 우려와는 달리 승현은 흔쾌히 대답해 주었다.

"회사 일. 결재할 게 있다고 직접 가지고 갈 테니 지금 어딨는지 알려 달라는군. 어제만 해도 오늘까지 처리해야 할 일은 없었는데……."

"갑자기 생겼나 보죠 뭐."

혜민은 빙그레 웃었다. 행여 큰일이라도 난 줄 알고 마음 졸였던 게 눈 녹듯 사라졌다. 그러나 승현은 미심쩍은 눈으로 휴대전화를 빤히 노려보고 있었다.

"정 비서가 전화를 안 받아. 왜 발신자 정보가 없는 번호로 문자를 보낸 거지?"

"밖에 있는데 배터리가 다 돼서 일단 다른 사람 휴대폰으로 문자만 보낸 걸 수도 있잖아요."

그녀의 의견에 수긍한다는 듯 승현은 작게 고개를 끄덕였다. 혜민은 얼른 그의 고뇌를 덜어 주고 싶었다.

"아직 답 문자 안 보냈죠? 여기로 오라고 해요."

"여기로?"

"직접 온다고 했다면서요. 그럼 급한 거 아녜요? 그냥 이리로 오라고 해요. 다른 데로 약속 잡고 시간 정하고 하는 거 번거롭잖아요."

승현은 입을 다물었다. 머리로는 그녀의 말이 옳다는 걸 안다. 그러나 마음이 내키지 않아 선뜻 손이 움직이지 않는다.

누가 올지 모르지만 분명히 회사 직원들 가운데 하나일 터였다. 작년에 혜민은 김지환으로서 회사를 다녔기에 그녀의 얼굴을 모르는 직원은 없었다. 그녀를 보면 틀림없이 어리둥절해하며 혼란스러워할 것이다. 직원의 반응에 행여 그녀가 마음을 다칠까 염려되었다. 승현은 혜민을 물끄러미 바라보았다.

"괜찮겠어?"

"상관없어요. 어차피 한 번은 겪어야 할 일이잖아요. 그래도 마음에 걸리면 안으로 들이지 말든가요. 난 집 안에만 있을게요."

걱정했던 게 무색할 정도로 혜민은 대수롭지 않게 대꾸했다. 승현은 한숨을 내쉰 후 일단 주소를 찍어 보냈다. 그럼에도 마음은 여전히 무거웠다. 그녀가 걱정되는 것과는 별도로 또 다른 뭔가가 신경에 거슬렸다. 아무래도 정 비서와 연락이 되지 않아서인 듯했다. 다시 전화를 해 보려고 하는데 혜민이 다가와 휴대전화를 빼앗아 간다.

"걱정 마요. 난 정말 괜찮으니까."

혜민은 승현의 휴대전화를 가볍게 흔들며 말했다. 허세를 부리는 게 아니었다. 그녀는 그의 직원과 대면하는 일에 대해 전혀 걱정하지 않았다.

지난번에 김치찌개를 먹으러 갔을 때, 주인 아줌마를 다시 만난 이후 많은 생각을 했었다. 그리고 각오한 게 있었다. 김지환이 아닌 송혜민으로서 그의 주변 사람들 앞에 다시 서야 한다는 걸 두려워하지 말자고. 그의 곁에 있기로 한 이상 자신이 감당해야 할 몫이라는 걸 인정하고 피하지 말자고 다짐했었다.

혜민은 몸을 돌려 주방의 싱크대로 걸어갔다. 개수대 바로 아래 문을 열자 형형색색의 배달업체 스티커가 줄지어 붙어 있었다. 아까 청소할 때 발견한 것이었다.

"점심으로 중화요리 어때요?"

이사한 날은 뭐니 뭐니 해도 중화요리가 진리였다. 짜장면을 시키면서 혜민은 탕수육도 하나 더 주문했다. 근처에 가게가 있는지 눈 깜짝할 사이에 초인종이 울렸다.

두 사람은 작은 상을 가운데 두고 마주 앉아 짜장면과 탕수육을 먹었다. 두 사람 모두 탕수육을 먹을 때 소스를 한꺼번에 붓는 것보다 하나씩 찍어 먹는 걸 선호했다. 사소한 취향이 일치한다는 걸 알게 된 두 사람은 한층 더 친밀해졌다.

식사를 하며 서로의 근황을 주고받던 중 혜민의 학교 이야기가 화제로 떠올랐다.

"복학하려면 미리 공부 좀 해 둬야 하는 거 아닌가."

"해야죠."

덤덤한 대꾸와는 달리 혜민은 마음이 무거워졌다. 복학까지 아직 시간적 여유는 있었지만 그동안 손 놓고 있었던 공부를 다시 하려니 막막한 게 사실이었다. 특히 영어가 문제였다. 외국어라서 그런지 며칠만 소홀해도 알고 있던 단어의 절반이 날아가 버리곤 했다.

영어는 취업할 때도 필요하지만 졸업하기 위해서라도 반드시 필요한 것이었다. 혜민의 학교는 일정 수준의 토익이나 토플 점수가 없으면 졸업 자체가 불가능했다. 그래서 휴학을 했을 때도 영어에 대한 감을 잃지 않기 위해 일하면서 틈틈이 공부를 해 왔었다.

하지만 작년에는 김지환 프로젝트로 인해 거의 공부를 할 수 없었다. 아니 아예 못 했다는 게 더 정확했다. 거의 1년간 영어의 영자도 보지 않았으니 지금 실력이 어느 정도인지 감도 잡히지 않았다. 어디서부터 시작해야 할지 모르겠다. 맨몸으로 망망대해에 내

던져진 기분이었다.

고민에 빠진 혜민은 자기도 모르게 나무젓가락으로 군만두를 지분거렸다. 괴롭힘 당하던 만두의 옆구리가 기어코 터지면서 안에 들어 있던 내용물이 지저분하게 흩어진다. 터진 만두를 대강 입 속에 넣고 고개를 들자 기다리고 있었다는 듯 승현과 눈이 마주쳤다.

"무슨 문제라도 있어?"

"에? 아, 아뇨. 그냥 어디서부터 시작해야 할지 생각 중이었어요."

"내가 도와줄까?"

"네?"

뜻밖의 제안에 혜민의 눈이 동그래졌다.

"매일 한 시간씩 과외, 어때?"

참으로 달콤하기 짝이 없는 제안이었다. 승현의 영어 실력은 수준급이었다. 회사에서 해외 관계자들과 유창한 영어로 통화하는 걸 옆에서 직접 보았기에 잘 알고 있었다. 그가 도와준다면 분명 많은 도움이 될 터였다. 하늘에서 동아줄이라도 내려온 심정이었다.

"시간을 어떻게 해야 할지……."

"너 일 끝나면 바로 집에 와서 한 시간씩 공부하면 될 거야."

"그럼 너무 늦을 텐데."

"늦으면 여기서 자고 가지."

너무나 자연스럽게 흘러나온 말에 혜민은 기가 막혔다. 그의 속셈을 알 것 같았다. 그녀의 눈이 가늘어졌다.

"과외는 핑계고 진짜 목적은 따로 있는 거죠?"

"과외도 하고 잠도 자고. 너한테도 나한테도 좋은 거 아닌가."

당당함을 넘어서 뻔뻔하기까지 한 그의 대답에 말문이 막혀 버렸다. 그리고 방금 깨달은 게 하나 있었다. 과외를 하건 하지 않건 앞으로 그가 이 집에서 수많은 밤을 보내게 될 거라는 사실을. 어차피 그렇게 될 거라면 과외라도 건져야 했다.

"알았어요. 그럼 언제부터……."

"오늘부터 하지."

나무젓가락을 쥐고 있는 혜민의 손 위로 커다란 손이 슬며시 겹쳐진다. 대낮부터 유혹하는 그가 어처구니가 없었지만 그의 손을 뿌리치지는 않았다. 눈이 마주치자 그의 손아귀에 힘이 들어갔다. 그가 손을 잡아당기자 상체가 그를 향해 기울어졌다. 키스라도 하려는 건가.

혜민은 점차 가까워지는 입술을 주시하다가 스르르 눈꺼풀을 닫았다. 짜장면과 탕수육이 섞인 오묘한 냄새가 코끝에 달라붙었다. 문득 궁금해졌다. 같은 음식을 먹고 하는 키스는 어떤 맛이 날까. 막 입술이 닿기 직전이었다.

딩동딩동. 초인종이 시계 알람처럼 울어 댔다. 잠에서 깨어난 것처럼 눈을 뜬 혜민은 승현의 손을 놓고 벌떡 일어섰다. 승현은 못마땅한 얼굴로 순순히 그녀를 놓아주었다.

"벌써 그릇 가지러 온 건가."

인터폰으로 다가가 무심코 화면으로 시선을 돌린 혜민은 고개를 갸웃거렸다. 화면에 보이는 거라고는 텅 빈 복도뿐이었다. 그러나 문 밖에선 인기척이 느껴졌다. 누군가 밖에 있는 게 틀림없었다.

일단 수화기를 들고 누구냐고 물어보자 대답이 돌아왔다.

—민승현 대표님 계시죠?

화면에는 보이지 않지만 승현을 찾는 것으로 미루어 보아 결재할 보고서를 가지고 온다던 회사 직원인 듯했다.

"누구야?"

거실에서 승현이 물어 왔다. 혜민은 아무 의심 없이 문을 열어 주며 대꾸했다.

"그쪽 직원이요."

혜민의 대답을 들은 승현은 얼른 몸을 일으켰다. 직원이라도 이곳에 들일 생각이 전혀 없었던 그는 현관으로 성큼성큼 걸어갔다. 문 밖에서 검토한 후 사인해서 바로 돌려보낼 생각이었다.

"내가 나갈 테니까 넌……."

가장 먼저 시야에 들어온 건 뻣뻣하게 굳어져 있는 혜민의 뒷모습이었다. 그다음 눈에 들어온 건 그녀의 어깨너머에 서 있는 사람들이었다.

아는 얼굴들이었다. 동시에 낯선 얼굴들이기도 했다. 오랜 세월 알고 지냈지만 두 사람의 저런 얼굴은 처음 보는 것이었다. 경악으로 눈이 화등잔만 해진 진호와 밀랍처럼 창백하게 질려 버린 지환이 열린 문 사이에 서 있었다.

새로 이사한 집 근처는 주택가이면서도 작고 소박한 가게들이 오밀조밀 모여 있었다. 그중 가정집을 개조해 만든 자그마한 카페에 네 사람이 모여 있었다.

네 사람의 표정은 제각각이었다. 장신에 연예인처럼 매우 잘생긴 남자는 심기가 불편한지 미간에 골이 파여 있었고, 뿔테 안경을 쓴 남자는 얼이 빠진 사람처럼 멍해 보였다. 그들 옆에 앉아 있는 쌍둥이처럼 몹시 닮은 남자와 여자는 서로를 뚫어져라 쳐다보고 있었다. 남자는 벌어진 입을 다물지 못했고 여자는 상대적으로 무덤덤했다.

뿔테 안경을 쓴 남자, 진호가 얼빠진 얼굴로 멍청하게 중얼거렸다.

"도대체 이게 어떻게 된 일인지……."

그는 믿을 수 없다는 듯 눈을 끔벅거리며 혜민과 지환을 번갈아 보았다. 신경질적으로 단숨에 커피를 반이나 비운 승현이 자리에서 벌떡 일어섰다.

"형은 나랑 얘기 좀 해."

승현은 엉거주춤 일어선 진호를 거의 강제로 끌다시피 밖으로 데리고 나갔다. 테이블에는 혜민과 지환만이 남게 되었다.

어색한 적막이 두 사람 사이를 가로지른다. 목이 타는 기분에 지환은 앞에 놓여 있던 아이스티를 벌컥벌컥 들이켰다. 그러면서도 맞은편에 있는 혜민에게서 눈을 떼지 않았다. 할 말이 아주 많았는데 지금은 머릿속이 백지가 된 것 같았다. 아까 그녀를 처음 보았을 때부터 지금까지 아무것도 생각할 수 없었다.

그에 반해 혜민은 마음이 평온했다. 물론 진호와 지환을 보았을 땐 놀라고 당황했지만 이내 담담해질 수 있었다. 승현의 주변 사람들 앞에 다시 서야 한다는 걸 두려워하지 않겠다고 각오한 데다, 작년 크리스마스 때 극장에서 지환을 본 적이 있었기에 상대적으로 여유를 가질 수 있었다. 혜민은 정중하게 고개를 숙였다.

"미안해요."

언젠가 지환을 만나게 된다면 꼭 사과하려고 했다. 타의에 의한 것이었다 해도 그의 행세를 한 건 분명 잘못한 일이니 사과하는 게 당연했다.

그녀의 느닷없는 사과에 지환의 눈이 휘둥그레졌다. 진심으로 당황한 기색이 역력했다. 사과받을 거라고는 상상도 못 해 본 모양이었다. 그는 어쩔 줄 몰라 하며 눈을 이리저리 굴렸다. 그러다가 무언가 결심했는지 테이블 모서리에 시선을 고정시킨 후 목을 가다듬고 다소 퉁명스럽게 중얼거렸다.

"흠흠, 남의 행세하면서 사람들을 속여 놓고는…… 미안하다는 말 한 마디면 단가."

"잘못했어요."

"내가 아직도 당신 생각하면 자다가도 벌떡 일어난다고. 열불이 뻗쳐서 말이야."

"죄송해요."

"아무리 피해 준 게 없다고 해도 엄연한 범죄라고, 범죄. 알아?"

"알고 있어요."

그녀가 변명조차 하지 않고 비난을 전부 수긍하고 받아들이자 지환은 멋쩍은 얼굴이 되었다. 그는 입을 다물고 귀가 빨개질 때까지 만지작거렸다. 당황하거나 곤란하면 자기도 모르게 귀를 만지는 습관이 있는 듯했다. 한참 귀를 주물럭거리던 그가 마침내 입을 삐죽거리며 툭 내뱉었다.

"정말 미안하면…… 유전자 검사해 보든가."

"유전자 검사라뇨?"

뜻밖의 말에 혜민은 놀란 얼굴로 반문했다. 지환이 자신에게 어떠한 비난을 퍼부을지 대충 짐작은 하고 있었다. 심한 말을 듣더라도 얼마든지 감수할 각오가 되어 있었고, 그래서 이제껏 침착하게 대응할 수 있었다. 그러나 유전자 검사는 열외였다. 상상도 못했던 말이다. 의아해하는 그녀에게 지환은 잇새로 작게 욕설을 내뱉으며 말했다.

"젠장, 닮아도 너무 닮았잖아. 당신은 이상하다는 생각 안 들어?"

"이상하다뇨?"

"어휴, 답답해. 피 한 방울 안 섞인 남이 이렇게까지 닮을 리가 없잖아. 그러니까 검사해 보자고. 당신이나 나나 태어나기 전에 부모들이 뭔 짓을 했는지 어떻게 알아."

느닷없이 뒤통수를 얻어맞은 기분이었다. 단 한 번도 부모님의 과거를 의심해 본 적이 없었던 혜민은 지환의 의견을 선뜻 받아들일 수 없었다.

"말도 안 돼요. 절대 그럴 리 없어요."

"그걸 당신이 어떻게 알아?"

"알아요. 우리 엄마 아빠 절대 그럴 사람들이 아녜요. 그냥 우연히 닮은 것뿐일 거예요. 생판 남인데도 세상에 닮은 사람이 얼마나 많은데."

"닮은 것도 급이 있지. 당신하고 난 쌍둥이 같잖아. 이 정도면 의심해 봐야 하는 거 아냐?"

"아닐 거예요, 절대 아니야."

혜민은 고개를 가로저으며 완강하게 부정했다. 누구보다도 금슬이 좋았던 부모님이다. 절대 한눈팔거나 배신할 분들이 아니었다. 그녀가 받아들일 기미가 전혀 보이지 않자 지환은 한숨을 내쉬었다. 그러고는 어쩔 수 없다는 듯 체념한 얼굴로 중얼거렸다.

"우리 엄마가 왜 이혼했는지 알아?"

무릎 위에 올려놓은 손이 가늘게 떨려 왔다. 불길한 예감이 독처럼 온몸으로 번져 갔다. 듣고 싶지 않았다. 할 수만 있다면 이 자리에서 도망치고 싶었다. 그러나 혜민은 지환의 입에서 눈을 뗄 수가 없었다. 세상의 모든 소음이 사라지고 오직 허스키한 목소리만이 고막을 가득 채웠다.

"우리 아빠가 외도를 했거든."

한숨 섞인 지환의 고백에 결국 혜민은 그에게 머리카락을 내어 줄 수밖에 없었다.

"형이 꾸민 짓거리지?"

카페를 나가 근처 공원으로 진호를 데리고 간 승현은 참았던 분노를 터트렸다. 화가 머리끝까지 치솟은 그와는 달리 진호는 여전히 넋이 나간 얼굴로 멍하니 서 있었다.

"결재할 보고서도 지환이 데리고 온 것도 전부 형 작품인 거 아니까 어설픈 핑계 댈 생각 마."

서늘한 일갈이 아득하게 들려왔다. 진호는 좀처럼 충격에서 헤어 나오지 못하고 있었다. 단지 궁금했던 것뿐이다. 차가운 목석같았던 녀석의 마음을 송두리째 가져간 여자가 누군지, 어떻게 생겼는지 한번 보고 싶었을 뿐이다. 그리고 오늘 그 여자를 본 순간, 진호는 꿈을 꾸는 건가 싶었다. 모든 게 명확하던 머릿속이 혼돈의 구렁텅이로 빠져 버렸다. 그리고 믿을 수 없는 결론에 다다랐다.

승현은 아무런 대꾸도 하지 않는 진호의 멱살을 틀어잡고 흔들 었다. 인형처럼 힘없이 흔들리던 진호가 그를 바라보며 천천히 초점을 맞춰 왔다.

"그래, 알겠지. 내가 너를 아는 만큼 너도 날 알 테니까. 우리가 보아 온 세월이 얼만데. 팬티 색깔 빼곤 다 알지, 우린."

"알면서도 이런 깜찍한 이벤트를 벌였다 이거지?"

으르렁거리는 승현이 하나도 두렵지 않다는 듯 진호는 시종일관 평온하게 대꾸했다.

"난 네가 연애할 줄은 꿈에도 몰랐다. 너 그동안 말은 안 해도 혼자 살 생각이었잖아."

"말 돌리지 마."

"언제부터냐? 언제부터 생각이 바뀐 거냐고. 난 도통 모르겠 다."

진호는 계속 동문서답이었다. 승현이 뭐라고 하든 말든 제 할 말만 하고 있었다. 도무지 말이 먹혀들 기미가 보이지 않았다. 그런 상대에게 일방적으로 화내고 있자니 문득 허탈해진다. 이게 뭐하는 짓거리인지 한심하기도 했다. 마치 벽에다 대고 소리치는 형국이나 다름없지 않은가.

승현은 진호의 멱살을 내팽개치듯 놓아주었다. 그러고는 벤치로 가서 앉았다. 진호도 졸래졸래 따라와 옆자리에 슬쩍 몸을 내린다.

인근 공터에서 고등학생으로 보이는 아이들이 농구를 하고 있었 다. 역동적인 아이들의 움직임을 눈으로 좇으며 애써 노기를 가라앉혔다. 어디선가 가느다란 미풍이 다가와 얼굴을 어루만져 준다. 나뭇잎 흔들리는 소리와 함께 진호의 음성이 실려 왔다.

"그래서 그동안 수많은 여자들을 마다한 거였냐?"

뜬금없이 튀어나온 질문에 승현은 어리둥절했다. 진호의 말이 계속 이어진다.

"나한테라도 털어놓지 그랬어. 미련하게 혼자 끌어안고 전전긍긍하고 있었다니. 내 친구들 중에 박 감독 알지? 박 감독도 사실 너랑 같은 부류야. 걔도 자기 성향 때문에 엄청 힘들어하거든."

승현의 눈썹이 꿈틀거렸다. 뭔가 이상했다. 이건 마치……

"네가 지환이 챙길 때부터 알아봤어야 했는데. 작년엔 촬영 때문에 너한테 신경 못 써 줘서 미안하다. 그래도 이건 아니야. 남자를 좋아하는 게 죄는 아니지만 지환인 네 동생이잖아. 동생 대신 동생과 닮은 여자를 사귀는 건 좀……"

"지금 무슨 말을 하는 거야?"

더는 가만히 듣고 있을 수가 없었다. 간신히 가라앉아 있었던 노기가 단숨에 임계점까지 치솟았다. 승현은 벤치를 박차고 일어섰다. 진호는 화를 내는 승현을 다 이해한다는 듯 안쓰럽게 바라보았다.

"걱정 마, 아무한테도 얘기 안 할 테니까……"

"누가 누구 대신이란 거야?"

"화내지 말고……"

"말도 안 되는 미친 소릴 지껄이고 있는데 내가 화 안 내게 생겼어?"

똑바로 노려보며 힘주어 말하자 그제야 진호의 얼굴에 혼란이 스며들었다.

"……아니야?"

"막장 드라마 너무 많이 본 거 아냐? 어떻게 그런 황당한 생각을 할 수 있어? 그래 가지고 시나리오 제대로 쓸 수나 있겠어?"

경멸이 가득 담긴 승현의 눈초리에 진호의 얼굴 근육이 기묘하게 일그러졌다. 이제야 뭔가 잘못되었다는 걸 알아챈 모양이었다. 그는 머리칼을 쥐어뜯었다.

"뭐가 어떻게 된 거야?"

승현은 혼란스러워하는 진호를 말없이 노려보았다. 오늘 그가 벌인 불쾌한 이벤트를 생각하면 이대로 그냥 가 버리고 싶었다. 혼자 머리 싸매고 고생 좀 해 보라고 하고 싶었다. 성적 취향을 오해받은 것까지는 넘어간다 해도 혜민을 지환의 대신이라고 생각한 건 용납할 수 없었다.

그러나 승현은 쉽사리 발길을 돌리지 못했다. 예전이라면 매몰차게 돌아서고도 남았지만 자꾸 눈앞에 어른거리는 얼굴 때문에 걸음을 옮길 수가 없었다. 혜민을 생각하면 제대로 된 해명을 해야 했다. 그냥 놔뒀다간 또다시 엉뚱한 오해를 할지 몰랐다. 진호는 상상력이 풍부해서 얼마든지 가능한 일이었다. 결국 승현은 한수 접기로 했다.

"지환이는 지환이고 그 사람은 그 사람이야."

"응?"

"아무 상관없다고. 누구 대신이 아니야. 그냥 두 사람이 우연히 닮은 것뿐이지."

"우연히 닮은 거라고? 우연히? 허허, 우연치곤 희한하네."

쉽사리 납득하지 못하는 진호였다. 그러나 승현은 그가 조만간 받아들일 거라는 걸 알고 있었다. 자신이 빈말은 절대 하지 않는다는 걸 그는 아주 잘 알고 있으니까.

그를 보고 있자니 문득 이런 생각이 들었다. 앞으로 진호 같은 사람들이 더 생길지도 모른다고. 닮아도 너무 닮은 두 사람이었다. 지환과 꼭 닮은 혜민을 보면 진호처럼 엉뚱한 오해를 할 가능성이 농후했다. 상상만으로도 불쾌하고 골이 지끈거렸다. 승현은 눈을 가느다랗게 뜨고 진호를 물끄러미 응시했다. 좋은 생각이 떠올랐다.

"앞으로 나와 그 사람에 대해 이상한 소문이라도 돌면, 전부 형의 소행으로 간주할 거야."

"뭐?"

난데없이 길 가다 날벼락이라도 맞은 사람처럼 진호가 펄쩍 뛰었다.

"그럼 다신 형 얼굴 안 볼 거니까 알아서 해."

일방적으로 선언해 버린 승현은 뒤도 돌아보지 않고 가 버렸다. 진호는 아연한 표정으로 멀어져 가는 승현의 뒷모습을 바라보았다.

피는 안 섞였어도 형제나 다름없는 녀석이었다. 평생 가까이 지낼 거라 믿어 의심치 않았기에 방금 전의 말이 믿어지지 않았다. 그러나 한 입 가지고 두말할 녀석은 아니었다. 안 본다고 하면 정말 안 볼 것이다.

망연자실해하던 진호의 입에서 별안간 웃음이 흘러나왔다. 그는 승현이 앉아 있던 벤치에 털썩 주저앉았다. 녀석이 자신을 아는 만큼 자신도 녀석을 알고 있었다. 진호는 뒤늦게 승현의 선언이 오늘 일에 대한 일종의 복수라는 걸 깨달았다. 동시에 앞으로의 소문을 미연에 방지하려는 의도도 담겨 있었다.

"영악한 새끼 같으니라고."

빠져나갈 구멍은 어디에도 보이지 않았다. 울며 겨자 먹기라 해도 이상한 소문이 나지 않도록 발바닥에 불이 나도록 뛰어다닐 수밖에 없었다.

❀　　❀　　❀

이곳의 첫인상은 친근하면서도 조심스러웠다. 마치 오랜 세월 바지런한 종부가 정성껏 관리해 온 호젓한 고택에 온 느낌이었다. 선이 살아 있는 기와지붕과 반듯하게 뻗어 있는 대청마루, 아기자기하게 조경되어 있는 마당이 그랬다.

방은 최소한의 가구와 병풍으로 정갈하게 꾸며져 있었고 창호지가 발린 문이 고풍스러운 분위기를 자아냈다. 그러나 이곳은 엄연히 영업 중인 음식점이었고, 혜민과 아버지는 손님으로서 앉아 있었다.

"아빠 어떠냐? 이상해 보이진 않아?"

열세 번째 반복된 물음이었다. 혜민은 열세 번째 같은 대답을 했다.

"하나도 안 이상해. 걱정 마."

아버지는 오랜만에 양복을 꺼내 입었다. 퇴직한 이후 거의 볼 수 없었던 모습이다. 양복을 입고 출퇴근하던 기억 속의 아버지는 늘 당당하고 멋졌었다. 그러나 지금의 아버지는 마치 겁먹은 아이처럼 위축되고 주눅 들어 보였다. 오랜만에 입은 양복이 어색하고 불편한 것도 있겠지만, 곧 만날 사람들에 대한 걱정으로 안절부절 못하고 있었다.

아침부터 긴장했던 아버지는 이곳에 오고 나서부터 눈에 띄게 불안한 기색을 내비쳤다. 말수가 부쩍 줄어들었고 손은 쥐었다 펴기를 반복했고 시선은 한군데로 고정시키지 못했다. 그런 아버지를 옆에서 바라보고 있자니 마음이 불편했다. 그녀 역시 긴장하긴 매한가지였지만 자신보다 배는 긴장한 아버지 때문에 겉으로 티도 내지 못하고 있었다.

"근데 민 서방은 어디 간 거냐?"

"주차하고 잠깐 전화 통화 하고 온댔잖아."

"아참, 내 정신 좀 봐. 그랬었지."

아버지는 고개를 끄덕이며 앞에 놓인 물컵을 집어 들었다. 벌써 두 잔째였다. 무더운 날이었지만 에어컨 덕분에 방은 시원해서 갈증은 전혀 느껴지지 않았다. 다시 잔에 물을 채우는 아버지를 바라보다가 혜민은 옆에 놓인 꽃다발을 물끄러미 바라보았다.

오늘은 그녀가 수년에 걸쳐 힘겹게 다닌 대학 생활에 종지부를 찍은 날이었다. 코스모스 졸업이라 졸업식은 8월로 예정되어 있지만, 마지막 수업이 끝난 오늘이 실질적으로 졸업한 날이나 매한가지였다. 혜민에겐 뜻깊은 날이 아닐 수 없었다. 아마 죽을 때까지 이 날을 잊지 못할 것이다. 졸업한 날에 상견례까지 하게 된 이 날을 어떻게 잊을 수 있을까.

작년까지만 해도 졸업하면 취직해서 그에게 빌린 돈을 갚고 난 후에야 천천히 결혼을 생각해 보려 했었다. 그런데 어느 순간부터 졸업한 후에 바로 결혼하는 것으로 기정사실화되어 버렸다. 속도 위반한 것도 아닌데 정신 차려 보니 그렇게 돼 있었다.

아버지가 승현을 '민 서방'이라고 부르기 시작했을 때부터 뭔가 이상하다는 걸 눈치챘어야 했는데. 이제 와 후회해 봤자 소용 없다는 걸 알면서도 자꾸만 돌이켜 보게 된다.

"옛날부터 한쪽이 너무 기우는 혼사는 하지 않는 거라고 했는데……."

아버지의 근심 어린 목소리에 혜민은 고개를 들었다.

지방의 건설 현장에서 일하던 아버지는 반년 전 서울로 올라와 아파트 경비원으로 취직했다. 일개 아파트 경비원과 이름만 대도 다 아는 대기업 총수. 기우는 것도 보통 기우는 게 아니라 완전히 극과 극이었다. 아버지가 긴장한 것도 무리는 아니었다. 행여 별 볼 일 없는 집안이라고 당신 딸이 무시당하고 마음고생 할까 봐 걱정이 이만저만이 아니었다.

"우리 형편 다 알고도 그쪽에서 흔쾌히 허락했어. 아빠가 걱정하는 그런 일은 없을 거야."

혜민은 아버지를 안심시키기 위해 일부러 밝고 씩씩하게 말했다. 사실 그녀도 긴장되고 떨리고 두렵긴 매한가지였다.

김지환 프로젝트가 끝난 이후 민영식과 이미영을 만나는 건 오늘이 처음이었다. 본의 아니게 한때 그들의 아들 노릇을 했었기에 혹시라도 자신을 알아보는 건 아닌지 걱정되었다. 승현은 괜찮을 거라고 했지만 도둑이 제 발 저리다고, 자꾸만 신경이 뾰족하게 곤두선다. 그의 주변 사람들 앞에 서는 건 이제 두렵지 않았다. 하지만 그의 부모님은 예외였다.

아버지에게 큰소리친 것처럼 잘 해낼 수 있을지 모르겠다. 그래도 할 수 있는 최대한의 노력은 해 볼 것이다. 승현과 함께하기 위해 치러야 하는 일이라면 마땅히 감내할 것이다. 그는 그만한 가치가 있는 사람이니까. 아버지가 씁쓸하게 웃으며 중얼거렸다.

"민 서방만 아니었어도……."

혜민은 문득 아버지와 승현이 처음 만났을 때를 떠올렸다. 아버지는 승현을 보자마자 첫눈에 반해 버렸다. 나중에 그의 집안을 알고는 거리를 두려 했지만 얼마 못가 백기를 들었다. 친자식인 혜민보다 승현을 더 아끼고 위해서 가끔 누구 아버지인지 헷갈릴 때도 종종 있었다.

"잘할게. 잘할 자신 있어."

혜민은 아버지의 손을 살며시 잡으며 말했다. 아버지와 자신에게 하는 다짐이었다. 그녀와 승현을 믿고 어렵사리 결혼을 허락한 아버지였다. 보란 듯이 잘 사는 모습을 보여 드려야 했다.

부녀가 사이좋게 마주 보고 웃고 있는데 문밖에서 인기척이 들려왔다. 아버지의 안색이 환해졌다.

"민 서방 왔나 보네."

아버지의 기대와는 달리 문을 열고 들어온 사람은 승현이 아닌 지환이었다. 그는 안으로 들어오려다 문간에 한 발을 걸친 채 꼼짝도 하지 않았다. 방에 아무도 없는 줄 알고 문을 열었다가 당황한 눈치였다. 혜민은 자리에서 엉거주춤 일어나 알은척했다.

"왔어요?"

"응, 아…… 네."

평소처럼 반말로 대꾸하려다 아버지를 보고는 얼른 존댓말로 바꾼다. 그는 쭈뼛거리며 맞은편 자리에 앉았다. 그는 혼자였다. 혜민이 주위를 두리번거리며 물었다.

"어른들은요?"

"곧 오실 거예요."

지환이 대꾸하며 슬며시 눈에 힘을 주었다. 웃지 말라는 사인이었다. 혜민은 손으로 입을 가렸다. 공손하게 존댓말 하는 지환을 보고 있자니 자꾸만 웃음이 나오려 했다. 그의 평상시 모습을 잘 알고 있기에 예의 바른 도련님인 척하는 그가 신기하면서도 재미있었다.

올해 지환은 추가 합격자로 간신히 새내기 대학생이 되었다. 그런 그가 홀연 혜민의 앞에 나타난 건 중간고사가 시작될 무렵이었다.

그가 그녀를 찾아온 명분은 이러했다. 그의 행세를 했던 혜민이 잘못을 뉘우치고 죗값을 치를 기회를 주겠다는 거였다. 그러나 실질적으로는 과제 SOS 요청이었다. 그 후, 골치 아픈 과제가 있을 때마다 그는 당연하다는 듯 그녀를 찾아오기 시작했다.

지환은 늦깎이 대학생이었다. 선배들은 거의 대부분 그보다 어려서 그를 부담스러워했다. 나이가 좀 있는 복학생들은 취업 준비로 바빠 그를 상대해 줄 시간이 없었다. 그렇다 보니 궁금한 게 있어도 선뜻 물어볼 사람이 마땅치 않았다. 그의 주변에서 제일 만만한 대학생은 혜민뿐이었다.

그런 연유로 두 사람은 자연스레 안면을 트게 되었다. 덩달아 지환과 세트로 붙어 다니는 강원도 아가씨 진아와도 친해지게 되었다.

그가 진호와 함께 그녀의 집에 찾아왔을 때만 해도 이렇게 될 줄은 상상도 못 했었다. 유전자 검사에서 두 사람이 아무 상관없는 사이라는 게 밝혀진 후에도 마찬가지였다. 승현의 가족들 중에서 지환과 가장 어색할 줄 알았는데 외려 정반대가 되어 버렸다. 사람 일은 모르는 거라더니 정말이었다.

"아빠 이쪽은……."

아버지에게 지환을 소개하려고 고개를 돌린 혜민은 아차 싶었다. 아버지는 휘둥그레진 눈으로 지환을 뚫어져라 바라보고 있었다. 혜민과 쌍둥이처럼 닮은 지환이다 보니 놀라는 것도 당연했다. 지환의 외모에 대해 아버지에게 미리 언질을 주지 못한 게 잘못이었다. 상견례 자체에 온 신경이 쏠리다 보니 지환을 잊고 있었다.

다시 소개하려고 막 입을 열려는데 아버지가 한발 빨랐다. 그는 불쑥 지환에게 질문을 던졌다.

"예전에 나 본 적 없어요?"

"네?"

"재작년 2월쯤인가. 강원랜드 근처 편의점에서 컵라면 먹지 않았어요?"

뜬금없는 질문에 당황했는지 눈만 깜박거리던 지환이 뭔가 생각났다는 듯 소리쳤다.

"아! 그때 그 오백 원 아저씨?"

아버지의 만면에 서서히 미소가 번져 나갔다.

"그 청년이 맞구만. 이렇게 멀쩡하게 살아 있다니. 다행이네, 참 다행이야. 그때 내가 구해 주지 못해서 얼마나 미안했는지 몰라."

"뭘요. 괜히 나 때문에 그 추운 날 등산하느라 아저씨가 고생했었죠, 뭐."

아버지는 진심으로 안도하며 반가워했다. 지환도 예의 바른 도련님 가면을 집어던지고 실실 웃고 있었다. 혜민은 어리벙벙한 얼굴로 두 사람을 번갈아 보았다. 뭐가 어떻게 된 일인지 모르겠다. 어떻게 두 사람이 서로를 알고 있는 걸까. 영문을 몰라 어리둥절해하는 그녀에게 아버지가 웃으며 설명해 주었다.

"혜민아, 예전에 아빠가 말해 준 거 기억나니? 문경에서 만났을 때 내가 해 준 얘기 말이다. 너랑 닮은 청년 얘기."

"어, 그건 왜……!"

무심히 대꾸하던 혜민은 갑자기 떠오른 사실에 입을 다물지 못했다. 그 이야기가 왜 이제야 생각난 걸까. 아버지가 예전에 만났던 사람이 지환이라는 것은 진작 알고 있었다. 그런데 어째서 지금까지 까맣게 잊고 있었는지 모르겠다. 어이가 없었다.

"근데 아저씨는 여기 무슨 일로 온 거예요?"

지환의 천진한 물음에 혜민이 대답했다.

"우리 아빠야. 아빠, 이쪽은 김지환이라고 승현 씨 동생이야."

지환의 눈이 커다래지는 것과 동시에 아버지 역시 입을 딱 벌렸다. 아버지가 멍하니 중얼거렸다.

"우리가 보통 인연이 아닌가 보네."

아침부터 지금까지 이어지던 긴장감은 어느새 눈 녹듯이 사라지고 없었다.

승현이 방으로 들어오고 나서 얼마 안 있어 그의 부모님이 도착했다. 혜민을 본 민영식과 이미영은 지환과 너무 닮았다며 신기해하고 반가워했다. 다행히도 두 분 모두 그녀를 알아보지 못한 듯했다.

올 사람이 전부 도착하자 정갈하고 깔끔하게 차려진 한정식이 날라져 왔다. 식사를 하면서 어른들은 이야기를 나누었다. 분위기는 사뭇 화기애애했다. 지환 덕분에 긴장이 풀린 아버지는 전혀 기죽지 않고 민영식과 대등하게 대화를 나누었다. 이런저런 이야기가 오갔지만 아버지도 지환도 미리 약속이라도 한 것처럼 강원도에서 만났던 일은 일언반구도 없었다.

식사가 끝나고 후식을 들다가 어른들께 양해를 구하고 잠깐 밖으로 나왔다. 화장을 고치고 손을 씻고 나가는데 막 화장실로 들어오려는 이미영과 만났다.

"어머, 여기 있었군요."

혜민은 얼굴을 살짝 붉히며 가볍게 목례했다. 이미영은 가까이 다가오더니 대놓고 얼굴을 자세히 들여다보았다.

"보면 볼수록 정말 신기하네요. 눈이며 코며, 우리 지환이랑 이렇게 닮은 사람은 처음 봤어요."

"저도 놀랐어요."

혜민이 지환을 본 건 오늘이 처음이 아니었지만 거짓말을 하는 건 아니었다. 나눔기획 사무실에서 지환의 사진을 처음 보았을 때 얼마나 놀랐었는지 모른다.

"승현이가 결혼을 한다기에 어떤 아가씨일지 정말 궁금했어요. 조금 걱정도 됐고요. 근데 오늘 이렇게 혜민 씨를 보니까 아무래도 우리가 보통 인연이 아닌 거 같네요."

이미영은 아까 아버지가 지환에게 했던 말과 똑같은 말을 하고는 웃었다. 혜민도 장단 맞춰 웃었지만 한편으로는 바짝 긴장하고 있었다. 이미영이 너무 가까이 서 있었다. 혹시라도 예전에 자신을 만났던 걸 떠올리기라도 하면…….

"지환이랑 닮아서 그런가. 이상하게 낯설지가 않네."

이미영의 혼잣말에 등줄기가 쭈뼛하면서 간담이 서늘해졌다. 그녀가 알아챈 것도 아닌데 지레 제 발이 저려 왔다. 이제 가족이 되어 평생 보고 살 사람이었다. 지금도 이렇게 불편한데 앞으로 어떻게 해야 할지 막막했다. 차라리 이 자리에서 모든 걸 실토하고 용서를 구할까.

진심으로 갈등하는데 이미영의 어깨너머로 민영식이 걸어오고 있었다.

"둘 다 여기서 뭐 하나?"

민영식의 등장에 이미영의 눈이 동그래진다.

"어머, 왜 나온 거예요? 사돈어른 상대해 드리지."

"여자들이 돌아오지 않아서 내가 대표로 찾으러 왔소만."

"나 참, 고새를 못 참고. 잠깐 기다려요."

이미영은 못 말린다는 듯 한숨을 내쉬었지만 아주 싫지는 않은 얼굴로 화장실로 쏙 들어갔다. 민영식과 둘만 남게 된 혜민은 그가 말을 걸기 전에 얼른 인사하고 방으로 돌아가려 했다. 그러나 의미심장한 한 마디가 그녀의 발목을 붙들었다.

"다시 만나니 기쁘구나."

심장이 쿵 내려앉았다. 혜민은 그 자리에서 얼어붙어 버렸다.

충격으로 머릿속이 새하얘졌다. 그래서 변변찮은 대꾸조차 하지 못했다. 그에 반해 민영식은 인자한 미소를 짓고 있었다.

"내가 놀라게 했나 보구나."

그는 딱딱하게 굳어 있는 혜민의 어깨를 살짝 두드려 주었다.

"나중에 시간 나면 같이 식사나 하자꾸나. 이번엔 정말 맛있는 걸로 사 주마."

그의 목소리가 아득하게 들려왔다.

상견례는 별 탈 없이 무사히 끝났다. 약혼은 생략하고 바로 결혼하기로 양가가 사이좋게 합의했다. 승현은 올 때와 마찬가지로 운전기사를 자청해 아버지와 혜민을 집까지 데려다 주었다. 집에 도착하자 그제야 긴장이 완전히 풀어진 건지 아버지는 방으로 들어가자마자 드러누웠다. 그러고는 금세 곯아떨어졌다. 혜민은 승현을 배웅하기 위해 밖으로 나왔다.

"잠깐 얘기 좀 할까?"

이대로 헤어지는 게 아쉬운 마음도 있겠지만 오늘은 뭔가 할 말이 있는 듯 보였다. 혜민 역시 그에게 물어볼 말이 있었기에 잠자코 따라나섰다.

늦은 오후였지만 낮이 긴 계절이라 해가 기울어질 기미는 보이지 않았다. 두 사람은 인근에 있는 공원 벤치에 자리를 잡았다. 초록이 무성한 느티나무 가지를 머리에 이고 있어서인지 제법 시원했다. 멀리서 아이들이 뛰어노는 소리가 바람을 타고 날아왔다.

머리 위에서 쉴 새 없이 종알거리던 푸른 잎사귀들이 잠시 입을 다물자 서늘한 목소리가 그 자리를 대신 했다.

"나 오기 전에 아버님하고 지환이하고 무슨 일 있었어?"

"그건 왜요?"

"아까 보니까 자주 쳐다보던데. 전부터 아는 사람들처럼."

드디어 올 것이 왔구나 싶었다. 아까 식사를 하면서 아버지와 지환은 별다른 말 한마디 나누지 않았지만 이상할 정도로 친근한 분위기를 자아냈었다. 자신의 눈에도 그게 훤히 보였는데 예리한 승현이 눈치채지 못할 리 없었다. 혜민은 나직한 한숨을 내쉬었다. 그러고는 강원도에서 있었던 일을 털어놓았다.

"아버님하고 지환이 사이에 그런 일이 있었을 줄은 몰랐군."

담담한 그의 목소리를 한 귀로 흘려들으며 혜민은 고개를 숙였다.

"나도 완전히 잊어버리고 있었어요."

재작년 문경에서 영화 촬영을 했을 때, 우연히 아버지를 만났던 혜민은 지환의 사고 소식을 알게 되었다. 당시엔 사고 당사자가 지환인지 아닌지 알 수 없어서 보류했지만 나중에 납치당했을 때 지환이란 걸 확신하게 되었다. 그럼에도 불구하고 승현에게 알리지 않았다. 결국 그 일은 승현이 스스로 알아냈다.

그 시절을 떠올리자 가슴이 답답했다. 무엇 하나 마음대로 할 수 없었던 시간들이었다. 남의 행세를 하고 있었기에 필연적으로 몸을 사려야만 했었다. 떳떳한 입장이 아니었기에 평소라면 한 번 생각할 일도 두 번 세 번 신중하게 생각해야 했었다. 아버지의 안위가 걸려 있었기에 때론 비겁하고 이기적이 될 수밖에 없을 때도 있었다.

하지만 그 모든 것들은 스스로를 정당화하기 위한 자기합리화의 핑계일 뿐이었다. 그에게 말하지 못한 진짜 이유는 따로 있었다.

"그때 바로 말했으면 좋았을 텐데…… 그럴 수가 없었어요."

"어째서?"

"말하고 나면 모든 게 끝나 버리니까, 당신을 떠나야 하니까. 나 참 이기적이고 재수 없죠?"

혜민은 지금까지 숨겨 두었던 마음을 힘겹게 고백했다. 김지환 프로젝트가 끝나길 손꼽아 기다리면서도 한편으로는 영원히 계속되길 바랐었다. 어느 순간부터 그의 곁에 있는 게 싫지 않았다. 나중엔 조금이라도 더 그의 곁에 있고 싶었다. 마음이 커질수록 할 수 없는 말들이 늘어났다. 그래서 결국 그에게 아무 말도 할 수가 없었다.

승현의 시선이 얼굴에 닿아 왔다. 여느 때라면 고개를 돌려 마주 보았을 테지만 지금은 그의 얼굴을 똑바로 볼 자신이 없었다. 자신을 경멸의 눈으로 보고 있을지도 모른다고 생각하자 당장 이 자리에서 사라지고 싶었다. 발아래 보도블록의 규칙적인 모양을 눈으로 의미 없이 헤아리는데 갑자기 고개가 위로 휙 들렸다.

"무슨……!"

고개가 위로 들리기 무섭게 그의 입술이 부딪쳐 왔다. 혜민의 눈이 휘둥그레졌다. 급작스럽게 일어난 일이라 영문을 모르겠다. 몸을 살짝 움직이려 하자 턱을 쥐고 있는 그의 손에 힘이 들어갔다. 허리에도 팔이 감기더니 옴짝달싹 못하게 옭아맸다. 꼼짝없이 붙들린 채 얼마나 오랫동안 키스를 했는지 모르겠다. 입술이 얼얼해지고 감각이 무뎌질 무렵에야 그가 천천히 멀어졌다.

"네 말대로 넌 참 재수가 없군."

조금 전의 열정적인 키스가 무색해지는 순간이었다. 그러나 이어진 그의 말에 혜민의 얼굴에 홍조가 떠올랐다.

"날 떠나기가 그렇게 싫었으면 진작 말했어야지. 이 멍청아."

승현은 답답하고 안쓰럽다는 얼굴로 혜민의 이마에 살짝 꿀밤을 먹여 주었다.

"앞으론 뭐든 바로 말해. 혼자 끙끙대면서 마음고생 하지 말고."

얼떨결에 고개를 끄덕이자 그가 살며시 손을 잡아 주었다. 그러고는 반지를 만지작거린다. 그녀의 손가락에 끼워진 반지와 똑같은 모양의 반지가 승현의 손가락에도 있었다. 그가 그녀의 반지에 살짝 입을 맞추며 말했다.

"나한텐 이기적이어도 돼."

과부하가 걸린 것처럼 심장이 미친 듯이 두근거렸다. 방금 전 충동적으로 키스를 했던 그의 심정이 어떠했을지 가슴으로 느껴졌다. 쿵쾅거리는 심장이 외쳤다. 키스하고 싶다. 그와 키스하고 싶다. 지금 당장.

혜민은 심장이 시키는 대로 팔을 올려 그의 목을 감싸 안고 그의 입술에 입을 맞추었다. 좀 전의 그녀처럼 그도 약간 당황한 기색을 내비쳤지만 이내 적극적으로 응해 왔다.

"우리 집으로 갈래?"

그가 입술을 떼고 숨을 몰아쉬며 물어 왔다. 혜민은 가만히 고개를 가로저었다.

"외박하면 아빠한테 혼나요."

"결혼식을 앞당기든가 해야겠군."

불만스럽게 중얼거리는 그의 말을 듣다가 혜민은 문득 그에게 물어볼 말이 있었다는 걸 상기했다.

"물어볼 게 있어요."

"뭔데?"

혜민은 일단 심호흡을 했다. 그러고는 조심스럽게 물었다.

"회장님…… 그러니까 아버님이 나에 대해 알고 계세요?"

아까 민영식이 했던 말을 떠올려 보면 의심할 여지가 없었다. 민영식은 그녀에 대해 알고 있는 게 분명했다. 그것도 꽤 오래전부터. 바보가 아닌 이상 그런 말을 듣고 모를 수가 없을 것이다. 그럼에도 승현에게 물어보는 건, 그의 입으로 직접 확인하고 싶어서였다. 자신의 추측이 사실인지. 그는 별로 놀란 기색 없이 담담하게 고개를 끄덕였다.

"알고 계셔."

추측이 사실로 확정되었다. 혜민은 나지막한 한숨을 내쉰 후 입을 열었다.

"어떻게 아신 거예요? 말씀드린 거예요?"

"아니, 당신께서 먼저 아셨어. 그래서 작년에 널 찾을 때 도와주셨지."

뜻밖의 말에 혜민의 눈이 커다래졌다. 승현이 누군가의 도움으로 자신을 찾았다는 건 알고 있었지만 그게 민영식일 줄은 몰랐다.

"그래서 걱정하지 말라고 했던 거예요? 아버님이 알고 계셔서?"

"그래. 하지만 어머닌 아무것도 모르셔."

"언젠간 어머님도 아시게 될 날이 오겠죠. 세상에 비밀은 없으니까."

자신을 보며 환하게 웃던 이미영의 얼굴을 떠올리자 양심이 따끔거렸다. 그나마 민영식은 알고 있다니 다행이다 싶지만 떨떠름하고 마음 한구석이 불편한 건 여전했다. 승현도 그녀의 마음을 이해한다는 듯 쓴웃음을 지었다.

"모르는 게 약이라는 말이 있어. 하지만 부득이하게 밝혀야 한다면 그건 너나 내가 아니라 지환이 몫이야."

그의 말이 옳았다. 지환은 지금까지 혜민에 대해 입도 벙긋하지 않고 있었다. 공연히 과거를 들춰내 시끄러워지느니 현재의 평화를 지키는 쪽을 택한 듯싶었다. 내 마음 편하자고 지환의 뜻을 거스를 수는 없었다. 자신은 그의 선택을 존중해 줘야 할 의무가 있었다. 꺼림칙해도 그건 승현을 선택했을 때부터 각오한, 스스로가 책임져야 할 짐이었다.

어느덧 해가 서쪽으로 기울고 있었다. 발그레 얼굴을 붉힌 하늘을 바라보며 그가 지나가듯이 말했다.

"그냥 다음 주에 결혼해 버릴까?"

난데없는 결혼 타령에 귀가 번쩍 뜨였다. 남들이 들으면 농담이려니 할 법한 가벼운 말투였지만 혜민은 대충 흘려들을 수가 없었다. 저렇게 말해도 진심인 게 틀림없었다. 빈말은 절대 하지 않는 사람이니 가볍게 넘겨선 안 되었다.

"정말 너무하네요. 종강한 날 상견례 한 것도 모자라 다음 주에 결혼이라니. 이렇게 서두르면 남들이 의심한다구요. 난 속도위반했다고 손가락질당하기 싫어요."

생각하면 할수록 이게 아닌데 싶었다. 열이 오르는 기분에 혜민은 심호흡을 했다. 어느 정도 진정이 된 그녀가 혼잣말로 중얼거렸다.

"취직부터 하려고 했는데."

지금 살고 있는 원룸의 보증금은 이미 갚은 상황이었다. 그래서 이제 학비만 갚으면 되는데 취직보다 먼저 결혼을 하게 생겼으니 갑갑했다.

"내 이자 비싸다고 했잖아."

그놈의 이자가 문제였다. 이자만 아니었어도 오늘 상견례 하는 일도 서둘러 결혼하는 일도 없었을 터였다. 대출해 주겠다는 그의 제안을 받아들였을 때부터 이미 꼼짝없이 발목이 잡힌 셈이었다. 어쩌면 처음부터 그는 이걸 노렸던 건지도 몰랐다.

"나랑 결혼하는 거 싫어?"

이럴 때의 그는 정말 얄미워 보였다. 자신이 어떤 대답을 할지 빤히 알고 있으면서 굳이 묻는 저의가 눈에 훤히 보였다. 혜민은 승현을 잠시 째려보다가 뾰로통하게 대꾸했다.

"……누가 싫댔어요? 결혼하고 나서 취직할 거예요. 나머지 돈 반드시 갚을 거니까 말리지나 마요."

한 번쯤은 그의 예상에서 빗나간 대답을 하고 싶은 게 솔직한 심정이었다. 하지만 절대 빈말을 안 하는 사람이다 보니 어떤 대답이 돌아올지 두려워 지레 백기를 들게 된다. 자존심 상해도 도리가 없었다.

"기대하지."

승현은 재미있다는 듯 피식거렸다. 혜민은 한숨을 내쉬었다. 아무래도 이 결혼, 잘하는 건지 모르겠다.

※　　※　　※

순백의 드레스에 새하얀 면사포가 눈부셨다. 이날의 주인공답게
혜민은 그 어느 때보다 눈부시게 아름다운 신부의 모습으로 그림
처럼 앉아 있었다.

"세상에, 이게 누구야. 내가 알던 송혜민 맞아?"

수영이 신부 대기실에 들어서면서 너스레를 떨었다.

"언니 오셨어요?"

"오냐, 나보다 먼저 시집가는 소감이 어떠냐?"

처음 결혼 소식을 전하며 청첩장을 건네줬을 때 수영의 반응은
대단했었다. 그녀는 다짜고짜 배 속에 2세가 들어 있는 게 아니냐
며 호들갑을 떨었다. 그렇지 않고서 이렇게 빨리 결혼할 리 없다
며 한동안 의혹의 눈길로 쳐다보았었다. 27살이니 결혼하는 게 그
리 빠른 것도 아닌데 올해 29살인 수영의 입장에선 충분히 빠른
셈이었다.

"모르겠어요."

애매하게 웃으며 대답하는 혜민의 뜨뜻미지근한 반응에 수영의
눈썹이 휙 치켜 올라갔다.

"그 반응은 뭐냐? 혹시 메리지 블루? 야, 그딴 거 다 소용없으
니까 방긋방긋 웃어. 웃으면 복이 온다잖아. 새 신부답게 예쁘게
웃으라고."

"알았어요."

얼굴 근육이 팽팽해지도록 활짝 미소 짓자 그제야 수영은 만족스럽게 고개를 끄덕였다.

"확실히 키가 크고 늘씬해서 드레스가 잘 어울린다. 다이어트 빡세게 하더니만 군살 하나 없네. 꼭 모델 같다 야."

"고마워요, 언니."

혜민은 진심으로 고마웠다. 이 드레스를 입기 위해 죽어라 다이어트한 보람이 느껴지는 순간이었다.

사람들 입방아에 오르내리는 데 최고의 조건을 갖춘 결혼이었다. 유명 엔터테인먼트 대표이사이자 국내 굴지의 대기업 장남이 아무것도 가진 것 없는 빈털터리 서민의 딸과 결혼한다는 자체만으로도 큰 이슈였다. 누가 보더라도 어울리지 않는 집안끼리의 혼사였다. 그렇다 보니 자연스레 의혹이 생길 테고 사람들의 시선은 혜민에게 집중될 게 불을 보듯 뻔했다.

그래서 날씬한 복부와 잘록한 허리가 가감 없이 드러나는 디자인의 드레스를 선택했다. 그들이 상상하는 '불의의 사고'로 어쩔 수 없이 결혼하는 게 아니라는 걸 보여 주기 위해서. 승현의 명예를 지켜 주기 위해서.

"부잣집 며느리가 됐으니 이제 돈 걱정 없이 놀고먹어도 되겠네. 그렇게 고생하더니만, 구겨졌던 팔자가 확 펴졌네. 진짜 좋겠다."

"결혼하고 나서 취직할 거예요."

방금 들은 말을 믿을 수 없다는 듯 수영의 눈이 휘둥그레졌다.

"뭐? 왜?"

"왜라뇨. 돈 벌어야죠."

당연한 일이라는 듯이 말하는 혜민을 수영은 이해할 수 없다는 듯 미간을 찌푸리며 바라보았다.

"참 너도 희한한 애다. 왜 사서 고생하려고 그러니."

"남은 빚 마저 갚아야 해요."

"빚이라니. 아, 승현 씨한테 빌린 돈 말이야? 어차피 이제 승현 씨 돈이 네 돈일 거 아냐. 남편인데 설마 너한테 돈을 받겠어?"

"받을 거예요. 안 받는다고 하면 억지로라도 줄 거구요. 그 사람 이자가 엄청 비싸거든요. 하루라도 빨리 갚아야 해요."

수영은 여전히 이해할 수 없다는 표정으로 어깨를 으쓱했다.

"하여간에 너도 승현 씨도 별종이다, 별종. 아주 잘 어울린다, 별종 커플."

헛웃음을 흘리던 수영의 눈이 어딘가를 향하더니 갑자기 이채를 띠었다. 그녀가 다급하게 말했다.

"방금 탤런트 김소희 지나갔다. 화면에서 보다 실제로 보니까 더 글래머네. 승현 씨 직업 때문에 연예인들이 하객으로 많이 왔나 봐. 혹시 최준혁도 올까?"

최준혁이란 이름에 정신이 번쩍 들었다. 오랜만에 들어보는 이름이었다. 문득 그를 마지막으로 보았던 때가 떠올랐다. 재작년 크리스마스, 극장 로비에서 수많은 인파에 둘러싸여 있었던 그가 기억 속의 마지막 모습이었다. 그 후로는 그를 본 적도, 떠올려 본 적도 없었다. 그래서 생각조차 하지 않았었다. 그가 오늘 여기 올지도 모른다는 것을.

"그럼 난 간다. 나중에 봐."

수영은 혜민과 둘이서 다정하게 사진을 찍은 후 신부 대기실을 나갔다. 혼자가 된 혜민은 곰곰이 생각에 잠겼다. 이쪽 업계에서 승현은 결코 무시할 수 없는 위치의 사람이었다. 관계자라면 반드시 이 결혼식에 얼굴을 내비치려 할 것이었다. 결과적으로 준혁이 결혼식에 참석할 확률은 매우 높았다.

가슴이 답답했다. 혜민은 가슴 언저리를 손으로 지그시 눌렀다. 진정하자, 진정해. 준혁은 자신의 진짜 이름을 모른다. 그러니 쓸데없이 신부 대기실을 기웃거리지 않을지도 모른다. 만약 준혁이 자신을 보게 된다 해도 그건 식장 안에서일 것이다. 자신을 보고 놀라겠지만 옆에 승현이 있을 테니 어쩌진 못하겠지.

스스로를 다독였지만 집요하게 굴었던 준혁을 떠올리자 골이 지끈거렸다. 한숨을 내쉬는데 문득 떠오르는 또 하나의 얼굴이 있었다. 준혁이 왔다면 그 사람도 분명히 왔을 터. 양반 될 팔자는 아닌지 방금 떠올린 얼굴이 막 대기실 문을 열고 들어왔다.

"이름이 송혜민이었군요."

은채가 눈을 반짝이며 말했다. 까만색 원피스를 빼입은 그녀는 여전히 아름다웠다. 이제 대한민국 국민 중에서 그녀를 모르는 사람은 아무도 없었다. 영화에 이어 드라마까지 연달아 히트하는 바람에 그녀는 현재 국민여신으로 추앙받고 있었다.

"오랜만이에요. 그동안 잘 지냈어요?"

"보다시피요. 그쪽은…… 텔레비전에서 잘 봤어요."

혜민의 대답이 재미있다는 듯 은채는 빙그레 웃었다.

"결국 이렇게 되었네요. 민 대표님이 연애를 한다기에 혹시나 했더니. 역시 혜민 씨였군요."

드레스 차림의 혜민을 위아래로 훑어본 은채는 흐뭇한 표정으로 고개를 끄덕였다. 혜민은 은채를 가만히 쳐다보며 생각에 잠겼다.

양날의 검 같은 사람이었다. 누구의 편도 아니었기에 적과 아군의 경계를 넘나들며 자신을 위협하기도 했고 도와주기도 했었다. 그녀에게 딱히 유감은 없지만 그렇다고 달가운 것도 아니었다. 탐탁지 않아 하는 혜민의 마음을 아는지 모르는지 은채는 시종일관 미소를 띠고 있었다. 기분이 아주 좋아 보였다.

"혜민 씨를 만나면 물어보고 싶은 게 정말 많았어요. 그치만 다 지난 일을 이제 와 알아서 뭐하나 싶더라고요. 그래서 오늘은 하고 싶었던 말이나 하려고요."

하고 싶었던 말? 혜민이 의아한 눈으로 쳐다보자 은채는 정중하게 목례했다.

"고마웠어요."

뜬금없는 인사였다. 설마 그녀에게서 감사 인사를 받을 거라고는 생각지 못했던 혜민은 다소 당혹스러웠다.

"뭐가 고맙다는 거예요?"

"혜민 씨가 아니었으면 지금의 난 없었을 테니까요."

그녀의 말 한마디에 지난날들이 주마등처럼 스쳐 지나갔다. 자신을 이용해 은채는 캐스팅 기회를 얻어 냈다. 하지만 거기까지였다. 그 다음은 순전히 그녀 자신의 힘으로 이룩한 것들이었다. 여주인공으로 캐스팅된 것도, 영화가 잘되고 드라마가 잘된 것도 전부 그녀의 실력과 노력이 빚어낸 결과물이었다.

물론 자신을 그녀의 목적을 위한 수단으로 이용했던 일을 생각하면 여전히 불쾌하고 기분 나빴다. 하지만 호텔 수영장 사건을 떠올리면 화가 다소 누그러지곤 했다. 그녀 덕분에 자신 또한 위기를 벗어날 수 있었으니 피장파장이었다. 굳이 그녀에게 인사를 받을 이유가 없었다.

"인사는 됐어요. 다 지난 일이니까."

떨떠름한 혜민의 대답에 은채는 미소로 화답했다.

"이렇게 다시 만나니 참 좋네요. 결혼 축하해요. 꼭 행복해야 해요. 혜민 씨는 영원한 내 행운의 여신이니까."

은채는 들어올 때처럼 조용히 나갔다. 꼭 행복하라는 그녀의 덕담이 여운처럼 오랫동안 귓가에 남았다.

얼마 안 있어 대학 후배 서너 명이 우르르 몰려들어 왔다. 여러 사람들이 웃고 떠들자 고요하던 신부 대기실이 금세 소란스러워졌다.

잦은 휴학으로 혜민은 후배들과 같이 학교를 다녔다. 그래서 동기들보다 더 친근하고 정이 들었다. 그네들보다 확연히 나이가 많은 그녀를 왕따시키지 않고 친절하게 대해 주었던 착하고 고마운 후배들이었다. 후배들은 저마다 수다를 풀어 놓더니 각자 사진을 찍고 들어왔을 때처럼 다시 우르르 몰려 나갔다.

혜민은 약간의 피곤함을 느꼈다. 이렇게 가만히 앉아서 사람들을 상대해도 지치는데 밖에 있는 승현은 얼마나 힘들지 안쓰러웠다. 그리고 보니 오늘 승현을 거의 보지 못했다. 메이크업을 하고 드레스를 입고 식장에 도착했을 때 잠깐 본 것 외에는 지금까지 얼굴 한 번 제대로 보지 못했다. 그와 결혼하는 날인데 정작 그를 보지 못하다니. 남몰래 한숨짓고 있는데 누군가가 또다시 대기실로 들어왔다.

"와, 언니 오늘 너무 예뻐요."

귀여운 핑크색 원피스를 차려입은 진아가 종종거리며 혜민의 곁으로 다가왔다. 혜민은 진아의 어깨너머로 슬쩍 눈길을 보냈다. 예상했던 대로 문가에 지환이 기대서 있었다. 여자 화장실을 제외하고 진아가 가는 곳이라면 늘 그림자처럼 붙어 다니는 그였다.

"멍이, 아니 지환 오빠, 혜민 언니 진짜 예쁘지? 응?"

진아가 뒤를 돌아보며 동의를 구하자 지환이 마지못해하며 시큰둥하게 대꾸했다.

"옷이 날개긴 하네."

혜민의 입꼬리가 위로 올라갔다. 말은 저래도 진심 어린 칭찬이라는 걸 알고 있었다. 그러나 진아는 생각이 다른 듯했다.

"오빠는 이런 날까지 꼭 그런 식으로 말해야 되겠어? 예쁘다는 말 한 마디가 그렇게 어려워?"

진아가 미간을 찌푸리며 타박하자 지환이 입을 내밀며 투덜댔다.

"넌 내가 드레스 입고 있어도 예쁘다고 할 거냐?"

예상치 못한 공격에 진아가 입을 멍하니 벌렸다. 혜민과 쌍둥이처럼 닮은 지환이었다. 지환이 혜민에게 예쁘다고 하면 본인에게 예쁘다고 하는 것과 다를 바 없었다. 남자 입장에서 예쁘다는 말이 썩 기분 좋은 칭찬은 아닐 터였다. 미처 그 생각은 못 했다는 듯 진아는 난감한 얼굴로 이러지도 저러지도 못했다. 그런 두 사람을 지켜보던 혜민은 터지려는 웃음을 간신히 참았다.

혜민을 처음 본 진아는 영화에 나왔던 사람이 그녀라는 걸 단번에 알아보았다. 죽을 뻔했던 지환을 구해 준 진아였다. 그가 당한 사고를 알고 있으니 굳이 숨길 필요가 없었다. 그래서 혜민은 진아에게 김지환 프로젝트에 대해 설명해 주었다. 그녀는 혜민의 사정을 잘 이해해 주었다.

비록 나이는 어려도 진아는 속이 깊은 아이였다. 어린애 같은 구석이 있는 지환을 감싸고 챙겨 주는 진아를 보면 때론 누나처럼 여겨지기도 했다. 하지만 지금의 진아는 부끄럼 많고 순수한 딱 20살 꽃 다운 아가씨였다. 지환은 그런 그녀를 사랑스럽다는 듯이 바라보고 있었다. 참 예쁘고 귀여운 커플이었다.

이제 막 피어나는 봄꽃 같은 커플을 보았기 때문일까. 혜민은 승현이 더더욱 그리워졌다. 예식 시간까지 얼마나 남았는지 확인하려고 휴대전화를 꺼내려는데 대기실 문이 열리는 소리가 들렸다. 누군가 들어온 기척은 느껴지는데 말이 없었다. 의아한 마음에 고개를 든 혜민은 그대로 굳어져 버렸다.

식장 안에서나 보게 될 거라고 막연히 생각한 게 잘못이었나 보다. 대책 없이 낙관했던 스스로가 어리석게 여겨졌다. 무슨 일이든 예외가 있는 법이거늘. 거짓말처럼 눈앞에 있는 준혁을 바라보고 있자니 머릿속이 새하얘진다.

"누군가 했더니…… 너였구나."

크게 벌어진 동공과 다물어지지 않는 입. 한눈에 봐도 놀란 기색이 역력했다. 설마 여기서 그녀를 보게 될 줄은 몰랐다는 듯 그는 한동안 말을 잇지 못했다.

"너 그동안 어떻게 된……."

"최준혁 씨죠? 만나서 반가워요."

혜민은 한발 먼저 선수를 쳐 그를 처음 보는 사람처럼 대했다.

준혁은 순간 어리둥절해하더니 이내 미간을 찌푸렸다.

"끝까지 잡아뗄 작정이냐?"

"친한 언니가 최준혁 씨 팬인데 혹시 사인해 주실 수 있으세요?"

혜민은 불안한 속내를 숨긴 채 예의 바르고 상냥하게 물었다. 스타를 우연히 만난 일반 사람들처럼 설레고 긴장된 표정을 지었다. 이대로 조용히 넘어가고 싶었다. 제발 그가 속아 넘어가 주길 간절히 바랐다. 그런 그녀를 어이없다는 듯이 바라보던 준혁은 혀를 차며 거칠게 머리를 쓸어 넘겼다. 그러고는 빈정거리는 투로 이죽거렸다.

"그동안 연기가 아주 많이 늘었구나. 역시 소질 있다니까."

좀처럼 속아 넘어가지 않는 준혁을 바라보며 혜민의 속은 시커멓게 타들어 갔다. 그가 무슨 짓을 저지를지 두려웠다. 준혁은 뒷짐을 진 자세로 혜민의 주위를 한 바퀴 돌며 위아래로 훑었다.

"이렇게 입으니까 천생 여자네. 뭐 전에도 예뻤지만."

"최준혁 씨 전……."

"갑자기 본가로 돌아갔다고 하더니 여자 친구하고 공부를 한다고 하더라고. 난 그게 농담인 줄 알았거든? 근데 알고 보니까 다른 김지환이더라고. 아니 진짜 김지환이라고 해야겠지."

아무래도 그냥 넘어갈 생각이 없는 듯했다. 혜민은 예의 바르고 상냥한 미소를 얼굴에서 지워 버렸다. 그러고는 눈을 치뜨고 노려보았다. 준혁은 그제야 만족스럽다는 듯 특유의 다정한 미소를 지었다.

"이제야 내가 아는 김지환이 나타났군."

"대체 나한테 왜 이러는 거예요?"

동요한 모습을 보이고 싶지 않았지만 목소리가 미세하게 떨렸다. 그는 딱딱하게 굳어진 혜민의 얼굴을 힐끔 보더니 진정하라는 듯 손을 내저었다.

"화내지 마. 뭘 어쩌겠다는 건 아니니까. 네가 날 모른 척하니까 좀 열 받았던 것뿐이야."

애초부터 해코지할 생각은 없었던 모양이다. 그의 해명에 뾰족하게 곤두섰던 신경이 다소 느슨해진다. 그래도 경계를 늦추지는 않았다.

"민 대표가 결혼한다기에 누군지 되게 궁금했어. 이 바닥에서 민 대표 꽤 유명하거든. 여자한테 눈길조차 안 주는 걸로. 항간에는 성적 취향이 특이하다거나 몸에 무슨 문제가 있는 게 아니냐는 말도 돌았거든. 그런 사람이 느닷없이 결혼이라니 다들 놀랐다니까. 대체 어떤 여자랑 결혼을 한다는 건지 궁금해서 와 본 건데, 네가 있어서 진짜 놀랐어. 그동안 잘 지냈어?"

"용건이 뭐예요?"

그다지 좋은 기억이 없는 사람이었다. 언제나 자신의 정체를 밝혀 내려고 갖은 애를 썼던 사람이다. 그래서인지 그를 떠올리면 곤란하고 당혹스러웠던 기억만 났다. 그런 사람과 편안하게 안부를 주고받으며 말을 섞고 싶지 않았다. 그런 혜민의 마음을 눈치챘는지 그가 한숨을 내쉬었다.

"그렇게 딱딱하게 굴 필요 없어. 내가 관심 있었던 건 남장한 너였지 남의 여자가 되는 네가 아니니까."

허탈한 웃음이 비어져 나왔다. 사람은 쉽게 변하는 존재가 아니라더니. 어쩜 이렇게 한결같을 수 있는지 모르겠다. 혜민은 비아냥 거리듯 대꾸했다.

"사람을 흥미로만 가볍게 대하면 언젠가 큰코다칠 거예요."

"안 그래도 지금 다쳐서 아파하는 중이야."

뜻밖의 대답에 놀라 혜민은 그를 의아하게 쳐다보았다. 준혁은 씁쓸한 미소를 지으며 아득한 시선으로 허공을 응시했다.

"후회하기엔 너무 늦었지만 이제라도 좀 다르게 살아 보려고."

가벼운 말투였지만 목소리는 낮게 가라앉아 있었다. 표정 또한 진지했다. 그답지 않은 분위기에 처음에는 연기하는 게 아닌가 했다. 연기력이 워낙 출중한 배우이다 보니 눈에 보이는 대로 믿을 수가 없었다. 하지만 가만히 살펴보니 딱히 연기를 하는 것 같지는 않았다.

늘 생기 넘치게 매력적으로 빛나던 갈색 눈동자가 황무지처럼 메마르고 우울해 보인다. 마치 중요한 무언가를 잃어버린 사람처럼 보였다. 아무래도 그에게 무슨 일이 있었던 모양이다. 그 일이 그에게 어떤 심경의 변화를 일으킨 듯했다.

"나 때문에 곤란했던 거 알아. 미안했다. 용서해라."

혜민은 순간 귀를 의심했다. 설마 준혁에게서 사과받을 거라고는 상상도 못 했던 일이었기에 놀라움을 금할 수 없었다. 그는 눈을 동그랗게 뜬 그녀를 바라보며 자조를 흘렸다.

"못 믿겠어도 한 번만 믿어 줘. 진심으로 사과하는 거니까."

준혁은 축하한다는 말을 끝으로 대기실에서 나갔다. 오늘은 참 희한한 날이었다. 생각지도 못했던 사람들에게서 생각지도 못했던 말들을 들었다. 혜민은 여전히 어리벙벙한 얼굴로 준혁이 사라진 문을 오래도록 바라보았다.

한 번 두 번. 연거푸 크게 숨을 들이쉬고 내쉬었다. 고개를 들자 눈부신 조명과 아름다운 꽃들로 장식된 버진로드가 시야에 들어왔다. 그 끝에 아까부터 보고 싶었던 승현이 있었다. 말쑥하게 예복을 차려입고 신부인 그녀를 기다리고 있는 그를 보자 가슴이 두근거렸다. 정말 그와 결혼을 하는구나, 라는 실감이 그제야 들었다.

"우리 딸 정말 예쁘구나."

옆에 서 있던 아버지가 혜민을 대견하게 바라보며 말했다.

"아빠도 오늘 멋져."

"에이, 오늘은 신랑이 제일 멋져야지."

"그건 당연하고."

"뭐야? 이 녀석이."

아버지와 가볍게 환담을 나누는데 신부 입장을 외치는 사회자의 힘찬 목소리가 식장에 울려 퍼졌다. 귀에 익숙한 결혼행진곡이 하객들의 환호와 박수 소리와 함께 어우러졌다. 혜민은 아버지의 손을 잡고 천천히 걸음을 옮겼다.

좌중의 시선이 오늘의 주인공인 그녀에게 집중되었다. 남들의 시선을 한 몸에 받는 게 익숙지 않아서인지 몸이 뻣뻣해지면서 호흡이 짧아졌다. 그녀의 미묘한 변화를 감지했는지 아버지의 시선이 느껴졌다. 그럼에도 혜민은 좀처럼 안정을 찾을 수가 없었다. 무슨 정신으로 걸어가고 있는지 모를 지경이었다.

그렇게 중간쯤 갔을 무렵이었다. 갑자기 검은 장막이 쳐진 것처럼 순식간에 눈앞이 암흑으로 변해 버렸다. 방금 전까지 존재했던 아버지도 사람들도 꽃들도 눈부신 조명도 모두 사라져 버렸다. 온몸의 감관이 먹통이 돼 버린 것처럼 아무것도 보이지도 들리지도 않았다. 기계적으로 걸음을 옮기고 있었지만 마치 허공을 답보하는 기분이었다. 비현실적인 감각은 필연적으로 끔찍한 가정을 불러왔다.

결혼식은 애초부터 없었던 것이고 자신은 꿈을 꾸고 있는 중인지도 모른다는. 어쩌면 지금 몽유병이 발병해 어두운 거실을 홀로 배회하고 있는 건지도 몰랐다. 온몸에 소름이 돋았다.

충분히 가능한 일이었다. 승현과 재회한 이후 몽유병은 거의 발병하지 않았었다. 하지만 결혼식을 앞두고 긴장한 탓에 며칠 동안 잠을 설쳤었다. 심리적으로 불안정한 상태이다 보니 잠깐 눈을 붙인 사이에 발병한 걸 수도 있었다.

숨 막히는 공포가 파도처럼 엄습해 왔다. 하필 꿈을 꿔도 이딴 걸 꾸다니. 참으로 고약한 꿈이 아닐 수 없었다. 한시라도 빨리 꿈에서 깨어나고 싶었다. 혜민은 서둘러 심호흡을 하고 눈을 감았다 떴다. 입술을 깨물고 살갗을 꼬집어 보았지만 여전히 아무것도 보이지도 들리지도 않았다. 잠에서 깨어나려고 수차례 노력했지만 아무 소용없었다.

이번 꿈은 아주 독한 모양이었다. 어느새 등줄기에 식은땀이 흥건했다. 숨결이 거칠어지고 다리가 후들거렸다. 금방이라도 쓰러질 것 같았다. 그 순간 누군가가 그녀의 손을 꼭 잡아 주었다.

"괜찮아?"

서늘하면서도 다정한 목소리가 아득하게 들려왔다. 눈앞에 실금

같은 가느다란 균열이 생겨났다. 하얀 빛줄기 하나가 견고한 어둠을 뚫고 들어와 주위를 밝히기 시작했다. 차츰 눈앞의 검은 장막에 금이 가더니 이내 와르르 무너져 내린다. 그러고는 익숙한 얼굴이 흐릿하게 떠올랐다.

"송혜민?"

뿌연 시야가 점차 선명해졌다. 승현이 긴장한 눈으로 그녀를 조심스럽게 살펴보고 있었다. 평소와 달리 격식을 갖춘 예복을 입고 있는 그가 눈에 들어오자 정신이 퍼뜩 돌아왔다.

"괜찮아요."

혜민은 대답하자 승현은 그제야 안심이 된다는 듯 미소 지었다. 혜민은 천천히 눈을 깜박이며 주위를 둘러보았다. 환한 조명과 아름답게 장식된 꽃들, 둥근 테이블에 둘러앉아 있는 하객들이 보였다. 학교 후배들과 수영과 진호, 은채와 준혁 그리고 지환과 진아가 이쪽을 바라보고 있었다.

그들을 보고 나니 지금 이 순간이 꿈이 아니라는 걸 확신할 수 있었다. 꿈이라면 저들이 이토록 생생할 리 없을 테니까. 자신의 손을 잡고 있는 그의 손이 이토록 따뜻할 리 없을 테니까. 극도의 긴장으로 인해 잠시 환각에 빠졌던 모양이다. 다행이었다. 꿈이 아니라서 정말 다행이었다.

혜민이 안도하는 사이 아버지가 승현에게 말을 건넸다.

"우리 딸, 잘 부탁하네."

"걱정 마십시오."

아버지는 손수건으로 젖은 눈가를 누르며 뒤로 물러났다. 돌아선 아버지의 뒷모습에 말로 형언할 수 없는 애틋한 감정이 북받쳐 올라왔다. 이대로 영영 못 볼 것도 아닌데 참 이상했다. 눈가가 뜨거워지는 기분에 혜민은 심호흡을 하며 이를 악물었다. 승현이 위로하듯 어깨를 두드려 주었다. 혜민은 반사적으로 그를 올려다보았다.

오늘 그는 앞머리를 단정하게 뒤로 빗어 넘겨 수려한 이목구비가 가감 없이 드러나 있었다. 혜민은 잠시 넋을 잃었다. 그의 외모가 흠잡을 데 없다는 건 이미 충분히 알고 있었다. 그럼에도 불구하고 새삼 그가 정말 잘생겼다는 생각이 드는 건 평소와 달리 미묘하게 상기되어 있기 때문인지도 몰랐다.

언뜻 보면 평상시와 전혀 다를 바 없었다. 그러나 가까이에서 보고 있노라니 그의 변화가 또렷하게 감지되었다. 미세하게 흐트러진 숨결과 긴장한 듯 경직되어 있는 입가가 그러했다. 겉으로 보기엔 무덤덤해 보여도 그도 자신과 마찬가지로 떨리고 흥분되는 게 틀림없었다. 서로가 같은 마음이라는 걸 깨닫자 설레면서 동시에 안심이 되었다.

그녀의 시선을 느꼈는지 그가 혜민을 향해 고개를 살짝 돌린다. 깊이를 알 수 없는 검은 동공 속에 오롯이 그녀만이 가득했다. 과거에도 앞으로도 그의 눈에 비치는 건 지금 이 순간처럼 자신뿐일 거라는 예감이 들었다.

뿌듯한 만족감과 더불어 따스한 기운이 전신을 감돌았다. 그리고 머릿속에서 무언가가 둥실 떠올랐다. 친숙하면서도 낯선 그것의 정체를 깨달은 순간 혜민은 저도 모르게 작은 탄식을 내뱉었다.

아주 오랜만이었다. 행복이란 단어가 떠오른 건. 어머니가 돌아가신 이후 처음이었다.

"준비됐어?"

많은 것이 함축된 물음이었다. 이제부터는 지금까지와는 완전히 다른 삶이 시작될 것이다. 송재철의 딸인 송혜민은 이제부터 한 남자의 아내이자 며느리이자 어머니가 될 터였다. 그 모든 수식어를 감당할 준비가 되었는지, 다른 삶을 받아들일 준비가 되었는지에 대한 그의 물음에 혜민은 기꺼이 대답했다.

"네."

"그럼 갈까?"

혜민은 흔쾌히 고개를 끄덕였다. 그녀의 손을 잡은 그의 손아귀에 힘이 들어갔다. 절대 놓지 않겠다는 그의 의지가 느껴졌다. 동조하듯 혜민도 그의 손을 꼭 마주 잡았다. 잠시 체온을 나누며 가만히 서로를 느끼던 두 사람은 동시에 걸음을 옮겼다. 그러고는 나란히 어깨를 마주하고 앞으로 함께 걸어갔다.

—The end

작가 후기

《범상치 않은 관계》는 대략 6개월 동안 연재되었습니다.(연재 당시에는 다른 제목이었지요.) 기나긴 연재를 시작할 때, 딱 하나만 생각했습니다. 무슨 일이 있더라도 연중만큼은 하지 말자, 라고요.

연재하는 기간이 짧지 않았기에 과연 끝을 맺을 수 있을지 스스로 의심스러울 때가 많았습니다. 이제 와 밝히는 거지만, 연재하는 동안 집안에 예기치 못한 큰일이 생기는 바람에 더욱 불안했었죠. 당시엔 무슨 정신으로 글을 썼는지 가물가물하네요. 어쨌든 우여곡절 끝에 바라던 대로 연재는 무사히 끝마쳤고, 이렇게 소장본으로 찾아뵙게 되었습니다.

뻔하면서 뻔하지 않은, 흔하면서 흔하지 않은 이야기. 완벽하다고 할 순 없지만, 어느 정도는 목표에 근접했길 바랍니다. 이제 혜민이와 승현이를 떠나보내야 하는데, 쉽게 놓을 수 없을 것 같네요. 저에게 '처음'이란 꼬리표가 영원히 따라다닐 두 사람이니 당연한 건지도 모르겠습니다. 지환이와 준혁, 은채, 진호도 마찬가지고요. 그래도 뒤에서 기다리고 있는 이들을 위해 저들은 이만 놓아주어야 할 것 같습니다. 아쉬워도 새로운 만남을 기대하며.

이 자리를 빌려 《범상치 않은 관계》가 세상에 나오기까지 애써주신 편집부 일동과 예쁘게 표지를 만들어 주신 디자이너분께 감사의 인사를 드립니다. 언제나 믿고 응원해 준 가족들과 친구들에게도 고맙다는 말을 전합니다. 그리고 연재 당시, 다소 딱딱한 제목에도 불구하고 용기 있게 클릭해서 댓글로 응원해 주시고 추천해 주셨던 독자님들께도 감사의 인사를 드리고 싶습니다.

저와 인연이 닿은, 앞으로 닿을 모든 분이 건강하고 행복하고 재미있게 사시길 바랍니다.

2013년 가을, 정해길 드림.

범상치 않은 관계

초판 1쇄 찍음 2013년 11월 4일
초판 1쇄 펴냄 2013년 11월 8일

지은이 | 정해길
펴낸이 | 정 필
펴낸곳 | 도서출판 **뿔미디어**

기획 · 편집 | 정시연, 이은정
편집디자인 | 이진선

출판등록 | 2002년 9월 11일 (제1081-1-132호)
주소 | 부천시 원미구 상3동 533-3 아트프라자 503호 (우)420-861
전화 | 032)651-6513 / 팩스 | 032)651-6094
E-mail | dahyangs@naver.com
블로그 | http://blog.naver.com/dahyangs

값 9,000원
ISBN 978-89-6775-928-5 04810
ISBN 978-89-6775-926-1 04810 (세트)

향

사랑, 그 설렘에 취하고 향기에 물들다.

도향

사랑, 그 설렘에 취하고 향기에 물들다.